紀念一位提前離席的俠者

盛宴未散，江湖不老

「温世仁武俠小說百萬大賞」，創辦於2005年，為延續温世仁先生未竟的武俠之夢，明日工作室期望透過徵文競賽及出版的形式，推動武俠小說創作，讓此華文世界特有之文類，再現往日榮光。

「明日武俠」，是已發生的江湖俠義，亦是將發生的武林風雲。故事未完，新秀競出，寄希望於無窮的明日。

國家圖書館出版品預行編目資料

浩然劍／趙晨光 -- 初版 .-- 臺北市：
明日工作室， 2008.07
面； 公分
ISBN 978-986-6902-94-9（平裝）

857.9 97011819

浩然劍

作者｜趙晨光

創辦人｜温世仁
發行人｜温世禮
主編｜劉叔慧
責任編輯｜易林
封面繪圖｜駱駝星魚
封面＆視覺構成｜楊曉惠
發行｜明日工作室股份有限公司
總經理｜劉湘民
副總經理｜劉叔慧・李進文
印刷｜乘隆彩色印刷有限公司
出版者｜明日工作室股份有限公司
台北市10569南京東路五段343號7樓
客服專線：(02)2760-9996
客服傳真：(02)2760-6367
服務信箱：service@tomor.com
網址：http://ebook.tomor.com
總經銷｜貿騰發賣股份有限公司
台北縣23586中和市中正路880號14樓
電話：(02)8227-5988
傳真：(02)8227-5989
網址：www.namode.com
初版一刷｜2008年7月
定價｜新台幣280元
ISBN｜978-986-6902-94-9

・郵局劃撥
帳號：19402576
帳戶：明日工作室股份有限公司
劃撥單備註欄請註明訂購書名、郵寄地址及收件人；
統一發票號碼及公司抬頭（無則免填）
・銀行電匯（ATM轉帳）
銀行：華南銀行（代號008）士林分行
帳號：123-10-007626-8
戶名：明日工作室股份有限公司
請將收據傳真至02-2760-6367
註明：書名、郵寄地址及收件人；統一發票號碼及
公司抬頭（無則免填）

浩然劍

趙晨光◎著

浩然劍之序

浩然劍一書，為溫世仁武俠小說徵文第三屆得獎作品，亦儒亦俠的溫先生，向為世人所重。其生前有感於近世武俠小說，從興起到沒落，直如曇花一現，使人惋嘆殊深，亟應考其沒落之因由，重新揭現「俠」之真諦，溫氏族人秉其意旨，乃有此百萬武俠小說徵文之誕生，於今，其人雖已仙遊，但其雅意仁懷，卻皎如日月星辰，足令後世恆久仰望也。

浩然劍繼找死拳法之後，獲得桂冠。成為「新武俠」小說典範型之作品，必須經過「歷史進程」之嚴苛檢驗。老朽曾為第二屆決審把關，但卻無人獲獎，第三屆得獎作品浩然劍，照例應由當屆選委執筆為文，推之薦之，歌之讚之，悉由君等之意，不亦善乎？而明日工作室偏要「畫蛇添足」，逼老朽回答：「浩然劍一著，龍乎？蛇乎？」「為判明孰優孰劣，孰舊孰新？」老朽不得不盡全力，大寫「味同嚼蠟」的考證文章了！

循歷史長廊溯視上古，先秦期的湯除桀，周除紂，本身即為「以仁除暴」、「以正驅邪」的「革命」行為，足可認定為大規模的「仁舉、義行」，雖未言「俠」而「俠自顯矣」！在古代，俠與士在精神上原為一體，「雖千萬人吾往矣」！是士的心胸，而不惜喪家亡身，以武犯禁、剷除天下不平，是俠的行為，荊軻與張良，正是典型的代表人物。尤當天下滔滔的亂世，朝綱崩壞，百姓流離，天災人禍交沓而至，而暴君仍濫施苛政，俠義之士懷而不忍人之本心，以「天下歸仁」為最高生命職志，種種驚天地、泣鬼神的作為，皆以義無反顧的行動體現之！俠不言德，其乃大德，俠不言仁，其乃至仁。

從片斷的歷史記述，即已將俠士劃出較為明顯的輪廓，並自然融入道統文化的主流，但其範圍極廣，並非盡如太史公所言「俠以武犯禁」所可概括。蓋文有文俠，武有武俠，朝堂之上，有犯顏直諫的義俠，莽蕩江湖上更不乏仁俠，在男性沙文主義盛行的年代，居然突顯出神龍見首不見尾的女俠，如唐代的聶隱娘與紅線女，到了宋代，有擊鼓戰金山的梁紅玉，清代末葉，又出現賽金花與小鳳仙，使詩人也不禁吟出：「從來俠女出風塵」的慨嘆！

總的來說，各類武俠義舉，直如天女散花，撒遍人寰。

隋末唐初，小說創作概可分為四大類型，其一為「因果類」，其二為「神怪類」，其三為「愛情類」，其四為「劍俠類」，其代表性的作品，多進入文學的殿堂，因其多具有以「一點證諸多面」的文學功能。

單以「劍俠類」言，風塵三俠中的虬髯客與紅拂，在確認李世民足為開太平的明君後，毅然浮海退隱，即為「仁懷」的至高顯露。至於神龍見首不見尾的俠士，如聶隱、紅線，雖其真實性不足，但鼓舞受難者的功能，卻具無限的波延性，使身陷絕境的廣大受難者，燃起「正義終在人間」的寄望；唐代的劍俠小說，可謂是「極高浪漫型的寫意作品」，確具「雖不能至而心嚮往之」的巨大藝術功能；故其能歸入文學的殿堂而了無愧怍。

也許，以武犯禁的創作意旨，為後世封建朝堂所禁忌，作者們不願自陷文字獄的網羅，因此，多數作品均避開「當今」，而以「漫話前朝」的方式出現，成為典型的「隔代產物」。有一些掛著「俠義」之名的坊本，不論寫前朝或寫當今，都站在官方立場，歌功頌德，獻媚拍馬，例如：七俠五義套書，天、地寶圖，絲絛黨、彭公案、施公案等等，根本上都是「官差捕盜」八股型十足的「偽武俠」作品，毫無文學價值可言。

唯一一部以朝綱不振，官逼民反為主旨的大書《水滸傳》，在明代之後，被學術界推崇，被萬民所接納。一時之間，其作者施耐庵名聲大噪，在學術界的研究中，其地位幾可直逼：紅樓、三國、西遊、金瓶、西廂……諸書而上之！單就《水滸傳》研究論文撰寫而言，其字數早已超越本書多倍，其中，認為施耐庵創作態度認真無比，他竟然請畫匠將其想像中的：卅六天罡、七十二地煞的人物畫像，繪於白壁之四週，使其日夕靜室共處，在極高想像中復活，容其想像冥合千古，一尊尊活化紛呈，以抒寫「水滸」人物言，人物塑造的成功，確為施之成功之處。

但個人十六歲初識「水滸」，深受其所展佈之宋代官商情境所迷，且不問身在何處，處境何等艱困，但俠心不改，仁懷澤被，終有成己立己之機，一甲子以還，個人每十年重讀「水滸」一次，每次感受均有所不同，大半生經七讀之後，個人對「水滸」的崇拜感，逐漸降溫，平心論「水滸」，其文學價值，被學院派過份高估，並不足以作為「新武俠」創作的「標竿」也！

施耐庵聚合民間傳說，除其繁冗，汰其沓雜而晶現成書，自有其優越之處，書中若干精采片斷，如晁蓋智劫生辰綱，宋江怒殺閻婆惜，林沖為奸人設計，誤闖白虎堂，被發配充軍直至家破人亡，寫魯智深三拳打死震關西，投入佛門，與林沖相遇，成為英雄相惜、肝膽相照的生死兄弟，林沖發配途中，魯一路暗中相隨，不但救了林沖，更以寬容之心，點化解差。林沖夜奔的愴涼，花和尚黑林松救友的義舉，字字句句，撼人心腑，使人平添「為俠當如是也！」的感懷。

施耐庵所描寫的俠士，用墨較多者為打虎英雄武松、黑旋風李逵、小旋風柴進，玉麒麟盧俊義、拚命三郎石秀區區十數人而已。

為了湊足水滸楔子所示：洪太尉揭符放妖的數目——卅六天罡、七十二地煞的人頭，施耐庵祇好匆忙拼湊，使雞鳴狗盜之徒，盡歸「替天行道」之列。水滸傳最成功處，在於「人物刻繪」，最缺失處在於「結構不夠平衡」，臨到緊迫處，甚至胡拉瞎扯，不成章法。

直至明末清初，「話說前朝」也多以宮廷、官場為主，民間「以武犯禁」，早坐在冷板凳上去睡大覺了，幸有一屢試不第的窮儒——蒲松齡，他在《聊齋誌異》中，寫下一些俠義的故事，蒲松齡才情超卓，運筆之靈動可稱邁古超今，清代中葉，大儒紀曉嵐，也直陳「留仙之才，余莫逮萬一。」之語也。

蒲松齡，詞語精煉無比，所寫有關武俠之篇章不多，確均能掌握「俠義」的本旨，每篇多則千餘言，少則數百言，即能將整個故事，完完整整的攤展於紙上，且情境高妙，發人深省，許其為曠世文學大師，絕不為過。

迄清末民初，隨著驚蟄的春雷，久被禁制的「武俠」小說，便如怒萌的春草，一夕燎原，成為普世蒼生、生命的綠火。

蓋滿清王朝昏聵冥頑、貪腐無能、崇洋媚外、辱國喪師，對國內民眾非但不予憫惜，反而敲骨搾髓，窮徵暴斂，凡臨此危絕之境時，正是「武俠」小說最好的重建期。

民初武俠作品，為數極多，甚至「鄉野木刻版」也多達百十種，無法逐一列舉，就個人閱讀記憶言之，以寫實為主旨之「北派」小說，可以鄭證因為代表，他恒以翔實的「歷史考據」，對當時的章制、現實狀貌、官場的愚庸，在「史」的縱線上，以「人本」的主要軸線，辨是非、明善惡，其秉「公」彰「義」的創作態度，使人久感「欽遲」。

由於另一以北方大地為抒寫背景的武俠小說大家——王度廬，他的度廬五書中，僅有《臥虎藏龍》、《鐵騎銀瓶》二書，寫得較為嚴整，其餘三書，風華盡失，王度廬雖被列為北派，但可稱為「柔性」的北派，他擅寫「劍膽」，更著「琴心」，其文字優美，白描功夫更屬一流，但後來陷入路線的巨漩中，言不由衷，知者無不惜之。

當時被稱為「中間派」的武俠作家，首推平江不肖生，一部《江湖奇俠傳》，膾炙人口，流傳百年而不衰。後來他續寫《俠義英雄傳》，把大刀王五，精武門霍元甲，活生生重現紙上，為民族正義與文化復興吹響號角，其功極巨，其效更見深廣。至於「南派」的創作，還珠樓主可為代表性人物，其作品甚多，但均脫離歷史的縱線，毫無時間脈絡可尋，他的思緒猶如天馬行空，展現浪漫之極致，他確是才華冠世，能以幻化實，使人不由自主的迷於其所展佈的幻境，任幻想的鹽酸浸蝕心靈，失去面對現實的奮鬥勇氣，讀他作品而產生的迷幻快感，一如時下青少年嗑藥也。

一九四八年後，內戰戰火一路猛烈延燒，造成全國的大流離，眾多較富「文化屬性」的人，避居港台各地，武俠小說在台灣復萌，亦有其因由，其一、國府慘敗，敗於軍事者，僅十之一二，敗於文藝戰線者，十之八九；因此，凡聽見「文化」二字，就想到「左聯」，但凡略涉「五四」的新文學書刊，幾乎一概封禁，多年中，除反共抗俄八股外，出現了文學書籍的「真空」期，但對「武俠」小說，卻開放了較寬廣的後門，俗云：「民情如水，覓地而流」，這是一種很自然的創作流向。

以台灣武俠小說發展言，其最初創作動力，多源自於對「前輩武俠人物」的肯定與熱愛，武俠復萌，其開山人物，如「臥龍生」、「諸葛青雲」、「東方玉」等人。酌古衡今，真可說是「形可變，志不可搖」！應可列為「浪漫寫實派」，感情浪漫為「空」，江湖凶險為「實」，構成詩與血的相映，真與幻的交織，但限於外在環境的局限，大多草率成篇，致使結構鬆浮，言不及義處頗多。

至於香港地區，則以武俠泰斗金庸及多產作家梁羽生為代表，金庸具豐厚的史學基礎，其作品多能掌握歷史的縱線，寫一般江湖派系之愚庸、保守，揭示明教宗旨之正大光明，旦以若干隱性筆墨，暗示今日兩岸處境，勉有識者應涵納各方，共創民族文化之輝煌，此種遠見與透識之高度，遠邁港台作者經營之境也。而梁羽生作品，枝節冗繁，欠缺節奏之控御力，往往一場群鬥，就幾乎耗費三分之一的篇幅，重「武」而輕「俠」，讀來有本末倒置之感，無怪其經不起時空之驗證也！

縱觀台灣武俠小說之急速沒落，因素非止一端，最重要的是：過份強調了「非武不俠」，窄化了「俠」的意涵。大寫反派人物的血腥凶殘，反客為主。為爭天下第一刀、第一劍而作殊死之鬥，完全扭曲了「俠」的本旨。將武俠門派與江湖門派混為一團，產生恩怨情仇的糾葛，變成一種惹人煩怨的八股。

單就取材高度而論，金庸已掌握了文化發展之隱性脈絡，省察到武俠人物的真實處境，隱示出以古映今的創作苦心。而台地的舊武俠作品，普遍缺乏此種俯瞰性。其沒落之速，早在意料之中。

一般書序，多面對一書之表現而論，但溫世仁先生百萬武俠小說徵文之主旨，在於除舊而佈新，對「新」武俠創作與「舊」武俠創作不同之處，必須詳加比映，判定優劣，分別高低。

浩然劍一書，對「俠」的意旨有深透的體認與掌握，也自然顯示出，即使被世人目為「大俠」的人，在人生的過程中，也常為外力所左右，充滿了無奈的悲情，如書中的男主角青梅竹成長的經歷，即為典例。

自幼即為孤兒的青梅竹，被權傾當朝的太師石敬成收養，認為義子，並將其武功傾囊相授，及至青梅竹成為武林第一高手，因年輕識淺而成為石大師手中緊捏著的一粒「政爭」棋子，在短短時日中，一切聽命行事，不知斬殺了多少非我族類的武林高手。

潘白華（人稱小潘相），雙方權爭利攘，糾葛甚深，而相對殺伐之人，亦多為武林高手。依作者創作意旨言，凡為政治掌權之鷹犬爪牙，祇為工具，去「俠」遠甚。

恰在石、潘相爭激烈之時，一傳自波斯（今伊朗）之神秘門派——生死門，突出現於中土，其行蹤極為詭秘，為當時石與潘爭取之對象。不久，又傳聞生死門發生內鬥，其領導人物日天子誅殺了另一首腦月天子，石太師疑忌其將與小潘相結合，不利於己，乃下令青梅竹結合門下四大鐵衛，經連番慘烈血戰，小潘相及其黨羽終遭剷除，並將生死門日天子逼得退居海外荒島，但石太師手下，也羽毛零落，義子青梅竹負傷失蹤，四大鐵衛也死傷狼籍，只落得勉稱慘勝而已。

倍歷滄桑，武功已十去七八的青梅竹，痛定思痛，幡然覺悟昨非，抱著極度悔愧之情，改以謝蘇之名，獨赴西域邊荒，意圖守孤獨而終老，但那祇是他一廂情願的想法，但一個曾經揚名萬立，橫霸武林的人物，過往的恩怨情仇，梭織成一面彌天蓋地的巨網，不論你化裝易形，埋名隱姓，那些無孔不入的偵騎，總是如影隨形的跟隨著你。青梅竹在逃遁途中，屢遇截殺，果真是：時時奪命，刻刻驚魂，但他總能運用極高的機智，化險為夷。

浩然劍作者的高妙處，在於其並未按時空順序，寫青梅竹的過往，而是一個落魄天涯的無名過客，在廣袤荒寒、冰天雪地的環境中，冒死求存的生命力。那種孤絕無助、絕地求生的場景，何止大過水滸傳中「林沖夜奔」的場景十倍！作者創作，信心十足的使用「倒插筆」的寫法，貫串全書，是本書最大的特色，五四新文學運動後，一般論評家，慣將前段寫「果」，後段寫「因」的寫法，稱為故弄玄虛的「香腸」體，那可是當初上海灘，啃報屁股的作者所用的慣技——吸引讀者，故示驚竦，創造票房，得利均霑，但，衡諸浩然劍作者取材的價值觀，表現的完整性而言，斤斤於體例，直如燕雀，而意旨的高深，猶邁大鵬，青梅竹血腥滿手，痛知悔改，自救之餘，猶拯救江南御劍門的少主方玉平。（這可是本書最關鍵性的伏筆）

西域羅天堡主介花弧，算是極具「中華文化」素養的「中道」人物，當化名謝蘇的陌生人在其境內活動時，他早就派人盯哨探底，並使用一切方法，困之乏之，使其力盡再行救之，將謝蘇收為己用。堡主本身並無逐鹿中原、雄霸天下之野心，祇求保護西域一隅的蒼生，免其飽受無端戰火之侵凌而已。

謝蘇在羅天堡，倍受堡主器重，並將其獨子介蘭亭交付謝蘇，行拜師大禮，由此可見介花弧對「識人之學」研究之深透。

從謝蘇偕同介花弧遠赴江南，參加御劍門少主方玉平與百藥門主白千歲之千金白綾衣婚禮開始，作者巧妙利用婚禮前的若干事件，以倒插筆的方式，迴環緊扣，如緩緩打開一柄繪製精美的摺扇，表露出真正「為俠」之路艱辛：

謝蘇儘管已然徹悟前非，但他心中俠念不泯，當其「仗義行俠」之際，仍然波瀾橫生，變生肘腋，一幕幕奇幻詭異的事件，一如七夕變幻無定之巧雲，令人目不暇給，但俠的終極歸趨，竟是那麼樣的愴烈、無奈和悲涼。

作者在本書引用許多詩詞，既具詩的美感，復具禪的涵蘊，「獨善其身」的詩佛王維，修的祇是「小乘」，而年過八十猶行腳的趙州和尚，為宣揚他最高的宗教理想，行到水窮處，一坐便成山，方稱得是「大乘」的心胸。

浩然劍作者，運筆之靈動，構思之慎密，文字之流暢，意境之高遠，尤對文學「以一點證諸多面」的揮發，確使老朽如我者，自嘆莫逮其萬一，倘使未來武俠創作路向，能因此有所啟迪，邁古超今則大有所望也。

司馬中原序於台北市

自序

幾年前讀史的時候，作者曾經看到過這樣一首詩：

「策馬奔車走八荒，南征功業邁秦皇。澄清宇宙安黎庶，先挽強弓射夕陽。」這是中國遠征軍第二〇〇師師長，為國捐軀的抗日英雄戴安瀾將軍的詩句。單以文字而言，辭藻並不華麗，然而詩中自有一把為國為民的軍人鐵骨，錚錚作響。用一個詞來形容，大概就是「浩然正氣」。

後來在為《浩然劍》這部小說起名時，第一反應想起的就是這首詩，而主人公謝蘇的武功，則起名為「浩然劍法」。這首詩，「浩然」二字，也正是作者對「俠」之一字的部分體會。

大凡中國人，或多或少總有幾分武俠情結，這是幾千年文化積澱下來的結果。而俠之一字，在中國則源遠流長。《韓非子》中說「俠以武犯禁」，司馬遷則為遊俠作傳，一代一代發展下來，唐之豪俠，宋之義俠，清之劍俠，今之武俠，各有不同卻又一脈相承。「俠」這個字，更多代表的是一種精神或者一種氣節，這一字與人的社會背景無關，只要擁有這種精神並依此作為，江湖劍客可為俠，青衫書生可為俠，朝堂人物亦可為俠。

比如王度廬先生恪守道義的俠士李慕白；

比如金庸先生筆下苦守襄陽的大俠郭靖；
比如古龍先生筆下奈何情深的小李探花；
比如梁羽生先生筆下的濁世佳公子張丹楓；
比如溫瑞安先生筆下冷峭傲然的大捕頭無情；

……

這些人其言必信，其行必果，已諾必誠，初為快意恩仇，始成為國為民，掩卷沈思，猶有凜然之風。而他們身上的風雅與正直，則是值得今人珍視的東西。有的朋友大概會覺得：古人的東西離現在很遙遠，搬到今天並不現實。其實不然，從小處講，如作者身邊的數位朋友醉心於中國傳統文化，研究詩詞、篆刻以及書法；從大處講，如「以科技之名，行俠仗義」，在大陸西北地區科技扶貧、關懷社會的温世仁先生。在他們的身上，都有「俠」的火花在光芒閃耀。

而《浩然劍》一書的主人公謝蘇，則是作者將自己心中的「俠」字具體化而得出的形象，他也許與傳統意義的俠客不同，但是這個人依然具有堅強的信念，並且肯為這種信念而出生入死。一點浩然氣，千里快哉風。天地之間，終有清正之氣。

武俠小說是一種美妙的文學載體，它包含了俠義、江湖、無限的想像力，可以自由發揮設計的人物，博大精深的中國文化，種種因素加在一起，於是這種載體成為了作者的私心所愛。當然，中國文化博大精深，當看的書越多時，越感覺自己知道的東西越少。甚至有時會發生這樣的情況：自己冥思苦想了很久，自以為想出了多麼了不起的觀點，可是回頭看一看，早在幾百年甚至千年以前，古人早就把你的想法用極為簡練精彩的語句，描述得一清二楚。

儘管如此，在繁忙的工作之餘，晚上回家後泡一杯茶，坐在電腦前敲字的過程，仍是作者一天中最快樂的時光。

武俠寫作是一種極大的樂趣，我希望能把這種樂趣分享給每一位讀者。

最後，感謝各位武俠前輩，是你們讓作者知道武俠文學的美妙之處，並從中學到了很多東西；感謝編輯劉叔慧小姐，以及其他為《浩然劍》一書付出辛勤勞動的各位同仁；感謝身邊各位朋友和羊先生的支援，你們的鼓勵是作者寫作的最大動力之一。

江湖路無限，願與大家共勉。

趙晨光

於二〇〇八年五月十日

目錄

浩然劍之序◎司馬中原 007
自序◎趙晨光 017

第一部

序 023
【一】初遇 026
【二】退敵 035
【三】揭牌 046
【四】賭約 058
【五】追捕 069
【六】拜師 089
【七】重逢 108
【八】驚變 124

第二部

【九】遠行 143
【十】故人 156
【十一】知己 172
【十二】緣起 196
【十三】婚禮 211
【十四】際會 228
【十五】烈火 247
【十六】天下 272
【十七】父子 288
【十八】輪迴 302
【十九】月落 317
【二十】三招 334
【二十一】結盟 354
【二十二】分飛 372
【二十三】歸・去・來 386

第一部

序

西域、羅天堡、廳堂靜謐。

年輕堡主介蘭亭手握青玉狼毫，正自臨摹《曹全碑》，卻不知有人在柱後埋伏已久。驟然間青刃如霜，風聲不起，一名黑衣刺客自暗處躍出，手中短劍鋒芒如電，直向介蘭亭刺去。

介蘭亭雙目仍未離開宣紙，似是渾然不覺。那刺客心中暗喜，短劍鋒芒愈近。

便在那柄泛著青光的短劍即將刺入介蘭亭前胸之時，一直伏首臨帖的年輕堡主忽然動了，準確的說，是他的左手動了。

只一掌，那滿含勁道的短劍便已失了方向，不知刺向什麼所在。

介蘭亭心中冷笑一聲，暗想自己接掌堡主之位不過兩月，卻已來了三個刺客，這些人還眞當他年輕可欺麼？

他原就是個出手無情之人，這樣想著，下手愈發狠辣，隔開劍鋒的左手回指一彈，一縷指風如刀鋒尖銳，倏然而出，那刺客慘呼一聲，一口血直噴出來，短劍噹啷啷掉落地上，卻是要害已被擊中。

他傲然一笑，放下筆，拍拍手上本不存在的灰塵，俯視著那個倒在地上的刺客：「現下可知道了大羅天指的厲害麼？」

西域羅天堡的大羅天指，京師潘家世傳的驚神指，昔年朝廷叛城玉京未滅之時軍師段克陽的失空斬，有「世間三絕」之稱。介蘭亭雖是初接堡主之位，年紀又輕，然論到大羅天指上的造詣，決不在歷任哪一位堡主之下。

這一邊介蘭亭心中微微自得，那一邊地上的刺客忽然一躍而起，手中不知從哪裡摸出一把藍汪汪小匕首，一望即是毒藥淬製過的，照著介蘭亭當胸便刺！

這一下變生突然，介蘭亭也未想到這刺客竟然如此悍勇，倉促間那匕首已至眼前，大羅天指不及使出，危急下他左手手腕一翻，無名指與小指微屈，風儀若清逸寒竹，渾不似他平日招式，動作卻是迅如閃電，瞬息之間，他三指已經搭上那刺客手腕。「撲」的一聲，那柄藍汪汪小匕首霎時落地，介蘭亭不依不饒，手下用力，那刺客腕骨竟已被他生生折斷！

好一招精彩妙絕的小擒拿手！

那刺客一直未曾言語，身受重傷也不在意，只見了介蘭亭方才這一招時才不由失聲：「青梅竹！」

介蘭亭右手大羅天指已是蓄勢待發，擬待一舉將這刺客擊斃。然那刺客簡簡單單三個字，聽在他耳中滋味卻是大不相同，招式霎時緩了下來。

「你——你識得青梅竹？」他愣了一下，小心翼翼的問。這一瞬間他不再是那個年輕驕傲的堡主，反倒像個迫切期待著什麼的孩子。

那刺客也愣了一下，想是沒料到介蘭亭竟會問到這個：「你……你剛才那一招小擒拿手是他的，十幾年前我剛出道，就是敗在這一招下，幾乎丟了性命，沒想到……唉！」

介蘭亭心情忽然好起來，「你知道當年青梅竹的事啊，他很有名吧，再多講一些我聽聽。」

那刺客詫異之極，心道羅天堡主莫不成是故意拿我開心？但又見介蘭亭神情熱切，不似作僞，便道：「十餘年前的京師第一高手，權臣石太師的義子，自己又在朝裡任著高官，誰不曉得他？只是他在二十一歲那年忽然失蹤，後來便生死不明了。」

介蘭亭聽得十分得意，笑道：「你說的這個人，正是我的老師啊。」

「什麼？」那刺客一驚，抬頭看著他。

「他只教過我三招，無所謂，怎樣也是我的老師。你知道不知道——」他微一俯身，看著那刺客，「你們只曉得他從前的名字叫青梅竹，卻無一人知道他的眞正名姓。」

「我的老師，有個很好聽的名字，叫謝蘇。」

【一】初遇

白雲相送出山來，滿眼紅塵撥不開。莫謂城中無好事，一塵一剎一樓臺。

介蘭亭還記得自己和老師相處的後來幾年中，經常看到沉默的謝蘇，在紙上一筆一畫的寫著這幾句話。

一張又一張，一次又一次，不住、不停地寫，力透紙背，墨跡淋漓。

寫到最後，謝蘇往往還是沉默著，把那些散落了一紫檀木桌的紙張一張張整理在一起，放好。

他的老師寫得一筆好字，極剛硬凝立的隸書，卻與謝蘇的氣質殊不相符。

而介蘭亭的父親，羅天堡的第七代堡主介花弧與謝蘇初識之時，無意於禪理的謝蘇還不知道有這麼一首詩。

或者，即使他知道，也不會像現在這般，一次又一次的寫個不休。

七年前，介花弧第一次見到謝蘇，是個大雪紛飛的天氣。

天陰沉沉的，雪片夾著冰屑，不由分說地從天上掉下來，風不大，卻是沁到骨子裡的寒。這樣天氣，若不是有什麼非辦不可的事，決沒人願意出門的。

偏偏介花弧就有這樣非辦不可的事。

他是羅天堡的堡主，天高皇帝遠，西域這邊無人拘管。羅天堡主在當地人心中地位比皇帝還要高上幾分。這一日他在外面處理完幾樣事務，眼見雪下得大，天近黃昏，離羅天堡尙有一段距離，便帶了十幾個隨從，來到附近爲畹城內最大的一家客棧歇息一宿。

這家客棧又兼酒樓，那老闆見得是他，連忙的上前用心招待，將這一行人的座位安排到一個大火爐旁邊，端茶送水跑前跑後的極是周到，便是無事，也要尋一兩件事出來做做，以示自己對這位堡主的格外殷勤。

介花弧平日裡這些見得慣了，也不在意。自端了一碗酒，方要飮下，卻聞側近一陣喧嘩之聲，不由微皺眉頭，向那邊看去。

原來這火爐一邊本坐了個青衣人，手裡拿了碗熱酒要喝不喝的出神，那老闆連叫了兩次，要他換個位置。那青衣人卻不知是沒聽見還是有意爲之，端著酒就和沒事人一樣。介花弧手下幾個隨從看不下去，對他大聲呵斥。

這麼一嚷，那青衣人總算注意到了，他卻不理那幾個隨從，抬頭便向介花弧那邊望去。恰逢介花弧也在看他，兩下對視，介花弧見那青衣人頭上戴了一頂極大斗笠，遮住了大半個臉，看不清面容，唯見他衣著頗爲單薄簡陋，落下的石青衣袖中露出一截削瘦手腕，腕骨突出，似個少年模樣。身上也無兵器，只手上戴了一副極薄的灰色手套，不知爲何一直未曾除去，卻也是半舊之物。

他素非悲天憫人之輩，看了一眼，見那青衣人並無特異之處，也就移回目光，自去飮酒。

那青衣人也看了介花弧一眼，見他三十多歲年紀，雙眉斜飛入鬢，一臉的冷漠自矜，氣派非同尋常。他雖不知介花弧身份，卻也想到這人定是此地一個非同小可的人物，不願多事，自拿酒換了位置。

那青衣人換的位置，是個靠窗之處。他穿的本來不多，這裡風又大，只端了碗熱酒顛來倒去的暖手，卻也起不得多少作用。

這一邊介花弧慢慢用著酒菜，心中卻念著回堡後要處理的幾件事情。

外面的雪，卻是越下越大了。

窗外又傳來了一陣馬蹄聲，由遠而近，在客棧門前停下，隨即門簾一挑，衆人眼前一亮，卻是極出色漂亮的一個年輕人，二十歲左右年紀，服飾華貴，腰間佩一把杏黃色寶劍，劍鞘上鑲一顆龍眼大的珍珠，光芒潤澤，極是顯眼。

這年輕人向裡面一走，一店的人都在看他。他也不在意衆人目光，自顧尋找座位，只是這時店內座位大多已滿，只那青衣人桌邊尚有兩個位置，便笑道：「這位朋友，搭個座如何？」

那青衣人微一點頭，那年輕人方要坐下，忽然見到那青衣人手上一雙灰色手套，心念一動，一伸手便抽出了腰間寶劍，喝道：「原來你竟躲在這裡！」揮劍便向那青衣人頭上削去。

這一下變生突然，誰也沒想到這年輕人竟然忽下殺手。眼見他手中鋒芒如電，那青衣人不避不閃，便要喪生在劍鋒之下。

介花弧自這人進來之後，便一直注視著這邊情形，爲畹城是他治下，決無當著他這個堡主面前殺人的道理，一揚手，一支牙箸脫手飛出。

這些動作說來雖緩，其實不過瞬間之事，那年輕人一劍揮下，忽見眼前青影一閃，並未見那青衣人如何動作，便是鬼魅也無他這般無聲無息，卻是已閃到三尺之外，手中竟還端著那只酒碗，裡面的酒水分毫未灑。

那青衣人雖躲過了這一劍，卻未想到介花弧這邊的牙箸，那一支牙箸本是衝著劍鋒而來，風聲尖銳，力道著實不小，他這一躲卻正迎了上去，百忙中把頭一低，那支牙箸避過要害，恰恰把他頭上斗笠打落在地。

那年輕人一劍落空，又驚又怒，方要補上一劍，一抬頭卻見那青衣人頭上斗笠落下，蒼白面容上一雙漆黑眸子爍爍閃耀，一時愣住了：「啊，不是……」

明亮燈火照映之下，愈發顯得那青衣人神情十分憔悴，一望即知是個長期漂泊在外的江湖人，年約二十六七歲左右，容貌頗爲疲憊削瘦，唯眉目之間尚存清厲之氣，依稀可想見少年時幾分秀氣輪廓。

眾人起初見那青衣人身形，原當他是個少年。此刻他一起身，又顯出眞實面目，皆是有些驚訝。其中最吃驚的，還是方才那個當頭一劍劈下的年輕人。

「對不住，我……我認錯了……」他武功雖不錯，卻殊少江湖經驗。方才那一劍實是魯莽之極，若不是那青衣人輕功高明，極有可能命送當場。他自己也知這豈是一句道歉便可了事？眼見店內眾人個個眼睜睜看向自己，那青衣人卻是神色平淡，若無其事一般，年輕人愈發覺得所有人都在嘲笑於他，再忍不住，大叫一聲，直奔出店去。

這年輕人忽然而來，忽然而去，店內眾人自是議論不休。

介花弧低聲叫過身邊一個隨從，囑咐了幾句，那隨從便即悄悄出門，跟隨那年輕人足跡而去。從那年輕人武功佩劍上，他已大約猜出此人身份，心道這個人居然來了西域，其中必有緣故。

另一邊那青衣人放下酒碗，招手叫小二出來，意欲結帳離開。

自他現出眞實面目，介花弧便一直留意於他，便叫過身邊一個總管模樣的中年人，是他的一個重要心腹洛子寧，淡淡道：「留下他。」

羅天堡暗裡控制西域幾十年，勢力如許，招攬人才亦是其穩固根本的重要原因之一。

洛子寧跟隨他多年，一聽此言自明其意，便笑著走到那青衣人面前，道：「這位朋友，外面風雪極大，若無急事，何不留下來歇息一宿，明日再走呢。」

那青衣人抬頭看他一眼，「你家主人要留我？」聲音不高，略有些克制壓抑，卻聽不出是那一處的口音。

簡簡單單的一句話，不知爲何，洛子寧竟有一種冰雪落地之感。

這青衣人說話，銳利直接，不加絲毫掩飾客氣。

洛子寧也只好笑笑，正要再說些什麼，那青衣人卻又道：「替我謝過你家主人，只是，」他微一頓，「不必了。」

他放下一小塊銀子，也不待店小二過來，轉身即走，並未向介花弧方向看過一眼。

介花弧坐在爐邊，微微瞇起一雙眸子，眼神一直未離開他身影，卻是未發一言。

外面大雪紛飛，那人一襲青衣背影愈發顯得單薄，卻仍是十分挺直。

洛子寧追出門外，叫道：「這位朋友且等等……」但那青衣人輕功實是高明之極，他怎生追趕得上？

他低下頭，看雪地中那青衣人留下的一排清淺足印，江湖中有所謂「踏雪無痕」的說法，但那不過是傳說中事，誰也沒有見過，這青衣人能做到如此地步，已是極爲罕見之事了。

店中，介花弧慢慢起身，走到那青衣人座位前，端起他留下的酒碗，碗裡的酒早已冷了。他隨意晃了幾下，忽然一抬手，飲下了那青衣人剩下的半碗酒。

爲畹城外，方才那年輕人立於雪地，心中大是茫然。

他原是江南御劍門門主的獨子，名叫方玉平，御劍門是江南有名武林世家，老門主又只他這一子，他從小便在衆人的呵護寵愛之下長大，雖然已是二十歲的年紀，卻未曾獨身一人行走過江湖。這一次遠赴西域，亦是私自的離家出走。

原來前幾年時間，江湖上出了一個暗殺組織，自稱生死門。首領一名日天子，一名月天子。據聞乃是由波斯「山中老人」霍山一脈，武功詭異，手段毒辣，無所不爲，自入中原以來，不但許多武林中人死在他們手中，而且頻頻派人刺殺朝中官員，甚至當時聞名天下的小潘相潘白華也被刺身亡。

當時朝中震怒，太師石敬成派手下四大鐵衛聯合江湖中人圍殲生死門，然在這其中，四大鐵衛中武功最高的朱雀又爲月天子設計所殺，屍骨無存。

那朱雀原是江湖中年輕一代有名劍客，於石敬成得力心腹、京師第一高手青梅竹失蹤之後，爲石敬成收服，是爲帶藝投師。平生好穿紅衣，極是俊美高傲的一個人，他這一死，江湖中人更是憤慨莫名。

眼見一場腥風血雨在所難免，生死門中忽然卻出了內訌，日月天子不知何故竟自相殘殺起來，也只三個月內，月天子死於日天子之手，而三大鐵衛也乘此良機一舉擊潰生死門，日天子僥倖逃得一條性命，避於東海明光島，再無能力入中原。

這些都是數年前江湖中的大事，是時方玉平年紀尚輕，也只大約聽說過詳情。然而上個月，他父親一位老友來訪，自他們談話間方玉平無意聽到一個消息：當年的月天子竟然未死，而且人正在西域！

他對當年三大鐵衛滅生死門一事一直十分嚮往，此刻更是大喜，心道若是殺了月天子，可不是上好的一個成名立萬機會！也免得天天在家中聽一衆長輩嘮叨。於是瞞了父親出門，悄悄來到西域。

然而方玉平並未見過月天子其人，一路尋來，只聽說此人常年戴一副灰色手套，從不除下，又聽說月天子形貌雖與中原人一般無異，一雙眸子卻是顏色極淡，甚好辨認。

方才在客棧中，他誤當那青衣人便是月天子，魯莽出手後又慚愧跑出，此刻心裡大是後悔。暗道大丈夫敢作敢爲，做錯了事便應及時補救，方玉平堂堂一個御劍門少主，豈有如此退縮之理？

這樣想著，他便轉過身形，意欲回到客棧向那青衣人重新賠禮。此刻風雪已停，在西域，這般大雪亦是頗爲少見，遠遠望去十分開闊，天地間一片晶明，他深吸一口氣，只覺便如飲入大杯冰水一般，直是清爽透徹到了極點，不由暗想：若不是自己瞞了父親跑出，在江南那能見得如此奇景？

他這邊正在心曠神怡之際，忽見一陣疾風驟起，前方地上積雪爲這陣疾風所捲，鋪天蓋地向他壓來。

方玉平一怔，正想這是怎麼一回事？一個冷冽聲音已自身後傳來，「退！」

這聲音不高，卻極是決斷，自有一種不容置疑之意。與此同時，一隻極瘦削的手已搭上了方玉平的手腕，竟是一招極高明的小擒拿手，方玉平未加思索，也未想掙脫，跟著那人迴身後躍。

一縷閃電般的劍光，便在此刻自飛雪中激射而出，若不是那人及時將方玉平拉走，只怕江南御劍門方家，便要從此絕後。

那縷劍光一擊未中，卻是不依不饒。方玉平只覺眼前一花，依稀見得一個修長身影自雪中躍出，追風逐電一般又向自己襲來。動作之快，方玉平竟連對方面目也看不分明。

他站在那裡，急切中不知如何招架，索性一劍也向對方刺去。

那修長身影冷笑一聲，劍光一變，速度竟是分毫未減，直刺方玉平雙目之間，劍招詭異毒辣之極。

單以這一手劍法，這人已足可躋身江湖一流高手之列。

便在此時，忽聞「叮、叮、叮」幾聲，卻是方才救助方玉平那人出手，一支銀梭襲向那修長身影手腕，兩支銀梭打向劍鋒，數聲輕響之後，三支銀梭合著一把長劍，卻是一同落到了雪地之上。

那修長身影失了劍，又曉得面前之人厲害，身形一展，忽然又沒入了雪地之中。

方玉平由死到生走了一圈，心中大是感激，轉過身道：「多謝這位大俠出手相助……」這一轉身卻見不對，面前這人哪是什麼大俠，正是那個他在客棧裡一劍砍去的青衣人！

此刻那青衣人頭上斗笠已經不見，長髮用一條青色髮帶束了，獵獵風中飛舞不定。而他手上依然戴著那副手套，正把一個機簧銀筒收入袖中。

方才，那青衣人正是用這只銀筒射出銀梭，打落了那伏擊之人的長劍。

他大爲尷尬，正想尋些言語致歉。那青衣人卻不待他多說，右手倏出，將他帶到身邊，低聲道：「別動，跟著我，那人藏在雪下還沒走。」

方玉平奇道，「這是什麼人，武功這麼高？」忽然轉過一個念頭，叫道：「莫非他便是那月天子！」

那青衣人簡捷答道：「不是，是他的侍從。」

方玉平一驚，心道單一個侍從就如此了得，那月天子要厲害到什麼份上？這樣想著，忽又覺被那青衣人抓住的手感覺不對，一轉手反握回去，這下確定無疑，又是一驚，「你……你的手……」

那青衣人的右手，原來只剩下三根手指，食中二指竟已被齊根斬斷。方玉平心道難怪他在室內也戴著手套；又覺方才被他一帶，力道甚輕，顯是他內力也極差，這一下不由擔心起來。

那青衣人回過頭，似已猜到他心中所想，傲然一笑：「你放心。」

「我雖右手廢了，內力失了大半，但那個伏擊之人，還不是我的對手。」

這一句聲音不高，語氣平平，卻自有一種凜然之意。

【二】退敵

不知爲什麼，方玉平對這個尚且不知道名字的青衣人，十二分的信任。

這青衣人形容單薄落拓，一隻手廢了，全無他想像中英雄俠客那般慷慨激昂之態。方玉平素來也是個心高氣傲之人，然而見了面前這人，卻不由生出一種欽服之感。

不完全是武功的原因，這個青衣人，確有一種令人折服的氣概。

他緊緊貼在那青衣人身邊，手中長劍鋒芒閃耀，映著雪光，分外的明澈。那青衣人手中卻無兵刃，一雙眼沉靜如清水中養的兩枚黑水銀，卻是盯著地面，不做稍移。

雪地上一無異動。經過了方才一場較量，方玉平絲毫不敢大意。只是雙眼盯著白茫茫一片雪地。時間長了，卻也不免有些酸痛。

他眨一眨眼睛，正當此時，一大蓬積雪忽然自正前方沖天而起，隨即其他幾個方向白雪一併湧起，時間上雖有先後之差，卻因速度極快，倒像是在二人周圍，四面八方一同憑空多了一道雪障。

大片積雪紛紛揚揚地飄起，又紛紛揚揚地落下，竟是一直未住。方玉平只覺視野裡一片模糊，實不知方才那人又會從什麼方向襲來。反觀身邊青衣人，雖亦是一臉肅穆之色，卻仍是凝立不動。他不由有幾分焦急，低聲道：「我們要不要離開此地？」

「不必。」青衣人平靜開口，「生死門是波斯武功一脈，門中高手雖可長期潛伏雪下，卻不能如東瀛忍者一般在雪下潛行，那人掀起周圍積雪是爲了掩飾自身方位，只要找出他藏身之處……」

他一語未完，忽然淩空而起，冷冷一聲：「出來！」借那一躍之力，他腳尖一點方才那柄被打落的長劍，那柄長劍便如活物一般，向東南方雪地上暴射而去！

方玉平出身御劍門，那在江南也是數一數二的劍派，講究的便是以人御劍，人劍合一的道理。他自小耳濡目染，見青衣人方才那閃電般的一擊，看似輕描淡寫，實際無論勁道、角度、控劍能力，無一不是巧妙到了極點，便是家中幾個長輩，也少有人能做到這樣地步，不由便叫了一聲：「好！」

這一聲好好出來，他心念一轉，又想到了青衣人那隻殘缺的右手，用劍之人，右手這食中二指尤爲重要，那青衣人卻偏偏沒了這兩根手指。

想到那青衣人一生無法用劍，不知怎的，竟是爲他難過起來。又想日後若見到那個傷他之人，定然要爲他報復回來。

至於他有沒有這個能力去報復，方玉平卻是未曾想過。

這一邊御劍門少主腦子裡連轉了數個念頭，其實也不過瞬間之事。那一邊戰局，卻又起了變化。

那青衣人這一劍聲勢並不甚大，遠不如方才那一陣雪障氣魄驚人，然而其中的狠準之處卻絲毫不容得雪下那高手小覷。那人再無法隱藏，隨著一聲低沉叱喝，一道修長身影疾如飛鳥，霎時破雪而出。

他人在空中，身形未穩，忽聞耳後風聲大響，心道這青衣人果然難纏。此刻他雖無借力之處，但憑著一身了得內功，竟是硬生生在半空中轉了方向，躲開了身後襲來的兩支銀梭。

他鬆一口氣，身形尚未落地，忽覺左肩一疼，轉頭一看，第三只銀梭正正打在他肩頭之上。那青衣人憑著卓越目力經驗發現他藏身之處，擲劍逼他現身，發出前兩支銀梭引開他注意，又使他轉到眼前方位，全是爲了最後這一支銀梭而來。

遠遠看去，那只銀梭不像是打在那人身上，倒像是他在空中，自行撞上去一般。前後一切，全盤在這青衣人掌控之中，那高手劍法內力雖均是一流，在這青衣人面前，卻全無反抗餘地。

那人亦是十分知機，見事不好，連地上的劍一併不理，提一口氣便向西北處疾奔。

方玉平提劍正要追趕，卻被那青衣人一手攔阻，「不必，他活不久了。」

方玉平大惑不解，「可是，那人只是肩上中了暗器……」

青衣人淡淡道：「銀梭上有劇毒，他跑不遠。」

方玉平又是一驚，他出身名門，自小受長輩教誨，從來便覺在暗器上淬毒乃是小人所爲，俠義道絕不可取。然而這青衣人平淡說來，便如一件再天經地義不過的事情，並不覺自己有何不妥之處。

他張一張口，想說些什麼，卻又不知該如何開口。

那青衣人卻不理會，此刻雪下那高手負傷退走，適才被他掀起的漫天風雪，慢慢也就寧定下來。清野茫茫，四周一片空曠，天地間，便似只餘下了他們二人。

方玉平深呼吸幾下，道：「先生，我們走麼？」他想了半晌該如何稱呼這青衣人：若說叫「大俠」，這人舉止卻與他平素見得那些俠客殊不相同；叫「兄台」，二人關係似乎並未到這個地步；要是叫「恩人」，那青衣人叫了會怎樣暫且不說，他自己便先覺實是有些肉麻。

想到最後，因他對這青衣人另有一番尊崇之情，所以乾脆以「先生」呼之。

那青衣人聽了，只道：「有人還沒到。」

方玉平一驚，他腦子轉得也快，失聲道：「月天子！」他從江南趕到西域，便是爲了捉拿此人而來。然而方才雪夜一番惡鬥下來，他方知自己想法實是幼稚淺薄。雖是如此，這位御劍門少主天性裡畢竟有著一股義俠之氣，朗聲道：「好，那我們便在這裡等他！」

那青衣人詫異看他一眼，似是也未想到這年輕人竟有如此性情。

一縷紅線，便在此時無聲無息自雪地前方蜿蜒而來，也不知是活物還是其他什麼物事，速度極快，一眨眼間，已到了二人面前，隨即形成一個紅圈，將二人圍在當中。

青衣人微微冷笑，「血河車？他還眞捨得。」又對身邊方玉平道：「莫碰那紅雪，有劇毒。」

便是他不說，方玉平也知那紅雪斷然是觸碰不得。一低首卻見那個紅圈似有生命一般，竟是自動向內擴展，直向二人逼來，所經之處，大片積雪均被染成血一樣的鮮紅，實是詭異到了十分。

那青衣人雙手籠在袖中，卻是不言不動。

方玉平心中焦急，偏又無法催促。

終於，那青衣人右手從袖中緩緩伸出，正要有所動作，忽然間一陣排山倒海似的掌力自外發出，極是霸氣凜烈。周圍大片紅雪和圈中二人腳下積雪爲這掌力所逼，竟是全盤向外倒飛出去，卻又無一點濺到二人身上。

那血河車之毒只能借水傳播，如雨水、河流、冰雪、甚至大霧均可。眼下離了雪爲媒介，也就無法前進。而這出掌之人雖在週邊，卻能令紅雪自圈內倒飛，可見其內力、掌法、勁道，無一不是高妙非常，實是歎爲觀止。

這自然不是那青衣人出手，他內力之差，大概尚不如一個尋常練武之人。

紅雪積在兩旁，恰爲二人開出一條道路，那青衣人轉過頭，卻見不遠處，一人唇邊微帶笑意，負手立於雪中。

這人三十多歲年紀，身形修長，長髮如墨，一身的明決大氣。穿的亦是一身青色長衣，但無論質地裁剪，均不知要比那青衣人高出多少倍，腰中玉帶亦是十分名貴，與他衣上銀色暗紋相映成輝，雪地中格外分明醒目。

青衣人只看了他一眼，「羅天堡。」又頓了一下，續道：「介花弧。」

這兩聲並非詢問，只是單純爲了確定而已。

那人面上淡薄笑意不變，走了過來，「能從方才在下出掌判斷出武功路數，進而推斷出在下身份，先生果非常人。」正是羅天堡堡主介花弧。

那青衣人似乎略猶豫了一下，道：「多謝相助。」

方才介花弧確實爲二人解脫了血河車之困，但若他不出手，單這青衣人也可帶著方玉平脫身。

只是這青衣人性子分明，得了介花弧援手便是得了他援手，決無否認之理。

介花弧道：「哪裡，若我不出手，先生也自有退敵妙計。卻不知先生如何稱呼？」

這個問題方玉平卻也關心，方才一陣激鬥，他亦是不及問這青衣人姓名，也道：「是啊，先生你叫什麼名字？」

青衣人看了一眼方玉平，緩緩道：「我叫謝蘇。」

「原來是謝先生。」方玉平點一點頭，他其實並未聽過江湖上有這樣一號人物，但想自己經驗尚淺，未聽過也是尋常。介花弧卻於一旁笑道：「哦，謝蘇。先生如此見識武功，卻爲何在江湖上籍籍無名呢？」

這句話問出來，加上介花弧特有一種高傲語氣，竟隱隱有幾分挑釁味道。

謝蘇眼神冷冷，也不答言。

介花弧卻也沒有追問下去，轉向一邊的方玉平：「這一位，可是江南御劍門的方玉平方公子？」

方玉平自然知道羅天堡大名，他父親方天誠也不過與介花弧平輩論交，連忙行禮道：「正是，方玉平見過堡主。」

介花弧面上笑容甚是和煦，「方公子不必客氣。」又道：「那月天子已然逃走，此刻風雪甚大，夜色深重，不利追擊。且他黨羽又受了重傷，二人不會走遠。我已命總管洛子寧派人把守四方要道，只待天明，再行追擊，何況——」他意味深長的看了方玉平一眼，「江南的幾位門主也趕了過來，方公子還是先去見上一面爲好。」

「什麼?」方才面對月天子手下用劍高手、詭異毒藥於生死關頭泯然不懼的方家大公子哀叫一聲。

「我……我爹他來了?!」

依然是方才的那家客棧，人卻不是原來的人。其餘閒雜客人已然離開，幾個老者圍坐火邊，一眼望去均非尋常人物，正是御劍門門主方天誠和江南其他幾個有名劍客。

原來方玉平留書出走後不久便被其父發現，方天誠大怒之餘，卻也擔心愛子。又兼月天子再度現身亦是江湖上一件大事，於是會同幾個好友，一同來了西域，恰好在這裡遇見了介花弧。

兩下相見，介花弧派出跟蹤方玉平的隨從也已歸來。介花弧安頓下江南諸人，便帶了洛子寧出城尋找，正逢上月天子出手。此刻洛子寧被他派出封鎖四圍道路，尚未歸來。

衆人相聚，方天誠見愛子無恙，心中自然大喜，口中卻責罵不休。方玉平縮縮脖子，「爹，你別罵了，要不是謝先生和介堡主搭救，我連命都沒了，哪還能聽你罵。」便將方才種種情由說了一遍，他畢竟年輕，又兼性子坦蕩，連起初他向謝蘇砍了一劍的事情也說了出來，並沒有避諱。

方天誠一面聽，一面心中思索。他自是分得輕重之人，方玉平講述之時，便不曾打斷，直待他講完，忙走到介花弧面前，連聲謝過他一番救助之恩。介花弧也自謙遜了兩句。

謝蘇獨自坐在窗邊，依舊是原來的位置。方才在爲畹城外，方玉平一定要謝蘇和他們同行，奇怪的是，謝蘇並未堅拒，隨著二人一同回了客棧。

這時方天誠已回到自家座位，起身向謝蘇方向，謝了幾句。

謝蘇頭也未抬，雙手握著酒碗，微一頷首。

方天誠碰了一個軟釘子，他是老江湖，並未說什麼，自坐下與眾人商討捉拿月天子一事，最後亦是贊成介花弧意見，待到天明，再行追擊。

大家商議既定，此時已是三更，介花弧手下已吩咐客棧備好房間，於是各自進房休息。

介花弧走上樓梯，一抬眼卻見謝蘇依然孤零零坐在樓下窗邊，面前一碗酒水，桌上一燈如豆，小小火焰光芒在他面上跳躍，襯著一雙眸子便如琉璃一般，卻不知他在想些什麼。

他腳步一頓，向樓下道：「謝先生夤夜飲酒賞雪，好番興致。」

謝蘇一怔，抬眼看上去，一瞬間他的眼神彷彿恍惚了一下，方道：「不敢當。」

介花弧道：「那麼不打擾了，先生請自便。」說著逕自上樓。

謝蘇原當他必有一番說話，卻未想介花弧如此簡捷，心中微覺詫異。他端起酒碗，忽聞樓梯又響，一抬首，卻是方玉平走了下來，身上換了件瑞雪色箭袖中衣，愈發顯得俊朗非凡，只面上神色，卻頗有尷尬之意。

謝蘇放下酒碗，道：「你怎麼不去歇息？」

方玉平又走近了幾步，吞吞吐吐地說：「呃……先生……這個……我是來向您賠罪的。」

謝蘇卻有些驚訝，道：「賠罪，賠什麼罪？」

方玉平一怔，只當謝蘇還在介意，忙道：「謝先生，我那時當眞不是有意砍你一劍，我只當你是那月天子……。」

謝蘇這時才想起來，笑了一笑，「那件事啊，我都忘了。」

自方玉平識得謝蘇以來，這是第一次見他展露笑容。以謝蘇相貌而言，並不算得如何年輕，這一笑卻頗有三分少年人的揮灑之意，一時間只覺十分親切，雖然謝蘇並未說其他什麼話，他卻霎時放下心來。

他走到謝蘇對面，問道：「謝先生，我坐下可以麼？」

謝蘇道：「你坐下好了。」

方玉平便坐下。

坐了一會兒，他覺面前這盞油燈實是太過昏暗。又道：「謝先生，我去點些燈火好麼？」

謝蘇道：「你去點好了。」

方玉平便尋了蠟燭，點燃放在桌上。

這時燈火明亮，他又道：「謝先生……。」

謝蘇眞有點啼笑皆非，道：「你要做什麼，直接去即可，不必問我。」

方玉平道：「我……我餓了，哪裡能找到吃的啊？」

謝蘇一怔，見方玉平正襟危坐，說了這句話卻又努力作出一副若無其事的樣子，忍不住笑了出來。

方玉平苦了臉，「謝先生，別笑我啊。」卻見謝蘇這一笑與方才笑容又自不同，四周燭光搖曳，襯得他一身頗有冷肅之感的青衣亦是柔和了許多，心中不由一動，暗忖面前這位謝先生，年少時定是個清澈秀致到十分的人物。

謝蘇那邊卻不再笑了，回想一下，方玉平傍晚進客棧時並未用餐，之後又是雪地遇伏，一直沒有吃上東西，他年紀尙輕，此時定是餓得緊了。便道：「你且等等。」起身離開。

方玉平心中好奇，便坐在原地等待。

不一會兒，謝蘇端著一個木製托盤回來，尙未走近，便覺一陣飯菜香氣襲來，方玉平嚥了口口水，只覺又是餓了幾分。

謝蘇放下托盤，裡面放了一盤炒飯，一碗蛋花湯，還有兩碟小菜，看上去頗爲清淡可口。

方玉平不由大喜，一雙眼睛驟然亮了起來，緊緊盯著那托盤。

謝蘇怕他又問一句「謝先生我吃飯可以麼？」連忙的先說了一句：「你吃飯吧。」

方玉平也不再客氣，抄起筷子大口吃起來。一面吃，一面含含糊糊地說：「這裡的廚子實在了得，我從未吃過這麼好吃的飯！」

謝蘇歎口氣：「你錯了。」

「第一，你覺得好吃是因爲你餓了，而不是因爲做飯的人手藝了得。第二，」他略停了一下，「這些東西不是廚子做的，是我做的。」

方玉平一口蛋花湯幾乎噴出來。

吃完飯，方玉平流連著卻不想走，一眼又看到謝蘇手上那副灰色手套，心中又覺難過，開口便問：「謝先生，是那個卑鄙小人把您手傷成這樣的？」

這一句話其實頗爲莽撞。方玉平一時未加思索，脫口而出。謝蘇也不惱，平靜道：「不是什麼小人，和人比試，我輸了。」

這本是件很不光彩的事情，江湖中人尤其看重名譽，謝蘇卻似全不在意。

方玉平大驚：「什麼人，武功如此之高！」

謝蘇側了頭，一面思索一面道：「一共是四個人，一個是南疆的刀客，還有一個是來自東海明光島……」

「謝先生等等！」方玉平攔住他話語，「您是說，四個人圍攻您一個？」

謝蘇點點頭。

方玉平怒道：「這些人怎如此不講江湖信義，以多打少，豈是俠義道所爲！」

謝蘇淡然道：「有何不可，他們勝了就是勝了，至於用何方式，卻是不必計較。」

方玉平用力搖搖頭，他只覺這位「謝先生」，當眞是處處都與他過去所見之人不同。雖覺他說的不對，卻又不知如何開口批駁。

【三】揭牌

這個雪夜的經歷，眞比方大公子過去二十年的日子都要精彩得多，少年人初歷江湖，不覺驚險只覺興奮。他躺在床上，一會兒想到那潛伏雪下的用劍高手；一會兒想到神鬼莫測，卻終未現身的月天子；一會兒又想到內力、掌法，聲名均爲當世一流的羅天堡堡主。只是思前想後，念頭終又轉回到那個一身清寒布衣，性子古怪的謝先生身上。

「這位謝先生武功實在出衆，他究竟是什麼人呢？」方玉平自言自語了一句，他翻個身，不知不覺睡著了。

落雪無聲，暗沉沉壓了一天一地。

第二日凌晨大雪方停，方玉平起身甚早，見窗外天色昏暗，幾顆星子隱隱閃爍，雪光晶明，心懷大爲舒暢。

他下得樓來，見謝蘇依舊坐在昨夜位置，伸手烤著火。三四個夥計在他身後正忙著拾掇桌椅，排放熱水熱粥。爐裡炭火融融，謝蘇一張蒼白面容微微泛出血色，不若昨夜那般憔悴。

方玉平興高采烈地叫道：「謝先生，早啊！」

謝蘇見得是他，點了點頭。

方玉平正要再說點什麼，卻聽樓梯聲響，羅天堡與江南諸人一併下樓，爲首一人穿一件深黛色天水錦長衣，腰間青玉爲飾，頗具威儀，正是介花弧。

方玉平見父親也在其中，便迎上去說話。謝蘇卻未起身，只收回了手，端正坐在窗下陰影裡。

衆人簡單用了早飯，便即出發。這些人中，只謝蘇沒有坐騎，他甫一出門，便有羅天堡一名侍衛爲他牽過一匹馬來。方玉平走在他身邊，心想謝先生性子倨傲，若是拒絕，便把自己的馬讓給他。

這匹馬原也是介花弧坐騎之一，生得十分高大，毛色漆黑，目光炯炯有神，神俊非常。只是性子驃悍暴烈，尋常人難以接近。謝蘇抬頭看它一眼，眼中也現出讚賞神色。

他走到那黑馬面前，那馬見是生人，不住打著響鼻，前蹄刨雪，一副極不耐煩的模樣。謝蘇也不在意，左手一按馬身，輕飄飄落在鞍上，毫無聲息。

那黑馬也無防備，霎時一聲嘶叫，便要發作，謝蘇卻搶先一步，雙腿用力一夾馬腹，揚起左手，一鞭子又快又狠，當即揮下；同時右手用力一勒韁繩，不容得那黑馬前進一步。

這一連串動作乾淨俐落，漂亮之極。謝蘇那一馬鞭恰是抽在那黑馬要害之處，那黑馬一聲嘶叫叫到一半，硬生生被卡在喉嚨裡，再動彈不得。

介花弧手下盡有騎術高超之人，見得謝蘇適才舉動，不由齊齊叫了一聲「好」！

介花弧騎在爲首一匹高大白馬上，聽得後面聲音，回首看了一眼，面上帶了一分笑意。

這一行人馬，在爲畹城外方圓百里足足搜索了半月有餘，來往道路早被洛子寧封鎖，嚴密程度直是水潑不進。雖然如此，卻是一無所獲。

月天子倒也罷了，他那侍從身中劇毒，又怎生逃脫？也有人想謝蘇當日說銀梭上有劇毒不過是一句大話，礙了御劍門面子沒有當面問出，舉止神色中亦有表露。

方玉平這些日子卻一直和謝蘇一起。少年人初入江湖，謝蘇是他第一個交往略深的人物，又是好奇又是嚮往。謝蘇雖是神色冷然，對方玉平間或還能假三分顏色。

謝蘇身份未明，方天誠其實並不大願自家兒子與他整日混在一起。但一來謝蘇畢竟救了方玉平一命；二來羅天堡堡主介花弧和他們一路，也不好多說什麼。

這一日清晨，衆人正要出發，方天誠卻忽然收到飛鴿傳信，道是江南忽現月天子與那侍從蹤跡，要他速速回去。

江南諸人自然大驚，向介花弧解釋情形，便即各自收拾行裝，準備離開。

這一邊衆人忙亂，那一邊方玉平聽了消息，驚訝之餘想到要離開，倒有幾分惆悵。也未和父親打招呼，便匆匆去找謝蘇辭行。

與衆人不同，謝蘇單獨住在東南角一個院落。方玉平穿過數條長廊，一腳踏進院門，便叫道：「謝先生，謝先生！」

院內枯枝上幾隻麻雀被他一叫，撲棱棱地飛起。院內卻無人應答。

他好生奇怪，大清早的，謝蘇卻是去了哪裡？也未多想，也未敲門，推門便走了進去。

一陣冷風迎面吹過來，溫度竟與外面一般無二。幾扇窗子半開半闔，房內也未生火。床上被褥折疊的整齊，顯是昨晚並未有人歇息。

方玉平卻未留意那些，他的注意力被桌上的一幅字吸引住了。

說是一幅字，其實只有一行，紙上尚餘大片空白，不知為什麼沒有寫下去。

那一行字剛硬端凝，方玉平不諳書法，卻也覺寫的實在是漂亮，不由便念出聲來：

——「一日心期千劫在。」

那幅字上面壓了一塊青石鎮紙，被風吹得忽喇喇上下作響，上面深深的幾道折痕。方玉平看著可惜，走上去伸手把紙撫平。

只是折痕太深，方玉平用力抹了幾下，越弄越糟，心下一個不耐煩，力道大了些，白紙被鎮紙壓住的一角「哧」的一聲撕開，冷風一吹，那幅字飄飄蕩蕩直落到地上。

方玉平沮喪抬起頭來，卻見面前不知什麼時候多了一個青衣人。

「謝先生！」他驚喜叫起來。

謝蘇臉色灰敗，額前散髮被雪水打濕了大半，腰帶衣角皆被凍得板結住了。他彎下身，默默把那張字拾起來。

方玉平有些不好意思，搭訕著說：「謝先生，你這幅字寫得眞漂亮……」

一句話未完又知自己不對，謝蘇右手少了兩根手指，如何再能握筆？連忙又道：「對不住，謝先生，我忘了你的手……。」

「是我寫的。」謝蘇似已猜出他心中所想，比一比自己左手，淡淡道：「這個。」

方玉平驚訝莫名。

謝蘇走過來，靜靜拾掇桌上筆墨紙硯。方玉平想到自己過來目的，跟在謝蘇身後，絮絮說著今天要走的事情。謝蘇點點頭，也未多說什麼。

「謝先生，以後到我們江南來吧！」方玉平忽然冒出這樣一句。

謝蘇正用清水沖洗硯臺，聽到這句話，手中動作不由停頓了一下，卻並未轉身，聲音依稀平靜：「我在江南，住過一段的時間。」

「什麼時候的事情？眞可惜，那時我見過您就好了。」方玉平歎口氣。

「那是幾年前的事，我住在寒江邊一個小鎭上。你還小，就是見過，又怎會記得。」

其實謝蘇比方玉平年紀大的有限，但方玉平不自覺言語間便把他當長輩看待，謝蘇也習以爲常。

「要不，謝先生您這次就和我們一起回江南吧？」方玉平又發奇想：「我家是江南武林世家，父親又好客，您想住多久都成……。」

他說得起勁，謝蘇卻只道：「不必，我在這邊，還有幾件事情未完。」

方玉平覺得有點遺憾，卻又想不到什麼其他的話好說。

他又逗留了一會兒，到底離開了。

看方玉平身影逐漸遠去，謝蘇關上門窗，正欲更換被雪水打濕的外衣。忽聽腳步聲又響，他一怔，門被推開，一個人影又轉了回來。

「謝先生。」走進來的年輕人正是方玉平。

「一定要來江南啊！」

這一句語出真誠，謝蘇又是一怔，心中莫名一陣溫暖，默默點一點頭。

御劍門與江南其他人等終於離去。謝蘇一直留在房中，並未出門相送。耳聽得門外由寂靜到喧囂，最終又歸於寂靜。

他換了一身乾淨的衣服，當年應是雨過天青的顏色，現在已被洗成暗白。然後仔細束好髮帶，取出銀梭機簧，一支一支檢查了一遍，復又放回袖中。

謝蘇走出門外，外面天氣乾冷，一陣大風卷著牆頭碎雪直撲到他面上，雙目霎時一片朦朧。這樣的雪這樣的風，和三年前江南那一場風雪是否相同？

他沒有停步，挺直了身子繼續向前走。

這所住宅，原是介花弧的一處別院，穿過短短一段迴廊，便是介花弧的住處。朱漆門戶，赤銅門環。謝蘇停了一下腳步，隨後推門直入。

室內溫暖如春，薰香濃郁，介花弧著一件輕便長衣，坐在正中，看見謝蘇進來也不吃驚，微微一笑：「你到底來了。」

謝蘇緩緩抬起頭，一雙烏黑眸子凝若寒潭：「介花弧，月天子在哪裡？」

介花弧自斟了一杯蘇合香酒，慢慢地飲了，方道：「我若說他在江南，你信也不信？」

謝蘇冷冷道：「也罷，那就暫且算他現在江南，介花弧，你爲何要助他離開？」

介花弧笑起來，取了兩個杯子，各斟了一杯酒，一杯自飲，一杯放在桌子對面，笑道：「好，好！你能猜出來，我不吃驚。只是我自認並未留下什麼破綻，你又是怎樣發現的？」話語之間有恃無恐，毫無隱瞞之意。

只是他也確實不必避諱，西域這裡，有誰能奈何得了羅天堡堡主？

謝蘇神色未變，「從方玉平初到那天開始。」

介花弧想了一想，笑道：「我明白了。」

那天方玉平奔出客棧之時，介花弧已經派了手下跟蹤，後來江南諸人雖至，但派出一名手下去尋找方玉平即可，以介花弧身份，怎會親身趕赴城外？

能讓介花弧冒著大雪出城，丟下初次見面的方天誠等人去見之人，決非等閒人物。那日城外只有四人。介花弧不是去找方玉平，更不會去找謝蘇，餘下的，只有月天子和他那侍從。

謝蘇銀梭上的毒是天山有名寒毒，名曰寒水碧，毒性劇烈，當年玉京第一殺手清明雨亦曾折在這寒毒之下。即使當日月天子及時爲那侍從拔毒，三日之內，那侍從也不可輕易移動。然而起初三天中，謝蘇與衆人一同搜查，所有地方篩子一樣過了一遍，卻未見得那二人蹤影。

謝蘇心思何等縝密，這些疑問加上半月來身邊許多細節，他心中慢慢已有了定論。

介花弧上下打量謝蘇一番，最後目光落到他半濕的黑髮上，又看看他憔悴臉色，伸手推過另一杯酒，笑道：「為畹城那家客棧距此百里，你雪夜奔波，辛苦了——要不要喝一杯酒，暖暖身子？」

謝蘇搖搖頭，「不必。」

半月來衆人搜遍了為畹城內外百里，未曾尋得月天子衆人蹤跡，然而只有一處，他們始終未曾搜過，便是那一日，他們初遇的那一家客棧！

能夠神不知、鬼不覺把二人帶至客棧中，又能將他們隱藏數日不被人發現，最後又將其平安送出西域，除了羅天堡堡主介花弧，尚有何人能夠做到？

而謝蘇前一夜正是為了證實此事，才不辭雪夜，前往查證。

簡簡單單幾句話，二人已是分別瞭解對方心思。對對方防備之餘亦是頗有欽佩。

謝蘇眼神冰冷，看向介花弧，二人目光交會，一時間竟如薄刃相接，鋒芒畢現。

「當我回到客棧時，發現老闆換了人，便已猜到十之五六了。」謝蘇平靜道，「那家客棧不是你手下，難怪你不放心。你想抹去痕跡，豈不知抹去動作本身就是一種痕跡？

「何況客棧裡還有其他夥計客人，問一問，一樣知道眞正情形。」

「問一問」三個字輕描淡寫，其實這些夥計被介花弧控制，從他們口中撬出消息，眞比殺了他們還要難辦些。

介花弧笑道：「既是如此，你為何不去告訴江南那些人？」

謝蘇沉默片刻，終於道：「你亦知，他們不會相信我。」

要知羅天堡地處西域，正是朝中與北方戎族交界之處，勢力既大，代代堡主又均是武功高超之人，在朝廷戎族之間，起著極其微妙的折衝作用。無論在官場江湖，那是何等勢力！而謝蘇不過是個一無名氣的江湖客，就算是方玉平，也未見得會全然相信於他。

介花弧又笑了：「你怎知他們不會相信？」

謝蘇疑惑看向他，介花弧不會不明白其中道理，何以問出這樣一句話？

介花弧慢慢又為自己斟了一杯酒，微笑道：「七年前的京師第一高手，太師石敬成的心腹義子，謀略心計名滿京華的吏部侍郎青梅竹，梅大人，你以這個身份說出話來，又怎會無人聽從呢？」

外面的北風一陣緊似一陣，匡當匡當用力撞擊著木板窗，時而又轉為嗚咽之聲，如鬼夜哭。室內的溫度卻極高，火炭燒得熾熱，薰香的味道愈發濃鬱起來。

介花弧面上帶著淡薄笑意，不疾不緩繼續說著話，聲音遙遠得不知從哪一個方向傳來：

「三十六路浩然劍，一身千里快哉風。梅大人失蹤七年，容顏與當年相比變化極大，已是分辨不出。但是其他東西會變，武功路數不會變。你不再使劍，平時亦是刻意隱藏輕功路數，只是那一夜城外，月天子侍從一劍刺向方玉平，你為救他，到底還是用了千里快哉風身法。

「在這世上，擅於千里快哉風的只有兩人，一個是你義父石敬成，另一個是誰，還要我說出來麼，梅大人？」

謝蘇猛然開口，聲音尖銳，幾近失控：「我不是什麼梅大人，我是謝蘇！」

介花弧一驚，實未想到他反應竟是如此激烈。

謝蘇一句既出，亦是自覺失態，後退一步，伸手扶住檀木桌几，卻因動作過快，一下子帶翻了桌上那杯蘇合香酒，衣袖沾濕大片。

薰香夾著酒氣，中人欲醉。他又是一夜未曾休息，只覺一陣頭暈目眩。

介花弧不再言語，凝神看著他。

半晌，謝蘇終是開口，聲音壓抑，勉強平靜，便似介花弧方才什麼都沒有說過一般，「那月天子是用什麼換你相助？羅天堡富可敵國，不會是財物，莫非是高明武學一類？」

介花弧傲然一笑：「介家稱雄西域數十年，武學堪爲當世一絕，何用他人武功！」

這一句語氣神情，無不是高傲到了極點，只是由介花弧說來，卻似天經地義一般。

謝蘇沉吟一下：「原是如此，方才那句話，是我小覷你了。」

介花弧微微一笑，又恢復平日神情，「我與月天子交換的，是情報。」

「生死門一度勢力極大，其中月天子專司門中暗殺情報之事。朝中許多官員，大小秘密事宜只他一人得知。拿這些情報換他一條命，我倒也不算虧。」

哪裡是不算虧，這些情報直是黃金難買！這人心計之深，眼光之遠，實爲當世人傑。謝蘇心中轉念，介花弧卻又道：「只是梅大人隱跡多年，爲何又對這月天子如此在意呢？」

謝蘇眼神驟然一黯，卻不曾回答介花弧問話。

片刻靜默之後，他只反問了一句：「你把這些話說與我聽，竟不怕外傳出去麼？」

介花弧笑容未改，一字一字緩緩道來，「我何時說過，要放你走了？」

最後一個「了」字剛剛出口，面前忽然一陣銀光閃動，他一驚，一掌擊出，內力深厚。三支銀梭霎時被擊偏方向，貼著他髮際直飛過去。

這一招介花弧雖然躲過，卻也著實的有幾分狼狽。

謝蘇口氣冷然，「鹿死誰手，尚未可知。」手指微動，一支銀梭破空而出。隨即身形一轉，又一支銀梭追擊而來。

要知介花弧指法如神，內力強盛，故而謝蘇出手如電，不容他半分出手機會。

瞬息之間，他已連射出九支銀梭，介花弧空有一身絕學蓋世，竟是毫無還手機會。

只是謝蘇手中這機關銀筒，內裡卻只容得十二支銀梭。

到第十只銀梭時，介花弧一個躲閃不及，衣袖恰被釘在桌上。謝蘇眼神一凜，左手方抬，卻覺眼前一黑，猝不及防單膝跪倒在地。

也正在他跪下那一剎那，一股極強勁的指風向他襲來。謝蘇幾可聽見指風破空的尖銳風響，卻已無法躲避，正中前心。

謝蘇並無內力護體，霎時間只覺天地倒轉，一口熱血直要湧出。但他性子倔強，硬生生又嚥了回去。只是一時之間，再也無力站起。

介花弧已解開衣袖，負了手，笑吟吟站在他面前。

謝蘇一眼看到牆角那只香爐青煙嫋嫋，心念一轉，低聲道：「原來是迷神引。」

介花弧笑道：「正是，這迷神引要燃上半個時辰才會發生效力，以你見識，原也能識破，只是那時你方被我揭穿身份，心神大亂，沒有發現罷了。」又道：「那杯蘇合香酒便是解藥，你不喝，卻怪不得別人了。」說著大笑。

能擊敗青梅竹這樣的對手，深沉如介花弧，也不免頗有得意之色。

謝蘇低聲道：「也罷了，就是眞實武學，你原也在我之上。只是……」他眼神慢慢冷下來：「若是先殺了你，那麼我是否中了迷藥，應該也沒多大關係。」

最後的兩支銀梭，便在他說這句話的同一時間，疾飛而出。

北風愈發大了起來，天陰沉沉的，方玉平騎在一匹白馬上，一面走，腦子裡一面不住轉著念頭。

「謝先生的字寫得可眞漂亮，他怎麼用左手寫還那般好看呢？早知道，把那張字要過來好了……唉，上面寫的什麼來著？」

方大公子自幼好武，詩詞一道並不精通，正想著，忽聽方天誠在前邊喝道：「玉平，你在那裡磨蹭什麼，快些趕路！」

「是！」方玉平縮一縮頭，他可不想惹自己老爹生氣。手裡加上一鞭，那白馬飛快地向前馳去，北風呼呼過耳，一時也忘了自己方才想了些什麼。

原道是，身世悠悠何足問，冷笑置之而已。一日心期千劫在，後身緣、恐結他生裡。

【四】賭約

地上薄薄的一層細雪，夜色似渲染開的水墨，本就淺淡的顏色又被暈開了一層。

雖有雪，風卻不算冷，江南的冬天，原就是這樣的輕寒。

青石巷盡頭一戶平常人家，窗子卻是開著的，燈光融融。一身青衣的削瘦年輕人坐在窗前，手裡端著一只青瓷酒杯，雪光映在酒中，澄明如水。

正出神間，窗外忽然傳來一陣清越笑聲，青衣年輕人一怔，抬首向外望去。

一個俊美青年正站在窗前，一雙鳳眼顧盼生輝。穿一襲紅衣，在雪地中直是要燃燒起來一般。氣派高傲不羈，但他此刻眼神聲音，卻是全然的真摯讚歎：

「這位朋友夤夜飲酒賞雪，好番興致！」

…………

謝蘇猛地睜開眼睛，頭上一片潮濕冷汗，一時間竟不知自己身在何處。

做夢了麼，三年前的事情——

他定一定神，不再多想，坐起身來，環顧四周。

地上稻草雜亂；謝蘇自己則躺在稻草中間一塊方方正正的石板上，四圍牆壁亦為大石所砌。眼前卻是一道鐵門，鐵門上方有一個不大的視窗，而視窗處也被柵欄封死。

這種地方謝蘇眞是再熟悉不過，六七年前當他還在京師的時候，常與這種地方打交道。佈局略有相異，名字完全相同。這類地方通常被稱之為監牢；或者再具體一些，是一個專門關押武林高手的監牢。

他勉力坐起身來，只覺眼前金星飛舞，胸口一陣尖銳疼痛。心中暗道：羅天堡的大羅天指，果然名不虛傳。

那一日，他與介花弧比拼到最後，其時謝蘇身上迷神引已然發作，眼前模糊一片，朦朧間只見介花弧負手笑得甚是得意，遂將左手伸至袖中，觸動機關，最後兩支銀梭便倏然飛了出去。

這一個動作已是耗盡他最後一分氣力，銀梭既出，謝蘇身子一歪倒在地上，不省人事。

這一擊當眞是迅雷不及掩耳，介花弧看其聲勢也頗為吃驚，他來不及躲閃，事實上也用不著躲閃。

鏗然一聲響，兩支銀梭正正擊中了介花弧對面一面一人來高的銅鏡。

地上鋪著厚厚的波斯地毯，銀梭掉落，悄然無聲。銅鏡上兩處凹痕赫然，這一擊力道之大，可想而知。

此刻在監牢裡的謝蘇，自然不曉得最後那一擊情形究竟如何。但略一推想，他亦知介花弧定然未死，非但未死，只怕連重傷也未曾受，否則，他怕不早被羅天堡一干人等活剮了。

他以手拄地，慢慢坐起身來，一呼一吸之間，疼痛愈發尖銳，介花弧那一指著實不輕。萬幸並未傷及筋骨，行動尚無太大阻礙。

門外長廊中燃著幾支松明火把，謝蘇站起身，借著火光又仔細觀察了一次周遭環境，他伸手入懷，欲取出隨身短劍檢查一下牆壁上有無機關暗道。這一伸手，卻是吃了一驚。

他身上所有物事，如機關銀筒、防身短劍、暗器毒藥，甚至於火石、銀兩等物，統統被搜了個乾淨。除一身長衣之外，幾是別無所有。

唯一留下的是一塊玉珮，以一條墨綠絲條掛在他貼身衣物上。這塊玉珮顏色黯淡，一無光澤，看上去並非名貴之物，故而搜身之人也未留意。

謝蘇摘下那塊玉珮，握在手中，靜靜出了一會兒神。

隨後他走到石牆一側，屈指輕輕扣擊石壁。

昔日石太師麾下，京師第一高手青梅竹，非但武學精湛，文采非俗，奇門遁甲、機關暗道之學亦是頗為精通。

他一處處石壁細細檢視過來，但以謝蘇之能，並未發現哪一處有何異狀。

接下來謝蘇檢查的是地板，那地板亦是以青石鋪就，西域氣候乾燥，這些青石也不似一般監牢潮濕，連上面稻草亦是十分乾爽。

謝蘇查看一遍，幾不可聞的歎了口氣。

憑著這裡機關逃出的希望已告破滅，那鐵門十分牢固，從那裡逃出亦不可能，介花弧不會無緣無故把他關在這裡，自然還是有用得著他的地方。眼下之計，也只得隨機應變了。

多想也無用，他靠牆抱膝而坐，靜靜的閉目養神。

牢中無日月，不知過了多少時間，忽聽長廊中腳步聲響，聲音鈍重，並不似身有武功之人。謝蘇坐在一個隱蔽角落，雙目似合未合，只做未聞。

腳步聲近，原來是個六七十歲的老人，鬚髮花白，手裡拿了一只木盤，動作倒不算遲緩。他走到牢門前，把木盤從視窗裡遞將過來。

謝蘇起身接過木盤，見內裡放了兩個饅頭，一碟鹹菜，倒還乾淨。

將有一日未進飲食，謝蘇確有些餓了，拿過饅頭送入口中。他現在羅天堡掌控下，介花弧若想對付他，方法多的是，犯不著用下毒這麼無聊的方式。

吃過東西，他將木盤放在角落裡，繼續閉目調息經脈。昔日一場大戰，他內力折了大半，調息殊為不易，但若不調息，那一指更難恢復。

只是時間未久，一種異樣感覺便襲上心頭。謝蘇睜開眼睛，忽然省到一事。

那送飯的老人雖然送來了食物，卻並未送來清水！

大凡武林高手，忍耐力總比一般人強些，謝蘇就曾聽說過一個塞北刀客，在塞外單靠挖蚯蚓為食，竟也挺過了二十多日。

但是再怎樣的高手，七八天不吃東西或者還說得過去，但若是沒有水，只怕連三天都熬不過。

那老人未送清水，自然是有人授意。謝蘇心中一片涼意，莫非介花弧把他關在這裡，竟是想把他活活渴死麼？

隨後他搖搖頭，介花弧一代人傑，就算當真渴死自己，對他也並無好處，只怕是別有所圖。

從前他在京師石太師手下，對刑部一些手段也頗爲瞭解。比如捉到一些江湖大盜、冷血殺手，刑部欲從他們口中撬出東西，多半不會立即審問。而是先將這人關起來，有時是餓上數日，有時是不住在他耳邊喧囂吵鬧，使其不能入睡；方法不一，皆是爲了挫其銳氣，促其招供。

不過，以上種種，都沒有這種方式迅速好用。再怎樣的英雄好漢，熬刑容易，但這活活渴死的滋味，大概沒有人願意嘗試。

而這監牢之中石壁乾燥，連一滴沁出的水滴亦不可得。

又過了幾個時辰，那老人又來送飯，同樣是並無清水。謝蘇知他只是個尋常僕役，逼問於他都無用處，也未與他搭言。只是此刻喉中有若火燒，那盤食物已是再吃不下了。

他躺在石板之上，眼前一陣發黑，竭力克制自己不要呻吟出聲。

介花弧接到手下報告，是那老人第三次爲謝蘇送飯的一個時辰之後。

「青梅竹呼吸微弱，人事不省？以他本領，原不至此啊。」

總管洛子寧恰在一旁，便道：「堡主，那青梅竹當年雖爲京師第一高手，但畢竟內力廢了大半，又受了重傷，一時挺不過，也是有的。」

介花弧卻也點點頭。他要的是活的謝蘇，死了可是糟糕之極，一念至此，便帶了洛子寧和其他幾個隨從，一同來到那監牢之中。

幾人來到監牢之外，透過鐵柵，介花弧向裡面望去，搖曳火光之下，見謝蘇躺在石板上一動不動，面色慘白，雙目緊閉，削薄唇上乾裂的全是血口，間或傳來幾聲極細微的喘息，竟有幾分似剛出生的幼貓叫聲。

兩個隨從拿過鑰匙，打開鐵門進去抬人。介花弧站在門外，一抬眼卻見洛子寧站的略遠些，面上若有不忍之狀，便帶了淡薄笑意，問了一聲：「洛子寧？」

洛子寧驟然回神，見得介花弧神色立明其意，忙解釋道：「堡主，我早年也知道這青梅竹……」

這話還用他說，早些年青梅竹名滿天下，沒聽說過他的才是異數。

洛子寧也省得自己這話不對，苦笑一聲道：「堡主，您原知我當年也曾苦求功名……。」

原來洛子寧本為歷州人氏，十六歲便中了秀才，在家鄉也有少年才子之稱。誰知這一中之後，十年來竟是次次落榜。在這第三次上，卻聞得今科的探花，恰也是個十六歲的少年。

這少年正是青梅竹。

洛子寧向來自視甚高，又聞得青梅竹乃是當朝太師石敬成義子，心中更是不服。適時青梅竹文章遍傳天下，他便也尋了一篇，拿來細看。

「然後呢？」介花弧笑問道。

「然後？」洛子寧自嘲笑笑，「然後我就棄文從武，投到堡主您手下來了。」

昔日青梅竹十六歲中探花，名動京城，他才華卓絕，雙手能寫梅花篆字，未滿二十接吏部侍郎之職，手段幹練無情，一時間京城大小官員人人畏懼，那是何等聲名！

思及至此，洛子寧抬首看了一眼倒在牢中、幾無知覺的謝蘇，一時間不由失神片刻。

而兩個隨從抬著謝蘇，已經走到了鐵門外。

介花弧轉過身來，正要向洛子寧吩咐一句什麼，卻忽聞身後「砰砰」兩聲，似有重物墜地。他一驚，急忙轉過身，卻見方才那兩名隨從倒在地上，他們手中的謝蘇卻是不見了蹤影。

一個暗白色身影忽然由暗處一閃而出，如風如影，如露如電，洛子寧正出神間，忽覺頸上一涼，一片不知什麼物事已經冷冷貼上了他的頸，「別動。」

「青梅竹！」

在場數人，包括介花弧這等一流高手在內，竟無一人看出他身影行蹤。

一點浩然氣，千里快哉風。

那是世間唯有兩人會使的千里快哉風身法。

昔年的京城第一高手輕功高妙，一至於斯。

只是謝蘇佯裝傷重昏厥，雖然有做作之處，其實亦是勉力支撐。

洛子寧與謝蘇相距既近，只覺他呼吸沉重不勻，心念一轉，方要有所動作，謝蘇已然察覺，手腕微一動，洛子寧頸上已然多了深深一道傷口，鮮血滴滴嗒嗒的落下來。

「我說過，別動。」謝蘇的手依然穩定，只是如此簡單的一句話，他竟也停頓了一次。

介花弧卻是向謝蘇左手望去，蒼白手指間抵住洛子寧的物事，原是一塊邊緣鋒銳如刃的玉石，色澤暗淡，正是謝蘇身上未曾搜出的那塊貼身佩玉。

「金剛玉？」介花弧笑一笑：「梅大人身上，寶物當眞不少。」

謝蘇不予理睬：「洛子寧是羅天堡第一錢糧總管，他一命，換我離開。」

介花弧笑道：「梅大人所知果然廣博，連洛子寧在我手下是何身份這等小事，梅大人都記得一清二楚。」

謝蘇皺一下眉：「你不必東拉西扯拖延時間，我確是支撐不了太久，若不應，我便直接取他性命。」他口中說話，手上又加了一分力，洛子寧悶哼一聲，頸間鮮血水一樣紛流下來。

他下手果眞毫不留情，再過個一時片刻，不必謝蘇動手，洛子寧只怕也是命不久矣。

介花弧也不由怔了一下，隨即斂了笑意，肅容道：「好，既是如此，我也不欲多做糾纏。洛子寧身份雖重，然百年以來，羅天堡從未容得一個人肆意至此。你若想離開，必先應了我的賭約。」

「賭約？」

「不錯。」介花弧面上又現出慣常的淡薄笑意，「前些時日追捕月天子半月，然而那是羅天堡有意放他離開。今日你我亦以半月爲期，我放你離開這石牢之門，半月內，你若能逃脫羅天堡的追捕，從此西域一帶，任你來往行事，羅天堡不再干涉半分。」

謝蘇冷冷看著他，也不答言，卻有細密冷汗，自他額上一點一點滲出來，和著那金剛玉劃出的鮮血，一起落到地上。

介花弧仔細看了謝蘇神情，笑意依然，「梅大人不想知道，若你輸了，被羅天堡捉住，又當如何呢？

「若你輸了賭約，便需留在羅天堡不得離開，終你一生。」

「終你一生」四個字咬得極重，謝蘇猛地抬起頭，介花弧卻是笑吟吟一副全不在意模樣，「這是我的底限，你不應亦可，殺了洛子寧，你沒了人質，到時會如何，我卻是不能保證了。」

謝蘇自然明白，所謂「留在羅天堡不得離開」云云，便是要自己從此一生為羅天堡效力。而後面幾句話說得輕飄，其中陰狠威脅之意卻是再明白不過。

一時間石牢內一片靜默，眾人皆是眼珠不錯盯著謝蘇。

若是當年的玉京第一殺手清明雨在此，此人雖是素來動手狠辣無情，然其性子隨意不忌，多半是胡攪一番，隨後尋個機會乘機逃走；若換成與清明雨齊名的另一殺手南園，此時當是停頓片刻，全盤衡量一番利弊，隨後退走；又或是昔日權傾一時的小潘相潘白華陷此境地，必將利用自身一切有利條件，即便暫時退卻亦是不失風度。

這幾個人，皆是數年前一時俊彥，青梅竹雖與他們齊名，然其行事，又為不同。

這一番話說完，介花弧退後一步，正待再說些什麼，忽覺面前暗白人影一晃，謝蘇竟已放開了手，躍至門前，指間仍然緊緊握著那塊金剛玉。

洛子寧一手捂著頸間傷口，踉蹌後退了幾步。

「這個賭約，我認了。」謝蘇沉聲道，聲音雖低，卻是十分清晰。說著，他轉身便向石牢門外走去。

無一人能料到他竟是說放人便放人，說走便走，決斷之處近乎決絕，並不加任何思索，不由都怔了一下。

「謝蘇，且等等！」介花弧在他身後忽然叫道。

這卻是介花弧揭穿他身份以來，第一次叫他現在的名字。謝蘇詫異之中，不由當眞停下腳步，轉過身來。

介花弧自懷中拿出一只雕花銀瓶，笑道：「你數日未曾飲水，不如先喝上一口。」

謝蘇詫異更甚，心道這個人何時變得如此好心起來了？介花弧見他神態，自知其意，於是打開蓋子，自己先喝了一口，這才遞過來，笑道：「現下放心了麼？」

他這麼一來，謝蘇反有些不好意思，他眼下無論體力精神，都已是強弩之末，喉中更是乾渴難耐，全憑著極大意志力才能站在當地。於是一手接過銀瓶，也未多想，逕直便喝了一大口下去。

洛子寧在一旁包紮完傷口，剛剛起身，卻驚見謝蘇一手死死握住咽喉，另一隻手扶住牆壁，上半身幾乎折在牆上，臉上顏色比白紙尙要不如。他張開口，似要說些什麼，卻只聞幾個模糊音節，竟是連一句完整話也說不出來。

那雕花銀瓶裡不是毒藥，是西域裡最烈的烈酒。

謝蘇受傷本重，加上數日未曾飲水，嗓子裡早就紅腫疼痛，這樣一大口毫無防備的烈酒直沖下去，霎時被灼燒得不成模樣。

他掙扎著抬起頭，介花弧若無其事的站在那裡，面上帶笑。

此刻謝蘇也顧不上防備或是其他，方要開口，嗓子裡又是一陣劇痛，握住咽喉的手指痙攣數下，指間的那塊金剛玉便直直落了下去。

介花弧忽然向前一步，一手抄住那塊將落的佩玉，拿到眼前看了看，笑道：「好一塊金剛玉。」又道：「梅大人素來一諾千金，然而這次賭約事大，拿這塊玉做一個信物，倒也不錯。」說罷收入懷中。

就這樣，謝蘇身上最後一件利器也到了介花弧手中。

自然，介花弧更加不會好心到把匕首、機關銀筒、銀兩火折這些物事還給謝蘇。

謝蘇一語不發，事已至此，他不是糾纏不清之人。一手仍然握著咽喉，展身形便向石牢門外掠去。

出了這道門，便處在羅天堡諸人重重包圍追捕之下了。

身後介花弧的聲音遙遙傳來，若有冰寒之意：「梅大人，出了這道門，便是賭約正式開始之時，只是梅大人能否走出羅天堡大門，卻尚不可知啊……」

一輪冷月遙遙掛在九天之上，羅天堡內，處處寒光閃爍。

七年前，盛名滿京華的青梅竹子然一身離開京城，卻也是一般的清冷月色。

【五】追捕

「你們幾去那邊，其餘的人跟我過來！」一個小頭目模樣的人大聲吆喝著。

便有紛亂腳步聲匆匆而來，匆匆而去。羅天堡治下不若京城石敬成下屬那般秩序井然、悄然無聲，然而論到手段效率，卻也不見得遜色於京城太師府。

行到一處裝飾富麗的庭院之處，起初的那個小頭目停住了腳步。他身邊一個護衛問道：「頭領，少主的住處還要進去搜一下麼？」

「不必了。」那小頭目揮一揮手，「少主這裡機關密佈，諒那青梅竹也進不來。再說，要是他眞能進去，此時早把少主當作人質出來要脅了，還能像現在這樣什麼動靜都沒有？」

那護衛點點頭：「頭領說的是，少主也睡下了，還是不要去打擾的好。」

紛亂一陣，這些人又向其他方向搜去。

富麗庭院之中，最深處的一座屋舍帷幕低垂，縫隙中隱約可見一個少年躺在床上，睡得正香。帷幕外，一個暗白色身影半暈半睡伏在桌上，正是謝蘇。

此處機關確是頗為精妙，只可惜來的人是他，論到機關暗道之學，年輕一代中除去蜀中唐門幾個高手，謝蘇足可排到前三位。

除去躲避之外，這裡還有一個好處：羅天堡少主房間裡的食水，總不至於再有問題的。在臥房裡面找到的半壺溫熱茶水，幾是救了謝蘇一命。庭院外面人聲鼎沸，謝蘇無意這時間出去當靶子，此刻最重要的是補充體力，他倒在桌上，昏沉沉睡了過去。

…………

夢中恍惚之間，他彷彿聽到有人在他耳邊說話。

「你叫謝蘇？你不是青……算了，管你叫什麼呢，是你這個人就好。」一身紅衣的俊美青年笑著，一雙眼眸認真無比。

「謝謝。」他低聲說。

…………

天將明時，謝蘇朦朧醒來，眼前紅影晃動，他抬眼看去，卻是床前那一副錦緞帷幕，下面流蘇猶在晃動不已。

他怔了一下，低低自語了一句：「是你麼？」

他先前咽喉處受了重傷，這一聲沙啞之極，帶著絲金屬樣的顫音。

冬日裡亮得晚，外面依然是昏暗一片。羅天堡裡諸人搜了一夜，大多也都回去歇息了，四下裡甚是安靜。

床上的少年睡得依然很香，自始至終，他並不知道在他身邊發生了什麼事情。謝蘇走到床前看了一眼，見那少年十五六歲年紀，眉目生的頗爲俊美，與介花弧倒不算十分相似。

謝蘇若把這少年作爲人質，自然可以安全脫身，況且方才在石牢之中，他也曾挾持過洛子寧。

一聲雞鳴遙遙傳來，謝蘇只在那少年床前略站了一站，轉身逕直離開。

此刻床上躺著的這個少年，正是介花弧的獨生子介蘭亭，不過一十五歲年紀。七載後他接任第八任堡主之位，比他父親當年還要早了三年。

雖近拂曉，羅天堡內外仍是伸手不見五指。只遠遠高處崗哨上一點昏黃燈光，隔了大霧，影影綽綽的什麼都看不分明。

數日後，西域各地文書，幾日裡流水樣送到羅天堡裡。

介花弧坐在一張紅木椅上，隨手翻著一張新送來的文書，內容與前幾天的沒什麼區別，都是說青梅竹最近經過某地某地，但或是在剛發現他人時隨即便覓不到蹤跡，又或是攔截不下被他重傷若干人後走脫。當時的賭約日期幾已過半，卻無一人能攔下他。

羅天堡幾個大頭領在他面前跪了一排，神色惶恐，介花弧倒沒有責備什麼，揮揮手要他們起來。

「和你們沒關係，青梅竹原沒那麼容易捉住的。」

幾個人站起身，表情仍是不安。介花弧卻不再在意他們，他站起身，背著手走了兩圈又停了下來，面朝著室內平平靜靜的喊了一聲：「疾如星。」

一個黑影從梁上飄身而下，在場這些人也均是好手，卻並無一人事先發現他蹤跡。但幾個大頭領卻似習以爲常，並未詫異。

那黑影屈一膝在地，頭垂得極低，看不分明他面目。介花弧看了他一會兒，揮了一下手，「你去吧，把青梅竹攔下來。」

那黑影應了一聲，展身形便走，瞬間便已不見，這份輕功，竟似不在謝蘇之下。

直待他消失，一個頭領才抬起頭，小心問道：「堡主，那疾如星下手向來沒個分寸，若是……。」

介花弧轉過臉看了他一眼，那頭領一驚，連忙住了口。

介花弧面上卻並無什麼特殊表情，只那一雙眼睛中流露出玩味似的笑意。

西域，紅牙河畔。

紅牙河乃是西域主要水源之一，河道甚寬。上面覆蓋了厚厚一層冰雪，隱約透出冰藍之色。此刻因是冬末，冰面上綻開幾道極深裂紋，縱橫交錯，遠遠看來，倒甚是好看。

這一日天氣較之平時，倒還算得和暖。也沒什麼風，一對老夫婦便借此時機，來到河畔破冰捕魚。老者弓了腰鑿開一個冰洞，老婦人卻是整理一旁一只極大漁簍上的繩索。正忙亂間，岸邊忽然傳來一聲叫喊，聲音甚是響亮。

「老人家，去羅天堡的路怎麼走？」

老者轉過身，見岸上立著個穿棗紅袍子的青年人，面相生的憨厚，正向這邊不住張望著。

那老者一皺眉道：「羅天堡？這路可遠著呢，怎麼說還得有一天的路程。你先順著紅牙河向上走，一直走到上游有個小鎮叫望望鎮，到了望望鎮再往北走……」

他話還沒說完，卻被那老婦人一口截斷，「你還眞是老悖晦了，去羅天堡那有個向北走的！那不是越走越遠了麼，分明是向南走才是！」

老者自然不服，便與那老婦人爭辯起來。

岸上那青年人看看這個，又看看那個，被他們攪得頭昏。一抬眼卻見遠處走過來一個人，雙手籠在袖中，似有畏寒之意。心中一喜，三兩步跑過去，「這位大哥，你可知道去羅天堡的路怎麼走麼？」

隨著這一句問話，那老者和那老婦人也都轉過身來，一起等著那行人作答。

一陣北風吹過，四圍白草被吹得呼呼作響。

極簡單的一句問話，聽在那行人耳中，卻是分外不同。

他沒有即刻回答，而是怔了那麼一下，雙目清明，而面上神色若有所思。

「羅天堡？」他反問了一句，聲音模糊瘖啞。

就在他自語那一瞬間，冰上的人，岸上的人，忽然都動了。

先自向那行人發動的是冰上那一對老夫婦，老者向左，老婦人向右，各人手中執一把鋒利無匹的魚鉤，鉤尖雪亮，隱隱泛出暗紅之色，也不知上面斷送了多少人命。

二人一攻小腹，一攻咽喉，招式均是十分兇狠。

那青年人右手一晃，竟已有五把飛刀在手，他卻不急著出手，只靜候著場中局勢變化。

「羅天堡」三字顯是已擾亂那行人心神，這三人抓住的正是霎那之機。雙鉤出手，那行人似乎並未料到，不避不閃，眼見雪亮光芒已到眼前，他仍是未有動作，這兩鉤下去，不死也是重傷。

「撲、撲」兩聲連響，正是利刃刺入血肉的沉鈍之聲。

岸上那青年拈著手中飛刀一笑，此刻情形，顯然是不必再由他出手。

只是這笑容尚未展開，卻已像被漿糊貼在他臉上，再揭不下來了。

確實有人受了重傷，那老者的魚鉤刺入那老婦的小腹，那老婦的魚鉤卻刺入那老者咽喉相隔一寸之處，也幸得他二人武藝高超，在最後一刻發現不對及時收手，不然，只怕這二人均是要血濺當場。

那行人距他們約有幾步距離，神色冷冷。方才在那一對假扮漁民的老夫婦向他攻擊的最後一刻，他倏然擰身，沉肩，於常人絕無可能做到之情況下連退三步。二人收勢不住，這才有自相殘殺之舉。

電光石火，不外如是。

岸上青年嘿嘿一聲冷笑，「梅大人，好一個『千里快哉風』！」他手腕振動，那五把飛刀忽然化成無數碎片，向那行人疾飛而去！

日光掩映之下，片片碎片中折射出幽藍之色，顯是劇毒非常。

那行人正是謝蘇，他手中一無兵器。自是不能與這暗器硬碰。他一手接住小半暗器，另一大半卻接之不住，身形滴溜溜一轉，便向那大魚簍後面掩去，那魚簍將有半人來高，他身法又快，躲開這一招當是沒有問題。

單是躲開這一招，確是沒有問題。

然而謝蘇所要面對的，卻不僅是那一招滿天花雨。因爲就在他躲到魚簍後的那一瞬間，魚簍之中，忽然沖天而起一道電光。

青天白日之下，那裡來的電光？

又或者，那根本不是電光，電光縱有這般的明亮，又怎有這般的狠絕？縱有這般的迅捷，然而雷從電閃，又怎生有這般的無聲無息！

那一道電光過後，明白冰面之上，灑落一蓬飛血。

謝蘇疾退數步，一手按住右臂，他右肩之上一個縱長傷口，深可見骨。

一個黑色身影自魚簍中激射而起，速度之快竟是與謝蘇不相上下，他手中執一把彎刀，刀尖之處，鮮血猶在滴答流下。

那一對老夫婦隱藏身份，岸上青年佯裝問路，雙鉤夾攻，飛刀如雨，計畫之周詳，算計之精密，一切的一切，皆是爲了魚簍中黑衣人這風馳電掣般的一刀！

然而那黑衣人這一刀，準擬將謝蘇一分爲二，最終卻也只是令謝蘇右肩受了重傷而已。

謝蘇一雙眼冷電也似，並不看自己身上傷口，只全神貫注望著那黑衣人，半晌方道：「苗疆，疾如星？」

這一聲依然沙啞得厲害，一字一字卻咬的十分清晰。

那黑衣人緩緩的點了點頭。

一條較爲寬闊的道路上，兩匹馬一前一後正自前行，前面的那人一身煙青色錦緞長衣，裝束極華貴，正是介花弧；後一人卻是洛子寧。

「堡主，」轉了一個彎，洛子寧終是忍不住，開口問道：「那疾如星來自苗疆，雖蒙堡主收留，卻並不曉得什麼規矩分寸，他若是一個失手竟殺了那青梅竹，如何是好？」

「唉，」介花弧輕勒馬韁，竟然輕聲歎了一口氣。

「若是我手下眞有一個能殺了那青梅竹之人，倒也好了。」

這一邊冰面之上，二人卻仍在對峙之中。

風起，冬日裡的陽光帶些慘白的顏色，照在冰上對峙的兩個人身上。

那一句問話之後，二人之間並無言語，氣氛凝定沉重之極。那刀手環抱彎刀，長身而立，身體繃緊若弓弦。他一刀得手，面上卻仍無表情，一雙眸子暗沉沉泛著亮光，如若擇人而噬。在他身後不遠處，那一對喬裝打漁的老夫婦已然上岸，和穿棗紅袍子的青年站在一處，他們似是對那疾如星頗爲忌憚，並不欲同時出手。

謝蘇手中並無兵刃，一件暗白色外衣鬆鬆束在身上，一側衣袖被血染紅近半，他半垂了首，紛亂髮絲散落在眼眉之間。

一線略帶溫意的冬末陽光晃在他面上，光影掩映間，謝蘇的眼神疲憊的近乎死寂。

天氣微微地回了一點兒春，這樣的天氣，合該坐在家中窗下，溫一壺酒，呷一口滾在舌尖，舒緩一下勞累不堪的身軀；又或者什麼都不做也好，單是靜靜地坐下曬一會兒太陽，出一會兒神。

但是謝蘇卻不得不立於冰上，與人生死相搏。

這時分，冰下面忽然「軋喇」一聲響，聲音沉濁，似是從下面極深處傳來。岸邊那幾人同是一驚，這一聲響，極像是冰層破裂的聲音。此時數九寒冬，冰水如針刺一般，落到紅牙河中為那冰水一激頃刻送命的，這些年來也不知有多少。

也正在此時，那刀手動了。

青天白日之下，又一道電光晃亮了眾人眼目。

那刀手出刀全然不合常理，前一刀方向謝蘇眼眉之處劈去，後一刀卻又轉向他左膝關節，詭異之處與苗疆刀法一脈相傳，毫無章法之處卻又彷佛閩南一帶的亂劈風，加上他身法奇快，莫說反攻，便是防守也令人無從防起。

謝蘇暗白衣襟晃動，堪堪躲過他快過星火般的七刀，到第八刀時謝蘇腳下一滑，單膝跪在地上，這一刀躲得極是勉強。那刀手更不猶疑，身形如影隨形般跟上，反手挑過一刀，謝蘇一側頭，束髮髮帶為他刀鋒所帶，連著一綹散髮一同飄落冰面。

九刀之內，將青梅竹逼迫於此，單憑這一點，這刀手已足可揚名天下。

謝蘇手中一無兵刃，無心與他硬拼，暗白身影展動，便向東南方向而去，正是「千里快哉風」身法。

此刻若是換了第二個人與他對峙，也就追之不上了。但那刀手並非旁人，他動作雖不若謝蘇清逸，快捷之處卻有過之而無不及。謝蘇連換了三個方向，皆被他攔下。那刀手施展輕功之餘，手上動作竟不稍遜，頃刻之間，謝蘇又中一刀，白衣上血跡儼然。

若是數年前的青梅竹，輕功上自然絲毫不懼這刀手。然而此刻謝蘇逃亡多日，身心俱疲，更兼他二人於冰面打鬥，那刀手足踏皮靴，行走冰面毫無阻礙；謝蘇穿的卻是一雙尋常青布鞋，輕功又打了個折扣。

眼見那彎刀光如雪，謝蘇所能做的，卻也只有躲避一途。

官道上冰雪消融大半，路邊一截樹枝擦著介花弧馬鞍過去，樹枝上隱隱透出一絲綠色。

「雖然如此，只怕一開始，青梅竹還是要吃些苦頭的。」介花弧放緩了速度，繼續言道。

洛子寧也不知是該贊成還是反對，只胡亂點了點頭。

這一邊，局勢卻是更加峻急，那刀手出招越來越快，謝蘇全憑著一身輕功支撐閃避，雖於分毫之間躲過了他接踵而來的十餘刀，卻已是左支右絀。

他隨打隨退，漸已到了河道中心。那刀手雙眼瞇成一線，瞳孔內暗光閃耀，接連又是九刀劈下，刀光縱橫，成半圓之勢，恰將謝蘇圈在中央。

這一招有個稱呼，名曰「一夕風雨」。

苗疆地處偏僻，本無可能有這般風雅招式。然而多年之前，有三個江湖客退隱南疆，其中有個衣白如雪的年輕人，一隻右手廢了，卻是一身的好劍法。這一招「一夕風雨」，便是由他傳給一位苗疆前輩，化劍招爲刀法，自此留傳下來。

只是如斯雅致名稱之下，卻是殺意四溢。

謝蘇身處重重刀影之中，避無可避，危急中身子後仰，躲開數招，未想此處冰面薄脆，他一用力，右足竟然已踏入了冰水之中！

那刀手眼中光芒更盛，提手又是一刀。

謝蘇已無可能起身，索性著地倒下，那刀手一刀貼著他髮邊削過，冰面又被他劈出了一道裂紋，冰水湧出，打濕了謝蘇半邊衣衫。

這也幸好是謝蘇倒在冰上，要知在冰面破裂之時，決不可快速奔跑，只有立即躺在冰上，向前滾動，或可逃脫。謝蘇此刻無心插柳，卻是救了自己一命。

但冰面破裂聲音甚大，那刀手亦有所覺，他也不欲多加推延時間，不待謝蘇動作，閃電般又是一刀劈下。

又一陣風吹過，介花弧在馬上轉過身，手上加力，「啪」的一聲折斷了那截方透出一分綠意的樹枝，「天氣倒是和暖些了。」他微微一笑。

洛子寧握緊韁繩，手心裡一陣冰冷。

岸上三人一直注視著冰上打鬥，看了一會兒，那穿棗紅袍子的青年歎口氣：「那青梅竹這次大概是要死在疾如星手下了。」

老者方要出言相駁，恰看到謝蘇倒地，冰面破裂，也不由道：「那疾如星果然惹不……」

一個「得」字尚未出口，他忽然一驚起身，「怎麼？！」

非但是他，其餘二人也一同驚在了當場。

黑衣刀手疾如星手中的彎刀劈到半途，忽然不動，看其面上神情木然，再往下看，咽喉之處竟是多了一個極深血洞，鮮血汩汩而出，竟是已然送了性命！

半晌，他手中的彎刀「啪」的一聲掉在冰面上，隨之整個人向前撲倒，直直摔在冰面上。

他們以爲必死無疑的謝蘇一手支撐冰面，搖搖晃晃的從冰上站起身來。他未曾多看那屍體一眼，左手一揮，一塊縱長冰凌劃一個弧線掉落冰面，直摔成數段，上面猶帶著血痕。

生死一線之間，謝蘇正是用這塊冰凌，取了疾如星的性命。

三年前，四名一流高手圍攻之下，同是這一招「一夕風雨」，廢掉了謝蘇一隻右手。

冰面碎裂之聲又響，謝蘇身形如風，向岸邊掠去。

在他身後，傳來冰層斷裂聲音，大塊浮冰翻滾入水，疾如星屍身恰在一塊浮冰邊緣，隨著冰塊斷裂，緩緩滑入紅牙河中。

方才一個驚世駭俗的江湖高手，就這般不明不白丟了性命，屍骨無存。

岸邊的三人已是驚得動彈不得，他們相距既遠，謝蘇那一招又太過詭異奇捷，並無一人看清疾如星如何送命，半晌，那老婦人一手指著髮間猶滴著水滴的謝蘇叫道：「你……你不是人！」

這一句話說出，其餘二人竟是一同點頭不已。

謝蘇不理他們，自顧走過。其時他腳步虛浮，方才這一場惡戰實是已然耗去他大半體力，只要這三人中任意一人出來攔阻，不用多，十招之內謝蘇定然會被擊倒。然而方才疾如星猝死、紅牙河冰破一幕太過驚詫，竟是無一人敢上前。

冬末的風柔和地穿過他的髮，然而此刻謝蘇半身濕透，除了寒冷之外別無所覺。他只想回去，回任意一個能安頓下來的地方，如果沒有可以休息的屋子，那麼有一堆火也好；如果沒有火，那麼有一杯熱水也好。

他的要求實在不高。

遙遙前方，居然當真有一間破舊木屋，炊煙嫋嫋。冬日裡分外顯得溫暖。他一縱身來到門前，問了一聲：「裡面有人麼？」

「有人，怎麼沒人。」隨著屋門推開，一陣暖風迎面撲來，暖融融的中人欲醉。一個身穿煙青色錦緞長衣的修長身影立於門前，面上帶著淡薄笑意。

「梅大人，好身手啊！」

此人一身貴氣逼人，正是羅天堡堡主介花弧。

霎那間，滿室的暖意都變成了冰霜。

謝蘇見得是他，眼神一黯，一言未發，左手一揚，滿天的幽藍碎片紛飛如夢。

這一把碎片，卻是他方才在紅牙河畔一戰中從那身穿棗紅袍子的青年人手中奪來的。借這一把暗器阻了一阻，他本人已然到了一丈以外。

洛子寧由斜刺裡穿出，喝令手下：「快追！」

介花弧漠然一笑：「不必急，經此一戰，他元氣大傷。若說像從前一般躲過你們追蹤，那是再無可能了。你們下手準些，自可將他慢慢逼回羅天堡來。」

介花弧沒有說錯，即使是謝蘇，也已到了身體精神上的雙重極限。

謝蘇不是神仙，他一樣會累、會疲憊，一直以來他身上受的傷沒有得到很好的治療，硬掙著一口傲氣才挺到今日。

紅牙河上一場惡戰，謝蘇雖殺了疾如星，然而他所付出的代價，只怕比介花弧想像的尚要嚴重出幾分。

勉強逃離紅牙河畔介花弧手下包圍，謝蘇穩定心神，來到最近一家小鎮的藥鋪之中，「老闆，煩您借我紙筆，我抓副藥。」

老闆是個四十餘歲的中年人，一張臉面團團的，他聞得謝蘇此言，卻不答話，只上上下下打量了謝蘇幾眼，方才笑道：「梅大人，對不住了，小店的藥誰都能賣，惟有您老的藥，我是著實的不敢賣啊！」

他說第一句「梅大人」的時候謝蘇便已省得不對，身形一展向後便退，卻見幾個夥計已從身後包抄過來，將藥鋪門窗等處堵了個嚴實。他心知是介花弧知曉自己受傷，提前安下來了埋伏，眼神一黯不再移動。

老闆拍一拍手，幾個夥計各執兵刃，便一步一步走了上來。

一隻麻雀在窗外吱吱喳喳叫的正歡，窗內忽然一聲巨響傳來，麻雀一驚，拍拍翅膀飛走了。

一個小女孩路過街邊，一手拿著糖葫蘆一手指著藥鋪：「裡面在做什麼？」

「噓，沒什麼，快走快走。」

藥鋪大門噹的一聲響，一個暗白身影走了出來，散髮披肩，手上連袖上全是血漬。幾個張望閒人驚惶退後，那人卻也不理，只慢慢向鎮口走去了。

大門又噹的一聲響，卻是那藥鋪老闆，一頭是血跌了出來。

只是若在以往，謝蘇縱不至勝得如此狼狽。

羅天堡地處東南，介花弧先是將其餘幾條道路上的藥鋪全盤封鎖，待將謝蘇逼至東南一隅之後，地域縮小，他更是加派人手，謝蘇連取得食水都成了費力之事。

介花弧打算謝蘇自然一清二楚，但以他眼下情形，已無可能與介花弧硬拼。萬般無奈之下，索性與介花弧拼起了時間，所謂拖得一刻少一刻，畢竟當初賭約只有半月時間。

只是介花弧卻也明瞭他心中所想，二人心計謀略不相上下，這隨後的五天，眞眞是驚險無比。

到了離半月之期還有最後一日之際，謝蘇終於被逼回了羅天堡下。

得知這個消息的時候，介花弧甚至連一點吃驚的表情都沒有，只揮了揮手，一旁的洛子寧心中明瞭，自下去安排手下。

直待洛子寧身影消失在門外，介花弧爲自己斟了一杯蘇合香酒，眼望窗外天日朗朗，忽然無聲地笑起來。

他不擔心追捕謝蘇之事，種種佈置，他早在三日之前便已細細安排得當，只要屬下按部就班，謝蘇自可落入羅天堡彀中。

他又爲自己斟了一杯蘇合香酒，正欲一口飲盡之時，門忽然爲人推開，洛子寧急匆匆走進來：「堡主，青梅竹……他，他不見了！」

介花弧手微微一顫，那杯酒灑出少許，他站起身：「你說什麼？」

謝蘇當眞不見了。

派去跟蹤謝蘇的三名高手有兩名被他以重手法卸脫了關節，倒在地上不住呻吟；另一名不知所蹤，介花弧不覺詫異：「他竟還有如此餘力？」

以謝蘇此刻狀態，或者也可勉強與這三人一戰，但一戰之後，他體力消耗必然也到了極限。此刻距賭約結束尚有一日一夜之遙，他卻爲何如此？

介花弧又沉吟片刻，只說了一個字「搜！」

謝蘇此刻體力絕不可能走遠，唯一可能，是他孤注一擲，擊倒那三人後躲在附近，以度這一日一夜之劫。

洛子寧站在他身後，亦是如此想法。

外面一片人聲嘈雜，自是羅天堡諸人前去搜索。介花弧復又坐下，慢慢把玩著桌上一方青玉鎮紙。

角落裡一支錯時香悄然燃放，白日時光，就這般一刻一刻緩緩過去。

入夜。羅天堡裡燈籠火把照耀通明，衆人搜索忙亂，依然不見謝蘇痕跡。起風了。

不知何時起的風，冷颼颼的風聲尖利，天色亦是暗得不同尋常，有人叫道：「怎麼說，又要下雪了麼！」

正說話間，卻是一大滴雨落下，正砸在他鼻子上。

冬末雨，冷如刀割。

介花弧不再停留室內，他隨手披上一件玄狐披風，緩步來到外面，立於羅天堡一處高處所在。

洛子寧見他獨自一人，不甚放心，向下面一招手，又叫了四名護衛過來，皆立於介花弧身後。

高處看去，下面正是一團混亂，稀稀拉拉的雨水落下來，眼見大雨將臨，不少火把已被澆滅。有人正大喊著：「火把不中用，換羊皮燈籠出來！」

介花弧看了一會兒，忽然想到一事，轉身向洛子寧道：「你們在搜羅天堡時，可有搜查我和蘭亭的住處？」

洛子寧卻未想到這一點，惶恐答道：「還沒有，但這兩處都是機關密佈……。」

「你們忘了他是誰的學生。」介花弧淡淡一句。

洛子寧不敢多說，幾步退下。

但這一番搜索下來，仍是不見謝蘇人影。

驟然一聲雷響，聲音沉悶，漆黑夜幕下，大雨劈頭蓋臉砸下來。介花弧並未打傘，雨水打入他披風之中，一雙束髮束珠寶光柔和，反襯在他眼中卻是森冷之極。

身後四個護衛見此情形，兩人衝上前來爲介花弧遮雨，一人卻是返身下去拿傘，只餘一人立於當地，身形挺直如劍。

介花弧驟然轉過身，看著餘下那一人，忽然間，他慢慢笑了。

「原來如此。」

「跟蹤你失蹤的那人，他的衣衫權杖卻在你身上。」

一語未了，一道電光忽然劃破黑暗。一個暗白人影晃入他面前，速度之快直是無可想像。

介花弧雖有防備，亦未想到這一劍竟是如此凌厲，倉皇中那一劍已是劃破他衣衫。

那人影正是甩掉護衛披風的謝蘇，他手中所執的，卻是一把普通不過的青鋼劍。

電光又閃，在如此近的距離下，謝蘇竟是變招如風，介花弧閃移身形，未想謝蘇手指微動，第三劍瞬息又刺了過來。

介花弧避無可避，雙掌猛然一合，這一掌暗合內力，「啪」的一聲，那柄青鋼劍直折爲兩段。隨即一掌拍出。

這一招他已占了上風，謝蘇卻更不猶疑，手腕一翻，手中的半截斷劍直刺出去。

這一系列動作只在霎時之間，臺上兩個護衛根本不及反應。

這一劍如風逐影，淒厲無比。介花弧連避謝蘇三劍，已盡其平生所能。這一劍再無可退之路，那把斷劍暗光吞吐，正正刺中他胸口。

一道閃電劃破天際，大雨滂沱之中下面諸人看得分明，一個個不由驚叫出聲。

謝蘇烏黑長髮早已散開，和著清冷雨水沾在蒼白面容上，一雙眸子幾被碎髮遮住，眼神如刀，一絲溫度也無。

他手指冰冷堅定，這一劍，實也逼出了他最後一分潛力。

雷聲隆隆作響，羅天堡恢弘建築暗夜中竟如鬼影幢幢。有人按捺不住心悸，大叫出聲：「堡主，堡主！」

又一道閃電長空閃耀，直若將天際劃分兩半，一時間亮如白晝。衆人只見高處的兩道人影依然站在原處，謝蘇手中斷劍抵在介花弧前胸，不知爲何竟未刺入。介花弧面帶淡薄笑意，屈指向謝蘇手上一彈。

謝蘇已無餘力反擊閃避，木然立於當地，「噹啷啷」一聲響，半截斷劍落於地面大灘雨水之中，水花飛濺。

介花弧反手又是一指，大雨之中細微一聲響，謝蘇手腕關節已被卸脫。

那勢在必得，全力旨在取介花弧性命的一劍，爲何竟未刺入？

莫說旁人，就連謝蘇自己，也不知其所以。

介花弧制住謝蘇，這才伸手入懷，緩緩拿出一塊斷成兩半的金剛玉。

這一塊金剛玉，正是在地牢中定下賭約那一日，他自謝蘇手中所得，一直放在身上。天意巧合，謝蘇那一劍，正刺在了這一塊玉上。

若是七年前功力未失的青梅竹刺下這一劍，莫說一塊金剛玉，介花弧就算穿了護身寶甲，也早已送了性命；

又或謝蘇這一劍再偏上一分半分，介花弧必也離黃泉不遠；

再不然，若是此刻謝蘇拿的是他當年名動京城的銀絲軟劍，也不至到如此境地。

…………

造化弄人，一至於斯！

謝蘇心中一片空白，他雙腕關節已被卸脫，卻分毫不覺疼痛。大滴大滴雨水砸在他身上，一襲暗白衣衫早被澆透，那份寒意一直鑽到骨髓裡。

——他輾轉離京，漂泊七載，換來的竟是一個相同的結局。

閃電一個接一個刺破長空，風聲厲烈，那個一直傲然挺立在高臺上的暗白身影，終於緩緩倒在了雨水之中。

【六】拜師

雨過天青。

明媚陽光灑落在地上，沒有人想像得出昨夜這裡發生過怎樣的事情。

程五拿了一把掃帚，正賣力掃著長廊裡的積水，忽聽見廊外有人大聲叫他：「程五、程五！」

他探出頭一看，見是個他熟識的小頭領，姓秦，見他出來，三兩步趕過來：「程五，你是臨川人不是？」

程五點點頭。

「是就好！聽說你們家鄉那邊有個土法治暈厥，挺好用的，你會不會？」

「會啊，先用葛根煎湯，再……」

話還沒完，早被那秦姓頭領不容分說拉著便走，「會就成，跟我過來！」

「我的活計還沒幹完——」程五手裡還抱著那把掃帚，上面的雨水滴滴答答一路落下。

繞了七八個彎，程五才發現自己竟被帶到了堡主介花弧的居所前面，離得尚遠，便可見前面嘈嘈雜雜圍了許多人，好幾個還是堡裡有頭有臉的人物。他在羅天堡裡只是個尋常僕役，不由便害怕起來，道：「秦頭領，我們這是要去哪兒啊？」

秦頭領腳步不停，不耐煩道：「你這人問的也多，跟著走就是了。」

程五便不敢多說。

只到了近前，卻聽得人群中又一陣喧嘩，一個人擰著眉，推門走了出來，正是羅天堡第一大總管洛子寧。

那秦姓頭領急忙走上去，恭謹道：「總管，您找的人我已經帶過來了。」

洛子寧一臉疲憊，道：「裡面那人已經醒過來了，不必他。」一眼掃到程五還抱著一把濕答答的掃帚，不由又有幾分好笑，道：「這裡反正缺人手，把他留下來好了。」

「是。」那頭領躬身施禮。

程五就這麼莫名其妙地被留了下來，依然在外面做雜務。幾天來只見來往人等流水價不斷，心中只是詫異，什麼人有這樣大面子，不但住在堡主這裡，還驚動到這個份上？

詫異歸詫異，他身份不夠，連外一層房間都進不去，莫說內室了。

這些日子裡，羅天堡內卻又張燈結綵，大批採買物品，近些年來從無如此熱鬧，程五又疑惑起來，這又是要做什麼？

他去找相熟的人詢問，那人笑一聲：「這樣大事你竟不知？你不是一直守在這裡麼？」

程五本來面皮薄，這麼一說，便訕訕的不再開口了。

在他來到介花弧居所的第四天，羅天堡果然發生了一件大事，也正在是那一天，程五同時知道了什麼人住在這裡。

那一日風清日朗，天氣和煦。一早起，便有許多人忙著佈置堡內，程五一出門嚇了一跳，結結巴巴道：「這……這是要做什麼？怎麼弄得我都不認識了。」

其實也沒什麼太多變化，只是加了幾盞燈籠，新刷了幾層油漆，從前那些少人注意的角落亦被清理出來，或是加棵翠柏，又或挖個水池，至不濟也要種幾株花草，一眼看去，處處煥然一新。

恰好那姓秦的小頭領經過，笑道：「今天是謝先生正式入羅天堡的日子，你竟不知麼？」

「謝先生？」

「就是這幾天住在堡主這裡的人啊，」秦姓頭領伸手一指，「那天把你叫來，也是因爲他受了重傷，怎麼也醒不過來。病急亂投醫，才把你弄過來的。你在這裡這些天，怎麼不知？」

「哦，原來這樣……」程五點點頭，又想了一想，「你說那謝先生受了那麼重的傷，到今天也才三四天啊，堡主既是這樣看重他，怎麼又放心讓他參加這樣重大儀式，他挨得下來嗎？」

那秦姓頭領倒沒想過這個，撓撓頭：「堡主心裡想什麼，我們底下人怎麼知道……。」

正說著，忽聽院內一陣喧嘩，遠遠只見十幾個人簇擁著一個青衣人影出來，姓秦的頭領一指，「看到沒有，中間那個穿青色衣服的就是謝先生。聽說堡主特別看重他，並不把他當屬下看待。」

離得太遠了，程五實在看不清楚，依稀只見那個青衣人彷彿很瘦，臉色白得怕人，可是他走起路來身體是那麼挺直，挺直到程五開始懷疑，這個人不知在什麼時候，就會毫無徵兆的倒下。

謝蘇確實倒下了，至少是差一點倒下，就在剛剛出門的第一個轉角處。

一隻手恰時扶住了他，手指修長有力，上面佩一枚青玉戒指，正是介花弧。

「謝先生，小心。」

昔日階下囚，今日座上客。謝蘇看了他一眼，介花弧不動聲色，口角帶笑；他又抬首向周圍望去，其中多有當日追捕過他的羅天堡護衛，此刻卻是一個個垂首不語，神色恭謹。就連介花弧，自他在雨中倒下那一刻起，便也即時改了稱呼，那個「梅大人」再不聽他提起，亦未有人提過「青梅竹」三字，想是他下了嚴令。

謝蘇沒有甩開那隻手：第一他此刻重傷未癒無力甩開；第二若沒了這隻手支撐，下面長長一段路，他實在也無法再走下去。

書劍催人不暫閑，江南羈旅複西關。

京城、江南、西域。不覺間，竟已是七年。

入堡的一整套儀式甚是繁瑣，謝蘇勉力支撐，廳堂煙霧繚繞之中眼前漸至模糊，介花弧見他神情不對，握著謝蘇的那隻手力道暗自加重，謝蘇只覺一陣暖意自掌心散入經脈，神志霎時清醒了許多。

他轉過頭，微一頷首：「介堡主內力果然不凡。」

介花弧一笑：「謝先生過獎。」

也不知過了多久，這一套儀式到底結束了，下面眾人見二人攜手來到廳堂正中，介花弧又是一派神清氣爽，只當賓主相得，心中各自慶幸。誰曉得若不是介花弧一直緊握著謝蘇左手，只怕儀式未到一半，謝蘇早已倒下了。

介花弧環視一周，方要開口，謝蘇忽然道：「介堡主，我有話說。」

介花弧含笑點頭：「好，謝先生請講。」

謝蘇開口，他聲音低啞，雖不甚大，然而此刻廳堂中靜得掉一根針也聽得分明，故而他說的這句話眾人皆是聽得一清二楚：

「介堡主，我當日既答應留在羅天堡，那便終我一生，不再離開。效力什麼的，我可未曾說過。」

說完這句話，他也不待介花弧說話，也不看眾人表情，一振衣衫，逕直走出廳堂。

下面的一眾人等愣在當地，一句話不敢多說。

直過了半晌，介花弧方才開口，面上神色竟似尚有迷茫，向著一直站在身後的總管道：「洛子寧，他方才說什麼？」

洛子寧自然曉得這時理應正顏疾色，無奈他不知為什麼就是想笑，勉強控制了面上表情，他答道：「方才謝先生好像是說，他留在羅天堡可以，效力什麼的……就免談了……。」

「哦，他說不效力就不效力了？」介花弧居然是很認真地在詢問。

洛子寧心道這教我怎麼說，殺一個人容易，讓他死心塌地為你辦事可就難了。

「開什麼玩笑啊……」介花弧負了手，低聲笑起來，隨即收斂面上所有笑意，叫道：「開什麼玩笑，他是一諾千金的青梅竹啊！定了賭約不承認，搞這種不入流的無賴把戲！」

洛子寧暗想，堡主您在這之前逼迫謝蘇的手段也不見得怎樣光彩，但這話卻不能說出口，只道：「堡主您先不要惱怒，他畢竟還沒離開羅天堡……。」

這一句話等於白說，數月來介花弧費盡心思，到頭來卻被謝蘇在大庭廣衆之下幾句話攪局，誰能不介意？

未想介花弧卻抬起頭來，笑道：「你說的很對。」

「啊？」

「這個人，畢竟還在羅天堡中啊……。」

三月後，羅天堡，春暖花開。

一個十五六歲的少年著一身錦衣，分花拂柳。向堡內一所靜園而來。

這少年正是羅天堡少主介蘭亭，前些時日他出外遊歷，最近才回到堡中。他見這所靜園十分隱蔽，牆高森嚴，悄然無聲。屋頂一溜碧琉璃瓦，惟聞牆內流水潺潺。

「怪了，」介蘭亭自語，「這裡我怎麼沒來過？」

那牆雖高，對他來說倒還不算什麼，縱身一躍，雙手一扳牆頭，落到了一片草地上。

他抬起頭，見裡面是一個小園，放眼之處皆是一片深碧，佈置錯落，靜悄悄不見半個人影。水聲漸響，卻不見流水痕跡，

他心中愈奇，一步一步慢慢向前走去。

轉了一個彎，前方略開闊了幾分，樹影掩映下露出竹椅一角，一件銀狐披風卻落在地上。

介蘭亭識得那披風是他父親之物，怔了一下，心道莫非自己父親竟然在此，但介花弧對他向來

放任，便大了膽子走過去。

靜園深處，兩棵翠柏之間放著一張躺椅，椅上鋪了厚厚錦墊，一個人側臥在上面，衣著素樸，長髮用一條青色布帶束了，背影瘦削非常。他又向前走了幾步，想轉到那人正面看一眼，誰料腳下聲音大了些，那人已從睡夢中驚醒，低聲道：「介花弧，是你麼……介蘭亭？」

那人轉過身，介蘭亭恰對上他一雙漆黑眸子，只見那人面色蒼白，一副大病初癒模樣，一雙眼睛卻是森森冷冷，大有肅殺之意，不由一驚。

「你是什麼人？」十五歲的羅天堡少主叫道。

那人看了他一眼，不再言語。介蘭亭只覺眼前一花，那個眼神肅殺之人已不見了蹤影。青天白日，朗朗乾坤，那人竟就這樣消失不見，惟有那件銀狐披風依然留在地上。一陣帶著涼意的風吹過，少年揉揉眼睛，神情驚愕。

洛子寧處理過幾件雜務，正要回房，忽聽身後有人叫他：「洛子寧，等等！」

他轉過身，笑容可掬，「少主，有事？」

介蘭亭猶豫了一下，終是問道：「洛子寧，西邊的園子裡，是不是新住了一個人？」

其實他還有一句話沒有說出口：那裡面當真是住了一個人，不是一個鬼吧？

那個人消失得太過詭異，若非時當正午，介蘭亭沒準真會把這句話問出來。

洛子寧怔了一下，隨即笑道：「正是。這人是堡主請來的貴客，少主對他，卻不可失了禮數。」

介蘭亭疑惑道：「貴客？什麼人？」

洛子寧道：「此人姓謝，名諱是一個蘇字。」

「謝蘇？」介蘭亭把這名字念了兩遍，「沒聽說過。」口氣中便帶了分不屑。

洛子寧正欲告辭離去，聽得介蘭亭最後言語，不由便添了一句：「數月前，疾如星正是死在他手下。」

這一次，介蘭亭倏然動容。

他在堡中東轉西轉晃了一下午，到了晚間，不由自主地又來到靜園所在。

老樣子翻牆而入，竹椅上已不見那人身影。他四下看了一遍，見前面零散幾間精舍處燈光隱隱，便走了過去。

一扇碧紗窗半開半合，隱約可見一雙人影：端正向東而坐的是那眼神肅殺之人；對面一人身形修長，兩顆小指大東珠掩映髮間，正是他父親介花弧。

介花弧雖然對他從來放任，他卻也畏懼這個父親。少年停住了腳，正聽得他父親開口：「……當時對你手段，確是激烈了些，只是若非如此，以你個性，並無他法能將你留下。而今你是羅天堡中人，自然要換個禮數相待。」

那人冷然：「賭約中我只應過一生留在羅天堡，可未應過做羅天堡中人。」

介花弧笑道：「你留在羅天堡一輩子和你是羅天堡的人，有什麼區別？」

那人一怔，一時說不出話來。

這幾句話聽得介蘭亭莫名所以，心道這人不是羅天堡的貴客麼？正尋思間，忽聽一聲門響，卻是介花弧推門走了出來。

那人也起了身，卻站在當地未動。

介花弧推門見了是他，也不吃驚，只微微一笑道：「來了很久了？也罷，想見謝先生，為何又不進去？」

介蘭亭伸一下舌頭，只覺當真什麼事都瞞不過自家父親，卻又忍不住好奇心，於是推門而入。

介花弧笑了笑，轉身離去。

這一進門，便覺一陣暖風撲面而來，此刻已是初夏時分，室內卻仍生了火，隱隱傳來一陣草藥氣息。

介蘭亭拉過一把椅子，逕直坐下。此刻相距既近，他仔細端詳謝蘇樣貌，見面前這人身形單薄，輪廓生得甚是細緻，雖是神色委頓，一雙眸子卻如琉璃火一般，清鬱奪人。

謝蘇也自坐下，另取一只素陶杯，斟了一杯茶遞過去，並未言語。

介蘭亭也不接茶，一眼瞥到謝蘇廢掉的右手，心中又是一奇，看了對面的人問道：「你就是謝蘇？」

謝蘇以左手拿一塊軟布托了面前素梅陶壺，正自續水，聽得這一句，他動作未停，點一點頭。

「你是個殘廢，怎麼殺得疾如星？」少年的聲音再度響起。

謝蘇抬首，面前少年俊美面容上目光爍爍，雖是單純好奇所問，卻也絲毫不曾顧及他人感受。

面前燈火忽然一黯，介蘭亭眼前一花，一柄寒光閃耀的短劍已經架到了他頸上，竟是他腰間佩劍，不知怎樣竟到了謝蘇左手上。再看謝蘇依然端坐在座位之上，實不知他方才如何動作。

「現在明白了麼？」謝蘇平淡道，他聲音瘖啞低沉，若非介蘭亭就在他面前，實難相信這樣一個人聲音竟是如此。

介蘭亭大驚，又想到白日裡謝蘇莫名消失，叫道：「邪術！」竟不管頸上劍刃，反手向謝蘇持劍手腕抓去。

這一招正是介家世傳的金絲纏腕手，動作巧妙迅捷，風聲不起，介蘭亭雖然年少，這一招亦有七分神似。

謝蘇卻也暗自點了點頭，卻未避閃，直至介蘭亭將觸及他手腕之時，左腕輕揮，劍鋒仍不離他頸項，同時無名指與小指微屈，風儀清逸。介蘭亭這一抓力度不小，卻在謝蘇這一揮一帶之下偏了方向，全數打到自家右臂上，十分疼痛。他「啊」的一聲，驚疑不定。

「這不是邪術，是武功。」謝蘇神情淡然，手腕一翻撤回短劍，遞了過去：「劍不錯，收好了。」

介蘭亭茫然接劍，見謝蘇雖是身形單薄，卻是氣質安然，寧定如山，心頭沒來由一跳。他隨父親一起，也曾見過不少江湖高手。可是那些人中任誰和面前這人站在一處，單氣度二字，已都被比了下去。

「難怪洛子寧說父親特別看重他。」他心中暗想，卻仍是不服，口中道：「是武功又怎樣，我將來定可勝過你。」

謝蘇卻不再理他，靜靜地又為自己倒了一杯茶。

「洛子寧，洛子寧！」次日清晨，剛要出門辦事的羅天堡總管又被攔在了半路。

「你昨天說的那個謝蘇，他怎麼殺得疾如星？」

洛子寧一愣，未想介蘭亭對謝蘇倒在意起來，但介花弧已然嚴令禁止堡內提到當時之事，只得斟酌一下言辭，答道：「謝先生在紅牙河上以冰凌為刃，刺死了疾如星。」

這一句未免太過簡單，反勾起介蘭亭的好奇心。他追問道：「你說謝蘇是父親的貴客，可疾如星是父親親信的殺手，謝蘇為什麼要殺他？」

洛子寧自悔昨日多了一句口，道：「那是謝先生未入羅天堡之前的事情。」

介蘭亭道：「他與羅天堡有仇麼？」

洛子寧心道按堡主那等做法，就算原來沒有現在也有了，不過依謝蘇性子，眞留在羅天堡也未可知。他心中轉念，口中卻道：「以前是有一些誤會，不過現在早已冰釋前嫌。」

介蘭亭想到昨夜聽到謝蘇與自己父親對話，半信半疑，又待追問。卻聞身後一個熟悉聲音，深沉中帶一分淡薄笑意：「豈止疾如星，我不是也幾乎敗在他手裡了麼？」

二人一驚，同時回身，卻見日光下一個修長身影站在那裡，面上笑意吟吟。

「父親！」

「堡主！」

…………

繼續在堡中轉著圈子，介蘭亭一抬頭，發現自己又回到了靜園門前。

方才介花弧將謝蘇入堡的經過統說給了他，雖未說明迫謝蘇入堡之前因後果，但事件本身已是驚心動魄，少年只聽得手心裡滿是冷汗。

他抬眼看向洛子寧，洛子寧苦笑著摸一下頸項，當日金剛玉留下的疤痕赫然入目。

「父親，有件事我不明白。」

「嗯？」

「那日雨夜中，若謝蘇和其他侍衛一般下去拿傘，父親還能不能認出他？」

「多半不能，」羅天堡的堡主卻也是微微苦笑，「那夜我全神貫注在下面諸人，又兼心思紛擾，他若不是舉止有異，我不會去留意身後幾個護衛。」

「那他為什麼不去呢？」少年大是不解。

介花弧不答，反問道：「蘭亭，若是你，你去不去？」

介蘭亭答道：「去啊……不對，」他猶豫了一下，「我當時也未必能想到該下去拿傘。」

介花弧一笑：「正是如此，那個人太驕傲，他也想不到。就算他想得到，他也做不到一個侍衛該做的事情。」

少年哼了一聲，心中卻有種說不清道不明的感覺。

…………

靜園本有門戶，介蘭亭卻不願進，老樣子翻牆而入，裡面寂寂無人。他繞了幾個彎，來到昨夜所至精舍前，那扇碧紗窗依然未合，他向裡張望，見窗下一爐靈虛香青煙嫋嫋，謝蘇著一襲月白長衫，正自執筆寫字。

介蘭亭一眼看過去，只覺謝蘇寫字的樣子有什麼地方不對勁，又看了一會兒，忽然明白過來，叫道：「我知道你怎麼殺掉疾如星，原來你是用左手的！」

謝蘇早就發現介蘭亭在窗下，聽他在外面大呼小叫，也不理會，只起身來到窗前，「啪」的一聲合上了窗子，幾乎把介蘭亭的鼻子夾住。

介蘭亭一驚，正要發作，卻見房門打開，謝蘇的聲音從裡面傳來：「下次記得走門。」

少年想還一句口，一時卻不知該說什麼，只得先走了進來。

此時謝蘇那一張字已然寫完，他湊過去看看，見字跡剛正清勁，並看不出是左手所書，心下又生欽佩，面上卻仍不願表露出來，道：「你左手劍很厲害，聽說父親也幾乎敗在你手裡，但我將來一定能勝過你。」

這話他昨夜說過一次，此刻說來卻又不同，神態鄭重，便如立下誓言一般。

謝蘇淡淡道：「勝過我也沒什麼了得。」

「什麼？」

「我只會三式左手劍。」

「啊!?」

謝蘇並沒有說謊，他少年時一直用的是右手劍，直到二十歲時見到玉京第一殺手清明雨執一對淡青匕首，凌厲如電，心有所感，暗忖自己雖然習練左手劍已晚，但若只練數式，亦可有所成就。

浩然劍法共有三十六路，謝蘇從中選出三式殺手，紅牙河上殺疾如星，深夜雨中刺介花弧，正是這三式左手劍中的兩式。

此時已是正午時分，有傭人送上飯菜，謝蘇道：「加一副碗筷，打一盆熱水。」

介蘭亭只道父親要來，正想著要不要離開，東西已經送了上來。謝蘇一指，道：「淨一下手，坐下來吃飯吧。」

他舉止自然，彷彿他面前對的不是介花弧之子、羅天堡少主，也不是昨夜那個出言不遜，又曾向他出手的少年，而是自己一個熟識晚輩。

介蘭亭怔了一下，他母親早逝，父親對他放任，不甚關心。羅天堡其餘人等則是對這位少主必恭必敬，便是這樣一句尋常關懷言語，他也極少聽到。

他指指自己，「你說的是我?」

謝蘇奇道：「這裡還有其他人麼?」他起身檢點筆墨，見介蘭亭佩劍上的瓔珞不知何時落在地上，便順手拾起，遞還給他。

介蘭亭接過瓔珞，道：「我什麼時候說過要留下來?」一面說，一面卻過去盥手。

吃過了飯，謝蘇鋪了紙在書桌上繼續寫字，介蘭亭心道這個人怎麼寫不厭呢?他坐在一邊看了一會兒，午後的陽光照到身上十分溫暖，竟是不知不覺的睡著了。

這一覺直睡了一個多時辰，他伸個懶腰，見頭上淡青幔帳晃動，身上卻蓋著他父親的銀狐披風，一時間神志有幾分恍惚，抬眼卻見謝蘇坐在床邊不遠處，手中拿著書本，見他醒來，道：「醒了？茶剛沏好。」

一只素陶杯再次遞了過來。

介蘭亭起身下床，不由自主伸手接住。

從無一人對他這般平和相待。

隨後的幾日，靜園內時常可見羅天堡少主的身影。介花弧向來不怎樣拘管他，有時他在謝蘇這裡一混就是大半天。奇怪的是，這些時日介花弧竟也沒有過來。

謝蘇其實不大理他，依舊同平日一樣讀書寫字，只是他在倒茶時，從來會為介蘭亭推過一杯。

介蘭亭再沒拒絕過他的茶。

偶爾謝蘇會親自下廚，做一兩個小菜，介蘭亭第一次見到時嚇了一跳，他從未見過哪一個江湖高手自己下廚，做的菜居然還很好吃。

謝蘇再未顯露過武功，他最常做的事是習字，介蘭亭不明白一個人為什麼可以寫字寫上一兩個時辰，雖然謝蘇的字確實漂亮。

一次謝蘇說：「介蘭亭，你寫幾個字看看。」

介蘭亭未做猶疑，起筆便寫，才寫兩個字謝蘇便皺起了眉頭，這字雖然不能稱之為鬼畫符，可較之鬼畫符也強不到那裡去，大概可以稱之為人畫符。

他歎口氣：「介蘭亭，你名字何等雅致，若能在書法上下些工夫，日後以右軍筆法書蘭亭集序，豈非也是逸事一樁？」

介蘭亭雖不知「右軍筆法」「蘭亭集序」為何物，也知道謝蘇這句話不是在誇他，不服道：「我將來是羅天堡之主，練字有什麼用！」

謝蘇正色道：「正因你將來亦是一方之主，這等字跡，如何拿去見人！」

這句話說得甚是嚴厲，介蘭亭也從未被人如此對待，衝口而出：「字寫得好又怎樣，你還不是一樣被父親抓住關在這裡！」

謝蘇臉色驟然一變，握著筆桿的指關節變得煞白。

介蘭亭一語既出，也知自己說錯了話，二人相處這些時日，謝蘇雖然言語不多，其實對他照顧有加，在介蘭亭心中地位早已分外不同。此刻他見謝蘇神色不對，心中愈加後悔，卻又說不出什麼。

這一日傍晚，介蘭亭身邊一個侍從慌張跑到靜園，道：「謝先生，少主忽然發了高燒，口中還一直念著您的名字，先生能不能過去看看？」

謝蘇怔了一下，便隨著那侍從出了門。

三月來，這是他第一次走出靜園。

居室裡光線昏暗，介蘭亭躺在床上，臉色緋紅，雙目緊閉，身上蓋了厚厚一層被子，不言不動。

謝蘇走近床前，看了一眼，問道：「他病了多久？」

「從中午起就這樣了。」

中午，那時介蘭亭剛和自己吵了架離開靜園，謝蘇心中思量。

那侍從道：「少主想是心中有事，生病也還記掛著先生。」說完向介蘭亭處看了一眼。

床上的被子似乎動了一下。

那侍從又道：「先生就算心中不快，看在少主病著的份上……。」一語未完，卻被謝蘇打斷：「你家少主可有服藥？」

「啊？」那侍從顯是未料到有此一問，支吾道：「好像有——」

「那藥不管用，我開個方子給你。」

那侍從似乎並未想到謝蘇有此一說，又向床上看了一眼，道：「我……我去找紙筆。」

「不必。」謝蘇淡然道：「我這方子簡單的很，黃連二兩，滾水煎服。現在就去，煎完馬上讓他喝下去。」

一語未了，卻聽床上有人叫道：「我可不要喝黃連水！」卻是介蘭亭掀開被子，已然坐了起來。

謝蘇無聲歎口氣，走了過去。

「為什麼裝病？」

「因為你生氣了。」

「我沒有生氣。」

「你生氣又不說出來，我那話是無心的，你對我好我知道！」

驕縱任性，性子彆扭的羅天堡少主，終於大聲喊了出來，眼神卻轉向一旁，不看謝蘇。

謝蘇一怔，這般既在意又率直不加掩飾的言語，從前只有一個人對他說過。

只是那個人對他說話的時候，一雙清澄鳳眼總是筆直看著他，從不迴避。

介蘭亭，畢竟只是個十五歲的少年。

「算了，」謝蘇歎口氣，「我沒有生氣，只是下次向別人道歉，記得直接說出來。」

「好，我知道。」少年毫不猶疑地答道。

介蘭亭不明白為什麼，當他以為謝蘇生他氣的時候，心裡翻來覆去怎樣都不得安穩；此刻看到謝蘇來探他病情，又親口說出沒有生氣，便忍不住高興起來。

有他時春自生，無他時心不寧。

「以後我再不讓他生氣了。」他心中暗想。

日後歲月悠悠，介蘭亭未曾負過今日一念。

門外一個修長身影恰好經過，看見室內情形，唇邊微露笑意，卻沒有進去。

次日清晨，謝蘇起的甚早，剛梳洗完畢，忽聽木門一聲響，他抬起頭，卻見多日未見的介花弧站在門前，面上一派笑意，身後卻跟著一身穿著齊齊整整的介蘭亭。

介花弧見了他，面上笑意不變，「謝先生，早。」

他回了一禮，心中卻知介花弧定不會無事登門。

果然，那人聲音又緩緩響起，依然帶著幾分笑意：

「謝先生，我這次前來，是有一事相託。」

「犬子向來頑劣，偏又狂妄成性，難得先生竟與他十分投緣，可否屈尊一下先生，收下這個不成器的學生？」

【七】重逢

聽聞此言，謝蘇並未即刻回答，他少年顯達，後來漂泊江湖，大半時間都是孤身一人，從未想過收徒一事。況他深知介花弧爲人，這一句話說出，決非單單教個學生這般簡單，背後定有深意。

然後他看向介蘭亭，只問了一句：「你願意拜我爲師？」

介蘭亭站在介花弧身後沉默不語，點一點頭，神情堅定。

於是謝蘇道：「好，那我便收你這個學生。」

介蘭亭便即拜倒行禮，隨後他抬起頭，略停頓一下，開口道：「老師。」

這一句聲音不大，語氣卻一無猶疑。

倘若當時介蘭亭有一分動搖，謝蘇絕不會收下這個學生。

第一日教的便是書法，謝蘇向介蘭亭道：「晉人尚韻，唐人尚法，宋人尚意，各有側重之處；書法又分篆、隸、楷、行、草五道，你想學哪一種？」

介蘭亭心道連這些名稱我都是第一次聽說，於是道：「老師，您平日寫的字，是哪一種？」

謝蘇道：「那是隸書。」

介蘭亭笑道：「好，那我就學隸書。」

謝蘇所書乃是漢隸，是隸書中最爲凝重端莊的一種，所謂「書莫勝於漢」，他見介蘭亭神情並不似如何重視，便道：「你可知爲何我第一日便教你書法？」

這一句話問出來，縱使介蘭亭起初心中輕忽，此時也不免仔細想上一想，他答道：「想是爲了將來我即位之用。」

這一回答乃是從前幾日謝蘇教訓他那一句而來，謝蘇卻道：「並非如此。」

「嗯？」

「你天性聰明，資質亦可，但性情失之驕縱浮躁，難成大器。書法有靜心凝神之用，對你性情磨礪，大有助益。」

介蘭亭這才恍然爲何謝蘇執著於此，他心中感念，面上卻不願表露出來，自去習字不提。

除書法外，文學、兵書、乃至機關術法，謝蘇也一併教授給他，並不藏私。他對介蘭亭教導極爲嚴格，若有不對之處，說罰便罰，說打便打，絲毫不會留情。

並未有人這般嚴厲待過介蘭亭，但羅天堡少主亦是個性情驕傲之人，殊不願示弱，他天資本出色，短短一段時間，已是頗有進益。

謝蘇只未曾教他武功，介蘭亭也曾問過此事，謝蘇道：「我的武功與羅天堡並非一路，且失之陰毒，你學了有害無益。」

介蘭亭便不再多說什麼，羅天堡武學沿襲近百年，獨到精深，他其實也不特別在意謝蘇武功。

這一日二人對坐用餐，謝蘇早年中過探花，儒門子弟講究食不語，平日用餐多在沉默中度過，介蘭亭卻忽然想到一件事，問道：「老師，您這裡沒有酒麼？」

西域乾燥苦寒，當地烈酒亦為一絕，介蘭亭八歲時便會喝酒，這裡人也大多手不離杯，靜園內卻從未見過一滴酒水，介蘭亭未免奇怪。

謝蘇未曾抬首，道：「沒有。」

其時謝蘇內傷未癒，故而醫師不許他飲酒。他卻不願在介蘭亭這晚輩面前說出。

介蘭亭聽了，心裡卻生出一個念頭。

這一晚夜色如水，謝蘇躺在枕上輾轉反側，不得入眠，忽聽外面有人扣擊窗櫺，他一驚，已扣了機簧銀筒在手，低聲道：「誰？」

「老師，是我。」咯吱一聲響，木窗大開，一個身影立於庭院之中，正是介蘭亭，「老師，到院中來一下！」

謝蘇心中詫異，卻見月光下介蘭亭一臉期待，便抄起一件長衫披在身上，推門而出。

這一出門，方見外面月明如鏡，靜園內一片深碧之上籠罩一層銀暉，澄澈皎潔不可方物。頓覺心神一暢。

介蘭亭站在庭院之中，見謝蘇面上神情舒暢，笑道：「老師，你沒在晚上出來過麼？」

謝蘇搖搖頭，也覺自己過去數月拘於一室之內，未免辜負了良辰美景。

介蘭亭走到謝蘇近前，又道：「過去我總在半夜裡出來玩，天亮了不回去，也沒人管我。老師，你以後晚上出來走走也好，挺有意思的。」

這一句話他說得隨意，細想一下，偌大的一個羅天堡，一個十五歲的少年孤獨生長至今，又何嘗快活？

謝蘇看著他，一雙眸子不若往日清寒肅殺，憑生了幾分柔和。

二人並肩立於庭院之中，一陣清風吹來，風裡夾帶著草木清馨氣息，中人欲醉。介蘭亭笑道：「什麼時候我輕功像風一樣就好了，想去那裡就去那裡，又快又沒人拘束。」

「輕功像風一樣？」謝蘇忽然淡淡一笑，「也沒什麼難的。」他一手攜了介蘭亭，口中道：「小心了！」

介蘭亭只覺身子一輕，腦子還未反應過來，身子卻已凌空而起，亭臺樓閣皆到了他視線以下。謝蘇足尖如不沾地一般，一掠已到了空中，又一掠，介蘭亭竟未見他如何借力，二人已出了靜園。

他又驚又喜，也忘了出聲，任謝蘇帶著他輕飄飄自如來去。

風的聲音擦過耳邊，從小熟識的景物飛一般自兩邊向後掠過。介蘭亭從未有過如此酣暢淋漓感覺，一時間，他忽然明白了謝蘇那一身輕功名稱所指，不由便叫道：「好一個千里快哉風！」

話音未落，身子忽然一沉，卻是謝蘇帶著他落在了一所樓閣的屋頂處。謝蘇呼吸已有些不穩，道：「我內力不足，再走一段，只怕要摔你下來了。」

介蘭亭聽而不聞，只一臉崇拜看著謝蘇。謝蘇被他看得莫名其妙，道：「坐下吧，站著做什麼。」

介蘭亭便隨著他坐下。

這處樓閣乃是羅天堡至高之處，名喚天一閣，閣如其名，抬首望天，手指幾可觸到星辰。謝蘇抱膝坐在屋頂上，雙目微合。介蘭亭坐在他身邊，仰頭看了一會星空，忽然有點詭秘地笑了笑，「老師，有樣好東西你要不要？」

謝蘇略有詫異，抬頭看去，介蘭亭手裡拿個碧綠瓶子晃晃，「竹葉青哦，父親幾年前從江南帶回來的。」

謝蘇怔了一下，「江南的竹葉青？」伸手接了過來。

介蘭亭續道：「這酒是我從父親那裡拿過來的，真奇怪，老師你那裡怎麼沒酒呢……。」

他還要說些什麼，卻見謝蘇一手拔開水晶塞，已然喝了一口。

半年未曾沾酒，竹葉青入口本是溫和醇厚，然而謝蘇這一口酒喝下去，卻覺一股熱流逆行而上，直衝到腦子裡，竟有頭目森森之感。他卻沒有猶疑，只幾口，半瓶酒已然喝了下去，這才放下瓶子，淡淡笑了一笑，「果然是好酒。」

介蘭亭也笑起來，只覺心滿意足之極。

夜空星河浩瀚，二人坐在屋頂上，介蘭亭身子後仰，雙手支著瓦片，然後他說：「老師，我忽然發現，這麼靜靜坐著，也很有意思啊。」

謝蘇沒有回答，把手裡的酒瓶放在一邊，靠在屋頂一處突起的裝飾處，大抵是有些疲憊了，雙目半闔，散髮遮住了雙眼。

「喂，老師……」

介蘭亭不知怎麼辦才好，把老師叫醒是最簡單的辦法，他不願；自己先跳下房也可以，他也不願；想了想，向謝蘇身邊靠了靠，也慢慢闔上了眼睛。

「老師明天早晨醒過來，不會說我什麼吧……。」

這是介蘭亭在睡著之前，腦子裡閃現出的最後一句話。

多年以後，有人問羅天堡的年輕堡主：「介堡主，您二十二歲即接任堡主之位，後來又做下幾件大事，這一生中，您什麼時候最爲稱心如意？」

「這個啊，」年輕的羅天堡堡主未加思索，「應該是有一次和一個人一起去屋頂上吧。」

「啊？」

問話之人瞠目結舌，介蘭亭卻只是笑，不再說什麼了。

煙淡如華，人淡如菊。

他年舊事，唯我憶取。

習習涼風吹過，謝蘇睡了不知多少時間，被這涼風一襲，又醒了過來。此刻夜色澄明如水，頭上一輪明月光彩爍爍，身邊雕欄玉砌恍若琉璃仙境一般，他深吸一口氣，眉宇微展，心胸舒暢。判斷一下時辰，此時當已將近四更。他又覺膝上沉重，低頭一看，卻是介蘭亭伏在上面睡得正香。謝蘇搖搖頭，正想著怎麼下去，無意間一眼瞥見下面情形，卻怔住了。

天一閣下處處燈火通徹，從內到外層層分明，亮如白晝；一個個護衛手執松明火把，神情沉肅恭謹，卻不知已站了多少時辰。

方才的一時興致快意恍若夢境，只一眼間，已然回到了現實。

謝蘇忽然手上加勁，「啪」的一聲，介蘭亭帶來的酒瓶被他握得粉碎，裡面餘下的小半瓶碧綠酒水飛揚空中，更有大半沾濕了他身上青衫。

幾滴酒水落到介蘭亭臉上，他從夢中醒來，一時間茫然不知所措，抬眼見謝蘇一雙眸子清清冷冷，一無表情。他剛叫了一聲「老師……」卻聽謝蘇沉聲道：「我們下去。」握著他的手一縱而下。

謝蘇出靜園時匆忙，並未如平時一般整束衣衫，這一躍，他身後長髮合著衣衫束帶在風中獵獵飛舞，與他平日氣質不同，平添三分桀驁落拓。天一閣下衆人多有當日參與追捕過謝蘇的，此時皆是眼前一亮，彷彿又見那冷冽青衣人當日風采。

一道修長身影排衆而出，衣著華貴，腰間青魚在月下光暈流轉，他面上微帶笑意，一如往日，「更深露重，謝先生怎不注意身體？」正是介花弧。

月光如酒，濃濃淡淡，月影斑駁了謝蘇一身，夜空下只見他面色沉靜如水，聽了介花弧言語，只是沉默不言。

介花弧又向謝蘇身後的介蘭亭斥道：「可是你帶謝先生出來的？不知先生身體欠安麼？」

介蘭亭見父親來了，不敢多說什麼，退至一旁。

謝蘇緩緩開口：「與他無關。」

介花弧笑道：「也罷，先生說與他無關便是無關，此時已近四更，先生且回去安歇吧。」他言語關懷，語氣中卻是不容拒絕之意，一面說，一面除下身上披風，遞予謝蘇，「夜來風涼，先生內傷未癒，還需注意為是。」

介蘭亭此時方知謝蘇尚有傷在身，不由便向他看去。

謝蘇未曾看他，只淡淡道：「不勞堡主掛懷。」說罷轉身向外走去，一眾護衛看介花弧眼色，遂為他讓開道路。

松明火把掩映之下，一道青色人影蕭瑟如竹，挺直如劍，漸行漸遠。

介蘭亭遠遠望著謝蘇離去背影，一時間心裡滿滿的似塞滿了東西，卻又一句話說不出來。

次日，直近午時謝蘇方才起身，昨夜他體力消耗太過，又兼在屋頂上歇了半宿，此時猶覺頭腦昏然，這時又聽外面腳步聲響，只道是介蘭亭到來，開口道：「蘭亭，是你麼？」

門外一個聲音答道：「謝先生，在下洛子寧。」

謝蘇微覺詫異，自他搬入靜園後，除介家父子及用人外，並無他人來過此處，遂道：「洛總管請進。」

洛子寧著一襲長衫，恭謹而入。

自謝蘇識得他時，便見洛子寧做儒生打扮，同時見他談吐不俗，心道此人必然亦有來歷。他卻不知，當年洛子寧投入羅天堡正是起因於他。

此刻洛子寧向謝蘇行了一禮，隨後道：「謝先生，堡主請您過去一敘，有要事相商。」

從來都是介花弧到靜園中來，這般相邀卻也是第一次，謝蘇心念轉動，暗忖莫非與昨夜之事有關。他面上神情不變，淡淡答了一聲，正欲出門，卻見洛子寧站在當地未動，面上神情竟似有幾分爲難。

謝蘇停下腳步，靜靜等著他開口。

果然不久洛子寧道：「謝先生，我亦知說這話有幾分僭越，不過……不過，在下可否向先生求一張墨寶？」

謝蘇只當他要說什麼與羅天堡有關的事情，未想卻是這樣一句話，略覺驚訝。洛子寧見他沉默，只當謝蘇不允，苦笑道：「書法一道，在下雖無甚成就，然則一直癡迷至今，先生是當世名家，洛某一直十分景仰，若是先生不便，那便……那便罷了。」

一言未畢，卻聽謝蘇道：「你要我寫些什麼？」

洛子寧大喜，道：「堡主正在等候，在下也不好太過勞煩先生，先生尋一張從前寫的字，就已很好。」

謝蘇想了一想，點點頭道，「也好，我的字都在窗下，你自己去檢吧。」

這些時日他教導介蘭亭書法，其中字帖均爲他親手所書，都放在窗下書桌上。洛子寧走過，一張一張細細審視，見裡面多爲經史篇章，間或有一兩張詩詞曲賦，字跡各有精妙，大爲讚歎。

他畢竟不敢耽擱太長時間，於是檢了一首杜甫的《奉寄別馬巴州》，道的是：「勳業終歸馬伏波，功曹非複漢蕭何。扁舟繫纜沙邊久，南國浮雲水上多。獨把魚竿終遠去，難隨鳥翼一相過。知君未愛春湖色，興在驪駒白玉珂。」

「沉鬱之中另有清揚之意，此詩恰如其分。」洛子寧暗想，他拿了那張紙正要離開，卻見在這張字下面另有一張字條，被他一抽，飄飄盪盪直落到地上。

他拾起那張字條，見上面字跡跌拓縱橫，並不似謝蘇平日字跡工整，更像隨手塗寫而成。

上面只有一句詞，只有一句：

——「十年來，深恩負盡，死生師友。」

洛子寧拿著那張字紙，一時間卻是癡了。

在洛子寧引路下，謝蘇被帶至一間清淨隱蔽書房之中。

介花弧的住處謝蘇並不陌生，當日他重傷之時便是在這裡休養，只是這一間書房他卻從未來過。此刻見室內甚是軒敞，佈置簡潔，唯東首牆上一字排開掛了六幅工筆畫像，介花弧負手站在畫像前面，神色感慨，若有所思。聽他來了，也未回首，只道：「謝先生，這些畫像如何？」

謝蘇停頓了一下，隨即走過一一審視，他見有些畫像紙質已然發黃，顯是年代久遠之物，畫上人物各有不凡氣質，連眉梢眼角之處也點染清晰，十分細緻，遂道：「畫像諸人氣宇軒昂，筆法也非凡品。」

介花弧轉過身，負手一笑，「這裡掛的，原是羅天堡建堡以來，前後六位堡主的畫像。這些先人，各有不凡功績。」

羅天堡建立至今幾近百年，地處朝廷與戎族之間，位置十分微妙，在雙方之間一向中立。這些年來，朝廷戎族之間大小戰役不下數十次，羅天堡卻能於征戰中保持如此超然折衝之位，西域一帶從未受戰火侵襲，諸位堡主居功非淺。

此刻謝蘇聽得此言，只道：「介堡主文才武略稱雄一時，功績定然更勝一籌。」

介花弧笑道：「功績不敢當，我只求日後自身畫像掛在此處時，不至愧對先人，也就是了。」

這話隱有深意其中，謝蘇心中思索，一時便沒有答言。

果然，略停頓一下，介花弧笑道：「近年來謝先生雖處江湖之遠，卻亦應曉朝堂之事，可知朝廷裡已定下出兵戎族之事了麼？」

謝蘇聞言一驚，是時為滅玉京內亂，朝中曾與戎族簽下和約，戎族名將燕然更曾帶五百騎兵相助，至今也只七八年時間，卻是烽煙又起。

向深裡尋思，若刀兵再動，不僅兩國百姓遭受戰亂之苦，處置不當，西域十萬子民一併也會牽連其中。

如此驚天消息拋出，反觀介花弧卻仍是面帶笑意。謝蘇一時沉吟不語，介花弧卻似並不在意他反應如何，只是一笑，「今晚有戎族使者來訪，遠道是客，羅天堡自當設宴款待，先生既為羅天堡上賓，也一同來吧。」

這一晚，羅天堡香煙杳杳，笙歌隱隱。

這次來訪的戎族使者與羅天堡原是舊識，名叫也丹，近十年來便是他與羅天堡往來交易，此刻他見了介花弧等人，春風滿面，道：「介堡主，許久不見，一向可好？」

一旁的洛子寧笑道：「正是，古人有云，一日不見，如隔三秋，掐指一算，說是十載也不誇張。」

被洛子寧一句暗諷，也丹卻毫不在意，只笑道：「正是正是，洛總管清姿一如往昔，甚是可喜。」

諸人分賓主落座，也丹笑道：「今日前來非爲別事，聞得再過一月，便是少堡主的生辰，主上特命在下送來明珠五對，玉帶一雙，舞伎十人，以爲祝賀。」

介蘭亭年僅十五，要舞伎有何用處！何況這份禮物之厚，遠超一般生辰賀禮。顯是也丹借賀生辰之名，其中另有他意。

介花弧卻只是面帶笑容，不置可否。也丹見他如此神情，便拍一拍手，下面自有人答應一聲，一隊舞女連著樂師，依次魚貫而入。

這些舞女均是身著彩衣，姿容殊麗。只爲首的一個人，卻與諸人不同。

「這個人是——」介花弧眉頭一挑。

那女子二十出頭年紀，一身華衣，腕繫金鈴，腰間一條彩帶飄飄灑灑，眉間一點朱砂印記鮮明，一頭長髮漆黑便如鴉翼一般，生了一雙碧綠的貓兒眼，神情倨傲，卻是一個波斯舞女。

是時不若盛唐，中原波斯歌舞伎人數量本來就少，西域就更是難得一見，且那波斯舞女樣貌端麗，氣質都雅，迥非一般舞伎可言。

介花弧笑道：「也丹，你倒是有心人。」

此時酒菜已然送上，也丹笑道，「堡主謬讚，也丹愧不敢當，且讓她們獻舞一曲，以助酒興如何？」

介花弧笑舉酒杯，道：「有何不可？」

樂聲飄灑而起，以那波斯舞女爲首，衆女翩翩起舞。當眞是歌有裂石之音，舞有天魔之姿。一曲既畢，衆人稱讚不已。介花弧吩咐手下拿來錦緞之物賞賜，衆女各自稱謝。

只那波斯舞女不接賞賜，得衆人稱讚，面上也無歡然之色，眉頭緊蹙，也丹笑道：「這波斯女子有一支最擅長的舞蹈，名喚《達摩支》，是波斯古曲，只是當初隨她來中原的波斯琴師已死，故而我也只是聽說，並未見過。」

那舞女聞得此言，更是愀然不樂。

介花弧笑道：「這也無妨，當此清歌妙舞，已足以暢人心懷了……。」一語未畢，忽聽身邊「叮、叮」幾聲，音節婉轉卻古怪，蕩人心魄。

那歌女聞此音節，面露驚喜之色，一雙明眸便向發聲之處望去。

衆人也隨她眼波望去，只見介花弧身邊最近一個座位上，一個身穿月白長衫之人翻轉手中象牙箸，「叮」的又是一聲，卻是在敲擊面前一只琉璃杯。

也丹進門之際，已見此人座次竟與羅天堡堡主並列，介花弧對他禮節又分外不同，當時便曾注意過他。但這人面目一直隱於陰影之中，又未曾開口，想注意也無從看起。此時才見他神色端凝，見歌舞而聲色不動，舉止安然有法，心道：「此人定非尋常人物。」

這人正是謝蘇，雖只是一支牙箸，一只琉璃杯，在他手中卻分外不同起來，衆人只見他動作漸快，一聲一聲卻是節奏分明，疾若驚風密雨，聲振全場。

那波斯歌女又聽了片刻，面上神色更爲欣喜，忽地揚眉動目，足尖輕點而立，姿態飄逸，眉間一點朱砂更在燈下鮮紅欲滴。

也丹驚喜道：「達摩支！」

酒杯敲擊之聲愈疾，竟是亦有宮商角徵羽之分，那歌女起初動作平緩優雅，隨樂曲聲音一變，動作亦是隨之輕飆，或跳或躍，忽而凝立，忽而飛動，腰間一條彩帶飄揚若仙，腕間金鈴隨著節奏「叮噹」作響。舞動之間，面上神情亦是豐富異常，直如自在天女降世一般。

這正是：心應弦，手應鼓。弦鼓一聲雙袖舉，回雪飄颻轉蓬舞。人間物類無可比，奔車輪緩旋風遲。

也丹撫掌大笑：「好，好！達摩支飛天絕代之舞，未想今日竟於羅天堡再現！」

介花弧含笑舉杯，「既如此，何不再盡一杯？」也丹笑道：「堡主有言，敢不聽從！」說著已乾一杯，又道：「這位先生卻是何人，從前並未見過，好高明的手段！」

介花弧笑道：「這一位，乃是介某的至交好友，也是羅天堡的上賓。」

也丹道：「既爲堡主好友，又爲羅天堡上賓，定非尋常人物，卻不知這位先生當怎樣稱呼？」

介花弧笑道：「我這位好友姓謝，單名一個蘇字。」

「謝蘇？」也丹暗自思索，但並未聽過江湖上有這樣一號人物，當日介花弧將追捕一事遮蓋得嚴密，故而戎族這邊並不知情，此刻也丹只道他隨便捏造一個名字出來，口中卻道：「原來是謝先生，久仰，久仰！」

謝蘇全心專注在樂曲之上，聽得此言，只微一頷首。

一曲既畢，那歌女收袖而立，一雙貓兒樣的碧綠眼眸直望著上首那一身月白的身影。

謝蘇放下手下牙箸，微歎一聲，「什麼絕代，這達摩支，中原何嘗沒有的。」

昔日北周滅北齊之後，周武帝於慶功會上親奏五弦琵琶，被俘北齊後主高緯在他伴奏下爲「達摩支」舞，當日謝蘇讀史於此，尚且爲之歎息不已。

他心中翻擾不定，手腕一翻，樂聲再響。清泠泠，冷森森，卻另有一陣激昂頓挫之意。

這一曲衆人卻大多熟悉，正是一曲《將軍令》。

將軍令衆人皆有聽聞，然則這一曲本是雄壯威武，在謝蘇手下卻是清鬱沉抑，低迴不已，也丹抬首望去，見謝蘇坐在那裡，氣宇清華，一雙眸子比之燭火尚且奪目幾分，不由看得住了。

謝蘇手執牙箸，燭光映在他面上飛舞不定，衆人皆看不清他神色，只聽他低聲吟道：「……故情無處所，新物徒華滋。不惜西津交佩解，還羞北海雁書遲。正逢浩蕩江上風，又值徘徊江上月。共問寒江千裡外，征客關山路幾重？」

一個「重」字方才落定，這一曲將軍令戛然而止，「啪」的一聲，他手中牙箸斷爲兩截。

那波斯女子一直注視著他，忽然道：「你……心裡難過？」

她這一開口，卻是地道的中原官話。

自這隊舞女進來之時，也曾向介花弧等人行禮問好，只這波斯女子未曾開口，也未行禮，衆人只當她不諳中原禮節，也未在意。此刻卻聽她一口官話說得清脆流利。衆人皆是一奇。

介花弧手持酒杯，帶笑看了謝蘇一眼，謝蘇卻根本未留意到他眼神。

他無意在一個舞伎面前流露心緒，只放下手中琉璃杯，並未言語。

那波斯女子又深深看了他一眼，忽地彎下身去，口中喃喃道：「安色倆目阿來庫木。」謝蘇詫異看了她一眼，並未起身，口中卻回道：「吾阿來庫色倆目。」

那波斯女子驚訝只有更甚，那一句原爲她家鄉語言，意爲「求主賜你吉祥順心，事事如意」，是一句極誠摯的祝福之語，中原少有人知；而謝蘇卻亦是以她家鄉語言作答，意爲「主也賜你平安」。那波斯女子自小便被賣到中原，少聞鄉音，更莫提這等祝福之語，不由眼眶一熱。

也丹在一旁見了，心中一動，正要說些什麼。卻聞羅天堡一個侍衛走入，手持一張燙金拜貼，道：「稟堡主，石太師手下鐵衛玄武前來拜會！」

【八】驚變

「石太師手下鐵衛玄武前來拜會！」

這一句傳來，也丹手一顫，杯中的酒水灑出了少許。

介花弧面帶淡薄笑意，正看著他，也丹尷尬笑笑，喝了一口酒。

謝蘇自從與那波斯女子對答之後，便又隱回了陰影之中，神情靜默。

此刻那些舞伎連同樂師已然退至一旁，時間不久，只聞腳步聲響，四個劍士走入大廳，一個個神情精幹，向介花弧躬身為禮。

在這四人之後，又一個玄衣劍士走入廳堂，這人衣著與先前人等並無太大分別，年紀未滿三十，氣沉淵停，一雙眸子精光內斂，步履不緩不疾，待到廳堂正中，他停下腳步，向介花弧拱手為禮。道：「玄武見過介堡主。」

介花弧笑道：「玄鐵衛客氣了，請坐。」

玄武又轉向客座，看到也丹卻並無什麼異樣表情，只道：「原來也丹先生也在這裡。」也丹放下酒杯，伸袖抹了抹額頭，道：「是啊，真是巧。」他正待再說些什麼，卻見玄武已逕直走向座位，四名劍士分列身後，也只罷了。

介花弧手舉酒杯，閑閑問道：「玄鐵衛幾時離得京，令師和令師兄可好？」

玄武聽到「令師」字樣，便起身恭謹答道：「家師康健如昔，只是政務繁忙，幸有龍師兄在一旁協助；白師兄傷病未癒，至今需得以輪椅代步。」

他口中所言「家師」，正是權傾朝野的太師石敬成，那石敬成手下四大鐵衛，當日生死門一役，朱雀慘死，白狐重傷武功盡廢；餘下二人，龍七協助其處理朝中政務，玄武卻是專事行走江湖，聲名尤爲顯赫。

介花弧道：「原來如此，待玄鐵衛回京，代爲問候一聲。」玄武聞言，又自起身謝過。

幾人寒暄已畢，一時間無人開口，氣氛又自沉寂下來。

也丹又飲了一杯酒，他知這次玄武來意不善，只未想京裡動作竟然是如此快法；又想太師府這次不知開出了怎樣條件，玄武當著自己面又當如何開口，正思量間，卻聽玄武咳嗽一聲，慢慢言道：「這位先生面生得很，卻不知當如何稱呼？」

這一句，卻是向著介花弧身邊的謝蘇說的。

自謝蘇與那波斯舞伎對答一句之後，便退至陰影之中，對周遭一切似不聞不問一般，一眼看去，實難分辨他是何路數。也丹又想：連玄武也對他重視，這人身後一定有來歷。

介花弧笑吟吟看著這邊局面，也不答言，只聽謝蘇猶豫了一下，道：「在下謝蘇。」

這一句極是瘖啞，便如金屬摩擦的聲音一般。介花弧不動聲色移了一下蠟燭，謝蘇一張蒼白面容便完全現在燭光之下，玄武見他低眉斂目，神情默默，心中亦生猶疑。

「這人不露面時有種莫名熟悉感覺，只這聲音樣貌氣質，爲何卻全然陌生呢？」

這一晚，也丹、玄武均留宿在羅天堡，謝蘇自回靜園，他甫一推門，忽覺有什麼地方不對，他靜立當地，輕吸了一口氣。

其實也沒有太多特別之處，只是房間中，莫名多了一陣花香。

這種香氣他從未聞過，似乎是龍涎香的一種，卻又多了幾分玫瑰的馥鬱之氣。

他向前一步，推開木門，聲音平定如初，「什麼人？」

銀白色的月光，安安靜靜地照在水磨青石的地面上，一個身姿曼妙的高眺身影自書架後面轉出來，走至謝蘇面前深施一禮，「謝先生。」

她抬起頭，月光下只見一雙碧綠的貓兒眼閃爍如星，一點朱砂印記嬌豔欲滴，謝蘇看清她面目，亦是微微一驚。

——竟是夜宴中也丹帶來的的那個波斯舞伎！

謝蘇所居住的靜園，外表清幽絕俗，其實機關林立之處不下於介花弧和介蘭亭的住處，這波斯女子不似身有武功模樣，卻可輕易進入，又是什麼人物？

那女子似已看透他心中所想，低聲道：「我……七歲時被賣到中原一個世家，這些機關，那裡也曾有的……。」

她自在衆人面前現身時起，便是一副驕傲不群姿態，直至此時，面上方現一絲黯然。

那必然不是一個動聽的故事。

謝蘇沒有說什麼，他既未如對待一個不速之客那般逼問爲什麼來這裡，也並非殷勤相詢一句過去究竟遭遇了怎樣的事情。他的目光澄澈如月，清清淡淡地看著她。

那波斯女子定定看著他一雙清鬱奪人的眸子，半晌，忽然長長歎了一口氣，「謝先生，能否答應我一件事？」

謝蘇沒有答言，她卻也並不必謝蘇回答，續道：「我想求您一把摺扇，」她頓了一下，「就像你們中原當年的溫玉一般。」說罷嫣然一笑，神情竟是十分坦然。

溫玉是本朝一位有名詩妓，貌美而頗負文才。傳說她曾於深夜拜訪一位寒士，那寒士才華出衆，又有品行。溫玉登門之後，言道自己對其人一直十分敬仰，欲爲婢妾以奉君子，卻也知那寒士定然不會接受。因此，只願那寒士作一扇面贈予自己，上面題上「贈予妾室溫玉」的字樣便可。

那寒士也是個不拘一格之人，便題了扇面贈她，溫玉拜謝之後翩然離去，之後不知所蹤。那寒士終其一生，再未見過她。

生平第一次，謝蘇也有了不知該說什麼的時候。

當然，這是一件風雅之事；當然，這件事也許與情愛無關，正如當年的溫玉一般，不過是單純的敬仰而已……。

白色的月光照在他的月白長衫之上，他就那麼安靜的沉默著。

「謝先生？」終於，那波斯女子也忍不住了，出聲問道，「若是你不允，也沒什麼關係……。」

「你叫什麼名字？」

「啊？」

「我還不知你的名字，如何題字？」

那波斯女子「噗哧」一聲笑了出來，倒不完全是爲了謝蘇應了她的要求。

——只是因爲，那一剎那，她分明看見，謝蘇蒼白面容之上，微微暈起了一片輕紅。

那女子名叫「沙羅天」，這是她的本名，難怪當時也丹未向羅天堡主介紹。離去的時候，沙羅天歎息一聲，向謝蘇道：「其實，若能留在你身邊，就更好了……。」

謝蘇淡淡道：「那不可能。」

沙羅天又歎了口氣，「我知道，你在這裡，是做不了自己的主的。」

她身子慢慢後退，退至書架一側，伸手一觸上面一塊青玉鎮紙，那正是一處機關所在。如來時一般，這神秘美麗的波斯女子出現得突然，消失亦是突然，月光清白照耀地面，空氣中唯餘一陣濃鬱香氣，方才情景，似眞似幻。

謝蘇佇立片刻，走至窗邊，伸手推開了窗子。

這一推窗，窗下卻傳來一個聲音，「老師！」

謝蘇幾不可聞地歎了口氣，「蘭亭，我記得說過，進來時走門即可。」

便聽腳步聲響，一個錦衣少年從窗下繞至門前，卻也沒有敲門，逕直推門而入，「老師，方才什麼人進了靜園？」

「沒什麼。」謝蘇不願提及此事。

介蘭亭半信半疑，介花弧並未要他參加夜宴，他便一直在靜園等待謝蘇，沙羅天離開時觸動機關，到底被他察覺。且室內又有一種異樣香氣，但謝蘇既不願說，他也就不再多問。

離開靜園後，介蘭亭未回自己房間，卻是找到了洛子寧，「剛才有人闖入了靜園，身上有種龍涎香氣，你去查查。」

洛子寧略有些詫異，剛要下去佈置，卻又被介蘭亭叫住，囑咐道：「這件事，不要告訴父親。」

留宿在羅天堡的玄武，這一晚休息得並不好。

最後他自床上坐起，點燃燈火，隨後抽出枕下的寶劍，拔劍出鞘，一遍又一遍地撫摸著劍鋒。

近三年來，這是他最常做的一個動作。

那把劍劍身烏沉沉的，但正所謂大音無聲，大巧無鋒，這把看似樸拙的劍，鋒銳之處並不於當年京城第一高手青梅竹手中的銀絲軟劍。

自從青梅竹莫名失蹤之後，銀絲軟劍也一同隨之絕跡江湖。

玄武屈指一彈劍鋒，沉沉一聲響，如烏金著地，如重物墜水。

「那個坐在介花弧身邊的，究竟是什麼人？」

他手指再次劃過劍鋒，正思量間，忽聞窗外一聲脆響，隨即一樣物事透過打開的格子窗被丟了進來。

玄武沒有去追，他的視線，全然爲地上那樣物事所吸引。

那是一把打開的摺扇。平平展開，落在地上，上面題了一首詩，下面還有落款。

好生漂亮的一筆漢隸。

次日清晨，也丹先自離開了羅天堡，告辭時一臉遺憾，因他所送的禮物中，介花弧留下了明珠玉帶，卻返還了那些舞伎，也丹也無他法。

也丹離開不久，玄武在洛子寧的引領下，來到了介花弧住所附近的一處花廳。洛子寧並未進門，自在外面等候。

那是獨屬於西域羅天堡主與京城石太師之間的會談。

天上白雲淡淡，洛子寧出了一會兒神，忽聞後面腳步聲響，他一驚，急忙回首，卻見一個少年錦衣金冠，正站在他身後。

「洛子寧，我昨夜叫你查的事情，究竟怎樣了？」

洛子寧不敢怠慢，隨著年紀漸長，這位少主行事之處，間或已有乃父之風。

「線索太少，但也丹帶來那一批舞伎中，似有幾個女子身上帶有龍涎香。」

介蘭亭「哼」了一聲，道：「我便知那個戎族人送那些女子來，沒打什麼好算盤！」又見洛子寧神色謹慎，花廳門扉緊閉，心念又一動，道：「那個玄武在裡面？」

洛子寧無聲點了點頭。

「他能與父親談些什麼，石太師又想對羅天堡做些什麼呢？」介蘭亭心中納悶。

過去近百年來，朝廷與戎族亦有爭鬥，而羅天堡一直在其中保持中立地位，兩國相爭，不犯其界。而兩國交易糧食馬匹等貨物亦是多通過羅天堡進行。

「若我是石太師，我會心甘麼？」

這段談話的時間並不長，玄武稍後也便告辭，一張臉依然沉肅，什麼也看不出來。

介花弧再未提過這件事情。羅天堡中，似又恢復了往日的平靜。

這一日天氣晴好，謝蘇與介蘭亭坐在靜園內一棵高大翠柏下，正自對弈。

棋之一道，與天資關係甚大，十幾歲的少年擊敗棋壇名宿之事盡有發生，同時工於心計之人亦多善棋。故而介蘭亭從師未久，棋藝已頗有可觀之處。

陽光漏過翠柏枝葉，影影綽綽地照在二人身上，介蘭亭全神貫注，眼睛眨也不眨。謝蘇通常讓他五子，但仍是勝多敗少。

「老師，」他伸手落下一枚黑子，「我若這次贏了，你獎我點兒什麼？」

謝蘇垂首，凝神看了一遍棋局。片刻，他落了一枚白子在左下角星位上，道：「這一局只怕你要輸了。」

這一步棋落下，中原腹地頓時局勢大變，合縱相連，左右爲攻，中間大片黑子雖未被吞噬殆盡，然而四面楚歌，已是再難脫出重圍。

介蘭亭「啊」的一聲，心道這一步棋我怎未想到，他心念一動，伸手竟將棋盤攪亂，笑道：「這一局不算，再來。」又道：「老師，若是我勝了一局，你便爲我講論一下當今局勢如何？」

這才是他眞正的目的，朝廷戎族之間一戰必不可免，山雨欲來，情勢微妙。他畢竟不敢去問介花弧，向洛子寧相詢卻又失了身份，想來想去，惟有老師是最爲合適之人。少年狡黠，不說「下一局勝了」，而說「若是勝了一局」。這般說來，只要謝蘇輸了一局，便是他贏了賭注。

謝蘇自不和他計較這些言語，道：「我並非未卜先知之人，這些時日我與外界隔絕，不通音信，既不知局勢如何，又如何講論？何況——」他將左手覆上棋盤，「這一局還未結束，且莫論下一局。」

他拾起一枚黑子，放在「去」位四五路上；隨後又拿起一枚白子，放在「平」位三九路上；之後又是一枚黑子，一枚白子……這般交替往復，速度雖不快，卻不曾猶豫停歇。

介蘭亭初時不解其意，心道老師這是在做什麼，直到棋盤將至鋪滿一半，他才看出端倪，不由深吸了一口氣。

那青玉棋盤之上，赫然正是方才被他擾亂的棋局！

不到一炷香時間，棋局已是復原如初，謝蘇歎口氣，「君子無悔棋，你方才何止是悔棋，簡直是無賴，我有教過你這個麼？」

介蘭亭張張口，這次眞是一句話說不出來了。

「子不教，父之過。」一個聲音忽然從樹後傳來，微帶笑意，「小孩子不曉事，不如我與謝先生對弈一局如何？」

介蘭亭急忙起身行禮，謝蘇卻未動作，半晌，方道：「介堡主，請坐。」

介花弧一笑，行至謝蘇對面坐下，執起一枚黑子，放在棋盤上方兩顆星位之中。這一步，卻已是全然不顧中原腹地，於別無人處另闢江山，謝蘇也不由「噫」了一聲，暗忖從前雖未聽過此人有善棋之名，單這一步下來，卻也不俗。

略作沉吟，謝蘇也落下了一枚白子。

這一局，足足下了一個多時辰。二人皆是一等一的棋手：謝蘇佈局縝密，攻勢卻又鋒銳無匹；介花弧棋路頗為大膽，氣勢尤在謝蘇之上。一個多時辰廝殺下來，棋盤上黑子白子混作一團，再拆解不開。

——究竟是誰勝了？介蘭亭一面為他們計算棋子，一面轉念：奇怪得很，他想老師獲勝，卻又不願看到父親敗北。

一路計算下來，雙方竟是和局，一子不曾相差。

介花弧手搖摺扇微微一笑，還未開口，謝蘇卻先道：「這一盤棋你接的是蘭亭的殘局，本是處於劣勢，雖為和局，其實我棋力在你之下。」他面上神色不變，眉目低斂，「這一局，是我輸了。」

介花弧笑道，「謝先生客氣了。」又道：「方才謝先生言道不知當前情形，這卻是我的疏忽。其實也無甚隱瞞之處。那日玄武前來，談到的乃是朝廷欲假道西域，攻打戎族之事。」

「不行！」介花弧語音未落，一個少年尖銳聲音早已響起，「唇寒齒亡。假道給他們，下一個輪到的便是我們，父親，您萬萬不可答應！」

介花弧這才轉過頭來看了介蘭亭一眼：「哦，我何時說過我應了？」這一眼並不嚴厲，但介蘭亭已驚覺自己失儀，不由低下頭去。

謝蘇聽得這消息，卻未多說什麼，只垂首檢點棋盤。

介花弧笑道：「謝先生對此有何見教？」

謝蘇冷冷道：「介堡主棋力既高，對當前局勢自是早有衡量，何必要我入這局中？」

介花弧放下摺扇，笑道：「謝先生，以你身份，早已在這局中了。」

謝蘇一震，手中一枚棋子落回棋盤上，清亮亮的作響。

介花弧離開之時，留下的最後一句話是，「如今形勢危急，西域十萬子民，身家性命你我各擔一半，我知先生高義，定不至袖手旁觀吧。」

這頂帽子未免壓得太大了點，謝蘇原可回一句：「這是羅天堡中事，與我何干！」但他卻未發一言。

「老師……」好好的一局棋，最後下出這麼一個結果，介蘭亭心中也說不出是什麼滋味。謝蘇卻道：「蘭亭，快到正午了，你想吃些什麼？」

「啊？」謝蘇以前也下過廚，但他待介蘭亭雖然甚好，態度卻是清淡疏離爲多，這般殷勤相詢，他一時倒有些不大適應，「……老師你做什麼都好。」

謝蘇便起身，自去打理菜蔬。介蘭亭留在座位上，心中紛亂。

這天中午，介蘭亭便留在靜園用餐，謝蘇同往日一般寡言。然而介蘭亭總覺得，在他的這位老師身上，有什麼東西，是和從前不一樣了。

這日傍晚，介花弧又來到靜園，言語中仍是不離當前形勢，謝蘇只淡淡地不介面，介蘭亭侍立一旁，只覺不舒服之極，卻又不願離去。

正談話間，洛子寧忽然急匆匆趕到靜園，道：「堡主，出事了！在堡外五十里處，也丹和他手下人均被殺了！」

介花弧與謝蘇二人同時站起，介花弧問道：「什麼人做的？」洛子寧搖搖頭，「屬下不知，羅天堡守衛發現也丹一行人時，他們已經死去多時，各個身上劍傷縱橫交錯，想是有人故意破壞屍身，並看不出是何人所傷。」

介花弧冷笑一聲，「屍身在何處？」

洛子寧道：「已安置在前廳。」說罷自在前方帶路。

介花弧看了謝蘇一眼，「謝先生也一同前往罷。」說罷逕自前行。

此事關聯太大，謝蘇沒有反對。介蘭亭見無人阻止他，便也隨在身後。

前廳之上，一溜排開了十七八具屍體，面目俱未毀損，屍身卻被砍得血肉模糊，第一具屍體正是也丹。

謝蘇略略一眼掃過去，見那日見到的護衛舞伎多在其中，但並未有沙羅天的屍體，不知怎的，竟有一份安心之感。

介花弧已彎下身去，細細檢查也丹屍身，看其死前面目神情，也丹似是一招斃命，但他身上傷痕太多，並不知究竟傷在何處。

血腥撲鼻，介花弧忽覺身邊一陣清淡草藥氣味，一抬首，恰對上謝蘇一雙琉璃火般的眸子。

二人距離從未這般近過，介花弧一笑，「謝先生？」

謝蘇沒有理他，不知是否受廳上氣氛影響，他一雙眸子不似平日清明，反是幽深了幾分。

他不似介花弧那般細緻查看，左手抬起也丹手臂，向其腋下三分之處探去。

介花弧順他目光看去，見那裡被戳了數刀，但凝聚目力便可看出，那些刀傷不過是爲了掩飾一處縱深劍傷，而在那處傷口，有著火焰一般的灼燒痕跡。

——那才是也丹的致命所在。

介花弧看了那處劍傷，沉吟一下道，「原來是天雷玄火。」

謝蘇聲音平淡：「你早知是他，找的不過是證據而已。」介花弧笑而不語，轉過頭叫道，「洛子寧。」羅天堡第一總管躬身行禮。

「著人把也丹的屍身送到戎族那邊，去找三王子燕然，把傷口指給他看，他自然明白。」

天雷玄火，那正是玄武那把烏劍之名；而腋下那一劍，正是玄武的得意招式。

謝蘇又來到一具護衛屍身面前，看其面目神情，這名護衛似乎也是爲天雷玄火所殺，介花弧正在他身邊，笑道，「這屍體血腥味兒太重，還是我來罷。」伸手翻開屍體，向同樣傷處探去。謝蘇卻也未曾反對。

介蘭亭站在較遠處，他雖聽得二人談話，卻並不十分明瞭其中含義。

洛子寧指揮了幾個護衛，正搬運著也丹屍體。

而其他人等，未得介花弧吩咐，是不得靠近廳上的。

變故，便發生在那一瞬間。

日後回憶起那一幕時，無論是洛子寧還是介蘭亭，都只有四個字：「悔不當初！」可是，那又如何？即使他們在切近，他們又怎能料到會發生那樣的事情；更重要的是，即使他們料到會發生那樣的事情，他們又能改變些什麼？

就在介花弧觸及地上護衛屍身那一瞬間，並排而臥的八具護衛屍體，忽然「活」了。

離二人最近的三具屍體袖中一蓬飛煙飛射而出，一股血腥之氣中人欲嘔；另外五具「屍體」一躍而起，身體僵直如木，動作卻快如閃電，手爪如鉤，上現青藍之色，向二人襲來。

也丹和那些舞伎的屍身是眞，而那些護衛的屍首，竟是僞裝而成的殺手！

變生若此，一時間誰也沒有想到，倉促間介花弧只來得及一掌揮出，這一掌運起十二分內力，飛煙雖輕，也被他激得倒飛出去，未及肌膚。

其餘五個人手上功夫雖然詭異，謝蘇卻對其知之甚詳，衆人只見一條月白人影倏忽往返，卻是他不知以什麼手法卸脫了其中一人的關節，包圍圈霎時被撕了一個缺口出來。

但這也只一霎那間事，八名殺手分爲二組，腳下踏了不知什麼步法，又將二人分別包圍了起來，招招皆是不要命的打法。

若說上一擊是因介花弧與謝蘇相距較近所以向二人同時出手，這一次卻看得分明，這批殺手的目標，原來並非只有介花弧一人！

此時廳下護衛也已反應過來，紛紛搶上，然而那些殺手不知練的是什麼武功，身上竟似沒有穴道一般，肌膚更是硬若木石，指爪之間卻又淬有劇毒，勁風呼嘯中，已有數人倒下。

紛亂之中，一聲清嘯忽然響起，「蘭亭，短劍！」

介蘭亭這才想起謝蘇身無長物，急忙解下短劍，抖手丟出，謝蘇長臂接過，驚鴻一般掠過大廳。此時已有三名殺手被介花弧大羅天指擊退，而謝蘇身影過處，劍招遞出，不知他是攻向那些殺手什麼部位，唯見劍鋒銀影過處，衆殺手一一而倒。

他收劍而立，神色沉肅，並無一分欣喜之色。

介花弧與他相距不遠，此時便走過來，笑道，「謝先生好劍……」一個「法」字尤未說出，先前被擊倒的一個殺手並未死透，忽地從謝蘇身後撲過來，他雙手適才已被介花弧所廢，一張口露出一口白森森的牙齒，竟是照著謝蘇的肩頭咬了下去。

謝蘇內傷未癒，方才數劍耗盡他大半體力，這一撲再躲不過，那殺手一口咬下去再不鬆口，血液流出，竟是青黑之色。

謝蘇轉頭看著他，面上神色是震驚，更多的卻是再掩飾不住的傷感絕望。

「陰屍毒……這般自殺一樣毒藥也用在我身上，你們……當眞恨我若此麼？」

他醒來的時候，發覺自己躺在花廳之外，想是廳內血腥太重之故，一群人正圍著他，見他睜開眼睛，紛紛道：「堡主，謝先生醒了！」

介花弧正在他身邊，謝蘇也不理會，他以手撐地，搖搖晃晃站起身來，只覺左肩上如同烈火燒灼一般，心知中了陰屍毒便是如此，自己沒有當場送命已是極爲難得之事。

他步履蹣跚，面色蒼白若鬼，便是介花弧，也看得驚了一驚，叫道，「謝先生，你的傷……。」

謝蘇卻轉過身，眼睛裡一片空茫，道：「這一批人，當是石太師手下最爲秘密的暗部，專司刺殺之職。」

介花弧一怔，謝蘇說的話他心中早有分曉，他驚訝的是謝蘇竟然說了出來。

其實謝蘇還有一句話沒有說出口，十年前，他正是太師府內暗部首領。

此刻他並不理會介花弧，又喃喃自語道：「少年時讀書，說窮則獨善其身，達則兼濟天下……顯達時我竟不知自己做了些什麼；想獨善其身，卻連唯一一個好友也救不得，害他死於非命，屍骨無存……七年前我遠走江南，究竟是對是錯？七年後，太師卻仍要殺我……。」

站在一旁的洛子寧一凜，他想到了那日在謝蘇書房裡無意間見到的那一行字，那一行縱橫混亂的字跡：

——「十年來，深恩負盡，死生師友。」

這一番話，在謝蘇心中也不知繚繞了多少個來回，以他個性原是無論如何也不能宣之於口。然而此刻他方爲從前同門驟下殺手；又兼身中劇毒，心神已散，竟是不知不覺說了出來。

介花弧眼神一黯，隨即溫言道：「我們一起去江南。」

「什麼？」

「我們一起去江南。石敬成亦會在近日去那裡。若是從他手裡亦是弄不來解藥，御劍門方家尙有藍田石可解百毒。無論如何，你身上的毒總能解的。」

謝蘇忽然大笑出聲，「夠了，介花弧，眞當我不知麼？京城出兵戎族你早就明瞭，石太師在出兵之前欲先除去羅天堡你亦是知曉。羅天堡之力不足以對抗石太師，於是你聯合月天子取得京中官員情報，又費盡心思把我扣在羅天堡。若石太師顧念父子之情，便可爲要脅之用；若石太師有意除我，那麼熟知太師府種種情形的我就成了最好聯手對象。」

他嗓子已毀，再怎樣用力聲音也高不上去，一字一字卻仍然分明，低啞聲音在天光未啓的黎明前夕聽來格外驚心：「你去江南——是爲了與石太師談判吧。介花弧，你走得好棋！」

一切掩飾蕩然無存，蓋子被揭開，壓抑許久的那些東西獰笑著噴薄而出。

切近的洛子寧，遠遠站著的介蘭亭，皆是心頭大震，不約而同地望向介花弧。

火光搖曳，映得介花弧面上明暗不定，他倏然出手，修長手指按上了謝蘇筋會穴。謝蘇不發一言，已然不省人事。

「謝先生累了，先休息吧。」他將手中的謝蘇交予洛子寧，「帶謝先生回去，隨後打點行裝，後日出發。」

洛子寧猶豫了一下，終是問了一句：「謝先生也一同去麼？」

「自然。」

洛子寧不敢多問，自帶著謝蘇離開。

疾風吹動介花弧身上衣衫，一襲石青色披風獵獵作響。他長出一口氣，向四周望去，卻見天光未明，羅天堡內亭臺樓閣在火把照耀下暗影幢幢，近處還能看清一二，稍遠些，便一些也看不分明。

地平線上仍是漆黑一片，天，何時才會亮呢？

第二部

【九】遠行

夜色澄明，繁星點點，輕薄雪色似有若無，那是江南的冬天，帶著分獨上小樓的漠漠清寒。

月光下，一襲紅衣的俊美劍客手扶劍柄，御風而行。

在他身後，十多個手拿木棒和平底鍋的村民正一面追趕，一面大聲喊著：「捉鬼啊，捉鬼啊！」

朱雀忽然感覺有點頭疼。

奉太師石敬成之命，他來到江南，一舉殲滅了當年玉京叛黨殘留下來的數股江湖勢力。在處理到最後一個幫派首領時，恰趕上那首領妻子的頭七之日，一衆家人未見主婦回魂，卻見一個紅衣男子從房中躍出。他們不知是朱雀匿在房中，殺死了等在其中的首領，只當有其他鬼怪作祟，於是紛紛拿著驅鬼之物趕出來。

朱雀出道十二年，從來只有他追殺別人的份兒，被別人追還眞是頭一次。何況還是被當作一隻鬼。

甩掉這些人自然不在話下，朱雀的「月明千里」輕功比之當年的玉京第一殺手清明雨亦或京師高手青梅竹雖然略爲遜色，但仍堪稱一絕。他微一提氣，人在空中輕輕一個轉折，已脫離了那些追趕他的人的視線，落到了另外一個院落之中。

「還好，今天的那些人只是喊捉鬼，沒說捉別的什麼。」

朱雀這邊正自嘲，院落中的房門「吱」的一聲開了，一個十三四歲的女孩子打著呵欠走了出來，「偏叫我出來，哪裡有狐狸偷雞——」

她一抬頭，月下一個頎長俊美的身影便映入她眼眸，那人一襲紅衣，秋山楓色一般的豔紅便如在雪地中獵獵燃燒一般，一雙鳳眼微微上挑，秀麗不可方物。

女孩子一句話說不出來，怔在了當場。

片刻之後，一個尖銳聲音劃破了靜謐夜色。

「有狐仙啊——」

朱雀想，今天出門時或者應該先查一查黃曆，多半是不宜出行。

他展開身形，大紅披風在風中獵獵飛舞，如巨鳥凌空，直掠過半個城鎮，忽然一道雪光映入他雙眼，明明身在空中，卻驟然感到一陣冷森森的寒意，整個人便如浸入了冰水一般。

「下雪了麼？」他在一戶人家屋頂上佇足，抬頭望天，卻見夜色清明，哪裡有什麼落雪？

「奇怪，那陣寒意是從哪裡來的？」

他正想著，又一陣冰水似的感覺浸透全身，一道雪光如銀瓶乍破，自青石巷盡頭破空而起，霎時間，天地中便似飄落了一陣漫天飛雪。

那不是雪光，是劍光。

「好重的寒意，好大的殺氣！」

朱雀知那舞劍之人定是個難得一見的高手，他雖高傲，卻也審慎，先未靠近，只凝聚目力，向青石巷盡頭看去。

相距畢竟太遠，舞劍那人面貌並看不清晰，唯見青石巷盡頭一樹梅花如新月堆雪，樹下一人身形清瘦，一襲青衣，手中拿一柄青鋒劍，劍身微動，便是雪光瀲灩。月下看來，那人身影倏起倏落，耀映於森冷劍光之中。

那套劍法殊爲平常，不過是一套峨嵋派的「小樓吹徹玉笙寒」。峨嵋多女弟子，劍法守勢多，氣勢也偏於陰柔一面。然而這套劍法自這青衣人手中使來，卻唯見漫天的冷銳殺氣。

朱雀向來自負劍法，年輕一代中，他的劍法確也稱得上首屈一指。然而在這個輕薄飛雪的江南小城裡，見到這個將十分守勢化爲十分凌厲的青衣人，他心中卻不由興起欽服之意。

「只怕連峨嵋掌門在內，也無人使得出這樣一套『小樓吹徹玉笙寒』！」

他心中思量，再一抬首，卻見那青石巷盡頭空空蕩蕩，惟餘那株白梅傲雪臨風，那個舞劍的青衣人，不知何時已經離去了。

地上薄薄的一層細雪，夜色似渲染開的水墨，本就淺淡的顏色又被暈開了一層。

青石巷的盡頭是一戶尋常人家，木窗半開，燈光融融。一身青衣的削瘦年輕人坐在窗前，手裡端著一只青瓷酒杯，雪光合著酒色映在他面上，那眉眼輪廓便如蘸了江南的清酒，一筆筆細緻描畫而出，十分秀致之中別有一番醉人之意。

那青瓷酒杯還是滿的，青衣人沒有喝，一雙清鬱眸子望向前方，不知在想些什麼。

正出神間，窗外忽然傳來一陣清越笑聲，青衣人一怔，抬首向外望去。

一個俊美青年正站在窗前，一雙鳳眼顧盼生輝，氣派高傲不羈。但他此刻眼神聲音，卻是全然的真摯讚歎：

「這位朋友夤夜飲酒賞雪，好番興致！」

青衣人放下酒杯，微微一怔，淡淡道了句：「不敢當。」

那俊美青年灑脫一笑，道：「何必客氣，我讚你便是真心讚你，在下——」他猶豫了一下，低頭看了腰間一眼，續道，「在下鐘無涯，不知朋友怎樣稱呼？」

這俊美青年正是朱雀，他追到青石巷盡頭，見那青衣人獨坐月下窗前，心道，這人劍術高明，未想氣質也是這般卓絕！又想，他身負如此武功，卻甘居清貧，實在是個皎然不群的人物，不由便起了結交之心。

朱雀自來高傲，今日卻對這初次見面的青衣人青眼有加，自己也覺詫異。

那青衣人聽了朱雀說話，冷冽面容上竟有幾分忍俊不禁。

——江湖上人皆知，石太師手下四大鐵衛之一的朱雀原姓鐘，平生好穿紅衣，佩劍三尺三分，明若秋水，字無涯。

然後你腰間佩著無涯劍穿了件紅衣招搖過市告訴我你的名字叫鐘無涯？便是取化名，也不必這般張揚啊。

他這邊暗自好笑，那邊朱雀見他不答，便又問了一遍，「朋友，請問你如何稱呼？」

青衣人收斂心神，且不論朱雀所為何來，自己的名字，卻不必瞞他。

「在下，謝蘇。」

夢裡不知身是客，一晌貪歡。

謝蘇並不是一個會放縱自己陷入回憶的人，然而夢中的事情，又有誰能控制得了呢？

他睜開眼時，面前所對的，卻是一張頗為熟悉的面容：雙眉斜飛入鬢，眼眸幽深不可測，正是羅天堡主介花弧。

「謝先生，你醒了。」

他張了張口，卻發不出聲音，又努力了一次，方才勉強開口道：「我昏迷幾日了？」

介花弧歎道：「三日。」

謝蘇「哦」了一聲，他覺自己似是躺在一張軟床上，又見身邊器物雖是華麗舒適，但與平日不同，原來自己竟是身處在一輛馬車之上，心下已是了然。低聲道：「已經啓程了啊……。」

介花弧似想說什麼，但終是沒有開口。

謝蘇不再言語。他毒傷方見起色，說了這兩句，又自困倦，一闔眼昏昏然又要睡去。

介花弧叫道：「謝先生、謝先生，謝蘇、謝蘇，莫睡！」但謝蘇已經昏睡過去。有一碗湯藥卻是需得謝蘇醒來馬上便喝的，無奈何，他只好撬開謝蘇牙關，將一碗藥湯強灌了下去。

介堡主從未服侍過他人，這一碗藥灌得著實不易，幸而謝蘇雖是處於昏睡狀態，卻不似前幾日人事不知，朦朧間也知吞嚥一二。介花弧長出一口氣，心知直到此刻，謝蘇一條命才算是從鬼門關裡搶回來了。

第二日謝蘇醒來時，已比前日清醒了許多。車內空無一人，他勉強支撐起身，想看一下馬車已到了何處。車簾忽然一挑，一個身披青緞披風的修長人影笑吟吟地坐入車內，正是介花弧。

「謝先生，醒了？」

這句話答與不答無甚區別，謝蘇不欲開口。

介花弧也不介意，他手中原拿著一個提盒，此刻便揭開，裡面是一碗還冒著熱氣的湯藥。他取出遞過來，「謝先生，把藥喝了吧。」

那一晚謝蘇中了暗部的陰屍毒，這種毒藥產自苗疆，其凶無比，謝蘇知自己能活到此時已是萬幸。他微一運氣，只覺胸中悶塞，如堵了一團火炭也似。他亦知藥理，思忖介花弧當是用熱毒一類藥物封住陰屍毒，倒也暗自點了點頭，心道以毒攻毒，兵行險著，也虧他想得出來。

此刻再加拒絕已是無味，他伸手接過，一飲而盡。

那藥本是熱毒一種，發作甚快，謝蘇只覺煩惡欲嘔，他又生性倔強，不願顯露出來，介花弧在對面卻看得眞切，便道：「這藥需平躺歇息發作才快，先生還是先躺下歇息吧。」也不待謝蘇意見，便扶他躺下。

馬車內華貴舒適，並不覺偪促。謝蘇不語，介花弧亦不多言，一時之間，車內一片靜謐。

臨近傍晚的時候，馬車駛進了一座古城。進城之時，謝蘇自車窗向外望去，唯見天際斜暉漫染金黃，映在遠處城牆與守城兵士身上，莊嚴肅穆，恰是一片如畫江山。

這家客棧名叫「雲起客棧」，介花弧包下東南隅一個院落，甚是雅靜。他帶謝蘇入房歇息，客棧送來熱水供眾人梳洗，須臾，又送了茶水點心上來。

這家客棧名字不俗，器具也甚是雅致。謝蘇毒傷未癒，胃口不振，只接過送上的雨過天青鈞窯瓷杯啜飲一口，卻覺那茶水清香之中略帶酸澀，略一回味卻又滿口生甘。他一怔，低頭見茶水金黃清澈，裡面還有切得細細的青梅片。

這種以新茶、青梅、冰糖泡製而成的青梅茶，在北方，是見不到的。

——原來，自己已經到了江南。

朱雀第二次來找謝蘇的時候，帶的不是茶，是酒。

那天夜晚浮雲隱隱，朱雀著一身秋山楓紅色長衣，提酒踏月，翩然而至。

謝蘇失笑，心道莫非二人初見時他見自己正自飲酒，便當自己是酒鬼不成？朱雀卻笑道：「這是我從距此數十里的梅鎮上沽來的竹葉青，不可不飲！」

這話倒有幾分像邀功，但朱雀面上卻是一副灑脫直率之態。謝蘇微微一哂，卻也沒有當眞拒絕。

他起身取了杯子，起開封泥，手一側，一條碧綠酒線傾入杯內。那酒果然不同尋常，清淺一個杯子，酒水入內卻是深不見底一般。

窗外，不知何時天陰了下來，月色如昏，朱雀舉起酒杯，向謝蘇笑道：

——「晚來天欲雪，能飲一杯無？」

那天夜裡，二人喝了整整一罈的竹葉青。

朱雀酒量尚不如謝蘇，喝醉了便伏在桌上昏然睡去，絲毫不加防備。謝蘇搖搖頭，他原想朱雀到此或者另有目的。如今看來，他卻只是單純想和自己交個朋友。

他燒了水，找出去年留下的青梅和冰糖，爲醉倒那人沏了一壺青梅茶。

由玉京至青州的一條陽關路上，兩個青年騎士頂著烈日，正自趕路。

那兩匹馬一身煙塵，不知趕了多少路程。然馬上的二人均是身形挺拔，並無疲憊之態。左手邊的青年二十七八歲左右，腰間佩了一柄短刀，眉宇端正英俊，頗有軍人氣度。

右手邊的青年年紀更輕，不過二十出頭年紀，一眼看去，那青年一襲白衣，身形高眺，一雙眼眞如明珠秋水一般，面貌生得極是俊美，惟其雙唇削薄，神色冷峻，未免給人難以接近之感。

這二人皆是軍官，在當朝年輕一代將領中頗負盛名。左手邊騎士姓何名琛，原是朝中定國將軍陳玉輝身邊副官，後來陳玉輝爲玉京殺手清明雨所殺，那時何琛位微人輕，卻終爲陳將軍報了大仇，一時間傳爲佳話。

右手邊騎士名叫江澄，其父江涉爲當年救國功臣，封爵清遠侯，親姊江陵則曾任禁軍統領，一手訓練出的忘歸箭隊天下聞名，當年征討玉京叛賊時立過大功。江澄家世淵源，卻與平民出身的何琛大不相同。

二人名聲雖然並稱一時，但一在江南大營，一則駐守北疆，少有來往。方才偶然在官道相逢，何琛便先自拱手笑道：「江統領，未想在這裡見面，實乃幸事！這次奉石太師之命同往青州，你我二人需得通力合作，今後也請江統領多多照應。」

這幾句話說過，按理江澄也應客套幾句，但江澄甚至未向他這邊看過一眼，便似眼裡根本無這個人一樣。

何琛不解，他爲人正直坦誠，心道：莫非我方才說話，他未曾聽清？便又重複了一次。卻只見江澄神態如舊，並無與他攀談之意。

何琛又想，或者此人不喜與他人交談。便不再多說什麼。

但通往青州的官道只此一條，二人並騎而行了一段，江澄眼中容不得他人，何琛卻覺畢竟份屬同袍，不言不語總是不妥，又開口道，「這次前往青州，不知太師究竟有何要事？」

這句話便不完全是寒暄了，此次石太師將他調出江南大營，連職務都一併有人頂替，卻又未說明到青州究竟有何要事，疑惑也是當然。

江澄策馬自顧前行，竟是一副不屑回答之態。

何琛愕然，又道，「前些時日京中紛紛傳言朝中似有征討戎族之意，若如此，理應調我們去北疆，為何派我們去青州？」

江澄總算開了金口，一雙眼看的卻仍是前方，語氣頗冷，「朝中確要征討戎族。」

何琛一驚，「果真如此？」

江澄並未回答，何琛續道：「此刻攻打戎族……恐非最佳時機，此刻朝中將星凋零，中級軍官中雖有出衆人才，但並無可統領全軍的大將。且若攻打戎族，西域羅天堡是必經之路，據聞這一任堡主介花弧是個心機深沉之輩，只怕不易應付——」

他還要繼續說下去，江澄忽冷冷一笑：「若時機成熟，攻打戎族便是理所當然了？」

這句話問得何琛莫名所以，不知他是什麼意思。原來江澄軍功雖厚，名聲卻極差，軍中紛紛傳言他氣死生父，逼走親姊。何琛便想：此人性子實在古怪，又難相處，難怪有這許多不利於他的流言。

正思量間，後面忽然趕上一匹高大黃馬，馬上坐的也是個年輕人，一身衣衫頗為華貴，與他們擦身而過之時，口中喃喃，不知說了一句什麼。

這一句聲音甚小，音節又古怪。莫說何琛未曾聽清，便是聽清，也不知究竟為何意。江澄臉色卻忽然一變，道：「站住！」

他口中叱喝，右手已抽出腰間長劍，明晃晃一泓秋水也似，朝著那人後心便刺！

這一招兇狠凌厲，絲毫沒有容情之處，何琛在一旁只看得皺起眉頭，心道不過一個尋常路人，又無過錯，怎的下此狠手？但他武功遜於江澄，阻擋卻是不及。

馬上那年輕人聽得身後風聲，一轉身，卻也拔出佩劍，「噹」的一聲火花四濺，竟將江澄那一劍生生架開。

他這一回身，三人便打了一個照面，何、江二人見那人亦是二十歲左右年紀，身材修長，相貌端正，眉宇微沉，但鼻樑高聳，眼眸顏色較之常人略淺，並非中原人物。

但他那一劍，卻是地道的中原劍法。

這下連何琛也疑惑起來，問道：「你究竟是什麼人？」

那人尚未言語，江澄卻不容他多說，劍身微顫，「唰」的一聲又刺了過去，這是他家傳的「追風逐影」劍法，他天資聰明，年紀雖輕，修爲已是不俗。

那人見這一劍刺來，不慌不忙，右手背劍，江澄迅捷無比的一劍已被他擋住，隨即反手一劍，竟是順著江澄劍鋒削了上去，這一招若是著實，江澄五根手指只怕就要當場廢掉。

他擋第一劍時尚是玄門正宗劍法，這一劍輕靈詭譎，卻已是海南派的劍招了。

但江澄又豈是尋常人物？他不避不閃，手腕一翻，反向那人眉間刺去，「追風逐影」以快聞名，後發先至，這一式已是兩敗俱傷的打法。果然那人不願硬拼，回手撤劍，在江澄如此攻勢之下，竟又反攻了一招，逼得江澄也不得不撤劍。

這一式，已看不出是何門何派的劍招了。

三招一過，江澄心如明鏡，單以劍法而論，自己實不及面前這人。他冷笑一聲，左手探入腰間，剎那間一條銀色長鞭如天外遊龍，乍然而現。

這一下他左鞭右劍，一走輕靈之勢，一現紫電之姿，配合得天衣無縫。十招一過，那人身上壓力漸重，他心中有事，不願戀戰，連環三劍刺出，逼退江澄一步，隨即揚手一鞭，叱喝一聲，那黃馬得了主人號令，飛一般向前跑去。

江澄、何琛二人的坐騎是戰馬，亦是百裡挑一的好馬，但與那黃馬比起卻是大為不如，追趕了片刻，官道上只餘煙塵滾滾，早不見了那人蹤影。

何琛問道，「那人身上有什麼異樣？你為何對他動手？」他也未想江澄能即刻作答，畢竟剛才碰的幾個釘子已經不小。誰知江澄卻回答了一句，或者說，是反問了他一句：

「你知道那人方才說的一句是什麼？」

何琛搖首，他也隱約想到江澄當是因此動手，卻實在想不到，那人經過他們時，自語的一句話竟是：

──「石敬成果然要對戎族下手……。」

那一句是波斯語，不知江澄為何會曉得。

天近傍晚之時，二人離青州尚有一段路程，便在青州附近的明月城中尋了一家客棧投宿。

明月城原是玉京周邊五郡十二城之一，雖不甚大，卻自有一番風流繁華。何琛以馬鞭指著門前牌子上「雲起客棧」四個字，笑道：「人都誇玉京五郡十二城俊麗，單一個客棧，也有這般雅致名字。」

其實若是何琛一人，必不會住這等昂貴所在。但江澄世家出身，哪肯屈就？無奈何，何琛也只得跟著他住了進去。

但價錢昂貴，自有昂貴的好處，何琛見客棧內房間佈置精細富麗，院落內亦是繁花似錦。不由讚歎不已。江澄卻指著東南隅一個院落，道：「那裡還罷了。」

小二忙點頭哈腰的陪不是，道：「這位公子，實在對不住。那個院落已被一個北方來的大商人包下幾天了，您住這邊的房間可好？」

何琛笑道，「還是這些關外的參商闊綽。」又向江澄道，「我看這裡面的房間也很好，不如住下吧。」

江澄冷冷哼了一聲，卻也沒有反對，便向裡面走去。小二在前面帶路，何琛跟在後邊，幾人剛要進門，卻聽隔壁的房間一響，一個人推門走了出來。幾個人恰好打了個照面，各自驚訝不已。

從江澄和何琛隔壁走出來的人，竟是他們在路見遇見的那個異族年輕男子！

【十】故人

三人驟然相逢，心中各自驚訝。

雲起客棧中人來人往，總不成在大庭廣衆之下動手。且以這人劍法，取勝殊爲不易。何琛沉聲道：「朋友，你究竟是何方人物？」

那異族年輕人看了他一眼，低低說了一句話，卻仍是何琛聽不懂的古怪音節。

「……」

何琛求助似的看了眼身邊的江澄，卻見江統領又是一副視若罔聞之態。這下何琛心頭火起，暗道你我畢竟份屬同僚，何必如此！

他正要開口發作，江澄卻頷首應道：「好。」

那異族年輕人點一點頭，自入客房。

江澄也自顧向客房走去，他未回首，口中卻道：「那人說，欲知身份，青州再見。」

何琛心中更加驚訝，這般看來，那人對自己二人行蹤亦是十分明瞭，他武功又高，此刻正臨與戎族決戰之即，他究竟意欲何爲？正思量著，前邊走的江澄忽然轉過身來，他猝不及防，二人幾乎撞在一起。

江澄看的卻不是他，一雙秋水明珠一樣的眸子直盯著東南隅那個院落。離得這般近了，何琛才發現，江澄一雙眸子，竟然是重瞳。

傳說重瞳之人是大貴之相……也不對，何琛自嘲搖一搖頭，李後主也是重瞳，但一個亡國之君又有何矜貴可言？

他不再多想，順著江澄視線看去，見那裡不知什麼時候多了兩個青衣人，左邊一個人身形修長，衣飾華貴，氣度不凡。一眼望去，絕非尋常人物。

但江澄看的卻不是他，而是站在他身邊的一個人。

那個人幾乎被他身邊人遮去一半，披一件青緞披風，面容蒼白，遠遠看去，並無特異之處。

何琛不解，卻見江澄已轉回身來，繼續前行，卻自語了一句，

「那個人，是在哪裡見過呢……？」

介花弧與謝蘇在雲起客棧中住了幾日，謝蘇身體略有好轉，這一日，二人在院中閑走，未想倒遇上何琛等人。

謝蘇還記得何琛，對他身邊那個年輕人卻沒什麼印象，卻覺那年輕人一雙眼睛如錐子一般盯在自己身上，不由詫異。

介花弧也注意到那兩道目光，笑笑道：「走了這一會兒，我們回去吧。」

第二日，何琛和江澄離開客棧時，隔壁房間也已經空了。江澄沒說什麼，只向東南角的院落裡又盯了一眼。

客棧的另一隅，介花弧換上了一身輕便裝束，向謝蘇道：「謝先生，今日天氣甚好，我們一同去見一個人如何？」

謝蘇看向他，眼神中有疑問。

介花弧笑道：「我們去見一個能解先生身上陰屍毒的人。」又道：「此人醫術高明，只是行蹤不定，最近他恰好來到梅鎮，離明月城不過二十餘里，正好與先生一同前往拜訪。」

謝蘇並未留意他後面言語，只聽得了前半句，反問了一句：「我們……去哪裡？」

介花弧笑道：「梅鎮，先生放心，這人雖然脾氣古怪，但當年曾欠下我一個人情，定會爲先生醫治的。」

謝蘇沒有再說什麼，換上一襲青衣，與介花弧一同出了門。

此時已是殘夏，自明月城到梅鎮一路上花飛如雨，落紅滿地。

謝蘇坐在馬車內，一路之上，他一直未曾開口，神情恍惚。

介花弧坐在他對面，他也發現了謝蘇情緒異樣，伸手一敲車窗，馬車立即停了下來。

「速度慢些。」

「是。」

車外恭謹答話，駕車人是介花弧隨身的刀劍雙衛，與當年的疾如星身份彷彿，二人甚少拋頭露面，是介花弧手下極得力之人。

車速慢了下來，介花弧笑道：「此處距梅鎮尚有一段距離，先生要不要先歇息一下？」

謝蘇抬起頭，這才注意到不同，詫異道：「車速怎麼慢下來了？」

「……」

介花弧原當是謝蘇毒傷發作，此刻看來，似乎又並非如此。

任他再怎麼心計深沉，此刻卻也猜不透謝蘇心中所想。

馬車行了一段路程，在一個江南小鎮停了下來。

小鎮三面環水，寒江一道支流幾將小鎮包圍，唯一的一處出口生長大片杏林，此刻已過花季，綠葉滿林，杏子成蔭，自有一片清幽氣象。

介花弧挑開車簾，笑道：「此處並無梅樹，不知爲何卻以梅爲名。」

謝蘇眼望窗外，緩緩道：「梅鎮的竹葉青在江南小有名氣，這裡釀酒最有名的，便是一戶姓梅的人家。」

介花弧饒有興趣地看向他：「謝先生原來對此處十分熟悉。」

謝蘇緩緩道：「是，我在這裡，曾住過一段時間。」

介花弧微微怔了一下，目光中便多了幾分尋思。

刀劍雙衛和謝蘇一道留在鎮外，介花弧言道那名醫師脾氣甚是古怪，故而煩勞謝蘇暫且在外等候。

謝蘇默默應承，走下馬車，刀劍雙衛不即不離跟隨在後邊。江水泠泠，謝蘇在江邊一株杏樹下尋了個位置坐下。

過去三年的時間，外面的世界天翻地覆，梅鎮的景致卻一如往昔，時間在這個自成天地的小鎮上，似乎並未留下什麼痕跡。

謝蘇在江南的最後一段時間，正是在梅鎮度過。

當年他與朱雀結識後不久，朱雀便返程回京。他離開後時間不長，謝蘇便搬了家，來到寒江畔的一個小鎮。

這個小鎮盛產以寒江江水釀出的竹葉青，名字叫做梅鎮。

朱雀是個重情灑脫之人，然而他畢竟是石太師手下，相聚數日足矣，謝蘇無意深交下去。人生如雪泥鴻爪，何必著意。

他沒有想到，朱雀在第二年的春天，又來到了江南。

他也不知道，這一次的任務，是朱雀自請而來。

暮春時節，傍晚時分，風中夾帶著花朵的芬芳。

朱雀著一身緋紅長衣，獨自走在青石長街上，腰間的無涯劍鋒芒微現，乍一看去，他並不似石太師的得力幹將，朝中的四大鐵衛之一，反而更似一個江湖人，一個鮮衣怒馬，飛揚瀟灑，以三尺劍鳴天下不平的青年俊傑，江湖劍客。

他負手走在路上，神色愉悅，心情顯然很好。

鎮裡的少女經過他身邊，臉紅紅的看了他一眼，走了幾步，回過頭來又看了一眼。

幾個漁夫從寒江江畔打漁歸來，遠遠落在他身後，一邊走，一邊說笑。

朱雀走得很慢，相較之下，那些漁夫的腳步倒顯得快了許多，不一會兒，離他不過三步之遙。眼見再過幾步，就可以超過他了。

晚春的濃鬱香氣中，那些看似尋常無奇的漁夫忽然抽出了兵刃。

有人從衣下抽出了長劍，有人從漁簍中拔出了短刀，寒光閃耀，在暮色中殺氣逼人，齊向朱雀而來。

朱雀依然不慌不忙地走在街上，似乎眼中只有這小鎮中的景致，身後的一切他沒有注意，也沒有在意。

刀劍離他愈來愈近，其中一道長劍的鋒芒閃動，堪堪已削落他飛揚起來的幾縷髮絲。偷襲之人面上已帶了笑意，似覺這一擊勢在必得。

就在那一瞬間，朱雀動了。

他甚至沒有轉身，腳步也沒有停下來。他的緋紅長衣衣擺在風中飛舞，無涯劍驟然而起，無人看清他如何拔劍，更無人看得清那柄長劍是如何出鞘。

他們看到的，只有那緋紅長衣飛揚的一角，再有，便是在他們面前閃耀的一點寒光。

最後看到的，仍然是一片紅色，那是自他們咽喉中飛濺而出的血花。
朱雀手腕一抖，一串血珠自無涯劍冰雪一般的鋒刃上滑落，滴落在青石路上。
在他身後，傳來屍體墜地的沉重聲音。
朱雀根本沒有回頭，他還劍入鞘，繼續向前走去。
飛揚而起的緋紅長衣，又慢慢的平定下來。

轉過一個街角，風中傳來梔子花的香氣，沖掉了方才淡淡血腥，一輪雪白明月緩緩升起，朱雀的心情愈發的好了起來。

「生死門的這一批人也解決完了，還有幾天時間，正好去找我那個好友——」他正想著，卻忽然看見一個熟悉的青衣清瘦身影自一戶人家走出，隨即反身鎖上門戶，正是謝蘇。

朱雀又驚又喜，一時間也未多想謝蘇為何又搬來了梅鎮。他見謝蘇一襲家常青衣，不似遠走模樣，玩笑之心忽起，縱身輕輕躍入牆內，心道我便在你家裡等你，定讓你吃上一驚。

謝蘇在梅鎮的住處與他上次居住所在並無什麼區別，一般的清簡，佈置也相似，一床一几，兩把竹椅，牆邊一個不大的書架，另有一架茶爐放在窗下。

他情不自禁走了過去。

院中有口水井，朱雀從裡面打了清涼井水，找出茶葉放進茶壺，回憶著謝蘇當初的樣子烹起茶來。

茶葉是上好的君山白毫，一開封，淡淡清香縈繞了整個房間。

火燒得旺，不久，水也開了。

朱雀學著謝蘇的做法，找來一塊細布墊手，把開水注入壺中。然後他發現自己沒有杯子，環顧一下室內，書架上有只素瓷杯，是謝蘇自用的，他便拿了過來，把茶水倒入杯中，吹散上面氤氳熱氣，喝了一口。

茶水入口，並未出現應有的清香味道，不過朱雀一點也沒喝出來。

朱雀其實並不懂茶，方才那套烹茶手法似是而非，大處彷彿，小處完全不是那麼回事。他用煮沸的水沏茶，白毫的香味幾乎損失殆盡。

好在朱雀並不在意。

他坐在窗下，半個月亮斜斜地照進來，他手裡拿著那只素瓷杯，坐在謝蘇慣常坐的位置上，慢慢地，一口一口啜飲著其實並不算好喝的茶水。

春色淡淡，雨水和青草的味道從窗外飄進來。朱雀並不喜歡等人，可是這一刻，他覺得自己的心緒從來沒有這麼安寧過。

說不上過了多少時間，也許很長，也許很短，門「吱」的一聲響了，卻是一身青衣的謝蘇，買了些生活必需品回到家中。

朱雀看見他回來，笑起來，手裡的素瓷杯也未放下，「阿蘇！」

謝蘇見到他在這裡，本就吃驚，又聽他如此稱呼，下意識便反問道：「你叫我什麼？」

朱雀笑道：「你我既是好友，自然以名字相稱啊。」

好友？

這個詞對於謝蘇而言，未免太過陌生。過去二十四年中，他身邊並沒有什麼可以稱作朋友的人，他對義父，他的師弟們對他，雖有尊敬之意，卻少親近之心。

他現在看見的是一個只見過幾次面的人，貿貿然闖進他的家裡，坐他的位置喝他的茶葉用他的杯子，而且，居然還直呼他的名字。

謝蘇的眉頭皺了起來，神情也不似平日一般沉靜，向來瀟脫直率的朱雀見了，心中不由也有幾分緊張。

——莫非自己做得太過了？都說平素沉靜的人，發起脾氣才最可怕……。

他正想著，謝蘇已開了口，聲音果然有幾分氣惱：

「茶是這麼沏的麼？實在對不起這君山白毫。」

…………

茶葉被某人糟蹋得七七八八，謝蘇一時間也沒了「寒夜客來茶當酒」的興致，他穿的本是外出的便裝，便和朱雀一同出了門，也當帶他領略一下梅鎮風景。

二人來到寒江江畔，月色下看不大分明江水，唯見一片靜寂黑暗中銀光點點，江邊大片杏林正值花開之時，大片極柔和的月光白便如漂浮在空中的雲霧一般。朱雀深吸一口氣，讚道：「此處如此景致，難怪你要搬到梅鎮居住了。」

這一句卻是體貼之語，朱雀本性聰明，他也想到謝蘇搬至梅鎮，其中必有隱情，又怕他說到這裡不好解釋，乾脆自己先提一句，謝蘇詫異看他一眼，卻未說什麼。

二人各自不語，又沿著江邊向前走了一段，夜風乍起，杏花花瓣如雪紛飛，拂之不去。

終於朱雀又開口道：「你放心。」

這一句莫名其妙，不知從何說起，卻聽他又續道：「我……知你隱居於此，必有緣由。你放心，你住在這裡的事情我沒和任何人提過，今後，自然也不會提。」

謝蘇抬首，倏然動容。

那是他心裡想過，卻決不可能講出、問出的話。

朱雀是他什麼人？和他見過幾次面？知道他哪些身份來歷？

他不是他什麼人，和他見面的次數一隻手數得過來，朱雀對他，其實什麼也不知道。

然而他信他，知他，體諒他。有友如此，夫復何求？

一瞬間他腦海中閃過了許多念頭，到頭來，卻也只是匯總成一句話：「也罷，我不再搬離梅鎮便是。」

朱雀大喜，他與謝蘇來往雖不多，對他性子卻已十分瞭解，知道方才那一句話雖是語出平淡，卻已是對他這個朋友最大的認同。

他攙著謝蘇左手，正要說些什麼，忽聽呼喇喇一聲水響，三條鋼索從江水中躍出，水氣中夾帶一陣腥氣，直向朱雀襲來！

此刻二人並立江邊，變生突然，朱雀不及拔劍，倉促間伸足一踢，兩條鋼索直盪出去，第三條鋼索雖被他踢飛，操縱之人卻頗爲機巧，借那一踢之力，反向謝蘇方向襲來。

朱雀暗道一聲「不好」，他雖知謝蘇劍術高超，但此刻他並未佩劍，正欲拉著他回身後撤，卻見眼前一道細細銀色光芒驚鴻乍現，「叮」地一聲響，那條鋼索竟已齊頭斷去，卻是謝蘇左手被朱雀握住，不及閃躲，終是拔出了銀絲軟劍。

以銀絲軟劍使浩然劍法，天下間，只有一個人能如此做。

那是一個已經失蹤了幾年，甚至有人傳言他已死的人；一個在自己門內被視爲禁忌，偶然提起，尚要加上「叛徒」二字的人。

水花又一聲響，卻是水中三人見偷襲不成，岸上二人武功又高，於是遁水而去。

朱雀卻已顧不得那些，一雙眼只看著謝蘇：「你……你是什麼人？」

謝蘇掙脫他手，後退一步，面色蒼白，「謝……謝蘇。」

生平第一次，他說自己的名字竟然也吃力起來。

暮色四沉中，他再看不清朱雀面上神情。

「你是謝蘇？你不是青——」

謝蘇已做好了準備，只要朱雀說出「青梅竹」三字，他立刻轉身便走。「不搬離梅鎮」一類言語就當自己沒說，他不介意當一次背信棄義之人。

然後他看見朱雀笑了，一雙鳳眼顧盼神飛，神采飛揚，「管你叫什麼呢，是你這個人就好。」

那一夜的杏花紛飛不絕，到今日，杏林猶在，其餘的一切，卻均是不同了。

江水清清，謝蘇再睜開雙眼時，忽然發現江邊多了一個人。

寒江自此，水流便較爲平緩，即便轉折之處亦是一派寧和，那裡有塊突起白石，一個灰衣人手持釣竿坐在石上，一雙赤足卻浸在水中，腳踝纖細，如若少年。

豔陽高照，那灰衣人頭上戴了頂斗笠，雖不爲陽光所苦，外人卻也看不清他面容，他雙腳在江水中一搖一晃，倒也不似認眞釣魚模樣。

四圍寂靜，只聽那灰衣人口中曼聲長吟，一字一頓。

「出郭尋春春已闌，東風吹面不成寒，青村幾曲到西山。

並馬未須愁路遠，看花且莫放杯閑，人生——」

「人生——」他「人生」了幾次，到底沒接下去，卻聽身畔一個低啞聲音續道：「人生別易會常難。」

那灰衣人大笑出聲，一伸手掀去頭上斗笠，露出一張素淨面容，笑吟吟道：「有意思。這位朋友，可否請教你姓名？」

「謝蘇。」

那人一掀斗笠，謝蘇見他細眉俊眼，面容清秀，未語先笑，態度從容，令人頗有親近之感。看此人樣貌，似乎尙屬年輕，但他披散在肩上的烏髮中卻夾雜了不少銀絲，一時卻也很難判斷他年紀。

只聽那灰衣人朗朗笑道：「王謝世家爲姓，蘇門學士爲名，啊呀，好生雅致的名字。在下正巧也姓謝，單名一個朗字。」

謝蘇神色不變，「原來是灑鹽才子。」

傳說東晉風流宰相謝安有一日在家中考試子侄，要他們以雪爲題，吟詠詩句。其侄謝朗先道：「灑鹽空中差可擬。」謝安雖覺甚好，終有不足之意，倒是侄女謝道蘊一句「未若柳絮因風起」令其心胸大暢。這灰衣人恰巧與謝朗同名，故而謝蘇這般說來。

其實謝朗亦是謝家有名的年少聰慧之人，謝蘇這一句，倒未必是嘲笑之意。

謝朗自然更不會氣惱，只笑道：「啊呀，這倒是個好稱呼。我看你這人順眼得很，加上大家同是謝家人，見面三分親。來來來，坐下一起釣魚。」說著遞過了一根青絲釣竿。

謝蘇沒有接，「不必了。」

謝朗很吃驚，「爲何不接？古有姜子牙釣於渭水之畔，又有嚴子陵垂釣於富春江邊，可見垂釣乃養生長壽之法，來來來，別客氣。」他說著，伸手便去拖謝蘇。

謝蘇心道姜子牙也好，嚴子陵也罷，他們釣魚一爲出仕，一爲退隱，與養生又有何干。又見謝朗伸手拖他，下意識便向後一閃。謝朗猝不及防，向前便倒。

前面便是一片白石，眼見他就要摔得鼻青臉腫之時，斜刺裡一隻手伸出，扶了他一把，正是謝蘇。謝朗笑嘻嘻地抬起頭，道：「啊呀，年紀大了難免反應不過來，多謝了。」

謝蘇鬆開手，任他自行坐起，心中卻疑惑，方才他一扶之下，驚覺謝朗手腳全然的綿軟無力，這與他自己又不同，他是當年被人一掌擊成重傷，又未好生醫治，因而內力失了大半。這謝朗卻是連一個普通人尚且不如，只怕是中了毒，又或關節受過重創，方才如此。

他這邊正自思量，卻聽一個熟悉聲音笑吟吟道：「謝大夫，我遍尋你不至，原來你二人已先見了面。」

一個修長身影自石後轉出，正是介花弧，他向謝朗笑道：「謝大夫，這便是我向你提過要你醫治的好友謝蘇。」又向謝蘇道：「謝先生，這位謝大夫便是可醫治陰屍毒之人。」

謝蘇還未開口，謝朗先笑道：「停，介花弧，你要我醫治的是你的好友，怎麼又成了謝先生，若非好友，我可是不醫的。」

謝蘇微一皺眉，「在下不敢妄稱介堡主好友。」

介花弧卻從善如流，道：「言之有理，待我重新介紹，阿蘇，這位謝大夫醫術高超，是可以信賴之人。」

謝蘇冷淡道：「介堡主，在下並非你之好友。」

謝朗不理他說話，笑道：「這還罷了，介花弧，你這好友什麼時間中的毒啊？」

謝蘇道：「我不是他好友。」

介花弧全然不理，道：「七日之前，那時。」

謝蘇終於發現和這兩個人認眞，實在是一件無謂之事，然而謝朗言笑晏晏，從容可親，卻也很難對他眞正對他發火。

謝朗帶二人來到江邊一間小屋之中，爲謝蘇細細診斷，他自己雖然形同半個廢人，醫術卻著實高明。一番診斷之後，他皺一皺眉，向介花弧道：「介大堡主，你拿什麼藥壓住陰屍毒的？」

介花弧見他面色不對，道：「朱蠶丹毒，怎樣？」

謝朗冷笑一聲：「好得很！照你這種治法，腳痛之人只怕要割掉一條腿，頭痛之人只怕要把頭割下去了！」

那有人向介花弧這般說過話，好在介花弧也不惱，只道：「當時情形危急，不用朱蠶丹毒，怎能救他一命回來。你且說說，他這種情形，還能醫麼？」

謝朗道：「能，怎麼不能，」轉頭看一眼謝蘇，笑道：「你莫看我醫不了自己，醫你還是沒問題的，何況我看你著實投緣，只要服用我煉的藥三個月，外加一月針灸，定叫你這毒去得乾淨乾淨。」

介花弧道：「三個月，這麼久？」

謝朗笑道：「介大堡主，你想是傳奇小說看多了，眞當世上有什麼靈丹妙藥，服下立刻百病全無的？」

介花弧笑道：「也罷，我不與你計較，只是這樣說來，你只得與我們一路同行了。」

謝朗也一笑，「好吧，誰叫我當初欠你人情，只是你們要去哪裡？」

介花弧卻未看他，一雙眼看的卻只是謝蘇，緩緩道：「青州。」

直至今日，謝蘇方知介花弧這一次行程目的爲何。

青州，那是江澄和何琛受石太師派遣，卻不知所去何事之地；也是那劍術極高的異族年輕人欲往之地。只是除此之外，它還有一個特殊之處。

江南武林首屈一指的世家御劍門，正在青州。而御劍門的少主方玉平亦曾在一個雪夜被月天子追殺，爲謝蘇與介花弧搭救。

也正在那一個雪夜裡，介花弧識破了謝蘇的眞實身份。

【十一】知己

從梅鎮歸來的次日清晨，介花弧一行人等便踏上了前往青州的路程。

馬車走到明月城城門時，他們看見了謝朗，那人依然是一身灰衣，有點費力地背著一個很大的包袱，笑咪咪地站在官道上的灰塵裡，向他們揮著手。

馬車在謝朗面前停下，他不甚俐落地爬上馬車，在謝蘇身邊坐下，又抱怨道：「介花弧，你怎麼來的這麼慢，害得我吃了半天灰塵。」

介花弧一笑，也不在意。謝朗卻也沒對他多做理睬，自顧抓起謝蘇左手，開始號脈。號完了左手，又號右手，前前後後號了一炷香時間，這才從包袱裡取出幾個瓶子，一番翻翻找找，拿了一堆藥丸出來，「快吃，快吃！」倒像晚了一刻就會出事似的。

介花弧早遞過一杯溫水，謝蘇便依言吞下。俗話說「良藥苦口利於病」，謝朗給他的這些藥倒還好，並不似前些時日服的藥那般令人煩惡欲嘔，最後一顆藥甚至還有甜絲絲的感覺。

他神情一如既往，看著謝朗，緩緩開口道：「謝大夫。」

「嗯？有事請說，有事請說。」謝朗對初識不久的謝蘇，反是十分的熟稔客氣。

謝蘇猶豫了一下，然後開口道：「冰糖也可解陰屍毒麼？」

「啊？」謝朗也怔了一下，然後笑起來：「啊呀，對不住，給錯藥了。不過冰糖又沒有毒，不然，再來一塊？」說著，眞還從包袱裡又摸出一塊冰糖來。

謝蘇沒有接，卻也沒有多說什麼。

這一夜，一行人等在距青州不遠的歷州歇息，在一家客棧歇下不久，謝朗背著他那個不小的包袱，來到了謝蘇房間。

一進門，便見介花弧正坐在謝蘇對面，不知正在談些什麼。謝朗也不在意，走過來把手中包袱向二人中間桌上一放，向介花弧笑道：「介大堡主，請了，我這邊要開始針灸了，您先迴避一下？」

介花弧笑道：「謝大夫怕我看麼？」

謝朗揮著手，「是啊是啊，我怕得很啊。」

介花弧一笑，逕自出門。

謝朗不理他，自包袱裡取出一排銀針，向謝蘇笑道：「我們開始吧。」

第一次針灸，大約花了一個時辰之久。結束之後，謝朗倒比身中毒傷的謝蘇還要疲累，他連拔下的銀針都沒有收拾，一頭倒在床邊的躺椅上。

相比之下，謝蘇反要有精神些，他看著似乎連一根手指都不願抬起的謝朗，道：「多謝。」

「嗯嗯。」謝朗似是沒有力氣回答。

然而隨後的一句話，卻讓他一下子從躺椅上坐了起來。

「你是眞的不願意讓介花弧知道如何解毒，爲什麼？」

歷州城中，同一時間，一個人同樣被一句話驚了一下，只不過驚訝的程度，要遠遠大於歷州另一隅的謝朗。

「你說什麼？」

驚訝的人是何琛，與他一路同行的江澄幾日來第一次主動開口說話，只一句。

「那天雲起客棧中，院中那兩個青衣人，有一個人是青梅竹。」

「你怎麼知道的？」何琛當年亦是見過青梅竹，卻想不出那個一身冷冽的吏部侍郎與那日那個面色蒼白的青衣人有何相似之處。

「當年清遠侯過世時，我見過他一面。」江澄似不願多說。

「清遠侯」是江澄父親江涉所封爵位，江涉過世時江澄不過十三歲，京中多有傳言江涉當年是被江澄氣死，此事是否屬實暫且不論，單是江澄如此稱呼生父，也未免太過奇怪。

但何琛此刻無暇想到這些。青梅竹當年失蹤一事在京城中鬧得沸沸揚揚，此刻他出現的地點與青州如此之近，莫非竟與石太師召他們去青州一事有關？

他並無懷疑江澄看錯，因爲江澄在軍中一路晉升，固然是他武功精湛，深通兵法，卻也與他身負一項異能有關——

江澄識人，有過目不忘之能。

「你怎麼知道的？」這一邊。謝朗也說出同樣一句話。只不過這一句疑問卻是笑著說出的，並無多少認眞發問的意思。

「你在馬車上給我的藥丸中，有一半與解毒無關，不過是些尋常的鎮痛清火藥物，甚至連冰糖也混了進去，是爲混淆視聽。而針灸之時更不准介花弧入內，是怕他知道如何解毒麼？」

謝朗笑道：「是啊，是啊，介花弧很通藥性的。他都看明白了，我還賣什麼狗皮膏藥？」

他慨然承認，倒也在謝蘇意料之外。卻聽謝朗又道：「我倒是奇怪，你——爲什麼來江南？」

我，爲什麼來江南？

謝朗繼續道：「你若不想來，介花弧未必能勉強你。」他看謝蘇一眼，似笑非笑，「你不想做的事情，我就想不出什麼人能讓你眞的做出來。」

謝蘇沉默了一下，「目前如此局勢，我不能不去。」

謝朗奇道：「這些人，干你什麼事？戎族和你沒關係，江南武林一脈和你沒關係，介花弧把你弄得一身傷病，石敬成那邊你給他做了這麼多年打手還不夠……。」

剛說到這裡，謝蘇忽然疾聲道：「住口！」

謝朗一攤手，「對不住，我忘了你是被他養大的了。」

說是這樣說，話語裡可沒什麼誠意。

他又續道：「別人跑還不及，你是搶著往漩渦裡跳，若是我，早走遠了。」

謝蘇聲音很低：「西域十萬子民，兩國相爭，他們又何辜，」

謝朗笑起來，「那是介花弧的子民，什麼時候成了你的子民？」

謝蘇不理他玩笑，「現在並非開戰時機，貿然出兵，後果難測。」

「開不開戰石敬成說的算，什麼時候又變成你說的算？」

謝朗面上還是一派笑意吟吟，話卻是尖利非常，一句一句刀子一般。謝蘇默然片刻，道：「你所言，亦是正理。」

謝朗笑道：「然而你依然要去？」

謝蘇點了點頭。

謝朗忽然大笑起來，一邊笑一邊很沒形象地捶著桌子，也不知他又從那裡來的力氣。笑完了，他自躺椅上爬起來，先收拾了銀針，再拿起桌上那個包裹，掏摸了半天，這才拿出一個白玉小瓶，從裡面倒出一顆朱紅藥丸遞了過去。

謝蘇接過藥丸，一時沉吟不語。

這種藥名爲抑雲丹，據說是百藥門的秘煉藥物，極爲難得，對恢復傷體，增進內力大有助益。換言之，這是補藥而非傷藥。

謝朗雖答應爲自己治療毒傷，但也實在犯不上用這麼珍貴的藥物，謝朗看其神情，已知他心中所想，笑道，「這個藥是我自己給你的，和介花弧可沒關係。」想了想他又道：「這個藥你見過啊，眞不容易，全天下一共也沒幾顆。」

謝蘇非但見過，幾年前，也有人送過他一顆同樣的抑雲丹。

那顆抑雲丹是朱雀硬塞到他手裡的，謝蘇起初拒絕，道我隱居於此，要此藥何用？朱雀道：「我看你氣色不佳，這藥於你正是合用。」

在搬來梅鎮時，謝蘇確曾偶感風寒，但眼下已經痊癒。何況就算他風寒未癒，拿抑雲丹來治也未免小題大做的過了頭。

「江湖風雲莫測，你身在其中，還是你用它較為適宜。」

但朱雀十分固執，「放在你身邊，我放心些。」

其實謝蘇武功高超，又不問江湖世事，並無什麼危險可言。但他一味堅持，謝蘇也只得先收了下來，心想有機會再還給他也好。

那是發生在他們在寒江江畔遇襲之時的事情，江畔朱雀發現謝蘇身份後，二人一同回到謝蘇住處，朱雀便把抑雲丹贈予了謝蘇。

他們在江邊遇襲的第二日清晨，朱雀早早便出了門，回來時天還未亮，沾染了一身水氣，謝蘇詫異看他一眼。朱雀卻只笑笑，放下手中的荷葉包，道：「我從鎮口買的早點，還沒涼，乘熱坐下吃吧。」

他緋紅色的袖口上有幾滴淡淡的褐色痕跡，不仔細幾乎看不出來，想到昨夜江邊那幾個水鬼殺手，謝蘇一瞬間已想到了他早晨去做了些什麼，但朱雀既然不願提自己殺人之事，他也不提，只道：「好。」便坐了下來。

朱雀在梅鎮住了一個月，一直住在謝蘇家裡。

這個月，竟是他有生以來過得最爲舒服的一個月。他原想謝蘇當年看盡繁華，住在這小鎭或是情非得已，住下來才發現，大謬不然。

梅鎭很安靜，這裡民風淳樸，居民日出而起，日落而息，月亮升起的時候，他和謝蘇經常在江邊比劍，江水邊只有他們兩個人的影子。而當他們比劍歸來的時候，鎭上多半是黑暗一片，但朱雀不在意，他知道走不遠，就到了摯友的家，那裡他可以點燃一盞屬於自己的燈火。

梅鎭的景色很美，小鎭三面環水，十里杏花如雪，鎭上青石爲路，疏籬爲牆，鎭上的房屋多是用一種特殊的白石構築而成的，夜裡看過去，有微微的瑩光。

謝蘇住的地方也是用這種白石所築，朱雀曾經好奇地觀察了很久，但是沒有看出來白石發光的原因，他去問謝蘇，謝蘇說他也不知道。於是他又去問鎭上的老人，可惜沒有人能給他一個滿意的答案。

梅鎭有上好的竹葉青，釀酒的梅家只有夫婦兩人，年紀都不小了，尙無子息。朱雀都有點兒爲他們著急，那對夫婦卻笑著說沒關係，鄰家的小三很聰明，將來可以把釀酒的手藝傳給他。

他和謝蘇經常在月下對酌，兩個人酒量都不怎麼樣，朱雀見過謝蘇醉的樣子，他的酒品很好，醉倒了也不會大嚷大鬧，只是安安靜靜地伏在桌上睡覺，不過睡得很沉。朱雀幾次把他扶到床上睡好，待謝蘇醒來時騙他說他是自己回到床上去睡的，謝蘇居然從來沒懷疑過。

謝蘇的廚藝很好，兩個人去江邊釣魚，釣上來的魚他負責烤，謝蘇負責煮湯，不加什麼其他的配菜，乳白色的魚湯滋味之鮮美，朱雀幾乎把自己的舌頭咬下來。

另外，朱雀學會了烹茶。

離開的那一天，朱雀望著梅鎮外平靜流淌的江水，心中忽然興起了念頭：若是在這裡住上一輩子，也是相當不錯的事情啊。

隨後他搖了搖頭，決然走開。

畢竟，他是朱雀，石太師手下第一位高手，四大鐵衛之一。他有太多的事情需要做，而且，如今他的心中多了一份牽掛。

若有可能，他希望連梅鎮中那個隱居的青衣人影的責任一併擔起。

謝蘇本以爲這一次與朱雀相別，不管怎麼說也得半年甚至更久才能見面了，誰曾想，不到一月，他又在家中見到了朱雀——或者說，是一隻喝醉了的紅鳥。

其實當眞喝醉了也沒什麼，朱雀在謝蘇面前也不是沒醉過，他醉時和謝蘇差不多，躺下便睡，問題是此刻他似醉非醉，謝蘇剛想爲他倒杯醒酒茶，卻被他一把抓住，手勁大得驚人。

「阿蘇……」朱雀有點兒費力地抬起頭，一雙平素神采飛揚的鳳眼直直地看著他。

「若是你發現最尊敬的人完全不是你一直以爲的那樣，甚至……他做下了你無法理解，更無法原諒的事情，你該怎麼辦？」

謝蘇本想掙脫他的手，聞此一言，竟然怔住了。

他一句話也說不出，朱雀、朱雀，這句話你問誰不可，可是你問我，我卻如何答得？

「阿蘇，你還記得兩年前小潘相遇刺一事麼，當時我們一直以爲是生死門所爲，可是我最近才得知，當年之事，石太師竟然也有參與啊！」

朱雀的眼神中有迷茫，有痛苦，他一向灑脫無畏，從未有過如此神情。

「幾年前我初遇太師，相識時間雖短，卻覺他實是一等一的公正廉明之人，不愧為當朝太師，國之棟樑，這才投入他門下，這幾年奔波江湖朝堂之間，亦無悔意。小潘相與他雖然政見向來不合，但亦是當朝名相，為何竟出此手段暗殺於他，更何況是與生死門那等卑劣之人合作！」

朱雀一口氣說完上述言語，竟是異常地清晰，想必這番話已在他腦中縈繞了許久，只是如今醉了，才說出口。

謝蘇什麼都沒有說，朱雀醉了，他卻似也醉了，整個人一動也不動。

銀白色的月光透過格子窗照進來，朱雀伏倒在桌上，謝蘇安靜地坐在他身旁。

次日朱雀醒來，模糊記得自己昨晚在鎮上喝了酒，然後闖到謝蘇家裡，對謝蘇似乎還說了一堆有的沒的，心中大是惶恐。

換成他清醒時，他絕不會對謝蘇提一字半句石太師之事，只因他亦明瞭，謝蘇當年失蹤之事必與石太師有關，那是他的傷，他不會提起。

問題是，他現在實在記不起昨晚究竟和謝蘇說過些什麼。

謝蘇的面上看不出什麼特殊神情，但朱雀深知謝蘇是那種有事絕不說出的性格，故而並不放心。一個上午，他便跟在謝蘇身後，心中惴惴，又不能直接問一句，「我昨天和你提石太師的事了麼？」

朱雀何等灑脫乾脆的一個人，也只為了摯友之事，方會如此猶豫。

謝蘇不是不知他心裡想的是什麼，被他跟了半天，自己倒先忍不住了，轉身便問：「鐘兄，你若想說什麼就說吧。」

朱雀都沒料到他直接來問自己，下意識便道：「阿蘇，我也退隱好了，我們一起住在梅鎮，豈不甚好！」

謝蘇萬萬沒想到他會說出這麼一句，「什麼？」

連朱雀自己都沒想到，可是這一句說出，心裡竟覺說不出的暢快，是啊，江湖風波惡，官場世路艱，素來尊敬的明師亦是令自己失望到了極點，那麼，何不與摯友隱居於此，這才是人生樂事啊。

一時間，他胸中鬱氣消解了大半。大有雲開月明之感。他深吸一口氣，笑道：「我想好了，和你一起住在梅鎮，再不理外面事了。」

朱雀是笑著說著這番話的，沒想到卻遭到了謝蘇的激烈反對，「不行！」

「你……怎麼可以也離開？」

朱雀決心已下，那就不是什麼人可以輕易改變得了，他看著謝蘇，俊美面容上又露出了慣常的又驕傲又瀟脫的笑意。

「我這次來江南，是爲了除去生死門的月天子，這次事情一了，我便與你一同隱居於此，再不出江湖。」

……………

「喂，喂！」謝朗連喊了幾聲，謝蘇這才猛然省悟。

「抑雲丹要掉了！丟了我哪裡找第二顆給你？」

謝蘇一怔，下意識緊緊把那顆抑雲丹握在手裡。

這種藥天下間統共十顆不到，前有朱雀慨然相贈，後有謝朗笑語送出。謝朗雖欠介花弧一個人情，但醫好他毒傷即可，實不必動用到抑雲丹的。

謝朗見他沉思神情，笑問道：「你在想什麼，臉上開了朵花兒似的。」

「沒有。」謝蘇不願多說。

謝朗看看謝蘇神情，居然果真不再問什麼，只整理好桌上那個大大的包裹，背上它開始向外走。

但那個包裹實在太大，謝朗剛才耗費的體力又太多，出門時被門檻絆了一交，一雙手又使不上力，一時竟然爬不起來。

謝蘇見他情形，也下了床想去扶他，卻忘了自己毒傷未癒，手上也使不出力，兩下一合，兩個人竟然一同倒在了地上。

謝蘇手撐了幾下地，自己起來倒還可以，卻沒法連著謝朗一同帶起來，而謝朗自己自然無法起身，這幅場景看起來實在是有點滑稽。二人對視了一眼，忽然間，一起笑了出來。

謝蘇笑得很淡，謝朗則是毫無形象地大笑，眼淚幾乎迸出來，「沒想到，你我……你我還有今天……。」

笑完了，他若有所思地看了謝蘇一眼，「我倒罷了，雖然完全治好你要三個月，但是不用七天，我至少會讓你行動如常。」

謝朗果然說到做到，只三天時間，他氣力已經恢復了泰半。

而在這三天裡，介花弧一行人已經趕到了青州。

青州是江南重鎮，不似明月城那般雅致風流，反倒多了一分北方城鎮的凝重。城中卻不知為何多了許多江湖人物，有些人雖然身著便裝，卻可明白看出是官場中人。青州雖大，城中客棧卻也被塞得滿滿。

但介花弧並不愁住處，不知他如何安排，在青州城內最大一座客棧中居然包下了一個院落，這一處與上次住宿的雲起客棧不同，面上尋常，內裡卻是門戶幽深，且是十分的舒適華貴。打理得如此精細，那絕非一朝一夕之事。

介花弧，他究竟籌畫了多久？

在青州，他們一住又是三天，謝朗帶的包裹雖大，這些天下來也空了一半。

這一日，謝朗道：「我帶來的藥有幾味不夠了，且去藥鋪走走。」

介花弧笑道：「要不要刀劍雙衛與你同行？」

謝朗笑道：「不敢當，何況我想出去走走，還是和朋友一起的好。」他轉向謝蘇，微微一笑：「今日天氣晴好，正宜出遊，一起出去如何？」

謝蘇倒不知自己什麼時候又成了他的朋友，聽了卻也並不反感。一旁介花弧只道：「青州城中人物繁雜，謝先生小心。」

謝蘇點點頭，自回房中去更衣不提。

這邊謝朗見他走遠了，笑道：「只叫他小心城中人物——不怕我帶了他走？」

介花弧還之一笑：「謝大夫若自信做得到，不妨一試。」

謝朗歎口氣，「這話不是白問？我自然做不到。」正要再說些什麼，卻見謝蘇換了件長衫，已經走了出來，便不再多說，只笑迎過去。

此刻正是夏末秋初之際，天高雲淡，風中傳來淡淡的木蘭花氣息。若除去大街上隨處可見的江湖人物，青州倒也是個不錯的所在。

謝朗笑道：「方家排場倒大，不過娶個女子回家罷了，弄得驚天動地一樣。」

謝蘇本是低眉斂目，與他並肩而行，此刻微微抬首，問道：「方玉平？」

謝朗笑道：「正是他娶親，你和那孩子不是相識麼。」

謝蘇默默點了點頭。

去年冬日，謝蘇在為畹城中與介花弧初遇，城外與方玉平結識，雪夜中與月天子對峙，這些事情回想起來，一時竟有恍如隔世之感。

那個做事魯莽，卻有著俠義之心的方家年輕少主的面容，在這回憶中似乎也模糊起來，只是他當日與謝蘇臨別時說的那句話，卻依然清晰。

「謝先生，你得閒了，一定要來江南啊！」

那之後發生了多少事情，但那年輕人話語真摯，卻一直銘刻在謝蘇心中。

謝朗又笑道：「新娘子那邊的排場也不小，那女孩子是百藥門掌門白千歲的義女，江湖上有名的美人。白千歲又向來與石敬成交好……」說到這裡，他又笑了笑，卻不再多說。

也不必多說了，難怪青州城內一夕之間多了如許人物。

如今天下，朝廷中自小潘相遇刺後，靜王不理世事，新進官員資歷尚淺，石太師幾成獨攬大局之勢；而江湖上御劍門在江南名聲雖大，但崛起未久，唯有羅天堡雄據西域近百年，根基極厚。借這次婚禮之機，當世的兩大勢力初次聚首，難怪偌大一個青州城，已是風起雲湧。

謝蘇默默思索，不覺中卻已到了藥鋪，買藥卻不需要多少時間，片刻之間，謝朗已買好所需藥材。他抱了一堆捆紮好的包裹出門，見街上的江湖人物實在太多，擁擠不堪，他一皺眉頭，「眞正頭疼。」

謝朗四下裡看了一遭，見到小巷深處一家小店，牌匾上隱約可見「金石軒」三個字，一笑拉過謝蘇，「去那家店裡看看印章。」

金石軒在巷子盡頭，走近了才發現，原來並沒有開門，謝朗失望歎口氣，他剛要轉身出去，一個白影忽然從巷外衝進來，速度太快，一頭幾乎撞到謝朗身上。

謝朗反應很快，他看到那白影甚至在謝蘇之前，無奈看到是一回事，能不能躲開又是一回事，就在那人影就要撞到他身上之時，身邊青衿忽出，一揮一帶，連消帶打解去大半勁力。同時一手扶住了謝朗。

出手這人自然是謝蘇，謝朗被他扶住，笑咪咪地正要說些什麼，卻聽那衝過來的白影顫聲道：「兩位公子，救……救命！」

聲音嬌嫩，那人抬起頭來，二人見她眉眼清秀，卻是個少年女子。

恰在此時，小巷外也傳來了吆喝聲音，隨即幾個江湖漢子衝了進來，各人裝束不同，但相同之處是每人均背著一把長刀，刀柄上垂下一把金色絲條。

謝朗站直了身子，微微一笑，笑容極是可親，一伸手先扶住了那女子，「這位姑娘，不必擔心，便是你不說出口，我們也會幫忙的。」

本來男女有別，但那女子驚惶之下，被謝朗這一扶反覺安心，她起初匆忙奔入巷中，此刻方有時間抬頭看一眼謝朗面容，這一眼看過來，卻見他散髮披肩，眉眼清秀可喜，斯文中又有一種揮灑之氣，臉上不由便是一紅。

謝朗被那女子看過來，面上笑意不減，口中道：「姑娘生得好俊，不知芳名為何？」

其實那女子論到相貌，也不過中上之姿，但哪一個女子不愛稱讚自己容顏言語，她臉上又是一紅，低低吐出兩個字：「小憐」。

謝朗笑道：「灣頭見小憐，請上琵琶弦。破得春風恨，今朝值幾錢。小憐小憐，果然是人如其名。」

那女子聽不大懂他所吟詩句，但料想總是誇讚之意，低了頭，羞澀一笑。

一邊的謝蘇卻未留意二人對話，他望著小巷中與他們距離漸近的三個江湖漢子，低聲道：「原來是金錯刀門。」

也只十年前，金錯刀門還是江南第一大門派，只因與叛城玉京交好，故而在玉京覆滅之後備受朝廷打擊。後來掌門楚橫江又被生死門中月天子中暗殺，這才漸次凋落，被御劍門奪了頭籌去。

如今金錯刀門中弟子也是越發不成材，謝蘇心中暗中歎息。

爲首一個人喝一聲：「咄！你們兩個，把那女子交出來！」

這口氣不像江湖人，倒像攔路打劫的強盜。謝蘇當年也曾見過楚橫江，那亦是一個慷慨豪爽的人物，心中倒不免歎息一聲。

謝朗扶著那女子，笑道：「她不願意和你們走呢。」

爲首那人大怒，喝道：「小子，快走開！」

謝朗笑道：「沒問題，我們三個人都走。」說著當眞向前走了兩步，與謝蘇和小憐已拉開了一段距離，又向他們招招手。

爲首那人怒道：「你敢消遣我！」一掌便向他打去。

謝朗向後一閃，金錯刀門那人武功雖然不過是三流水平，他也未曾全然躲開，那一掌掌風帶到他面上，火辣辣的作痛，謝朗踉蹌後退一步，手中大包小包散落了一地。

那人猶是不依不饒，一掌又向謝朗擊去。手臂剛伸到一半，一道冰冷刀鋒忽然架到他了頸上，他一驚，卻見身後背著的長刀不知何時不知所蹤，刀柄卻握在一個削瘦青衣人手中，那人一雙眸子森寒之極，一眼望去，如墜冰窟。

那人又驚又怒，方要反抗，卻覺頸上一涼，刀刃竟已切入三分，鮮血泉湧一樣流出來。

那青衣人依舊沒說話，眸子裡的森寒又重了一分。

這類江湖人雖是爭勇鬥狠，卻也最服狠，那人一句話不敢多說，倉皇退後兩步，長刀自是不敢要了，一手按住傷口，也不及包紮，帶著身後兩個人回身便走。

謝蘇沒有理他們，他丟開長刀，彎下身，自去拾撿那些藥材。

謝朗先前被打了一掌，面上還留著紅印子，他似乎也不甚介意，也蹲下身來，笑笑的看著謝蘇，「你生氣了？」

謝蘇沒有答言，默默揀著藥材。

謝朗歎了口氣，「你啊……若是那些人惹到你頭上，只怕你也不會如此動怒吧？」

那女子向他們道了謝，先離開了。臨行前卻又回身，看了謝朗一眼，謝朗回之一笑，那女子又慌忙避開眼神，垂首離開。

謝朗笑道：「小女孩。」隨即看向謝蘇，「時間還早，我們繼續走走吧。」

二人隨意閑走之下，卻又來到了寒江江畔。

青州亦是江城，與梅鎮不同，此處流經的江水乃是寒江主流，一條浩浩蕩蕩的江水銀龍一般川流而下。江邊驚濤拍岸，一片亂石如血一般，映襯著青州城畔厚重城牆，凝重中竟有一番凜冽之感。

「這裡不是一片天麼。」謝朗笑道。

三十多年前，叛城玉京於此地與朝廷勤王軍隊決戰，玉京城一萬五千龍騎軍盡數葬身於此，一片天原為一片白石灘，經此一役，亂石如血，再不曾改變。

風聲獵獵，江水流到了這裡，似乎也愈發的峻急起來。

謝朗正要大發一番思古之幽情，忽聽身後又一陣喧嘩之聲，他一回首，卻見十幾個背著長刀的江湖漢子正向他們這邊而來，為首的一個人頭上還纏著白布，正是謝蘇在小巷中刀傷的那人。

那人也看見了他們，伸手一指，大罵了一句，身後的人群一片哄然，有人長刀已然出鞘，更有人大喊「抓到他們，好好教訓一頓！」「讓那兩個小子識得金錯刀門的厲害！」

「這下麻煩了。」謝朗自語。

這些江湖漢子武功不過二三流水平，謝蘇應付他們自是沒有問題，但人數太多，又顧忌了一個謝朗，應對他們必會動用到師門武功，此刻青州城中人物繁雜，貿然出手，只怕便會暴露身份。

謝朗似乎也很著急，他東張西望一番，一眼卻看到江中，大喜叫道：「有辦法了！」

謝蘇順他眼神看去。卻見在寒江臨近江畔之處，正停著一條漁船。

那群江湖漢子眼見就要追上二人，叫嚷聲更大了起來，正得意之時，卻見眼前一花，一道青影挾一道灰影空中一閃，面前的那兩個人卻已不見了蹤影。

江畔一葉漁舟悠悠，上面原坐著個中年漁夫，打了一銅壺酒正要自斟自飲一番，忽見兩道人影從天而降，一時間大驚失色，叫道：「妖怪！」撲通一聲便跳到了水裡。

謝朗在後面連聲叫嚷，那漁夫那還聽得進去，幾下子便游到了岸邊。

二人實未想到這漁夫竟是如此膽小，謝朗忍不住，伏在船舷先大笑起來。

金錯刀門那些人卻不會游泳，只站在岸上愣愣地看，有兩個猶在大罵，聲勢卻已小多了。

謝蘇看了岸邊，默默無語。

謝朗不知何時止住了笑聲，懶洋洋地站直了身子，道：「為姓楚的可惜什麼，他性子粗疏無文，又固執守舊。這等人創業易，守業卻難，當年即便不被月天子做掉，玉京城破後金錯刀門也討不了好去。所差者，不過是時間長短而已。」

這人一番話雖然尖刻，卻是鞭辟入裡，看得極其清楚明白。謝蘇轉回頭看著他，江風凜厲，謝朗灰白衣襟翻飛不已，一頭長髮亦是被風吹得向後散去，頗顯憔悴。面容雖仍算是俊秀，卻可清晰看出，這人實在也不是一個年輕人了。

此刻他負手身後，佇立船頭，面容冷凝，不似平日放任親和，合著奔流不息的江水看去，隱然間竟有種一手蔽天的狂放快意。

「當今世上，能稱得上是個人物的能有幾個？石敬成稱得上一個，介花弧似也可以算得上一個。楚橫江又算得上什麼？」

他看著謝蘇，忽然淡淡一笑，眼神卻冷：「說到石敬成，他縱橫朝野這些年，謀略手段一時無兩，你我皆知此時並非出兵戎族最佳時機，他如何不知，只不過，他若不出兵，只怕是自身難保了。」

這話對石敬成十分不敬，難得謝蘇竟未反駁，半晌，只靜靜道：「新皇登基未久，是位勵精圖治的人物。」

而石太師三朝元老，掌權日久，卻正是少年天子最為忌憚之人。

謝朗又笑道：「早知這位皇帝這麼早登基，當年不殺小潘相也罷，那時朝中惟有他可與石敬成分庭抗禮，有他在，小皇帝對石敬成的防範之心倒還能少幾分。

「石敬成是人物，反正這一仗早晚要打，早打時機雖不到，卻是他拓展實力、保住自身地位的好機會，朝中一半將領是他門下，小皇帝想對他動手也不成。

「介花弧也是人物，石敬成說什麼假道西域，其實早存了呑併羅天堡的心思。羅天堡遠不足與朝廷抗衡，他敢兵行險著跑到江南與石敬成談判，手中必有足夠籌碼，這招險，卻也夠絕。」

他看著謝蘇，眼中的神色冷若春冰，「謝蘇啊謝蘇，你夾在這一局當中，再以你這人個性，小心不得善終。

「不過，」他又笑了，一時間春回大地，「你是我朋友，我不會讓你死的。」

這個縱談河山洞若觀火，笑眼看人冷眼看世態的隱世醫師，究竟是怎樣一個人？

「你究竟有怎樣的過去，你到底是什麼人？」

這樣一句話，謝蘇並沒有問出來，他只是一整衣襟，端正坐在了船艙之上。

謝朗一笑，也坐了下來，口中只道：「不談了，不談了。」又恢復了平日的隨和可親模樣，他身子一歪，斜倚在船舷上，翻手拿過那漁夫留下的酒杯，爲自己倒了一杯酒，一飲而盡，接著，又是一杯。

酒是劣酒，愁非閒愁。

那銅壺不算大，但喝不到三分之一，謝朗已然醉了。

謝蘇見過很多酒量差的人，但是他沒見過謝朗酒量這麼差的人；謝蘇也見過很多酒品差的人，但是他也沒見過謝朗酒品這麼差的人。

此刻謝朗正靠在船舷邊，笑得像個瘋子，「你……你信不信，我以前是千杯不醉的量呢……。」說著又要倒酒。

謝蘇沒有阻攔他的動作，「你醉了，別喝了。」

謝朗聽若未聞，一抬手，一杯酒倒有大半杯傾到了衣上。

謝蘇微一皺眉，他倒也不是惱，只是在想此刻謝朗神志不清，萬一他落入水中，怎麼撈他上來。

還好謝朗又坐了過來，眼睛直直看著謝蘇，「喂，你別走，別走……好不好？」

他言語唐突，謝蘇也不在意，謝朗忽然卻又清醒，「謝蘇……原來是你啊……。」他笑起來，「我居然是在你面前喝醉……居然只能在你面前喝醉……。」

然後他一把拉住了謝蘇，「是你也很好……別走，成不成？」

他手指的力量綿軟無力，手掌很冷，冷得像冰一樣。

謝蘇沒有甩開那隻輕輕一用力便可甩脫的手，他只是點了點頭。

「好，我不走。」

寒江之畔，漁舟之上，有人醉酒高歌，沙鷗忽喇喇地飛了滿天。

在介花弧、謝蘇等人來到青州之時，何琛與江澄也已趕到了青州。

青州城外有一片極茂密的樹林，不知生長了多少年，外面看去一大團水潑不進的綠，樹木藤條扭曲糾纏，地上蜿蜒著灰白色的馬陸，遠遠看去，那團綠似乎已自成一個生命體系，外人無法駐足。

在這一大片樹林外面，卻是一塊視野開闊的平原，平原也是綠色，淡綠的草地上點綴著鵝黃色的小花，和林內竟似兩個天地。

白色的雲霧自樹林中源源不斷地湧出，長年不斷，風雨不禁。平原之上雲霧繚繞，宛若仙境。這是青州城中著名的景致，「雲深不知處」。當地人嫌這名字太長，多以「雲深」稱之。

在那平原之上，雲霧之中。一個玄衣人影背一把沉甸甸的烏劍，不動若山。

遙遙前方兩匹馬飛馳而至，到了近前，馬上騎士一躍而下，正是何琛與江澄。

玄武緩緩頷首，面上的凝重神情似有緩和，「何兄，江兄，二位遠道而來，一路辛苦了。」

何琛拱手道，「哪裡，此乃份內之事，玄鐵衛客氣了。」

江澄也點了點頭，他心思細緻，想到的事情卻與何琛不同，玄武與他們二人在京中就已相識，但並無深交。此刻招呼他們卻不用官職稱呼，其中必有緣故。

這三人均非拘於禮節之人，這一聲招呼過後，玄武稍頓了片刻，緩緩又開口道：「何兄，江兄，石相所託之事，二位不知著手得怎樣了？」

這一句當著二人面前說出，江澄還不覺怎樣，何琛看了他一眼，面上倒有些發紅。原來二人一路前行了這些時日，其實彼此對身上所負任務亦是有所隱瞞。

他咳嗽了一聲，這才沉聲道：「玄鐵衛，當年陳老將軍留下的四象陣我確已帶來，然茲事重大，還請玄鐵衛現印信一觀。」

這四象陣乃是當年教導何琛的陳玉輝老將軍依兩儀四象之理一手訓練出來的陣法，佈陣之人武功不必高，卻可困住江湖上一流高手。何琛此次帶來的卻是當年陳玉輝手下的親兵，並不歸軍中統轄。

玄武聽他言語，點一點頭，道：「軍中向說何兄愼重，果然如此。」於是伸手從懷中掏出一塊暗金色權杖，上面雲紋繚繞，何琛接過細看，見果然是石太師的青龍令，於是再度行禮，道：「既是如此，何琛願聽差遣。」

玄武於是又轉向江澄，道：「江兄，忘歸箭隊天下馳名，不知在下可有幸一見？」

江家箭法絕技無人可敵，這忘歸箭隊則是江澄親姊、當年曾任禁軍統領的江陵一手栽培出來，以「準、遠、狠」三字著稱，當年曾在玉京破城時立過大功。此刻江澄聽了玄武言語，卻不答話，過了一會兒才開口，「你年紀遠長於我，這一聲『江兄』，實在刺耳。」

玄武也不由愕然，但他閱歷何等豐富，便既改口，「江統領，有話請講。」

「忘歸箭隊帶是帶來，不過我有兩件事不明，還請玄鐵衛賜教。」

白衣的年輕人神情倨傲，這一句話言辭客氣，口氣上卻毫無禮讓之意。玄武眉頭一皺，心道自己原想江澄世家出身，年紀又輕，雖有軍功，卻未必如何通世務，現在看來，這個江澄竟是個頗爲難纏之人。

果然江澄開口，他聲音雖是清澄，卻略嫌尖銳。

「第一個問題，石太師是否已來到了青州？若已至，請一見。」

這第一個問題玄武就不好回答，若說石太師來了青州，先不說與朝廷體制不合，單這「請見」一事，就無法答應；若說石太師未至青州，莫說江澄不信，只怕自己一人，到時也難轄制住他。

他心中思量，尚未言語，江澄聲音卻又響起，較前次更爲尖銳。

「第二件，你要我們來青州，究竟是爲了殺哪一個江湖高手？」

【十二】緣起

何、江二人手中的四象陣與忘歸箭隊此次雖需借助，玄武卻未想過這兩個人本身能在江南之行起到多少作用。

但聽得江澄一番言語，玄武念頭一轉，已改變了主意。

「江統領，可否借一步說話？」玄武面色略有緩和。

江澄卻道：「何必走開，有什麼話他聽不得？」說著一指何琛。

何琛倒未想江澄這般說話，一時間有些尷尬。玄武面色卻愈發緩和，道：「是我言語疏忽了。」

說完這句，他負手身後，似在思索什麼。

一時間三人都未言語，白色的雲霧自密林裡湧出，恍然間各自面目已至氤氳。

江澄抿緊了唇，何琛看著他，心中卻也料到是他方才那幾句話，令玄武改變了看法。

果然玄武沉吟片刻，緩緩道：「二位可知，朝中已定下出兵戎族一事？」

這件事何琛已自江澄口中聽過一次，但此刻由玄武說出，又自不同，他性子直率，便問道：「玄鐵衛，我有一事不明，眼下並非出兵最好時機，為何卻要選在此時？」

玄武歎道：「當今聖上初登大寶，自是要有一番作爲，又豈是我們作臣子所能阻擋的。」他搬出這頂大帽子來，何琛便不好說什麼了，一旁的江澄卻冷冷「哼」了一聲。

玄武恍若未聞，道：「此事已成定局，未公佈者，正如何兄所言，眼下多方條件均未成熟，正需大家協力，但未必所有人都與朝廷齊心，尤以西域羅天堡一方……唉！」

他又歎了口氣，不再說下去。但其實不必他說，何、江二人也都明白他的意思。

玄武又道：「眼下朝中年輕一代將領中，殊少出色人物，惟有二位統領，太師一向看重。只待江南這次事情一了，回京之後，便任二位先鋒一職。這次出征，亦是要多多依仗二位了。」說著便是一拱手。

何、江二人此刻年紀尚輕，擔任的不過是統領，若一躍而爲先鋒官，那是連升了兩級。何琛聞言，連稱「不敢」，玄武只當他謙遜，何琛卻誠懇道：「石太師與陳老將軍有兄弟之情，他老人家有命，何琛無有不從，但說到其他，卻不必了。」

玄武笑道：「何兄固然是秉性謙遜，然則國家正是用人之際，何兄就不必謙辭了吧！」

一旁江澄半晌未開口，此刻終是冷然道：「也罷，只是江南這一次行動，我聽的乃是石太師的命令。」

聽從石太師命令與聽從玄武命令，這兩者可是大爲不同，玄武無奈，但終是得了他一諾，便道：「好，我應你便是。」

一路歸去，江澄心中終有不甘，道：「玄武好手段！他把種種機密說於我們聽，這下想脫身也不易了。」

何琛歎道：「你我本是軍人，唯令而行即可，何必問清其中根由。」

江澄道：「那豈不是被人欺瞞其中？」

何琛道：「軍人又非文官，政務策略乃是他們之事，執行才是你我之事，若其他軍人都一般地對上面命令疑惑推究，朝廷法令，又豈能上行下效？」

江澄瞠目，似未想到這個忠厚之人竟也有這樣一番道理。但他心中畢竟不服，暗道：「軍人不可干政？哼！」一帶馬轡，逕自去了。

何琛在他身後叫道：「江統領，且等等！」江澄哪裡還理他。

直到了青州城中，何琛才趕上江澄，急道：「江統領！那件事你爲何不對玄鐵衛說起？」

江澄頭也不回，「你是說青梅竹的事？」

何琛道：「正是，此事關係重大……」話猶未完，卻被江澄一口截斷：「此事我自會與石太師說明。」

何琛知他是不願直接與玄武交涉，欲勸一句又不知如何勸起。恰在此時，卻見前方一個熟悉身影一閃，二人一時也忘記了爭執，異口同聲道：「是他？」

那人，正是他們前幾日在官道上相逢的那劍法奇高的異族年輕人。

此刻他換了一身淡黃輕衫，也未騎馬，不復當日的行裝模樣，瀟灑閒適，琅琅然頗有玉樹臨風之感。

江澄自馬上一躍而下，傲然道：「你果然來了青州。」

那人聞聲回首，見是江澄，微微一笑，卻不答言。

這時何琛也下了馬，站在江澄身後。他二人與那異族年輕人之間恰隔了一條街道，各自佇立兩旁，人群川流不息自他們中間走過，但江澄這一聲凝了內力在裡面，故而對方聽得分明。但在這等大庭廣衆之下，有些問話卻也著實不便問起。

江澄忽以波斯語問道：「你是哪一方的手下，戎族，還是羅天堡？」

那人微微一笑，並不答言，卻以波斯語反問道：「你爲何會說波斯語？」

其實江澄會講波斯語，倒眞是他自願學來，當年生死門日月天子反目之後，月天子雖爲日天子所滅，但生死門勢力猶存，江澄心思縝密，知道生死門是波斯山中老人霍山一脈，於是先學了一月波斯語，後混入生死門以爲內應，這才有後來的大破生死門，日天子敗走明光島一事。這也是江澄立下的幾件大功勞之一，但臥底畢竟不比軍功光彩，故而江澄不願提起，如何琛等人，亦是不知。

此刻江澄聽了他問話，只冷冷道：「這是本統領自家事，與你何干！」想了一想，又故意道：「看你相貌，倒像是西域人，莫非是介花弧手下？」

果然那異族年輕人不受激，亢聲道：「我家主人乃是個大智能、大本領的英雄人物，豈是羅天堡螢火之光可以比擬？」

這幾句話說出口，江澄只覺耳熟，似乎從前在什麼地方聽過。忽又想到這人異族相貌和波斯口音，一時間暗道慚愧，叫道：「我知道你是什麼人，你是生死門的餘孽！」

這一句話卻是用漢語說出，江澄聲音又尖銳，一時間整個街道的人都轉過頭看他們，那異族年輕人見勢不好，恨恨地不知說了句什麼，轉身便走。

他身後便是一條小巷，他輕功又好，轉過一個彎，人已是不見了。

若是謝蘇在此，他便會識出，這異族年輕人一身輕功，竟與那日雪夜中所遇月天子侍從極爲相似。

何、江二人追之不及，江澄手扶劍柄，冷冷道：「生死門的餘孽，也敢猖狂。」

何琛一凜，這句話中，殺意十足。

這一邊，金錯刀門的一衆人等走遠了，謝蘇費力將喝醉的謝朗扶下小舟，卻也著實沒有力氣把他帶回去了，環顧四周無人，一時間頗負躊躇。

正在他猶豫之時，一個勁裝漢子自江邊蘆葦叢中閃身而出，謝蘇識得他是介花弧貼身刀劍雙衛之一的刑刀，這時他也無意追究刑刀跟蹤一事，便把謝朗交給了他。

在三人身後，一個窈窕身影遙遙其後，凝視了相偕而歸的三人身影，輕輕歎息了一聲：「公子。」

幾人回到客棧，此時謝朗已比初時安靜了許多，謝蘇把他送到房間，又看護了一會兒，直到謝朗呼吸勻淨，睡熟了這才離去。

他回到自己房間，卻見房門半開半合，不由一驚，再一看，卻是介花弧手持一卷細紙，正坐在窗下，見他來了，微微一笑道：「謝先生來，坐，蘭亭那孩子來信了。」

謝蘇起初尚是神色淡漠，但聽得此言，便不由走了過去，一同坐在窗下。

介花弧將手中細紙遞過去，笑道：「你看這孩子，一筆字竟然寫得也有個樣子。」

謝蘇未曾言語，先接過紙卷，展開細瞧，見上面字跡雖未稱銀鉤鐵劃，卻亦是疏密合體，頗有可觀之處，與當初的「人畫符」自是不可同日而語。

介花弧又道：「難為他，蘭亭性子最怕拘束，現下習得漢隸和你自不能比，卻也有點意思了。」

謝蘇便道：「蘭亭天資本高，假以時日，必成大器。」說著又看紙上內容，那張紙不大，前面是例行的問安，又有一段是彙報羅天堡近況，這些他一眼掃過，只見下面卻是寫給他的：

「江南氣候酷熱，老師傷病未癒，善自珍攝。」

寫到這裡還算規整，下面幾行字卻被塗抹了，依稀可見「音容笑貌，歷歷在目；夢魂縈繞，耿耿於懷」幾句，別的卻再看不清。只下面一句看得清晰：

——「老師昔日所教『門外若無南北路，人間應免別離愁』，今日始知其意。」

謝蘇掩卷沉吟，心中翻騰不已，這個學生雖與他相處時間不長，師生感情卻實是深厚。

介花弧在一旁歎道：「蘭亭自幼喪母，又任性慣了，好在還有你管教他。」

謝蘇只道：「蘭亭很好，何談管教。」

介花弧搖頭一笑：「莫寵他。」神態和煦。

自二人相識以來，這般家常閒話一般平和相待，卻是初次。

介花弧拿起手邊茶壺，為謝蘇斟了一杯茶，「蘭亭一直惦念著你的病，好在謝朗的藥還見效。」

謝蘇輕輕點一點頭，接過了那杯茶。

介花弧又遞過一張紙，笑道：「明日御劍門的方玉平大婚，想必你也知道。這是禮單，且看看有什麼不合適的。」

謝蘇心道怎麼禮單也成了我看，但仍是接過，見上邊竟開有明珠、玉帶等物，不由好笑，心道這份禮倒是惠而不費，只是也丹枉費了人情。

但除去這些之外，上面確也頗有一些珍品，尤以一柄鑲金羊脂玉合歡如意最爲名貴。這樣寶物，不是羅天堡，卻也拿不出來。

翻到禮單最下面，單列出一行，孤孤單單地只有四個字：

——「絕刀一柄」。

謝蘇心中一驚。當年生死門中，除日月天子爲衆人所知之外，尙有一位人物天下聞名，制訂重大暗殺計畫者雖均爲月天子，但執行者多爲他一人，堪稱生死門中第一高手。他這一生，刺殺的來頭最大的一位人物，正是當年的小潘相潘白華。

這人據傳與日月天子一同長大，少有人見過他面目，也無人知他眞實姓名，因其在生死門中排行第三，江湖中人，多以「絕刀趙三」稱之。

刺殺小潘相一局，小潘相雖然身死，趙三卻也喪命其中，他的成名兵器絕刀早是蹤影不見。而謝蘇當年自朱雀那裡得知小潘相遇刺一事，月天子雖爲主謀，但石太師非但默許，甚至暗通情報，他心中暗想：介花弧的手中，雖未必就有那柄絕刀，然而小潘相一事，只怕便要重新掀起。

思索至此，他不由便問了一句：「當年小潘相那件案子，你究竟知道多少？」

當年那一起案子十分隱秘，介花弧本待與謝蘇細細解說一番，聽他口氣，竟然亦是知情模樣。也反問了一句，「你失蹤之後將近一年，小潘相方被刺殺，當年內幕，你又如何得知？」

謝蘇自是不願與他講述當年與朱雀相識一事，只道：「從一個朋友那裡得知。」便不肯多說。

介花弧笑道：「好。」當謝蘇問到詳細情形時，他也只笑笑，掉了一句戲文：「山人自有妙計。」說罷便即告辭。臨行時，卻還是留了介蘭亭的書信在桌上。

夜色漸深，謝蘇在外面走了一日，此刻也有些倦了，他無意點燃燈火，只合衣倒在床上。

今夜月亮也沒有出來，室內頗為昏暗。介花弧走時房門只是虛掩，這時忽然被輕輕推開，有女子輕輕言道：「公子？」

這聲音清寧柔和，卻從未聽過，謝蘇心中詫異，並未言語。

一個白衣窈窕身影緩步而入，卻也只站在門前，光線昏暗，謝蘇看不清她面容，那白衣女子似乎猶豫了一下，待看到床上的謝蘇身影，方才道：「公子，你果然在。」

這一聲中的欣喜再隱瞞不住，但是頗為壓抑，謝蘇心中更奇，暫且不語，聽那女子如何說話。

果然那白衣女子猶豫了片刻，終於道：「公子，上次一別後，我……我竟已有了身孕，如今家中逼我嫁人，婚禮便在旦夕，幸得今日在街上遇見公子……。」

她這番話說得又急又快，想是女孩兒家面皮薄，說到這等事情只求速速說完，謝蘇卻已大窘，他萬萬沒想到這女子說的竟是這等事情，連忙坐起身，道：「姑娘！我並不是你要找的那人！」

那白衣女子聽得謝蘇忽然開口，聲音卻與自己欲尋那人全然不同，這一下當眞是花容變色，掩著口怔怔的，一時間一句話也說不出來。

謝蘇一時間也反應過來，他深吸了一口氣，並不點燈，道：「此刻房內昏暗，我不知你爲何人；剛才說的話，我亦是未曾聽得。你速速離去吧。」

那白衣女子「啊」了一聲，心知自己遇見了一個君子人物，匆匆的行了一個禮，掩面而去。

謝蘇不免歎了口氣，卻也未將這件事如何放在心上。

第二日，正是御劍門方家大喜之日。

謝蘇起得極早，昨日雖與謝朗到了寒江江畔，但先有金錯刀門中人追趕，後來謝朗又大醉，並無多少時間賞鑒一片天景致，他知自這一日起，大概再不得安寧，眼見此刻時辰還早，便靜悄悄出了客棧，來到寒江江畔。

此刻天光未明，江畔上微微升騰起一層霧氣，謝蘇尋了塊乾淨些的紅石坐下，眼望江水，沉吟不語。

時間實在太早，江面上亦是一片空茫，連一艘小漁船也無，江畔更是杳無人跡。謝蘇手拂身下紅石，遙想三十幾年前一片天一戰，不由歎了一口氣。

他這邊歎息，誰料身邊不遠處，亦是有人輕聲歎了一口氣。

謝蘇轉頭看去，心道是何人凌晨有此興致？一看之下，卻是個白衣女子，身形窈窕，面目卻生得尋常，她一隻手輕輕擊打著江水，口中卻念著：「無端飲卻相思水……」一句未了，又是輕歎一聲。

這一句話出口，謝蘇卻是一驚，聽其聲音，竟是那個昨夜闖入他房間的白衣女子！眼見那白衣女子坐在江水之畔，江邊石頭滑溜異常，又想到她昨夜言語，謝蘇不由便想：莫非是她尋找那人終負了她，這女子來江邊欲尋短見不成？

那白衣女子此刻心思已是煩擾之極，她孤身一人來到江邊，其實也不知道自己究竟要做些什麼。見得江畔竟坐了一個男子，本應不豫，但抬眼望去，見那男子神態沉靜，一雙眼澄明如月，心中竟莫名安定了幾分。

忽又聽那男子開口，聲音沙啞，本不甚動聽，卻與他這個人的氣質一般，給人一種沉靜安然之感：

「江邊水深石滑，小心為上。」

那聲音是安靜的，沒有多少起伏的，平平淡淡便如對一個朋友隨意叮囑一句那般，但那白衣女子聽了，卻如雷擊一般：

「是你——」

一時間她心中多少委屈，直到見了面前這個對她種種不為人知的情形全然知曉的男子，便盡在此時發洩出來，她抬起頭，狠狠地看著身邊不遠處的削瘦青衣人：

「你擔心我跳江是不是？是，那人是拋棄了我，我未婚先有子，本就是個無廉恥的女子，而今日本應是我行禮之日，我，我……。」

她忽然說不下去了，掩面痛哭起來。

一隻白鳥在她身邊翻飛鳴叫幾聲，倏倏地又飛走了，她沒有抬頭，畢竟是世家女兒出身，哭了幾聲又不敢放聲，只強忍著嗚咽。

那青衣削瘦的男子，只怕也如那白鳥一般的離去了吧，他也許會把自己的事情宣揚於外，眾人皆知，也罷，自己還有什麼可以在意的……。

那個沙啞卻沉靜的聲音卻在此時響起來，聲音並不大：

「想哭便哭出來，不必避諱。」

她一怔，抬眼望過去，見那青衣削瘦男子依然坐在原處，一雙眼清若琉璃，不起波瀾。見她看過來，方又緩緩道：「喜歡一個人，不是什麼錯。」

這話他自己說得也有幾分滯澀，想必並不擅長情感方面勸慰言語，但那白衣女子並未留意，因自她識得那人以來，一直十分隱秘，她自己亦是曉得於禮法不容，雖是不悔，亦是常有壓抑擔憂之感。未想到了今日，竟有這樣一個人，說出了這樣一句言語。

她怔怔看著那青衣削瘦男子，慢慢地又道：「然而我已鑄成大錯，此生尚有何意義可言？」

這也是她深藏於內心深處的話語，卻聽那青衣削瘦男子道：「知錯能改，有何不可。何況，」

他一雙清鬱奪人的眸子很快地看了她眼下依然窈窕的身形一眼，低聲道：「孩子無辜。」

這白衣女子其實亦是個沉靜果決的性子，不然亦不會與那人結識，亦不會在嫁人前一月做出這一番事。聽了那青衣人幾句話，心下頗有所感，於是站起身來，伸袖拭去眼淚，眼角雖是淚痕未乾，卻已收斂其他神情，斂衽一禮，低聲道：「多謝公子。」說罷，竟是毅然離去。

謝蘇看了她遠去白衣身影，一時間頗有憐惜之意，但此刻天已大亮，他便也起身，回到了客棧。

客棧裡已是慌作一團，刀劍雙衛中的零劍最先看到他歸來身影，忙叫道：「堡主，謝先生回來了！」

零劍聲音高，院落中人都聽見了，介花弧本來亦是變了顏色，見謝蘇回來，面上反做鎮定，腳下卻是幾步趕過來，道：「謝先生可有用過早飯？」

謝蘇已見他神情變化，心中好笑，道：「用過了。」

介花弧笑道：「好，那麼請謝先生前去更衣，我們一會兒便去觀禮。」

畢竟是方家婚禮，還需鄭重。謝蘇入內換了件雨過天青的長衫，出來時見介花弧也是一件青色錦衣，身上並無其他佩飾，唯髮間兩顆拇指大東珠貴氣逼人，刀劍雙衛亦是換了裝束，卻不見謝朗身影。

介花弧見他神情，已知其意，笑道：「謝大夫不慣熱鬧，我們去便可。」

謝蘇點點頭，隨同羅天堡一行人上了馬車。

尚未到御劍門方家，已見花紅滿地，鑼鼓震天。

要知這古時婚禮，繁複之處並不下於今時，若是世家大族，那六禮之納采、問名、納吉、納徵、請期、親迎，是一個環節也少不得的。方玉平雖是江湖兒女，但一來方家是江南武林執牛耳者，二來新娘身份貴重。這一牽連，莫說江湖上的知名人物來了大半，就是江南官場上人物，為了討個好，哪又有不來的？故而這一場婚禮非但儀式不錯，且場面之盛大，亦是罕見。

直至二三十年後，青州的老人談到當年情形，亦不免搖頭慨歎一句：「當年方家那一場婚禮啊……」

閒話按下不表，這一邊介花弧身份與眾不同，他下了馬車，帶了謝蘇，便直赴正廳而去，刀劍雙衛卻在偏廳等候。

這一進正廳，便見門首處張燈結綵，門內屏開孔雀，幕展東風，桌上一溜的寶鼎名花，光華燦爛，又是一排的迎門酒盅，真正是應了那句「琥珀光搖金燦爛，葡萄香泛碧琉璃。」

此刻武林中幾大世家，連同江南幾個有頭有臉的官員統在正廳，廳內雖大，卻亦略有擁擠之感。介花弧這一入內，立刻引起了一陣騷動，眾人多有上前見禮者，介花弧不慌不忙，一一還禮，雍容進退。然則四下寒暄一番，卻並不見石敬成又或玄武身影。

介花弧也不急，一輪禮讓完畢，這才緩步向前，笑道：「方掌門，恭喜恭喜！」

方天誠早就看見了他，但他對介花弧來江南一事亦有三分知情，心中竟有幾分惶惑，不知該以何種態度應對更為合宜，眼見介花弧已經走過來，暗驚自己竟是對這位羅天堡的堡主失了禮數，連忙地道：「豈敢豈敢，原是介堡主客氣了。」他拉過身邊一個蟹青面色的老者，勉強笑道：「介堡主，這就是百藥門門主，想必你們還未見過面。」又道：「親家，這位便是羅天堡介堡主。」

介花弧確未見過白千歲，一見之下，只見這人並無特別出衆之處，神色甚至略有恍惚，心想當是擔憂此次自己與石敬成同至江南之事，也未特別在意，只從身上取出禮單，笑道：「小小心意，還請方門主笑納。」又道：「石太師幾時來？也請一併看過爲好。」

他口角帶笑，石敬成來江南一事並非衆人皆知，他這麼一說，便有幾人向這邊看了過來。

方天誠接過禮單，看到最後一行，手又不自覺顫了一下。氣氛正僵硬時，一個年輕飛揚聲音忽然傳來，「爹，管家說你找我？」聲先至，人亦到，正是一身新郎服飾的方玉平。

他今日是新郎官，一身鮮麗，愈發顯得神采出衆，來到父親面前尚未見禮，一眼卻見到介花弧身邊的謝蘇，這一下又驚又喜，叫道：「謝先生，您也來了！」歡喜之情，溢於言表。

謝蘇微微一笑，雖未多說什麼，心中卻亦覺溫暖。

方玉平站在謝蘇面前，又連珠價問道：「謝先生，您幾時來的？這一次在江南會住多久……」尚未說完，已被方天誠截斷：「玉平，你懂不懂規矩！」

方玉平這才注意到一旁的介花弧，歉然道：「介堡主——」

介花弧笑著揮揮手，道：「罷了。」又向方天誠笑道：「令郎是性情中人，頗有氣概。」

方天誠只是歎氣。

便在此時，門外一陣的大吹大擂，弦管嘈雜，隨即又是鞭炮聲一陣陣地響起，綿延不絕。方天誠道：「莫不是花轎到了，我且出去看看。」說著便和白千歲一併走了出去。

方玉平眼睛一亮，也想跟著出去。被他父親一瞪，又訕訕地縮了回去，只在廳內來回的轉著圈兒。

鞭炮聲音愈發的響亮，廳內的賓客自是議論不休，介花弧悄向謝蘇笑道：「忽然想到，謝先生並未娶妻吧。」

謝蘇倒未想到他問到這個，一怔之下，竟然想到了那跳「達摩支」之舞的波斯舞女沙羅天，暗忖這亦算是名分一種麼？面上不由一紅，連忙答道：「我無意於此。」

介花弧一笑，道：「謝先生莫非是想到什麼人了麼？」

這下謝蘇更不能答話，幸而這時外面一個儐相扯著一條高亢尖銳的嗓子，叫道：「吉地上起，旺地上行，喜地上來，福地上住。時辰到了，開門！開門！把喜轎請上來。」

他聲音既大，連廳內都聽得一清二楚，眾人又都議論起來，這才把謝蘇窘狀遮掩過去。

廳內的方玉平亦是聽到這儐相聲音，面上放光，大是期待。

偏廳裡的刀劍雙衛亦是聽得這聲音，卻不在意，不過相視一笑而已。

何琛與江澄亦是坐在偏廳之中，離刀劍雙衛不過數步之遙，但自然不識。二人均未婚娶，亦無其他家人，聽了這喜慶聲音，一時也不由雙雙沉默不語。

而在方家切近，卻有一道黃影飛騰起躍，正是那劍法奇高的異族年輕人，他來到一座幽靜房舍之內，立在門前，低聲道了一句：「主人，我回來了。」

門內一個聲音傳出，清冷沉定，「雅風，進來吧。」

【十三】婚禮

花燈鼓樂一隊隊進了御劍門，滿天星金錢嗆琅琅連聲不斷，在這後面，才是一頂八人紅絨妝點的喜轎。

方玉平在大廳內翹首以待，耳聽著花轎進了門，鼓樂一時齊住，儐相又扯著嗓子，一字一板高聲叫起來，大廳內聽他道的是：

「彩輿安穩護流蘇，雲淡風清月上初。寶燭雙輝前引道，一枝花影倩人扶。」

最後一個「扶」字，聲音拖得極長。這些儐相口裡說出的吉祥話，也不知是多少年前留下來的，文理固不精湛，道理也不見得通。便如「雲淡風清月上初」一句，此時又非夜晚，哪裡來的月亮。但此刻聽來，自有一種吉祥喜慶之感，陳詞濫調也變成了善祝善禱。

方玉平卻想，這儐相怎的這般囉嗦。

這一個「扶」字完畢，又聽鼓樂齊鳴，兩個喜娘攙扶著一位吉服新人，嫋嫋婷婷地下了轎，直入大門。

新娘子名喚白綾衣，乃是百藥門掌門白千歲的義女，雖是義女，卻也是由白千歲一手撫養成人，身份矜貴自不必說，更是江湖中有名的美人。此刻她紅綢覆面，廳中眾人雖不見她面目，卻可見吉服之下身形窈窕，均想，不知這紅綢之下，又是何等的姝麗？

廳堂之上，便有人向方天誠、白千歲笑道：「好一對佳兒佳婦！」

新人在喜娘攙扶之下，盈盈走過紅氈鋪設的地面，站到了方玉平身旁，方玉平偷眼相望，心搖神曳。

那儐相又讚道：「新貴新人面向吉方，齊眉就位，參拜天地——」

一拜天地，二拜高堂，夫妻對拜，共入洞房。

三拜之後，方玉平站直身形，年輕俊秀的一張臉上滿是喜氣。

廳內多是身份尊貴之人又或長輩，也還安靜。廳下卻還聚集了許多人，一個個指指點點，滿是欽羨。也有人小聲道：「這少年人，這般有福氣！」

這一年方玉平剛滿二十一歲，父親乃是江南第一大門派的掌門，他自己年少俊秀，劍法高明，所娶妻子又是如此佳人。他一生之中，若說志滿意得之時，再無超過今日。

大禮已成，方玉平心情激動之下忘了形，眾目睽睽下竟去握新娘子的素手。新娘子身子一顫，向後退了一步。

方天誠咳了一聲，方玉平這才省悟，訕訕地放下了手，卻又不禁向新娘望去。

謝蘇站在一邊，見了這般小兒女情態，淡淡一笑。

便在此時，一個聲音忽然自廳下傳來，冷颼颼一股涼意：「方天誠，白千歲，你們一個娶，一個嫁，這嫁的是什麼人，娶的又是什麼人!?」

隨著這聲音，一個人走了上來。這人不到五十歲年紀，生得瘦削，面色青灰，身後卻背了把大關刀，刀鞘上一把金色絲條飄飄灑灑。

他身後還跟了四個精壯漢子，看上去功夫也均不俗，身後亦是背了一把金色刀穗的關刀。

方天誠見得此人，臉色不由便是一沉，隨即便笑道：「我道是誰，原來楚掌門也賞臉來喝一杯喜酒。」

這「楚掌門」正是金錯刀門掌門楚橫軍，其兄楚橫江為月天子所殺後，他繼了掌門之位，但無論品性處事又或武功，均是不如其兄遠矣。金錯刀門到了他手中，竟是從此一蹶不振。

楚橫軍自是心中憤恨，卻又不思進取，只想著如何壓過御劍門一頭去。

這些年來，他種種手段也都試過，但無非是自取其辱。如今見了方天誠招呼，也只冷冷一哼，「方天誠，你不必惺惺作態，你只告訴我，御劍門方家，今日娶的是什麼人？」

方天誠面色一緊，但仍朗聲道：「這裡來的諸位朋友，哪一位不知，犬子娶的乃是白家小姐。」

楚橫軍仰天打了個哈哈，「白家小姐，哪一位白家小姐？若是白綾衣，我聽得她有閉月羞花之貌，不如讓我先看一眼？」說著上前幾步，竟有掀開蓋頭之意。

方玉平離他最近，怒道：「楚橫軍，我尊你是長輩，你怎的這般無理！」一伸手便去拔劍，卻忘了這時自己穿的乃是喜服，哪裡還有什麼劍？

這一耽擱，楚橫軍已到了切近，伸手便去揭那大紅蓋頭。

方天誠此刻也顧不得主人身份，一掌便向楚橫軍擊去。

他快，一旁的白千歲更快，他武功不及方天誠，用藥之術天下卻幾是無人能及。他不必移動，指甲一彈，一股淡黃藥粉飛彈而出，後發先至，直向楚橫軍襲去。

這一陣藥粉來得果然迅速，楚橫軍武功未至一流之境，匆忙中身子向後一仰，躲過大部分藥粉，卻亦有少量藥粉沾到面上。眾人只聽他「噭」的一聲，伸手捂住臉孔，手甫一碰到面上肌膚，卻又燒了手一般縮了回去，亂甩個不住。

廳中有人忍不住，便笑了出來，原來楚橫軍臉上沾了藥粉，這短短一刻間鼻子已經紅腫發亮，足有原先的兩倍大；再看他左掌，沾了藥粉的三根手指也已腫的小蘿蔔也似。

好厲害的毒！

介花弧一笑，輕聲向謝蘇道：「觀音印，白千歲倒是不留情。」

觀音印名字慈悲，卻是江湖上惹不得的三大毒藥之一。這裡的惹不得並非說它毒性了得，而是中了觀音印後，縱是解了毒性，中毒之處紅腫痕跡亦會終生不褪。

謝蘇神色不動，心中卻想：當時白綾衣站在楚橫軍側近，白千歲怎可貿然使出這等毒藥？

這邊楚橫軍已經疼得渾身發抖，倒在地上一面滾，一面大聲哀叫，他也知道觀音印厲害，手只四處亂揮，也不敢觸碰身體其他部分。方天誠、白千歲等人不由皺起眉頭，心道楚橫軍雖然不成氣候，怎麼竟然到了這樣不堪地步。

方玉平在一邊看了，雖惱他辱及妻子，卻也覺有幾分可憐。

這邊楚橫軍在地上滾動，漸漸已到了白綾衣腳下，口中依然哀叫不停，衆人也未留意。忽然之間，他身子暴起，一隻未中毒的右手倏出，竟已扯下新娘面上的紅綢蓋頭！

新娘子「啊」的驚叫一聲，嚇得呆了，動都不敢動一下。

事發突然，廳中諸人皆未反應過來，待到反應過來時已然晚了，新娘子泥塑木雕一般站在當地，方玉平一個箭步衝上去，喝道：「楚橫軍，你！」

楚橫軍卻也不再動手，他一手扯著那塊紅綢，一手卻指著新娘，冷笑道：「我？我什麼？方家小子，你看清楚了，你娶的究竟是什麼人！」

他臉上手上依然紅腫的駭人，面上肌肉扭曲，這一番話說得又是譏諷，又是怨毒，但如今已無人看他，蓋頭這一掀，衆人不由自主地，均向那新娘看過去。只見蓋頭下是個少年女子，眉眼雖生得也算清秀，但哪裡稱得上什麼「江湖上有名的美人」？再看其神色驚惶，又哪裡有半分大家風範？

這廳中數十人驚訝不已，卻只有謝蘇輕輕「噫」了一聲，「是她？」

介花弧在一旁聽得分明，悄聲問道：「她是誰？」

「小憐。」

灣頭見小憐，請上琵琶弦。這女子昨日他和謝朗在街上見過，非但見過，還爲她解了金錯刀門之圍。

然而小憐本是小家碧玉，又怎變成了百藥門的掌上明珠白綾衣？

楚橫軍手指著小憐，又大聲道：「你們眼下也看清楚了，這女孩子哪裡是白綾衣！」

這廳中多有人與白家是通家之好，識得這女子身份，更有人便小聲道：

「這不是白家小姐的婢女麼？怎麼在這裡？」

此刻廳內惹出了這般事故，偏廳裡不少賓客也跑了過去，刀劍雙衛及何、江二人也隨人群走過來，廳下擠擠壓壓十分熱鬧。

白千歲面上青白不定，一隻手已經探入了腰間，猶豫再三又縮了回去；方天誠饒是老成持重，大風大浪經過多少，此刻口開了又合，終是一句話也說不出來。

楚橫軍強忍著痛，乘眾人驚疑不定，方、白二人尚難解釋之際，又叫道：「以一個婢女冒充新娘，方天誠、白千歲，你二人分明均是知情！哼哼，白綾衣呢？是和別的男人跑了，還是懷著什麼人的野種，不敢回來了？」

這話說得太過惡毒刻薄，廳下便有人叫道：「楚橫軍，你會不會說人話！」

楚橫軍轉過身，面孔扭曲，偏又是一個紅腫碩大的鼻子掛在中間，看著又是可笑，又是可怖。只見他左手一揚，眾人只當他要做什麼，卻見一支響箭沖天而起，滋滋作響，頃刻，又是兩個精幹漢子帶著一個身披白色斗篷的人從東側一間廳堂走出，分開人群，昂然走入廳內。

今日方、白兩家聯姻，佈置亦是周密，楚橫軍卻能私帶了手下，又藏了人在賓客中。眾人初時見這楚橫軍大叫大嚷，武功又不濟事，只當他是個無用之人，待到見了這一番佈置，方曉得此人卻也實是謀劃深重。

那兩個精幹漢子將人帶到，向楚橫軍行了一禮，卻仍未離開那身披白色斗篷之人。

楚橫軍踉蹌走過來，一把扯下那人頭上白色斗篷兜帽，冷笑道：「這又是什麼人？」兜帽除下，露出一張平淡無奇的女子面容，那女子似被封住了武功，衆人一時愕然，心道誰知這是什麼人。

白千歲倏然大怒，叫道：「綾衣！」

這女子果然是白綾衣？衆人一時錯愕，但立即也有人想到百藥門擅長藥物易容，想必這白綾衣此刻便是易容，方會如此。

謝蘇卻是一怔，他識得這女子，正是今早在江邊與他相遇之人。

方天誠卻是一急，心道親家啊親家，你怎能此刻當衆認女，即便今日白綾衣被奪回，日後說到她被金錯刀門擄去一事，若有人議論她在金錯刀門期間究竟遭遇何事，卻讓御劍門如何在江南武林立足？玉平今後又如何做人？

但話已說了，收也收不回。他只得道：「楚橫軍，我道綾衣爲何不知去向，原來竟是被你施計奪去！殊知御劍門雖與金錯刀門相爭多年，但爭也要用光明正大的手段。你行事如此卑鄙，金錯刀門日後如何行走江湖，令兄長九泉之下又如何瞑目！」

他這一番話義正嚴辭，廳上廳下衆人一時也忘了方、白兩家竟用婢女充當新娘一事，紛紛指責起楚橫軍，廳上更有一名老者排衆而出，道：「楚橫軍，你今日若沒有一個解釋，江南武林今後再容不得你！」

衆人識得這老者乃是「君子堂」葉家長老，君子堂亦是江南一帶的名門正派，堂中長老個個行事方正，俠義待人，深受敬仰。他這一開口，衆人皆是點頭不已。

楚橫軍對那君子堂長老視而不見，到了這時，他也不似初時峻急，聲音放慢，刻薄之意卻愈發明顯，每一個字裡都似能擠出毒液一般。

「這女子是我金錯刀門擄來的？可笑！她分明是私奔偷跑出的家門，否則，你兩家怎會不敢聲張！」

「不敢聲張倒也罷了，竟是連婚期也不敢拖延，甚至要用一個婢女充當新娘，你們為何不敢拖延，哈哈，你們不敢說，我敢說！」他伸手一指白綾衣，「只因她已懷了身孕，是也不是！」

這一句話拋出，恰如沸油裡潑下一瓢冷水，眾人霎時炸了起來。

再看方、白二人，面上竟是不見血色。

楚橫軍不依不饒，手指眾人，又續道：「想必你們有不信此事者，哼哼，不信之人，但憑你們去找穩婆來，她有沒有身孕，一驗便知！」

這話已經說到了絕處，便是君子堂那長老，此刻也不知說什麼才好。

便在此時，那身披白色斗篷的女子終於開了口，聲音清越，猶不失寧定。

「楚掌門，你何必逼人如此。我確有不貞之罪，但此事為我一人之過，與家父及方掌門並無干係。」

她話語冷靜，聲音亦不算大。但這一句話出來，一旁諸多江湖人物又都炸開了鍋。有些惡意之人，說話更是難聽：

「這白家小姐竟做出了這種事情，果然生得美家裡就留不住，嘖嘖嘖……。」

「這樣說來，方家那少主豈不是戴了綠帽子？」

「豈止是綠帽子，還當了便宜老子，嘿嘿……。」

方玉平面色慘白，這些話，一字不漏，全都灌進了他的耳中。

楚橫軍聽得此言，嘿嘿一笑，道：「你倒是敢作敢當，既如此，你且說說，你偷的那男人是誰？」

白綾衣面上倏然變色，再不開口。

楚橫軍手一指廳上衆人，「你們也想知道？」

這廳上皆是有頭有臉的大人物，哪個肯開口，但此事太過香豔刺激，庸俗好奇心人皆有之，竟是無一人說個「不」字。

便在此時，忽有兩個人齊齊道：「住口！」

衆人詫異，只見廳下站了一雙英姿卓絕的年青人，左邊一個神色凝重，正是何琛；右邊一個白衣如雪，卻是江澄。

何、江二人也未想過對方會發言阻止，江澄見何琛也開了口，冷冷哼了一聲便不再說話。何琛卻道：「楚掌門，即便白姑娘有錯，你又何必逼人太甚！」

楚橫軍不識得何琛，他短促笑了一聲，「這位賢侄，你有所不知，這白家小姐偷的男人，關係可是著實的重大啊！」

他左手探入懷中，「當」地一聲響，一塊清冽透明的不知什麼物事已被他丟到了地上，迎著日光，看得格外分明。

「你們都是經歷過前些年江湖上那一場浩劫的，且看看，這是什麼東西！」

那塊物事和玉珮大小相仿，通體透明，上面銘刻著些古怪文字，光芒瑩然。一見之下，君子堂那長老雖是持重，卻竟是第一個叫道：「琉璃令！」此刻其餘人等也已看清，又有人叫出聲來，

「琉璃令！」

「真的是琉璃令！」

「那……那人果然還活著？」

君子堂葉家長老第一個按捺不住，衝到楚橫軍身前，「你從哪裡得到的這東西，那魔頭究竟在哪裡？」

那玉珮大小的透明物事，正是當年生死門中一雙門主之中月天子的隨身信物。

琉璃令出，無命可留。

君子堂葉家長老一雙手顫抖不已，五年前，一個大雨傾盆的夜晚，他也曾見到這塊琉璃令，那一晚，君子堂精銳好手死傷殆盡，十二長老折損其八。

至今為止，他還記得自己抱著兄弟屍身，連眼淚都流不出來的樣子。

琉璃令出，無命可留。君子堂仍活下了少數好手，至今仍屹立於江南武林，已是難得的異數。

楚橫軍被他逼問，也不驚惶，閑閑看向一旁的白綾衣，「那魔頭在哪裡我怎曉得，你不如去問問這位白家小姐，她肚子裡不是還懷著他的孩子麼。」

又一個驚雷劈將下來，只震得衆人連話都說不出。白千歲第一個反應過來，喝道：「你休要狗血噴人！綾衣縱有不貞之罪，又怎會和那個大魔頭搭上關係！」

楚橫軍冷笑道：「我狗血噴人？這塊琉璃令正是從你家小姐身上得來，也不知是不是那月天子送她的定情信物，被她寶貝似的留著。」說著又一指小憐，道：「那女孩子，你前幾天也到過金錯刀門做客，那時你不是說，你家小姐和一個男人暗中相見，你雖未見過那男子，卻聽他自稱月天子麼？」

小憐與白綾衣一同長大，雖爲主僕，其實感情深厚，聽得楚橫軍此言，急忙反駁道，「你胡說八道，那男子才不是月天子，他叫林素，還給過我家小姐畫過一副畫，落款也是這個名字……。」

一語未完，滿座皆驚。

昔年月天子縱橫江湖之時，並無人知他眞實名姓，但若稱呼他「月天子」，又未免太過長生死門志氣，滅中原武林威風。那塊琉璃令上多爲波斯文字，只有兩個漢字是「林素」，據此，中原武林人士又稱他爲「林素」，後來月天子有時也如是自稱。

小憐年輕，又非武林中人，哪曉得這些事情，被楚橫軍三兩句一詐，立時便詐出了眞話。

初時廳堂內外，猶是議論紛紛，到了這一刻，竟是再無人開口。

白綾衣面上易容，旁人看不清她神色，只見那她身體連同那白色斗篷均是顫抖不已，卻仍是勉強挺直了身體，站在當地。

楚橫軍大笑出聲，一隻中毒的右手直指著白綾衣，「你偷的那男人，究竟是誰？」

白綾衣身子又是一震，薄唇開了又合，終是開口：「月天子。」

事已至此，相抵已是無用。

一片寂靜之後，潮水一樣的喧嘩倏然而起，竊竊私語早已變成了名正言順的爭論不休。名門、美女、偷情、魔頭，這種種想也想不到的事情集合在一起，這是武林中多大的新聞？

江南武林一帶又多受生死門荼毒，此刻廳下聚集的江湖人士多有親友師長喪於月天子手下的，忽然廳下一個中年人就站了出來，喝道：「和月天子有關之人，都該殺！」

此人雙目赤紅，面色猙獰，想是當年曾有父母親友喪於月天子之手。

此言一出，雖不見得人人都贊同於他，卻有人小聲道：「月天子和白千歲的女兒……這件事會不會和方、白兩家也有關係？」

楚橫軍志滿意得，今日一事，方、白兩家在武林中的名聲敗個了一乾二淨。他面上、手上猶是紅腫疼痛，也顧不得了，又笑道：「哈哈，白千歲，你嫁的好女兒！」

此言未了，卻聽廳上有人也笑道：「楚掌門，只怕你是只知其一，不知其二啊！」

楚橫軍大是詫異，眾人也均向發聲之處看去，見一個貴氣十足的華服男子手搖摺扇，微微而笑。他身邊還站了一個身穿雨過天青色長衫的男子，面貌沉靜不俗。

多有識得那華服男子的，便有人道：「那是羅天堡堡主介花弧！」

「噓，且看他有什麼話說。」

卻聽介花弧又笑道：「好好一場婚禮，楚掌門偏要來胡攪，殊不知今日方家娶的本來就是白掌門的義女小憐姑娘。至於白綾衣之事，方、白兩位掌門早已知情，原待婚禮之後，便清理門戶，又怎容楚掌門多事？」

這一番話，可謂將方、白兩家洗脫了個乾乾淨淨，介花弧心思也可謂機敏之極。楚橫軍自也聽得出他洗脫之意，怒道：「誰不知方家娶的是白家小姐，那女子不過是個婢女罷了！」

介花弧笑道：「這話有趣，就是白綾衣，不過也是白掌門的義女，小憐姑娘明慧貞靜，被白掌門認爲義女又有什麼奇怪，她拜見義父之時，我也在場，莫非連羅天堡堡主之語，你也信不得麼？」說著面色便是一沉。

方天誠、白千歲二人對視一眼，心中皆是感激之極。有介花弧一言在此，非但救了兩家名譽，連今日婚禮亦可順理成章下去，便是方玉平日後行走江湖，也可免些指指點點。所失者，不過一個白綾衣而已。方天誠不由便道：「正是如此，虧得介堡主分辯。」

白千歲也道：「虧得有介堡主說明，不然江湖中朋友，還以爲我們白家做得些什麼事出去。」他更擔心的是江湖中人疑心自己與月天子勾搭，那可是百口難辯之事。

介花弧一笑，今日一事，方、白兩家均欠下他一個極大人情，他們在江南有地主之誼，自己與石敬成打起交道，也可方便許多。

他又道：「既是如此，如今天地也拜了，小夫妻等得只怕也急了，還不快快送入洞房去也？」

這一句卻帶了幾分戲謔之意。

方天誠也怕又惹出什麼事情，連忙道：「還不快送少主進房去！」

一聲既出，十幾個家人簇擁著方玉平與小憐兩人便向裡面去。

方玉平方才一直站在一旁，白綾衣非但是他未婚妻子，更爲他傾慕已久，諸多消息帶給他的衝擊遠勝旁人。

他自小到大，何曾受過這般打擊，非但一句話也說不出來，更不知如何應對反應。直到父親「送少主進房」一句說出，他方才清醒一二，叫道：「我不要！我誰也不娶——」

一語未了，方家的總管站在他身邊，看老門主眼色，急忙點了他穴道，一旁的小憐又不會武功，兩個本來不該是一對，也從未想過會是一對的年輕人就被這般簇擁著，一同進了內室。

這一邊，楚橫軍牙齒直咬得「格格」作響，不知是毒傷還是氣惱。

種種謀劃爲介花弧一番話破壞，他一腔怒火不敢向這位羅天堡堡主發作，全盤發洩到了身邊的白綾衣身上。只聽他叫道：「好，好！你們合謀一氣，我無話可說，只這女子，你們不是說要清理門戶麼，又要如何處置？」

廳上倏然靜了下來，只聽他一人言語。

「我聽得百藥門有門規七十五條，我只問你，這女子犯姦淫罪，該不該殺；勾結大魔頭還有了他的孩子，該不該殺！」

他咬牙切齒，竟是一定要逼著白千歲親手殺了白綾衣，他心中才會略爲快意。

白千歲面色鐵青，楚橫軍沒有說錯，白綾衣所犯兩條大罪，無論哪一條，在百藥門都是當誅的罪名。今日之事，能如此解決，已是大幸。雖然白綾衣在他身邊多年，父女之間亦有感情，但若非如此，今日之事又怎能甘休？

他手舉了起來又放下，環視四周：方天誠垂目不語，婚禮上種種事情已牽連他夠多，此刻他不敢也不能開口；介花弧神態閒適，他已賣了一個天大的人情給自己，此後事情顯是無意再管；再看其餘諸人，竟有一大半看著白綾衣的目光帶著仇視之意，顯是當年與月天子結下深仇之人。

他自己反思，卻也對白綾衣發起怒來，他撫養她成人，這十幾年來哪一件事虧待過她，她卻做下這般事情，莫說自己，眞是連百藥門的臉面一同丟盡了！思及至此，一隻落下的手又高高舉了起來。

白綾衣閉目不語，眼角卻有淚水緩緩流下。事已至此，除非自己一命，不然何以抵償今日之事？

那一隻手呈現青綠之色，夾帶風聲，向著白綾衣天靈穴上直劈下去。

廳上廳下這許多人，並無一人阻攔，甚至有人面露快意之色。

眼見那隻手就要觸及白綾衣頭頂，白千歲手腕忽然一歪，這一掌便走了偏，又聽「丁零零」一聲響，衆人只見一顆拇指大珠光閃耀不知什麼物事，在空中劃一道弧線，又落到了地上。

一個沙啞卻寧定的聲音響起，聲音不甚大，卻十分清晰，「白掌門，請留人。」正是介花弧身邊那沉靜青衣人。

介花弧低聲笑道：「謝先生，你要救人也罷，怎麼摘我的東珠？這可是要賠的。」原來謝蘇手邊並無稱手兵器，順手便摘了介花弧髮上東珠，擊中了白千歲手腕穴道。那東珠拇指大小，可值千金，但在羅天堡裡，實也算不得什麼。

謝蘇看了他一眼，此時羅天堡主若也出手阻撓自己救人，事必難成。介花弧看他目光，已知其意，微微一笑，「你若要救百藥門的女弟子，我絕不阻攔。」

眾人並無人識得那青衣人，但見他與羅天堡堡主言語親密，料想是個有來頭的人，也便靜聽他說話。

這邊白千歲還未開口，楚橫軍先喝道：「你是什麼人？白綾衣是白千歲女兒，殺不殺他說的算，你憑什麼多嘴多舌！」

這話也沒說錯，謝蘇確實毫無立場，一時間他也靜默起來。

楚橫軍見他不語，又得意起來，正要再說些什麼，卻聽謝蘇緩緩開口，神色依然沉靜如水，「你說的不錯，我確無立場救人，既如此，我娶她。」

一時之間，從方天誠到白千歲，從君子堂葉家長老到廳中一眾有身份、有地位之人，從刀劍雙衛到何、江二人，再到一個怒目橫眉的楚橫軍，全部怔在了當場，只聽那個沉靜如水，聲音亦如流水一般平緩的青衣人繼續道來。

「我娶她。」

「在家從父，出嫁從夫。我既娶了她，她的性命，我總有資格說得算。」

呆愣眾人之中，倒是介花弧第一個反應過來，卻也只是手搖摺扇，一笑而已。

楚橫軍目瞪口呆，實未想到世上竟有如此之人，他一手指著白綾衣，口吃道：「這……這女子和別人偷情，還懷了野孩子，你……你要娶她？」

謝蘇淡然道：「我既說要娶她，自會認她腹中的孩子為子，那孩子自此再與他生父無關。」

這一番話實是驚世駭俗，世間怎會有人大度若此？

眾人議論之中，白綾衣忽然盈盈走過來，雙膝跪倒在謝蘇面前，「公子，有今日一語，已足夠綾衣銘記一世，但你實不必……。」

謝蘇青袖一卷，已帶她起身，目光定定地看著她，那雙眸子清鬱之極，雖與她當日傾心之人並無相同，卻自有一種令人寧靜信賴的力量。他開口，沒有客氣也沒有反對，只是平平靜靜地道：

——「夫妻之間，不必如此大禮。」

【十四】際會

大廳之內，衆人皆被謝蘇這一番話震得無法言語之際，忽然先前辱罵月天子的中年男子衝出人群，戳指罵道：「留下那小賤人！」

他一言未了，謝蘇左手依然扶著白綾衣，身形卻倏然一轉，衆人皆未見他如何動作，唯見一支銀梭閃電也似自他衣袖中暴射而出，「嗖」的一聲，不偏不倚正正擊落那人頭上的牛角髮簪。原來此次參加觀禮之前，介花弧已將當日謝蘇來羅天堡時身上的一應物什全部還予了他。

那中年人一聲喝罵出口，尙未喝罵第二句，已爲這銀梭所阻，只驚得連退三步，兵刃也未曾出手。

他這邊剛被攔下，廳內西首三個青年已經躍出，各人手中持一柄薄刃闊劍，爲首青年不到三十歲年紀，喝道：「洞庭三傑今日爲鄱陽門復仇雪恨！」闊劍一點，直向白綾衣刺去。

這三人身法頗爲輕靈，先後躍出，次序井然，三柄闊劍劍勢沉穩中不失迅捷，頗有名家風範。謝蘇身形不動，依然保持面向方才那中年人的位置，這樣一來，他便成了背向著那三人。洞庭三傑中的老大爲人甚是磊落，見他背向自己，便叫一聲：「看劍！」手中劍勢卻是絲毫未緩。他劍招已至，卻見那青衣人動也未動，心中不由詫異，只這一念之間，忽覺劍尖上不知被什麼東西撞了一下，力道雖不大，撞擊的卻正是力道將洩未洩之處，劍勢霎時散了，劍尖直向他身後的老二撞去。

老二在三人中內力最好，他那一劍力道十足，正待刺出之際，卻驚見大哥的闊劍直向自己襲來，這一驚非同小可，急忙收劍後撤。但他力道太猛，這一收力，恰相當於將力道全部回返到自家身上一樣，收勢不住，正和身後的老三撞在了一起。

廳內只聽「砰」、「噹啷啷」之聲一響起，洞庭三傑中老大收招，老二墜劍，老三摔倒，這一系列動作，統共發生在一時之間。腦筋慢些的還未明白是怎麼回事，便已見三人一併敗退。

與此同時，一支銀梭掉落在廳內青磚地上，聲音輕微，大多數人並未注意到，也更少人知道，方才正是這一支銀梭擊中闊劍，一招之內，逼退了洞庭三傑。

洞庭三傑這幾年在江南創下名號不小，竟爲這不知名的青衣人一招逼退，衆人皆是驚訝不已。

三人退後一步，正在猶豫要不要再次攻上去的時候，廳下七八個年紀較輕的人已經按捺不住，各持兵刃，紛紛衝了上去。

這些年輕人多是當年爲生死門殘害過的門派，又或江湖名人的後人，大多未親身和月天子有過交集，武功大多也未臻一流之境，只憑著一腔熱血便衝了上來。

謝蘇站在當地不動，只左手青袖倏出，揮帶之間，運用的仍是「四兩撥千斤」之法。他眼力極毒，方位拿捏得又準，衆人只見他隨手撥打，一干兵刃已紛紛飛到半空中，更有的招呼到同伴身上，一時間呼痛、叱罵之聲不止。

廳上一衆江湖名宿只看得目瞪口呆，他們皆是眼力一流之人，此刻已看出這青衣人內力實在不見得如何高明，全憑著借力打力和對江湖中各門各派招式瞭解，便輕巧巧攔下了衆人攻勢。這人眼力之毒、招式之巧，經驗之豐富，實是江湖罕見！但他看上去不過二十七八歲年紀，究竟是什麼人？

這一撥人方被擊退，眼見又有人意欲衝上來，方天誠、白千歲又不好阻攔，君子堂葉家長老便喝一聲道：「都退下！」

他在江南武林德高望重，最是公正不已，衆人也皆知君子堂與生死門有血海深仇，便想莫非葉長老要親自出手？有幾個人便退了下去，另有幾個人雖然也停了下來，手中兵刃卻未入鞘，一雙眼只虎視眈眈看著謝白二人。

謝蘇並不理衆人目光，似乎也沒怎麼看葉長老。但葉長老卻已注意到，那籠在青色衣袖中的瘦削手指微微動了一下，機簧銀筒已被謝蘇收入了袖中。

他身上並無兵刃，連機簧也收了，莫非他不願動手？葉長老心中疑惑。

然後謝蘇放鬆了白綾衣的手，白綾衣先是一驚，隨即面色卻沉靜下來，雙眼中呈現出信任之色。

這是種很奇妙的感覺，早先就算她與月天子相處之時，雖然爲那人的驚才絕豔所傾倒，但卻未有過如是完全信任之感。

她還不知道這個青衣人的姓名，也不知道他的身份，到今天爲止，也不過是見了第三面而已。然而不知爲什麼，有一件事她卻可以完全肯定。

——如果這世界上還有「不離不棄」一類的字眼存在，那麼大概說的就是面前的這個青衣削瘦男子。

白綾衣心中思量不提，這邊謝蘇放鬆了她的手，身形忽然如風般掠出，按理說，一個人要運用輕功，從其手足動作約略也能看出幾分端倪。但衆人只是見到他前一刻剛放鬆了白綾衣的手，後一刻，他已經站在了葉長老的面前。

君子堂的不破罡氣江湖聞名，攻則無堅不催，守則刀槍難入。葉長老浸淫這門功夫幾十年，幾已達到爐火純青之境。

但任何功夫都有缺點，不破罡氣也不例外。

使用不破罡氣，運氣吐納時間，要比一般內家功夫長上一倍。

說是長上一倍，其實也不見得多長，最多不過別人呼一口氣的時候，葉長老要呼兩口氣罷了。

但就在他第二口氣剛剛呼出的時候，謝蘇已經到了。

葉長老只覺得面前多了一個人影，當他剛反應過來這個人影似乎是謝蘇的時候，三根冰冷的手指已經搭在了他的脈門上。

那三根手指甚至有幾分綿軟無力，但是葉長老卻如墜冰窟，因爲謝蘇手指所觸之處，正是不破罡氣的罩門所在。他甚至不必催動多少內力，只要他想，自己幾十年修爲隨時便可毀於一旦。

一眼看透君子堂內也無幾人知曉的罩門所在，一招之內便憑著無比輕功制住了自己，一瞬之間，那句話在葉長老腦中忍不住又轉了一個圈：

——他，他究竟是什麼人？

可是葉長老實在也想不出這個青衣人會是誰，他能想到的那些曾經風雲一時，年紀又和面前這個青衣人相近的人物，大半都已經死了。

隨後他聽見那個青衣人開口，聲音依然沙啞，口氣平靜得如同什麼都沒有發生過一樣，「本朝律例雖有罪及妻孥之說，但白綾衣並未與月天子論及嫁娶，那孩子更與他無關。」

「白綾衣是我妻子，我是那孩子父親。從今以後，我不想再聽到有人辱及我家人。」

一時間，葉長老目瞪口呆，不知當如何作答。

然而謝蘇已經放開了手，如來時一般無聲無息地退了回去，再次回到了白綾衣的身邊。

這青衣人竟與這一群江湖人講究起朝廷律法，衆人不由愕然。但葉長老出身君子堂，熟知律法，卻知謝蘇所言非虛。他默然半晌，無法反駁，終是長歎一聲道：「你所言雖是正理，然而你可想過，有幾個江湖人能依法行事？你娶了這女子，日後有多少個江湖人要針對於你？」

謝蘇神色不變，只道：「我知道。」

他轉身而行，青袖隨走一帶，方才被他擊落的一柄長劍自地上躍起，直插在方才一個口中言語最爲難聽的青年兩腿之間，劍鋒再偏一點，只怕便有斷子絕孫之虞，那青年腿一軟，「撲通」一聲坐到了地上。

衆人爲他武功氣勢所奪，又見方才君子堂長老對他未加阻擋，方、白二人不發一言，竟是不自覺爲他讓出一條路來，任他帶著白綾衣離去。

刀劍雙衛中的零劍年紀還輕，只看得興奮莫名，向身邊的刑刀笑道：「難怪咱們堡主對謝先生十分推崇，你看他今天做的這件事，眞是帥極了！」

刑刀一笑，他年紀較零劍爲長，行事沉穩，並未多說什麼。

謝蘇攜著白綾衣，一直出了方家大門。

出門後，謝蘇不再顧忌什麼，廳上爲護白綾衣，他已經顯露出了師門武功，被認出身份不過是早晚之事，此刻他展開「千里快哉風」身法，白綾衣只覺風生兩腋，身體輕得彷彿不是自己的一樣，方才的種種委屈、折辱在這飛逝而過的大風中統統被拋到了腦後。她閉上眼睛，心中只想，若能和這個男子如此在風中攜手而行，這一生也就足夠了。

那還不是感情，而是恩義。只是這份恩，這份義，已足夠世上任何一對夫妻共同度過一生一世。

當她睜開眼睛時，發現自己已經站到了郊外一處樹林外，腳下踏的是柔軟的草地，天藍得清澈透明，一分雜質也看不出來。在方家發生的種種事情，一時間恍若隔世。

那個青衣的削瘦男子站在她面前，一到郊外，他已經放開了攜著她的手，然後解開她身上所封穴道。此刻他雖是與她正面相對，眼神卻不再看她。方才在大廳內的旁若無人全然不見，竟有幾分淡淡的羞澀。

「我送你回客棧。」他說，臉到底微微紅了。

白綾衣有幾分驚訝，她想這男子不會輕易離開，一定是有什麼重大事情。

謝蘇續道：「那客棧中有羅天堡好手護衛，我前去赴一個約會。」

在離開大廳那一刻，他經過介花弧身邊時，羅天堡的堡主面上帶著笑，對他說了一句只有他們兩個人才聽得見的話：「半個時辰後，雲深不知處。」

當時謝蘇略有詫異，心道介花弧何時與石太師有了聯繫，一抬首卻見玄武不知何時出現在廳堂內，一雙眼冷森森看著他，隨後又消失在人群之中。

他說得輕描淡寫，白綾衣雖與他相識未久，卻已對他的個性有相當瞭解，心道這個約會必然十分危險。她想都沒想，便道：「我和你一同去。」

這次輪到謝蘇驚訝了，他重複了一次：「我送你回客棧。」

白綾衣低了頭，低聲道：「我武功雖不見得如何高明，但對醫術藥物也略有瞭解，也許幫得上忙，何況你身上有傷……」她見謝蘇微蹙了眉，自己也知道這些理由不見得能打動他，一咬牙，道：「我是你妻子！你有危險怎能不與你同去？」

謝蘇怔了一下，眼中的神色由起初的些微羞澀和驚訝，慢慢地轉爲了柔和。他看著她，淡淡地說：「好。」

他剛要轉身前行，身後的女子卻又叫住了他：「請等一下——」

謝蘇停下腳步，「什麼事情？」

「我……那個，你的名字……？」

這樣一對夫妻，倒也眞是世間少見。

白綾衣未等謝蘇開口，先急急地摘去面上一層人皮面具，「這才是我本來的樣子。」面前的女子髮黑如墨，膚凝如脂。臉容輪廓秀麗分明，額前的散髮合著眉眼在膚光雪色中愈發漆黑，襯著她一身白衣，竟有種驚心動魄的美麗。

謝蘇為她麗容所映，不由怔了一下。隨即他笑了，笑意很淡，不仔細也許看不出去，但是一種溫暖之意卻是了然如現，他說：「我叫謝蘇。」

碧草藍天掩映下，一青一白兩道人影前後走著，二人之間的距離大概三步左右，仔細看去，當真是一對璧人。

「謝先生……」白綾衣思來想去，決定還是用這樣稱呼他，她與謝蘇初識之時，稱他為「公子」，但這其實是當日她對月天子的稱呼，此刻再以此稱呼謝蘇，她心中卻是不願。

謝蘇沒有回頭，淡淡道：「你我之間，以此稱呼似為不妥。」

話是這麼說，但若不這麼叫，又該怎麼叫呢？謝蘇不知道，白綾衣更沒什麼經驗，何況她對謝蘇滿是尊敬感激，倒覺得如此稱呼才為合適。

於是，謝蘇雖然對「謝先生」這種稱呼略為反對，但此後的日子裡，白綾衣也就一直這麼叫了下去。

此刻在方家，流水宴席已經擺了上來。

雖然遭到如此變故，但該行的儀式依舊是一步也不能少。方天誠、白千歲為了讓眾人取信方玉平與小憐的婚事，更是勉強打點了精神陪客。但這一天遭遇之事畢竟太多，方天誠又是主人，支撐到現在，未免也有些精神不濟。

白千歲在一邊看得分明，此刻介花弧已經告辭，另外幾個身份較重要的人物也各有御劍門大弟子作陪，便道：「親家，你去歇息一會吧，我看你面色不對。」

方天誠也覺自己有些支撐不下去，便道：「也好，這裡勞煩親家了。」便獨自回了內室。

他記得書房中有長白幫主送來的高麗參片可以提神，不欲驚動他人，自去尋覓。

拖著疲憊的腳步來到書房，門竟是虛掩的。方天誠一驚，再怎麼疲憊，身為江南第一大門派掌門的警覺也立時占了上風，他立在門前，手中已握住了劍柄。

書房中確實有個人，從方天誠的角度只能看到他的背影，那是個身著灰色布衣的男子，散著髮，沒有梳髻，正在他的書房翻著東西，動作雖然不大俐落，卻很仔細。

方天誠看了一會兒，心存疑惑，他在門前已經站了有一段時間，但那灰衣人卻似根本沒有發現一樣。更詫異的是，從那灰衣人身上也絲毫感受不到一個高手應有的氣息，甚至連一個會武功之人的氣息也沒有——方天誠行走江湖這些年，眼力還是準的。

他便想，莫非是哪位客人帶來的僕役，乘婚禮紛亂之際借機來這裡偷盜？能帶僕役前來觀禮之人身份必然不會太低，既如此，倒不可匆忙行事。

於是他立於門前，輕輕咳嗽了一聲。

直到這時，那灰衣人似乎才發現方天誠的存在。這書房外面有翠竹掩映，縱是白日室內也頗為昏暗，他轉過身來揉了揉眼睛，又拿起一根蠟燭，走近幾步照了照，才笑道：「原來是方掌門。」

灰衣人一轉過身，方天誠見他眉眼生得十分俊秀，面上若有笑意，令人一見便生親近之感。又見他見到自己並無一分驚訝惶急之色，也是詫異，心道莫非自己判斷有誤，這個人並非僕役之流？

他還沒說話，那灰衣人手執著蠟燭，卻先開口了，聲音亦是同他的面容一般溫和可親。

「方掌門，今日令郎大婚，真是一件可喜可賀之事。」

伸手不打笑臉人，何況面前此人並無一分攻擊之意，於是方天誠也便應了一聲「多謝」。

然而那灰衣人下一句話，卻是急轉直下：

「既如此，聞得方家有藍田石，可解百毒，我恰好身有毒傷，無藥可解，卻想借來一用。」

方玉平婚禮與他拿藍田石有何干係！原來這灰衣人四處翻找，竟是在尋方家的傳家之寶！虧他竟是如此厚顏無恥地當面說出。

方天誠心中大怒，但他畢竟是一派掌門，強抑著怒氣道：「你是什麼人？」

灰衣人笑道：「說到我是什麼人，這卻又涉及到一個天大的秘密，方掌門，我與你說，你這藍田石還真是非給我不可……」他口中一邊胡言亂語，一邊慢慢執著蠟燭向前走。

他一番胡言亂語自然瞞不過方天誠，他冷笑一聲道：「休在我面前裝瘋賣傻，你……」

一語未了，他眼前的一切忽然變了。

熟悉的書房什物在他面前不斷旋轉，灰衣人的臉也不復清晰，而是模糊成一個自己再看不清的醜惡形狀，隨即眼前便陷入一片黑暗，只有那灰衣人手中的蠟燭閃亮依舊，顏色卻是詭異的幽綠，便似墓地中的鬼火。

直到這時方天誠才省悟過來，他指著那蠟燭，「那蠟燭……你，你是……」他面上忽然現出驚恐之極的神色，彷彿見到了地獄中的惡鬼。

這一句話並沒有說完，方天誠倒在地上，已然氣絕身亡。

灰衣人面上帶著笑，「撲」地一聲吹熄了蠟燭，「啊呀，幽冥鬼火也認不出，這江南第一門派的掌門是怎麼當的？這麼看，金錯刀門的楚橫軍到底還比你強些。」

他又搖搖頭，「可惜得很，你一死，我也沒時間再找藍田石了。」他對地上的屍體不再看一眼，逕直走了出去。

剛走到門前，忽然聽到前方有腳步和說話聲音，灰衣人一驚，一隻踏出去的腳又縮了回去。

來的人是兩個女子，一個年紀較老的女子道：「小翠，白老爺說老爺回了書房，可是麼？」

一個嬌嫩聲音便應道：「正是，夫人不必擔心，老爺想只是一時身體疲憊，不會有什麼大事的。」

那先前聲音便歎了一口氣道：「唉，誰曾想今日鬧出這麼一場事來……。」

那嬌嫩聲音又絮絮勸慰了幾句，灰衣人卻已不及細聽，只因二人腳步，已經漸向書房而來！

這兩名女子正是方天誠的夫人與其貼身侍女，方夫人亦是出身南武林世家，嫁到方家這些年卻已甚少動手，此刻她髮插步搖，長裙曳地，看上去與尋常的大家主婦也沒什麼兩樣。

二人剛走到書房門前，卻見一個灰衣人匆匆忙忙從裡面衝出來，一見方夫人便即大喜：「夫人來得正好，老爺在書房裡面暈倒了！」

方夫人聞言大驚，方天誠本有氣喘之疾，她本就擔心今日楚橫軍這麼一鬧，方天誠會不會舊病復發，面前這個灰衣人雖然從未見過，她也無暇多想，三步併作兩步便衝了進去。

書房內光線昏暗，隱約可見方天誠的身形倒在地上，方夫人來到他身邊，蹲下身去，叫道：「老爺！」

剛叫了一聲，方夫人忽覺身後風聲微細，她畢竟出自武林大家，一驚之下急忙閃躲，但那曳地長裙起身不易，後背一點微痛，不知是被什麼刺了一下。

她終於站起，卻見方才那灰衣人笑微微地站在她面前，笑道：「起來又何必，還不是要倒下的。」

一語未了，方夫人已然頹然倒地，七竅裡都流出黑血來。

那侍女小翠還站在門前，方才一幕時間極短，小翠尚不知裡面發生了何事，只見那灰衣人已走了出來，點手叫她：「夫人叫你進去幫忙。」她便依言走進。

她剛踏入門內，忽覺小臂上一陣刺痛，心道莫非被什麼蟲子咬了一下？剛想到這裡，她只覺頭腦一陣昏然，再也不能想任何事情了。

灰衣人收起手中一根青藍色細針，看一眼地上的三具屍體，笑道：「還眞有點危險。」

他身無半點武功，方才殺那三人只要有一分延誤，甚或那小侍女在臨終前叫上一聲，招來他人，他也就別想出方家大門了。

灰衣人也確是身有毒傷，他搬不動屍體，只能任憑他們倒在那裡，自己急匆匆走了出去。

剛走過一個拐角，便聽到身後傳來喧嘩聲：「快來人啊！」「看看這是怎麼了？」

他微微一驚，未想方家幾人的屍體這樣快便被發現，腳上步伐不由加快，面上卻是依然帶著笑意。

但他行動不便，方家大族，庭院幽深，眼見走出大門還有一段時間，後面的喧鬧聲音卻已越來越近。正在此時，灰衣人忽見前面轉出一個窈窕身影，再走幾步看得清晰，卻是今日的新娘子小憐。

他心中一動，面上的笑意又深了幾分，逕直走了過去，笑道：「小憐姑娘，好巧。」

此刻小憐穿的已非嫁衣，原來方玉平被架到內室之後，幾個家人怕他又鬧出什麼事來，一直沒敢解他穴道，只等著老門主。一片紛亂之中，早無人注意到小憐，她也不知該如何應對，心道：我這時到底算是什麼，算是下人還算是……新娘子？

她對方玉平並無惡感，卻也絕未想過他會成爲自己夫婿，大廳內種種事情她還是有些摸不著頭腦，便悄悄回到自己房間，換了家常衣服來到園中。心中又想：從今以後，方家少爺究竟又是我什麼人啊？可他畢竟是小姐的夫婿，我，我的夫婿不該是他……。

想到這裡，那日被金錯刀門的人追趕之時，搭救於她的俊秀人影噌的一聲從腦海裡竄了出來。那日初見之時，那人笑語可親，所吟的詩句她竟還一一記在心裡：

「灣頭見小憐，請上琵琶弦。破得春風恨，今朝值幾錢——」

她並不解文意，只是這詩爲何竟能記得分明，卻是連自己也說不清楚。

她心思愈發煩亂，正在此時，一眼卻看見那俊秀身影竟是近在咫尺，這一下又是慌亂，又是羞澀，一聲「公子」卻止不住地脫口而出，聲音裡滿是喜悅。

那灰衣人何等人物，小憐這一句話中情緒，他聽得分明，口中只笑道：「小憐，也不知你還記不記得我，只怕是已經忘了吧。」

小憐見他笑意，臉不由自主紅了起來，「公子，那日救命之恩，我怎能忘記……。」

這灰衣人正是謝朗，見到小憐羞窘，他瀟灑之態絲毫不改，聲音卻柔和了許多，笑道：「小憐，幾日未見，怎麼對我也客氣起來了？」

其實他和小憐也不過只見了第二面，但這時小憐也想不到這許多。心中只轉著一個念頭：還好，他見到的不是我穿嫁衣模樣。

謝朗又笑道：「今日來觀禮，可惜來得晚了，婚禮沒看成，走到後面又迷了路。小憐，你帶我出去好不好？」

小憐聽他並未看到婚禮場面，似乎也不清楚自己眼下身份，不知怎的心中又是一陣安慰，低了頭道：「公子隨我來。」

謝朗卻不走，只伸出一隻手，笑道：「小憐小憐，我行動不便，你扶我一下好不好？」那隻手清瘦修長，線條十分優美，謝朗面上笑意吟吟，似乎一點兒也不覺得自己有什麼做得不妥的地方。

小憐的臉卻「騰」的一下燒了起來。她抬頭看一眼，謝朗的手依然沒有動，微風徐來，他散髮紛飛，一雙俊秀眸子柔和得如同春水一般。

「小憐。」他又叫了一聲，聲音很低。

小憐沒再猶豫，直接便走了過去，把手輕輕放在他手裡。

「帶我走條偏僻些的路好不好？我在這裡迷路，教他們知道要笑話的。」

「好，公子走這邊……。」

「別叫我公子，我叫謝朗。」有輕淡的笑聲傳來。

小憐帶謝朗所行，確實是一條非常偏僻的小路，幾乎沒遇見什麼人，謝朗刻意之下，二人的速度並不算慢，但小憐心神搖曳，覺只要和他走在一起便好，並未注意這些細節。

二人直到了方家門前，謝朗才放開小憐的手，微笑道：「小憐，且等下。」

小憐略有些不知所措，卻見謝朗轉過身去，雙手負在身後，從小憐的角度看，只能見到他的側臉，不知怎的，那一瞬間她竟覺面前的俊秀男子彷彿變了一個人，一種陰冷氣息自他身上散發出來，小憐一驚，不自覺竟是後退了幾步。

謝朗全沒有看她，他負了手，慢慢開口，聲音竟與往日全然不同，清冷中略有壓抑，卻沉定非常：「雅風，出來吧。」

這聲音竟是異常熟悉，小憐驟然一驚：「你——」

面前便似有一道電光劃過，一道輕黃身影自一株高大槐樹上疾閃而下，如風逐影。那人一落至地面，便即單膝跪倒：「主人。」

謝朗一笑，「起來，我們走吧。」

那人一言不發便即起身，垂手站立，此刻看來，此人二十出頭年紀，佩一柄暗紫色長劍，身材高眺，貌相並不似中原人物，俊朗非常，風采卓然。但他在謝朗面前，卻是異常的恭順。

一年前，正是這個年輕人在爲畹城外雪原出手，一劍幾乎刺死方玉平。

一年後，官道上他乍逢江澄，武功已達年輕一代一流好手的江澄尚且奈何他不得。

單看劍術一項，這身穿淡黃輕衫的年輕異族男子實不在當年的朱雀之下。

此刻方家門內的喧鬧聲已經臨近，高雅風忍不住便道：「主人，我們還是快些離去吧。」

謝朗點一點頭，他轉過身，看著小憐淡淡笑了笑：「聽出我的聲音了？新娘子？」

小憐已驚得渾身顫抖，「是，是你……！」

謝朗大笑起來：「正是我。」他反手握住高雅風的手，正要離去之即，忽又笑道：「忘了說，小憐，你知道門內爲什麼吵鬧麼？」

他也不待她回答，又續道：「因爲方家掌門和夫人，剛剛死在了我的手裡。小姑娘，你還是安心做你的少夫人吧！」

最後幾個字出口之時，高雅風已帶著他躍至空中，幾個起落間，鴻飛渺渺，已然不見了蹤影。

小憐跪在地上，全身顫抖，一句話也說不出來。

青州城外，雲深不知處。

在那片濃密深綠，幾至詭異的樹林外側，白霧繚繞，濃厚到即使兩個人面對面，依然看不分明對方模樣。間或一陣大風吹過，白霧被吹散幾分，隨即又掩了上去。樹林邊緣糾纏的古藤隱沒在白霧中，看上去彷佛活蛇一般。

又一陣風吹過，不夠大，白霧被吹得薄了一些，隱約可見一個青色修長身影在其中行走，風一住，那道修長身影又不見了蹤跡。

霧中沒有聲音，那究竟是不是一個人？

慢慢的，樹林外側，卻又傳來了流水的聲音，聲音越來越大，清冷如冰凌相擊。再走幾步，人竟如立於瀑布之下，水氣撲面。青色修長人影不再前行，立住了腳步。

白霧、水聲、伸手不見五指，這些並非關鍵，青衣人不願前行的原因並非膽怯，而是出於一種本能。

這種感覺甚至不是一個一般的高手所能體會，更類似一種野獸般的本能，那是從大風大浪裡翻滾過來的經驗。青衣人其實也沒看到，也沒聽到有任何異樣的聲音，然而他心中清楚得很，再前進一步，自己會遇到什麼事情，那是全然的不得而知。

他忽然微微一笑，道：「雲深不知處，也有這般景致。」右掌徐出，畫個半圓，眼前白霧倏然散去，也只一瞬之間，又聚集在了一起。

但只這一瞬間，那青衣人再次消失在白霧之中。

他又到了哪裡去？莫非方才一霎那，他借著白霧飄散時間已經看穿了迷障？

林間隱秘一側，忽然又傳來了潺潺流水之聲。

不知那是不是寒江江水的支流，水流不大，慢慢彙聚到一個地表凹陷之處，長年累月形成一個水潭，潭水頗清，四圍怪石嶙峋，一位老者正坐在石上，頭上戴一頂斗笠，手上執一根釣竿，雙眼半合，似正全神貫注在魚竿之上。

這一處已沒有白霧繚繞，雲霧至此，似也不敢接近。

那道青色修長人影走到水潭切近，此處陽光照耀，只見他一身天青錦衣華貴非常，髮上東珠寶光內斂，此刻他負手身後，微微含笑，聲音不疾不緩：

「當日京師一見，至今已有五載，石太師風采如昔，甚是可喜。」

林外，謝蘇展開千里快哉風身法，疾如飛鳥，正帶著白綾衣前行，忽然間身子一顫，硬生生止住了身法。他一手按著心口，眉心緊蹙在一起。

白綾衣一驚，道：「謝先生，你怎麼了？」伸手便去搭他脈搏，她出身百藥門，父親又是白千歲，醫術毒術皆已臻一流之境。早些時候她初遇謝蘇，便已看出他身染毒傷，但似已得到妥當醫治，並無大礙，因此未放在心上。

她手指剛觸及謝蘇，謝蘇手腕不由又是一顫，剛要反手閃開，忽又想到面前這人是自己妻子，手又遞了過去。

白綾衣搭住他脈搏，只覺他脈沉而遲，雖有毒傷，但已被藥物壓制平穩，並無特別異常，心下正在疑惑，卻驚見謝蘇另一隻手緊握，指關節扣得發白，再看他面上已是半點血色也無，眼神也空茫起來，急忙叫道：「謝先生，謝先生！」

謝蘇聽得見她說話，卻已無力回答，他心口痛到空蕩一片，連思緒亦成了空白。

無色、無聲、無香、無味、無觸、無法，六識盡滅，不相應行。

謝蘇此刻雖然尚未到六識盡滅的地步，但目已無法視物，頭腦亦無法運轉，眼前所見，腦中所見，除空白之外別無他物。

一片空茫之中，忽然一個又灑脫、又飛揚的聲音自遙遙遠方傳來，口氣熱切親昵，恰似一個十分熟識的老友一般：

「阿蘇，我們一同隱居之後，我就改名叫鐘無涯，你說好不好？」

【十五】烈火

「阿蘇，我們一同隱居之後，我就改名叫鐘無涯，你說好不好？」

那一日朱雀決意就此離開京師，謝蘇堅決反對，是日夜裡二人一如既往來到寒江江畔，朱雀卻不聽謝蘇阻攔，只帶笑說出了這一句話。

白綾衣站在一邊，見謝蘇面色慘白，一驚之後立即抽出身上銀針刺向他靈台穴，她熟知醫術，又想到苗疆有幾種奇毒潛伏時間極長，發作卻異常迅速，心道無論怎樣，先封住穴道，阻止毒氣上流，再計其他。

謝蘇一顫，銀針尚未觸到他身體，他已避開數尺，低聲道：「不是毒……攝心術。」

這六個字他已說得頗爲費力，隨即坐倒在地，卻非一般內家打坐的盤膝而坐，手掌相對；而是左手食中二指相疊，與劍訣倒有幾分相似。白綾衣見他面色凝重，身上青衣無風自動，似在與那攝心術勉力相對。

她生怕驚擾謝蘇，不再言語，只靜靜守候一旁。

此地已是雲深不知處週邊，芳草悠悠，微風習習，不遠處的樹林內猶有白霧不斷湧出，此處卻是安靜非常，間或有一兩隻飛鳥掠過，卻均不敢接近林邊，打個旋兒又紛紛飛走。白綾衣雙目緊盯著那詭異密林，雖是青天白日之下，但此刻若說裡面忽然走出個青面獠牙的怪物，也絕非不可想像之事。

也不知過了多少時間，然而謝蘇一直雙目緊合，不言不動。

安靜，有時這樣的安靜，反而比辱罵嘈雜更讓人無法容忍。

她手中的銀針已被冷汗浸濕，一時間幾日以來的遭遇紛至遝來湧上心頭：與月天子相遇相戀卻終為所棄；被金錯刀門擄走利用又為江湖中人所辱；百藥門將自己逐出，義父更欲處死自己以正門規；而今自己唯一的依靠，相識不過一日卻又遭受困厄，生死難測……。

不對！白綾衣忽然警醒：自己方才卻在想些什麼！自己既已嫁了謝蘇，此後便當與他生死與共，他遇難，自己更應冷靜以待，圖謀相助，怎能在這裡自怨自艾，自傷身世！

一念至此，她立即收斂起思緒，當年在百藥門時，義父雖教授她種種醫學毒術，對攝心術卻並無涉獵。仔細思量，卻又似乎在哪裡聽過相關之事。

「攝心術……那似乎是西藏密宗的功夫啊……」白綾衣苦苦思量。

忽然之間靈光一閃，她想到了當年在什麼地方聽說過這門功夫。

三年前，白千歲帶她進京看望幾個老友，自然也見過石敬成。太師府中，她曾遙遙見過一個彩衣僧人，裝束十分怪異，神態倨傲，除石敬成外，一般人似乎並不在他眼中。

「那是密宗的高手。」當時白千歲與她說：「也是擅長攝心術的高手，這門功夫以觸發人心靈情緒為引，封其五蘊六識，嚴重時更可奪人性命……。」

以觸發人心靈情緒爲引？那是以怎樣的人、怎樣的事爲引，方能觸發寧定如石的謝蘇情緒，又當如何破解？白綾衣正思及此處，忽見謝蘇一手拄地，慢慢站起身來。白綾衣見他面上雖然依舊毫無血色，但神情尚是鎮定。

她心下剛略爲放寬，卻驚見謝蘇本是挺直如劍的身體搖晃兩下，一歪眼見又要倒下去，白綾衣伸手欲扶，卻見他彎下身子，似是再也堅持不住，一行鮮血自他口角湧出，滴落在草地之上。

「朱雀……」白綾衣扶住他，聽見謝蘇低聲道出了這樣一個名字。

事隔這些年，謝蘇終於再次說出了他平生摯友的名字。

那一瞬間，只一瞬間，白綾衣看見那雙平素沉靜如水的眸子裡，一片空白。

隨即謝蘇狠狠一咬舌尖，借這一痛之際，神志再度恢復清明。他伸袖拭去唇邊血痕，立直身體，低聲道：「入林。」

白綾衣略爲不明，謝蘇卻已攥住她的手，向林中掠去。

在風中，白綾衣聽到謝蘇聲音，低沉卻分明：

「攝心術我只能暫時壓制，施術之人在林中，勝了他方能破解。」

白綾衣頷首，正所謂不入虎穴，焉得虎子。謝蘇此舉雖是頗具風險，但這等直搗黃龍的做法，卻也正與二人個性相符。同時她又想到謝蘇要她一同入林，顯是有了同甘共苦的意思，心中不由一陣欣慰。

忽然間她眼前一暗，卻是二人已進了密林之中。

謝蘇放鬆白綾衣手臂，自己向前一步，看似無意，卻恰將她擋在了自己身後。

密林裡藤蔓纏繞，遮天蔽日。白綾衣只覺腳下泥濘不堪，間或又有一兩條滑溜無比的不知什麼物什從腳邊竄過，她世家出身，那裡見過這個，一聲驚叫已到了口邊卻又及時嚥了回去，心道這一點小事就驚慌失措，豈不是爲他添亂。

她鎮定下來，只見林內視線模糊，僅能見到數尺以內事物。又覺腥氣撲鼻，於是從身上拿出兩顆九花玉露丸，乃是百藥門中去除瘴氣的靈藥，一顆遞予謝蘇，一顆自己含在口中。

謝蘇接過藥丸，未做猶疑放入口中，那九花玉露丸入口即化，一陣清涼之感沁入五臟六脾，霎時頭腦清醒了許多。

他點一點頭，以示謝意，隨即凝立不動，神態專注，似在傾聽著什麼。

白綾衣也凝聚心神，但除極細微的風聲外，卻是一無所聞。

「隨我來。」謝蘇忽然道，白綾衣以爲他當眞要走，卻覺謝蘇一按她的手，她隨即省悟，留在當地不動，卻見謝蘇青袖微揚，一點銀光還未看清去處，便已沒入了林中。

須臾之間，一聲慘叫自林內傳來，聲音極細極尖，非但分不清是男是女，甚至連是人還是野獸也聽不分明。這一聲慘叫之後，林內又沒了聲息。黑黝黝的一片，卻又有幾點碧綠鬼火自林內飄飄蕩蕩出來，說不出的詭異。

白綾衣掌心內已全是冷汗，只怕驚擾了謝蘇，才不敢多說一字。

謝蘇心中也有幾分詫異，那一支銀梭，他心中有把握已擊中林內施術之人，然而此人究竟是生是死，爲何竟是毫無聲息？他思索片刻，默默向前踏了幾步，三支銀梭同時而發，捷如閃電。

這三支銀梭已是堵住了林中之人所有出路，銀梭方出，一個爽朗飛揚的聲音忽自林中傳來：

「阿蘇！」

兩個字叫得輕快簡捷，叫到「蘇」字時，聲音很快的一頓，好像一個人在碧雲天黃葉地的陽關古道上忽然停下來，帶著笑說，「我在這裡，你在哪裡？」

只有一個人會這樣稱呼謝蘇，只有一個人。

有淡淡的花香從不知什麼地方飄送過來，謝蘇茫然向周圍看去，四圍竟是一片極爲柔和的月光白，雲霧樣氤氳的感覺。遠處，又有流水的聲音傳過，清脆悅耳。

香是杏花香，水是寒江水。

那……是梅鎮。

謝蘇眼裡已經不再是詭異幽暗的密林，他覺自己正立於寒江江畔，一輪雪白明月高掛天空，臺階白石光芒柔和，很遠的地方有劍客身形頎長，衣紅如五月榴火，他慢慢轉過身，微笑著向謝蘇方向走來。

碧雲天，黃葉地，秋色連波，波上寒煙翠。山映斜陽天接水。夜夜除非，好夢留人睡。

謝蘇忽然自袖中抽出一支銀梭，未加思索，一翻手刺入了右手掌心，鮮血順著銀梭流下之際，他神志再度恢復了幾分，抖手又是三支銀梭，向幻景中的寒江方向擊去。

「錚」的一聲，水波搖晃了幾下，竟如鏡子一般碎成片片，碎片後面，再度出現了幽暗密林，還有白綾衣那張驚惶卻力圖鎮定的美麗面容。

一瞬間，愧疚之情自謝蘇心裡油然而生，他想這女子今日剛嫁了自己，卻要吃這般苦頭。

但此刻已不及多想，他抓住這一刻清醒時機，青袖帶住白綾衣，向外一甩，低聲喝道：「出林！」

他沒什麼內力，此刻又不比剛才在方家廳內可以借力打力，這一帶並未將白綾衣帶出多遠，她踉蹌後退幾步，站穩身形，道：「為什麼？」

謝蘇沒有回頭，大滴冷汗從他額前滴落下來：「再不走……我大概，控制不了自己……。」

白綾衣驚住，她又看了謝蘇一眼，竟沒有猶豫，快步出了林子。

柔軟的杏花香氣再次席捲而來，包裹住了謝蘇的整個身體。

「喝茶。」

挑眉，「你泡的？」

「是。」俊美青年一雙鳳眼裡滿是期待。

端起白瓷杯，吹散氤氳熱氣，喝一口，放下茶杯，「尚可。」

「只是尚可？」俊美青年心有不甘，「我練了許久，阿蘇你兩字帶過，一句鼓勵也沒有？」

青衣人一口茶水幾乎笑出來，忙正了表情，道：「莫非我剛才不是鼓勵？」

俊美青年絕倒。

…………

梅家夫婦門前，一輪明月如水。

紅衣俊美青年忽然停住腳步，一本正經，「阿蘇，我有個主意。」

青衣人疑惑看向他。

「梅家夫婦既無子嗣，日後你我又隱居在此，不如我把他們的釀酒技藝學過來，也免得這門手藝失傳。」

青衣人沒說話，上上下下看了他幾眼，紅衣俊美青年被他看得有點不自在，搭訕著問：「阿蘇，怎樣？」

「可以。」

什麼叫「可以」？紅衣俊美青年聽得莫名所以，愈待追問，卻見青衣人已轉身離開，忙追上去。

青衣人自顧前行，口中雖不言，心裡卻越想越可笑，憑他再怎麼想，也想像不出那驕傲不羈、紅衣如火的俊美青年單衣赤足，揮汗如雨的釀酒模樣。

…………

「鐘兄，抑雲丹完璧歸趙。」

「我說送給你就是送給你，沒有還回來的道理。」

青衣人一皺眉，但他不慣多做糾纏，略一沉吟，自身上摘下一塊暗色佩玉，「也罷，那請鐘兄收下這塊金剛玉，亦可防身。」

有一雙鳳眼的俊美青年這次沒有拒絕，他接過金剛玉，滿臉都是歡喜。

…………

支離破碎的往事不停地從黑暗深淵裡跳躍出來，不成體系，一幕一幕卻如是清晰。

紅衣劍客終於走到了他面前，一雙鳳眼微微上挑，卻不似平日那般笑得神采飛揚，他的神色很安靜，定定看著謝蘇的眼睛。

「阿蘇，『若教眼底無離恨』的下半句是什麼？」

這不是朱雀說過的話，以朱雀個性，他也絕不可能說出這樣的話。

謝蘇抬起頭，看著面前紅衣身影，他心中清楚：面前的這個人是幻影，他說的話也是虛假。只要自己與他應答一句，後果直是不可想像。

然而不由自主，他終於開口，聲音沙啞中略有顫抖，已不似他平日口氣。

「不信人間有白頭。」

若教眼底無離恨，不信人間有白頭。

這一句話出口，連接現實與幻景之間最後一條細線就此斷裂。

簡單七個字，於謝蘇，已是浩劫。

攝心術至此才全部發揮作用，謝蘇倒在一棵大樹的樹根上，神志全失，鮮血不住自他口中湧出，青衣衣襟被染紅了一片。

但是他已經感受不到這些，他聽到的是寒江江水清越如故，聞到的是幽幽杏花春意弄人，眼前看到的，卻只有三年前的那一幕，再次重演。

當年朱雀誅殺月天子的計畫，並沒有向謝蘇隱瞞。

「月天子最近每月都會到梅鎮東南的如天樓居住一兩天，行蹤隱秘，只帶兩個隨從在身邊，」他看了謝蘇一眼，「我戌時出發。」

朱雀沒有說爲獲得這些情報付出過多大的代價，謝蘇心中有數，也不多問。

現在是午時，離戌時還有三個時辰的時間。

謝蘇沒說什麼，神態如常地倒著茶。

「阿蘇，」朱雀忍不住攔住了他，「水沒開。」

謝蘇怔了一下，放下水壺，默默坐在那裡。

朱雀想說什麼，謝蘇卻先開了口，「鐘兄，你自去做該做之事即可。」他雖早已知曉朱雀身份，卻一直以「鐘兄」稱之。

這次行動，自開始謀求情報到最後出手，全然爲朱雀一手策劃，他自視極高，並無擔憂畏懼之意，卻擔心謝蘇爲他出手，遭遇危險。還正想如何開口要謝蘇不參與進去，未想謝蘇先答應下來，青梅竹千金一諾，於是朱雀放下心來。

謝蘇起身，去清洗茶壺茶杯，水聲輕微。

在他身後，朱雀笑道：「阿蘇，我先走了。」說罷起身，紅衣輕掃過門扉。

謝蘇沒有回頭，只點頭道：「好。」

於是朱雀離去，心中滿是自信喜悅。

二人之間，並未有過一場眞正意義上的告別。

朱雀部屬已將如天樓四圍路口把守妥當，生死門的暗樁也已被他們逐一拔去，但因月天子本身武功極高，人又警覺。朱雀並不許他們接近如天樓切近。

他部署好手下，安排好一切事宜，趕到如天樓時，恰是酉時。

如天樓亦是位於寒江江畔，與梅鎮不同，此處的江水乃是主流，浩浩湯湯，江心平靜，江岸處卻大有驚濤拍雪之意。朱雀暗想：這月天子果然是個欲行大事之人，如天樓不過是一座別院，卻也頗有呑吐氣度。

他仔細看去，這如天樓乃是一棟二層木製小樓，木板上暗色雕花，甚是雅致，外面有個小小院落，疏疏種了幾株芭蕉海棠，紅綠相映。中間又有一座假山，上面藤蔓攀附，墜子流金。

但在朱雀眼裡看來，這個院落裡既非芭蕉海棠，亦非假山藤蔓，而是一個陣勢，其陣雖小，然論其兇險程度，比起太師府中的「十部輪迴」也不遑多讓。

朱雀並不在意，再兇險，總漫不過「十部輪迴」去，然後他又想到，太師府中有傳言，「十部輪迴」一陣，乃是當年石敬成與青梅竹父子一手所製。

想到這裡，朱雀不由微微一笑。

隨即他收斂心神，凝神而觀，破陣不難，難的是如何破陣方能不驚動月天子。更兼月天子師從波斯「山中老人」，只怕這陣中又夾了波斯術法。

但不出片刻，他已有決斷，月光下只見他衣袂翩飛，殷紅若五月榴火，「月明千里」輕功再度施展，一掠已過了院牆，既而一道銀光倏出，光芒如電，一聲轟響，院內假山竟被他平平削去一截。

無涯劍光又起。院中花木紛飛如雨，幾被他夷爲平地。

朱雀根本沒想破陣，他要的是毀陣！

那假山即是陣眼，當代高手中，論到劍術，幾無人能與朱雀比肩。他憑著無上輕功和高超劍法一舉毀了陣勢，同時他心中有數，月天子亦是個性情高傲之人，若是有人小心探測，他自會小心應對，若有不對也會退避。但若是有人直接上前大肆挑釁，反而會激他出來。

果然，陣勢剛毀，兩道黑影一先一後，已從樓內閃出。看其身法，前面一人幾是足不沾地，輕功極是高明；後面一人下盤沉穩，也絕非一般人物。

待到這兩人面貌現於月下，朱雀也不由一驚：「是你們？」

這兩人他都識得，前面一人是華山派的飛煙道長，年紀雖不過三十幾歲，輩分卻尚在如今華山掌門之上，一身「草上飛」的功夫登峰造極；後面一人則是江北的劍俠吳絕響，使重劍，俠名一時。

然而這兩人早已死在生死門手下，爲何會出現於此？

朱雀借著月光細看二人面容，又是一驚。只見這二人面目呆板僵硬，飛煙道長的一張清秀面容更是扭曲得不成模樣，再細看其身法，亦不如往日靈動，頗有滯澀之感。

靈光一閃，朱雀忽然明白了。

傳聞生死門有一種秘練藥物，有人說該種藥物可控制生人神志，也有人說控制的乃是死人軀殼，被控制之人任從生死門驅使，永世不得翻身。

但也傳說該種藥物並未完全試驗成功，否則的話，江湖上不知要多上多少具活屍？

但面前這兩人，卻顯然是秘煉藥物的成功之作。

月天子竟以他們爲護衛，眞是好份心機！

他剛想到這裡，兩道劍光已經迎面而來，一作輕靈，一爲滯重，所攻之處均爲要害，顯是欲制他於死地。

朱雀不屑一笑，心道：月天子，你這等把戲應對別人倒也罷了，然而我可是不敢下重手之人麼？

無論是飛煙還是吳絕響，都是俠名素著之人，換了他人在此，大概還會對二人有所顧忌，或不忍出手，但那絕不會是朱雀。

月光如水水如天，如天樓下，三道身影交錯而錯，劍光如雪，揮灑一地。

朱雀收回無涯劍，卻未入鞘。身後傳來重物墜地之聲，朱雀轉身，只見兩條右臂落到了地上，手中各握著寶劍。

飛煙與吳絕響卻毫無表情，二人傷重至此，傷口處卻連血也沒流出來，亦無疼痛之感。兵器雖落，二人卻又衝了上來。月下看來，二人面上已非人色，青氣上面，鬼氣森森。

朱雀更不猶豫，無涯劍劍光飛舞。用的已是無涯劍法中的絕招之一「十字連斬」，數劍之下，飛煙、吳絕響二人首級落地，隨即朱雀更不猶豫，又一招十字連斬，將二人左臂、雙腿一併斬下。

月光下，那些屍塊似乎還欲蠕動，但終於再無聲息。

朱雀舉起無涯劍，映向月光，一道銀光流水也似從劍尖傾瀉下來，劍身滴血也無。

那兩人已與活屍無異。若非朱雀當機立斷，以十字連斬將二人分屍，那二人只怕還是要起來的。但也正因二人被藥物控制，動作略有呆滯，否則若是二人盛名之時，朱雀也不會這般容易便取勝。

朱雀不再理睬二人屍身，殷紅衣衫一展，逕直向如天樓走去。在他身後，風吹瑟瑟，誰又能想到這些辨認不出模樣的屍塊，亦是江湖上的一代豪傑？

當年的何等風光，今日一坏黃土蔽身也無。

如天樓上，忽然傳來擊掌之聲，聲音清脆，合著樓外江水泠泠，竟如樂曲一般。

一個清冷聲音讚道：「好，好一個朱雀！」

一道白影自二樓上飄然而下，直落到迴廊之中，形若驚鴻。

迴廊地板乃是木製，這人負手立於其上，腳下只穿了雙雪白布襪，他大膽之極，竟是背向朱雀，慢慢地穿了一雙絲履。

朱雀沒有出手，一來，他為人驕傲，不願從背後出手；二來，那人看似放鬆，其實周身上下，幾是無懈可擊。

那人轉過身來，一抬眼，兩道目光冷月一般掃了過去。

朱雀抬頭望去，心中暗想，月天子眞容，未想今日竟是自己得見。

只見月下之人二十八九歲年紀，一身月光白的絲衣，衣擺下方鑲了三指寬的銀邊，攔腰束一條白玉帶，象牙爲飾，腰間繫一塊透明權杖，正是武林中聞風喪膽的琉璃令。看其衣著極盡雅緻華貴；再看其面容則生得十分俊秀，眉飛入鬢，目若朗星，眸子顏色遠較常人爲淺，氣質冷冽之中帶了十分驕傲，實是世間一流人物。

朱雀不由暗自點頭，卻又想：此人風度雖好，尙不如謝蘇。

二人各自打量對方，片刻，朱雀冷冷道：「月天子林素？」

月天子微微頷首，「朱雀，你今日能在此處與我對上，果然是個厲害角色。」

朱雀還之一笑：「彼此彼此。」

沒有其他話語，月天子右掌一翻，一柄銀劍霎時出鞘，二人幾是同時劍招倏起，身形靈躍，戰在一處。

論及武功路數，二人其實頗爲相似，劍法均走迅捷狠辣一路，又兼各自輕功高明，起若紫電，落如遊龍。夜空下，只有一條白色身影與一條紅衣身影倏忽來往，進退有度，動作輕靈優美，恰如劍舞一般。不知情者，又怎能看出他們是在性命相搏？

朱雀自身劍法既高，見識又廣，他識得月天子這一套劍法脫胎於武當玄門正宗的玉清劍法，諸多變化卻是異域路數，想是出自波斯一脈。玉清劍法求的是輕靈敏捷，波斯武功卻是奇異多變，二者融合，了無斧鑿痕跡。心中不由讚歎一聲，暗想：雖然傳聞月天子武功在生死門中不過排名第三，但這一手劍法，實在不俗。

但這一手劍法雖高，卻還難不倒朱雀。

他忽然清嘯一聲，左手食指輕劃過劍身，劍刃齊眉，一張俊美面容被霜雪寒光映得十分清冽，喝道：「七月流火，以伐遠揚！」

這是朱雀最得意的一套劍法，無涯劍上緩緩漫起一道紅光，燦爛光華。

劍光激射之下，朱雀長髮紛飛，一身五月榴火一般的紅衣恰似籠上了一層火光。而他整個人也似浴火而生，令人不敢逼視。

南之朱雀，本就是御火之神獸。故而古人有雲：天命玄鳥，降而生商，殷土芒芒，域彼四方！那玄鳥即是朱雀，正四方，滅邪靈，尊貴無比。

月下看來，朱雀紅衣身影如火如荼，恰如那南方玄鳥遨遊九天之間。

這一套劍法施展到一半之時，月天子武功再高，卻也抵擋不住，身形稍一滯，左肩上已遭了一劍，鮮血浸白衣，格外的鮮明觸目。

月天子神色一變，劍招愈發兇狠，但畢竟不敵七月流火，須臾，他右膝上又中了一劍，身形逐漸慢了下來。

他雖然性情驕傲，卻也識得輕重，不再戀戰，三劍連刺，隨即轉身，向如天樓內一掠而去。

朱雀哪肯放過，他展開月明千里輕功，緊隨其後。

一陣風起，一輪明月逐漸被雲遮住，天色慢慢暗了下來。

夜空下，一道青衣身影御風而行，正是謝蘇。

他終於也違背了一次自己的原則，他對朱雀說：「你去做你該做的事情即可。」卻並沒有答應自己不會去幫忙。

然而當他趕到梅鎮東南一隅的時候，卻什麼也沒有發現，這裡哪有什麼如天樓，蘆花蕩蕩，漣漪陣陣，甚是清冷。

謝蘇心中一緊：朱雀，你不該騙我！

朱雀曾對他言道：如天樓位於梅鎮東南，而自己將於戌時動手。眼見如天樓並不在他所說位置，只怕戌時動手一事，也是虛假！

謝蘇料想的沒錯，朱雀計畫動手時辰乃是酉時，比他對謝蘇所言的戌時足足早了一個時辰。

這一件事上，謝蘇瞞了朱雀，朱雀卻也瞞了他。

他心中焦急十分，頭腦卻反而冷靜下來。暗忖朱雀性情灑脫驕傲，縱然對自己有所隱瞞，大抵也不會編一個毫不相干之處，以此推斷，朱雀說是梅鎮東南，自己不妨前往西北一探。

謝蘇沒有猜錯，在通往梅鎮西北的路上，他已經發現了數具朱雀手下的屍體。

他心中愈緊，不敢耽擱，疾向西北江畔而來。

尚未到江畔，他已看見江畔火光沖天，半個天空都被染成了紅色。

他腳下加快，轉瞬之間，已到了如天樓下，只見那一座二層小樓已被火光包圍，轟轟烈烈燒得十分熱鬧。

正在此時，又聽寒江江面上傳來一聲長笑，謝蘇一驚，向江面望去。只見一葉輕舟順水而下，遙遙望去，只見一個月光白色身影佇立船頭，雖看不清面貌如何，卻覺那人風神實是如月皎潔。

那人長笑過後，既而長吟，聲音清冷悅耳，如碎冰相擊。

「天命玄鳥，降而生商，殷土芒芒，域彼四方——」

這本是詩經中的《商頌．玄鳥》一篇，其中的玄鳥便爲朱雀，這人聲音優雅，吟句抑揚頓挫，頗有古意。

方吟至此，那人忽然語氣一變，狂傲十分：「天命玄鳥，我逆天命；朱雀居南，一火焚之！」

夜空下，那人腰間有晶明物什閃爍，正是琉璃令。

謝蘇聲音一冷，沉聲道：「月天子？」

回答他的，是一聲長笑，清越狂妄，輕舟上的白衣身影未曾回頭，飄然順水而下。

謝蘇一咬牙關，那輕舟順水而下，速度極快，自己追之不及，況且此刻追趕月天子，已無意義。

他奔回如天樓下，只見烈焰熊熊，那如天樓乃是木製，雖然尙未燒塌，但已支撐不了一時片刻。

當，當，當！

金鐵交集之聲自樓上傳來，謝蘇詫異，向樓上望去，這一眼看去卻是全身發冷，二樓上窗邊站了一人，紅衣髮梢被燻得焦黑，正是朱雀。

那窗上以鐵柵封住出口，朱雀手持無涯劍，一劍緊接一劍猛劈向鐵柵。鐵柵粗若兒臂，無涯劍雖是世間神兵，卻也難以將之削斷。朱雀平素對自己佩劍最是愛惜，但此刻已顧不得，幾劍下來，無涯劍上已迸出了一個缺口。

謝蘇心思聰敏，此刻已推想到，當是月天子將朱雀誘入機關，困於此處，那如天樓上只怕已用鐵板之類封死，不然單是木板，絕困不住朱雀。

他想也未想，右手一翻，銀絲軟劍迎風而出，連斷樓下數根木柱，火焰為他劍風所卷，讓出一片空地來，謝蘇身形一展，便要向火焰中衝去。

忽聽樓上又是鏗然一聲響，謝蘇頓住身形，向上望去，卻見一根鐵柵竟為無涯劍所斷，鐵柵落地，無涯劍卻也禁不住重負，從中斷裂，半截銀劍恰落在謝蘇面前，直沒入地。

謝蘇忍不住，叫道：「朱雀！」

朱雀此刻也看見了他，面露欣喜，一聲「阿蘇」尚未出口，忽又聽「噹」的一聲響，一塊厚重鐵板從上而落，將整個視窗擋得風雨不透。

鐵柵斬斷方會落下鐵板，剛剛獲得一絲希望卻又全盤毀滅。這設下機關的月天子，心思實是太過細緻狠毒。

謝蘇緊握住銀絲軟劍，指關節已被他勒得發白。

此刻眞是多一刻也猶豫不得，他再度展開「千里快哉風」身法，正要衝入如天樓之時，忽覺身後風聲杳然，他身形未轉，右手微揚，一道劍光向身後暴射而去。

這道風聲並沒有阻攔住他的腳步，但與此同時，又一道靛色身影停在他的面前，其人身形高瘦，動作無聲無息，恰如鬼魅一般。

又有兩道身影出現在他的左右兩側，左邊一人一身華貴，相貌堂皇，手持一柄金如意；右邊一人則是個笑得人畜無害的中年人。

謝蘇慢慢轉過身，果然，在他身後站了一個手握彎刀的苗人，而他方才那一道劍光，顯然並沒有傷害到他。

四個人慢慢包抄上來，而謝蘇的心，也慢慢沉了下去。

他識得這四個人。

靛色身影是東海明光島的島主左明光，手持彎刀之人是苗疆高手察察，左手邊的衣著華貴之人是江湖上鼎鼎有名的富貴侯隋護花，右手邊一臉笑意的中年人則是金取幫的前幫主仇亮。

這四個人，無一不是江湖上有名的高手，謝蘇以一對一，可以取勝；以一敵二，已經吃力；若以一敵四……。

後果直是不可想像。

謝蘇雖數年不出江湖，卻曾聽聞：這四人當年曾欠下生死門日月天子的師父一個人情，他們亦曾發過誓，除對石敬成直接出手外，他們願為生死門做任意一件事，以償當年之情。

這也正是月天子敢於先行離去的原因。此人狂妄之外尚是十分縝密，如天樓機關險惡他尚且不放心，更埋伏下了如此高手。

如天樓上木製地板被燒得「撲剝」作響，間或傳來吱吱的聲音，想是鐵板已被燒得扭曲斷裂。

朱雀身處如天樓上，此時已是片刻也耽誤不得。

謝蘇握緊手中的銀絲軟劍，這一刻能幫到他的只有這把劍，而這些年來與他不離不棄的，也只有這一把劍而已。

身後刀光迴旋如雪，察察已是第一個出手。幾乎與此同時，左明光手中一道黑光如靈蛇出洞，攻向謝蘇下三路，原來是一條長鞭。

二人出手之後，隋護花與仇亮亦是同時出招，他二人顧忌身份，故而稍緩一刻，借這一刻之時，謝蘇浩然劍法如白虹貫日，兩道劍光已分別襲向察察與左明光二人，雖是先後擊出，但因他出劍速度太快，竟如同時而發一般。

劍招出手，他展開千里快哉風身法，疾向如天樓中衝去。

四人身法一展，兵刃交錯，風聲呼嘯，卻又將他攔在了正中。左明光衣衫被銀絲軟劍割裂，靛色衣衫顏色雖暗，謝蘇眼尖，見得隱有血痕滲出來。

——卻也只是隱有血痕而已。

方才兩劍、輕功身法，謝蘇已用上了十成功力，但也只能做到如此地步。

身後轟然聲音漸響，不知何時，如天樓便會坍塌，謝蘇一語不發，冷靜若他，此刻幾已無法控制情緒。

他手指扣緊劍柄，心中已下決斷。

另一面，圍攻他的四人，只有更爲驚訝：他們雖已料到面前這人應是個高手，但方才四人各出極招，非但未能將他格殺當場，反被他劍傷了左明光，這究竟是怎樣一個人物？

隋護花眼角瞥到謝蘇手中銀絲軟劍，不由叫道：「青梅竹，你是青梅竹！」

他話音未落，謝蘇卻已蹂身而上，左手小擒拿手逼向隋護花咽喉。

這一招雖然兇狠，但自身亦有破綻，隋護花轉身避過，手中金如意運了十二成功力，向謝蘇砸去。

金如意揮過，卻見謝蘇不避不閃，他心中詫異，暗想青梅竹素以劍法輕功聞名，卻未聽說他何時又習了金鐘罩一類護體功夫？

想到這裡時，他已與謝蘇十分接近，金如意不偏不倚，正擊中謝蘇前胸，謝蘇後退一步，口角邊霎時滲出鮮血，那一招小擒拿手自是遞不到他身上，隋護花不由大喜，戒備一時放鬆。恰在此時，他忽覺咽喉劇痛，一低頭，卻見銀絲軟劍已穿過了他的喉嚨。

縱使他方才放鬆戒備，但以二人所站方位，那一劍怎能從這裡刺出？

他睜大眼睛，不明所以，倒地而死。

那一劍，卻是緬甸的「纏腰劍」，刁鑽毒辣，防不勝防。但隋護花武功極高，若非謝蘇方才拼著先中一招，絕不可能一劍致隋護花於死地。

這卻也是因爲隋護花出身富貴，江湖經驗較少之故，若換了另外三人，謝蘇再捱上十招，亦難一劍奏效。

仇亮與隋護花交情最好，見他倒地，面上笑意頓收，第一個衝上來，雙掌一合，喝道：「青梅竹，拿命來！」

最後一個字尚未出口，他忽覺氣海穴上一麻，全身氣勁空蕩蕩的沒了著落，四肢百骸竟如融化一般。

「不……不可能……。」

氣海穴是他罩門所在，青梅竹怎會知道？他連身子也未轉，這一劍是如何刺過來的？

仇亮已無機會再想，謝蘇從自己身上抽出銀絲軟劍，一劍已削下了他的首級。

那一劍是倥侗的絕技之一「玉碎昆岡」，乃是同歸於盡之式。謝蘇並未轉身，他一劍刺入自己身體，穿出的劍尖點中仇亮罩門，一招廢了他武功，隨即取其性命。

頃刻之間，變化非常，左明光一時竟不敢上前，他本是擅長遠攻，手腕一抖，長鞭如黑龍出海，劈頭蓋臉向謝蘇砸去。

他快，謝蘇更快，暗夜中一點銀光一閃，已擊中左明光兩眉之間。東海明光島主不明所以，仰天而倒。

他雖死，手中長鞭餘勁未歇，謝蘇已受重傷，雖避開要害，長鞭末梢卻掃中他小腹，「喀嚓」之聲連響，肋骨已被打折了幾根。

但青梅竹從未使用過暗器，那一點銀光是從哪裡來的？

左明光直到氣絕，也沒想通這個問題。

謝蘇緩緩抬首，手中銀絲軟劍已少了一截。方才他一劍削下仇亮首級，立即以金剛指扭斷軟劍劍尖，發力射出，左明光又怎能料到？

瞬息之間，情勢大爲扭轉，謝蘇連殺三人，自己卻也受了重傷。

他以劍拄地，慢慢轉過身來。

在他身後，是四人中最爲神秘莫測的苗疆刀手察察。

「你很好。」察察緩緩開口。

他漢語說得並不好，生硬嘶啞，這一句「你很好」說的並非是謝蘇的武功，謝蘇武功雖高，卻也遠稱不上當世第一，察察稱讚的乃是他這份當機立斷和狠意，對敵狠，對已更狠，若非如此，又怎能扭轉這必殺之局？

「你出來，裡面打架不方便。」察察又開口道。

謝蘇竟然沒有猶豫，隨著他走了出來。

身後的如天樓烈焰滾滾，謝蘇心中焦灼之處只怕比這火焰還是烈上幾分，但他也深知此刻若不控制情緒，功虧一簣，朱雀性命定然會斷送在這裡。

如天樓外，二人站定。

察察忽然問道：「樓裡困的人，是你朋友？」

謝蘇沒有答言，但沒有開口也代表了默認。

察察歎道：「你是好漢子。」又道：「你武功最好時，我不是你對手，現在，不一定。」他手中彎刀如一輪新月，在夜色中閃爍幽暗光芒。

謝蘇終於開口，卻只有兩個字：「動手！」

月亮忽然出來了，潔白明亮，照耀四方。在月下，兩條身影交錯而過，一道刀光明澈如雪，一道劍光清冷若霜。只一招，便已決出了勝負。

苗疆彎刀對上銀絲軟劍，

一夕風雨對上浩然劍法。

先落地之人是謝蘇，他單膝跪倒，手中銀絲軟劍被砍成數段，右手食中二指則被齊根斬斷，鮮血滴滴嗒嗒地落在地上。

在他身後，察察身形挺直，站在草地上，手中仍握著他的彎刀。

「你很好。」

察察再度重複了一次。他放開彎刀，站立而死。

在他心臟處有一個小洞，血透衣衫。

天上的月光，地上的火焰，映透了謝蘇一身染血青衫。

大敵已除，眼下已沒有什麼可以阻礙於他。謝蘇不再遲疑，疾向如天樓奔去。身上的傷口雖多，傷勢雖重，此刻也全然顧不得。

火光飛舞，熱氣灼身，但朱雀內功極高，只怕尚有一線生機。

那是用如此慘烈的方式換來的一線生機。

他剛奔出兩步，忽然驚天動地一聲響，眼前金蛇亂舞，煙塵紛飛，如天樓攔腰斷成兩截，二樓被炸得粉碎，磚瓦、鐵板一併被炸飛出去。

月天子留下的埋伏不止是如天樓上的機關，四名江湖上一等一的高手，他還留下了炸藥。

「朱雀！」

爆炸聲連綿不斷，這一聲已被湮滅在煙火之中。

「朱雀！」

他再喊，聲音連自己也聽不清，他眼睜睜看著面前的高樓被炸得粉碎，灰飛煙滅，一切都不見了蹤影。

他忽然長笑出聲，謝蘇一生，從來沒有，今後也再未這般大笑過。

他手拄半截斷劍，踉蹌走向寒江江畔，一手拿出前些時日朱雀贈他的抑雲丹：

「朱雀，朱雀，你既過世，我要它們何用？」

他手一揚，那枚抑雲丹連著半截銀絲軟劍在空中畫一道弧線，一併落到了寒江江水之中。

這一個動作已經耗盡了他身上最後一分氣力，謝蘇再忍不住，方才所受的傷一同併發，大口大口的鮮血從口中湧出，就此暈倒在江畔。

昏厥之前，一塊不知什麼物什從樓中迸飛出來，恰落在謝蘇面前，謝蘇手指緊握，無意識中恰是將它握緊。

那時謝蘇尚且不知，那正是他前些時日贈予朱雀的金剛玉。

大爆炸中，朱雀屍骨無存，那是他最後留下的痕跡。

【十六】天下

那天夜裡，江南下了一場罕見的大雪。

四月飄雪，是有冤情，還是老天也看不過人間那一幕慘劇，以這一場漫天飛雪來紀念那如天樓中逝去的烈烈英魂？

那一晚，謝蘇重傷暈倒在寒江江畔，江風凜冽，飛雪將他整個人蓋住，一直到次日傍晚，謝蘇才被鄰近的村民發現，揀回了一條命。

內傷沉重，急怒攻心，風雪逼人，謝蘇的傷勢耽擱了一天一夜，梅鎮上又沒有什麼像樣的醫師，幾樣原因加在一起，他在病榻上幾乎纏綿了半年之久。

富貴侯的如意，左明光的長鞭，他自己的銀絲軟劍，這一場傷病之後，謝蘇的內力失去十之七八，而察察那一刀斷去他右手食中兩指，更使他從此再不能用劍。

待到他終於可以下床簡單走動之時，杏花已落，杏子滿蔭。

梅鎮民風淳樸，謝蘇臥病期間，來探望他的人亦是不少，也有鎮上的長輩問道：「小謝啊，你那個朋友去哪裡了，怎不見他來照顧你？」

「他離開了。」

「什麼，他去哪裡了？那孩子人滿好啊，走了也不打聲招呼，眞是……。」

老人家還在念，謝蘇半垂了頭，「他——」

他終於停頓了一下，「我不知道他去了哪裡。」

夏日炙烈的陽光照進來，謝蘇大病初癒的面容蒼白如紙。

那一年秋天，杏林落葉紛飛之時，謝蘇離開了梅鎭。

那時生死門內訌以至覆滅，月天子爲日天子所殺一事已在江湖上傳得沸沸揚揚，謝蘇在酒樓上聽到這消息，站在那裡怔了半晌，最終沒有說什麼，慢慢走下了酒樓的樓梯。

當你經歷過很多事，轉瞬間卻發現那些事已成爲過去；

當你遇見過很多人，回首時，那些人已是曾經。

昔日的青梅竹、今日的謝蘇繼續行走江湖，他已無內力護身，改習機簧暗器，浩然劍法再無法使用，留下的，只有左手的救命三招。

他並沒有因此一蹶不振，他仍是認認眞眞地活著，救過一些人，做過一些事，他無意留下名姓，而那些見過他的人，也少人問起他的名字。

這個江湖上，多的是鮮衣怒馬的青年才俊，太少人會注意到一個一隻手廢掉的青衣落拓江湖人。

直到那一日，他聽到月天子未死的消息，追蹤而至西域，而在那裡，他遇到了介花弧。

憶當初年少，唾手定神州，須臾談笑取封侯。人情翻覆幾時休？其間可自由？

年華憑落木，生事任孤舟。試看水鳥雙雙原有偶，一任取草萋萋江上愁。

…………

白綾衣離開了謝蘇身邊，卻沒有離開密林。

當日在太師府見到那密宗彩衣僧人時，白千歲與她說的話猶在耳邊。

「密宗的功夫我也不甚了然，但聽石太師講過，若要與他的攝心術對抗，心靈力量就要強過施術之人。話雖如此，密宗的僧人多是經過特異修行的，能勝過他們，可是不易。」

「除此之外，還有什麼辦法可以對抗攝心術？」

「除了這個辦法，那只有殺死施術之人了，不過攝心術大多爲遠距離施法，尋出他們並不容易。」

方才她在謝蘇身邊，也知曉那施術之人定在林中，但一來這片密林占地遼闊，尋他不出；二來自己武藝又算不得出衆，如何能殺死那人？

她沉思片刻，手指觸到腰間一個小小香囊，當時金錯刀門人從她身上搜走了琉璃令，卻未留意這個女兒家常佩帶的飾物，故而留了下來。

霎那間，她已有了定奪。

謝蘇倒在地上，已有半個時辰之久，他內力雖廢了大半，但卻是玄門正宗，靠著這一點底子，方才保住他一線生機。

密林內的白霧慢慢散了，一陣暗紅色迷霧卻從密林深處瀰漫出來，這陣紅霧中夾帶一種異樣甜香，中人欲醉。

一條黑底白花的蝮蛇簌簌地從林中游出，觸到那陣紅霧，忽然癲狂起舞，搖擺了幾下，竟是倒地而死。

那陣紅霧漸漸貼近了謝蘇，他整個人也湮沒在紅霧之中。

那紅霧連毒蟲尚且畏懼不已，莫非謝蘇的性命竟要斷送在此？

過了一炷香左右時間，紅霧散去，倒在樹根上的謝蘇面色雖然蒼白，卻似乎尚有生命氣息。

又過了片刻，謝蘇的手指尖微微動了一下，然後動的是他的右手、整條手臂……

他以手撐地，慢慢坐了起來。

往事已成空，還如一夢中。

一個熟悉的女聲驚喜道：「謝先生，您終於醒了！」一雙女子的纖手扶他起身，又有一枚白色藥丸被塞入他口中，藥丸氣味芬芳，入口即化。

謝蘇完全清醒過來，才發現扶他起身的人竟是白綾衣。而他自己除了昏厥時間過久，身體略有麻木之外，並無其他不適之處，方才所中的攝心術竟是不見了蹤影，而自己身前身後散落了一眾毒蟲屍體，不知何故。

他心中詫異，正要詢問，卻見密林深處一陣作響，一個彩衣僧人撲跌出來，他手指著白綾衣，眼中滿是怨毒之色，「兀那女子，你……。」

謝蘇卻識得他，這僧人乃是西藏密宗中有數高手，名喚迷天，與太師府素來交好。

迷天卻不再留意他，一雙銅鈴大小環眼直瞪著白綾衣，「你……你竟用那……。」

白綾衣緊緊握住謝蘇的手，聲音卻依舊鎮定，「桃花瘴。我不知你藏身何處，只得在林中下了此毒。」

「桃花瘴出，三年內此地再無生機，你……是百藥門的人？」

白綾衣點了點頭，方才那香囊中裝的便是引發桃花瘴的秘煉藥物，而謝蘇先前曾服下白綾衣給他的九花玉露丸，故而並無妨礙。

「桃花瘴是百藥門的禁藥，你好大膽子！」

白綾衣更緊地握住謝蘇的手，「我是他的妻子。」

迷天忽然狂笑出聲，暗紅色的鮮血自他唇邊不斷滴落，彩色僧衣斑駁一身，「好，好！青梅竹你娶了個好妻子！若無她，你今日怎能破我的攝心術！迷天今日雖死，今天令你中術法那人卻會盤旋你心中一世，終你一生，永遠不得安寧！」說罷，吐血力竭而死。

謝蘇一時沉默不語，白綾衣心中擔憂，暗想莫非這攝心術還有什麼後患不成？卻聽謝蘇開口，聲音低沉：「何必術法，如是好友，謝蘇一生不敢或忘。」說罷，他攜了白綾衣的手，離開了密林。

雲深不知處，太師石敬成與羅天堡主介花弧，與京城五載前相見後，再度際會。

石敬成放下魚竿，轉過身來。此刻水潭邊白霧已散去，只見他一身玄色衣衫，相貌堂皇嚴峻，雙目半合，自有一種天然威嚴氣度。

介花弧微微而笑，水潭邊有風拂動，他髮上束住束珠的青色絲條飛揚不已，愈顯風采卓然。

「石太師，這次邀你前往江南，乃是由於介某最近聽到一個傳言。」

羅天堡主與京城太師在此相見，當然不可能單爲了一個傳言。這一點，二人各自心裡有數。

「當年生死門月天子先派絕刀趙三刺殺小潘相，後又以卑劣手段殺死四大鐵衛中的朱雀，可謂罪大惡極。但最近卻有人說，當年之事，乃是石太師與月天子一同謀劃，連同小潘相行程事宜，均爲石太師一手提供。

「當年小潘相征討玉京功高，加上此人文武雙全、心機深重，介某雖然身處西域，卻也聽得當時他非但與太師分庭抗禮，更隱隱有淩然其上之勢。」

說到這裡，介花弧頓了一頓，見石敬成面上並無特異表情，也不在意，續道：「太師氣量寬宏，自不在意，卻有些小人妄自猜度，道太師早就想除去此人，又礙著同朝爲官，不便下手，恰逢月天子欲殺小潘相於朝廷立威，以此脅迫大臣，太師便借此良機與其合作，一來除去心腹大患，二來自家手上不沾血腥，實謂兩全其美之事。」

這番話已說得十分刻薄，但石敬成何等人物，不過微微頷首，亦無言語之意，介花弧見狀，不疾不緩又道：「五年前，小潘相雨夜出城，清水門處遇刺身亡，絕刀趙三卻也爲小潘相所殺。此後生死門聲威漸長，連太師也容不得，故而先殺朱雀，去除太師羽翼——當然，也有人說是太師爲掩蓋此事，才派朱雀除去月天子，這些小人之言，實在是聽不得啊！」說罷搖頭歎息。

石敬成慢慢開口，語氣中並不見分毫起伏，「小人之言，如牛嘶馬鳴，縱使過耳，何足道哉。」

介花弧笑道：「單是言語，倒也罷了，只是說話這人言辭爍爍，手中又有證據，介某雖是不信，到底還有幾分猶疑。」

石敬成道：「此人爲何？」

介花弧笑道：「此人現在此地，太師不妨一見？」

他話音剛落，便有一個清冷聲音自林中傳來，「原來是故人。介堡主，你怎不早些告訴我？」一個灰衣身影淡然一笑，負手而出，白霧在他面上縈繞幾回，看不分明面容。他走至二人切近，深施一禮，「石太師，久違了。」

白霧散去，灰衣人抬首微笑，寒潭邊只見他風采奪人，一雙眼尤爲俊秀，面上雖是帶著笑意，卻有煞氣隱約其中，竟有不敢逼視之感。

縱是石太師精明一世，此時也不由愕然出聲：「林素？是你！」

那灰衣人是笑語殷殷爲謝蘇醫治陰屍毒的隱世醫師謝朗，卻也是曾經叱吒江湖、殺人無數，人人聞之色變的生死門中月天子！

密林外，刀劍雙衛緊緊守護，等待多時，零劍急道：「謝先生怎麼還不來？」

刑刀年長，較為沉穩，便道：「石敬成亦知謝先生在堡主身邊，想必派了高手前往攔截。」他二人與謝蘇分處雲深不知處不同方位，故而不曾與謝蘇會面，但刑刀推測，倒也不錯。

兩人正談論中，忽聽樹林中一聲輕響，零劍急忙轉身，手指已握住劍柄，卻見一個淡黃身影輕飄飄落在二人面前，正是高雅風。

刀劍雙衛早在去年雪夜時便與高雅風見過面，兩下相見，零劍便問：「裡面情形如何？」

高雅風搖搖頭：「我也不清楚，主人不准我進入其中。」

刑刀暗想：按理而言，謝朗應令高雅風隨侍身邊，方是安全之道，但謝朗反將他支到週邊，莫非是不欲他與石敬成朝相，有保全之意？轉念又想：月天子素來心狠手辣、冷血無情，又怎會在意一個侍從，想必是有其他道理。

這一邊刑刀思量不提，另一邊，謝朗的出現，卻也令縱橫朝野數十載的石敬成一時措手不及。

謝朗渾不在意他神情，只閒適笑道：「石太師，今日你我二人，加一個介堡主在此相見，還真是機緣巧合。」

石敬成收去一時驚愕，道：「林素，你今日前來，所為何事？」他並不提謝朗如何未死，又如何與介花弧會面之事，時至今日，說這些已無必要。

謝朗笑道：「也沒什麼大事，不過聽說最近登基的小皇帝心思不少，又聽說潘家是世家大族，小潘相雖死，勢力倒也不小，一心想著再度出頭。」

石敬成驟然抬眼，一雙眼裡光芒如同冷電一般，謝朗面上雖做笑意，心中也不由一凜。

他本想再說幾句其他調侃言語，此刻也放在一邊，只笑了笑，道：「當年的東西，我手中居然還有一些。」

謝朗是人證，他手中又有物證，當年小潘相遇刺一事，莫非當眞要從此翻案麼？

石敬成緩緩道：「介花弧、林素，你們要交換什麼？」

介花弧笑道：「石太師面前，怎敢提交換二字。石太師有意攻打戎族，介某無意干涉。戎族那邊，羅天堡亦是無意相助。只不過——」

他頓了一下，「假道一事，還請石太師就此打住。戎族陰山連綿八百里，何等壯闊山河，石太師又何必在意西域這片蠻荒之地？」

這幾句話平平道來，語氣並無特別起伏，然而鋒芒隱含其中，介花弧起初與石敬成對答，面上猶有笑意，此刻他負手立於寒潭之側，神色肅穆凝重，一方之主威勢盡顯其中。

石敬成冷電般的目光在他面上掃了一掃，緩緩道：「介堡主之言，似乎也有道理。」說罷，向謝朗面上望去。

謝朗在二人對答之時，已尋寒潭邊一塊石頭坐了下來，雙手籠在袖中，面上笑意卻是不減，與介花弧之沉峻威嚴不同，謝朗神情，頗有一切全不在意模樣。

「我若說換我一條命，太師肯麼？」

石敬成也不禁多看了他一眼，道：「月天子，你似乎與從前大不相同。」

謝朗笑道：「好說好說，原是我自己學藝不精。」後半句話說得沒頭沒尾，說罷他自己也覺後悔，只笑了笑。

眼見介花弧尙在那廂與石敬成談論，謝朗知眼下暫時沒有自己什麼事情，便繼續在石頭上坐了，身邊潭水清澈如鏡，他無意間看見自己倒影，卻見水面映出人影鬢邊已是銀髮叢生。

「不公平哪，我比介花弧尙且小著兩歲，他還沒有白頭髮……。」

他自嘲一笑，眼見介花弧在那邊語氣愈疾，卻不失鎭定；石敬成雖遭此變故，威嚴仍在。他看了一會兒，心中卻又起疑。

「謝蘇爲何不來？介花弧費盡心思將他帶至江南，雖不至令石敬成改變主意，卻也是極重要一個籌碼。何況以謝蘇爲人，定然反對假道西域，這其中大有利用之處，奇怪——」

莫說他奇怪，這一邊介花弧心中更是奇怪，他素知謝蘇爲人，這場會面不會不來，何況以他武功，又有誰攔得住他？

人算不如天算，單靠武功，確實攔不住謝蘇，但介花弧與謝朗再怎麼精明，又怎能料到有個迷天施攝魂術，謝蘇幾乎命喪於此？

介花弧心中轉念，暗道莫非有其他變故？他決意不再等下去，話鋒一變，急轉直下，「石太師，言盡於此，利弊權衡，太師自酌。」說罷微微一揖，退後一步，靜待回復。

謝朗不由也全神貫注起來，他雖未指望石敬成當眞能放他一條生路，但如果能在江湖上得一時喘息之機，也是好的。

一時間，寒潭邊一片靜謐。

石敬成依舊坐在潭邊，並不起身，緩緩道：「這般說來，這些條件，我是非交換不可了。」

介花弧道：「豈敢！這原是兩全之事，太師若能應允，當是再好不過。」說罷從腰間解下一條碧綠通透的玉帶，「便以這條玉帶爲信物，請太師收下。」

石敬成並不接玉帶，眼望天際，「玉帶麼，便不必了。」

「我有三條玉帶：京城越水，玉京寒江，西域紅牙河。有此三條玉帶，這等尋常金玉之物，我要它有何用處！」

他緩然起身，動作雖不迅速，一身氣勢卻重若千鈞，介花弧何等人物，竟被他迫得後退一步。而就在他退這一步之時，石敬成右掌已出，挾風雷之勢，直向介花弧前胸擊去。

這一邊刑刀等三人在林外等候，各自沉默不語，等候了不知多少時候，刑刀和高雅風還罷了，零劍已有三分不耐，起身轉了幾個圈子，復又坐下。

刑刀搖搖頭，正要說他兩句，忽見遙遙銀光一閃，尙未看清是何物，瞬息竟已到了零劍面前，速度之快，實是駭人聽聞！

零劍也看到了那道銀光，羅天堡一衆高手，本以他反應最爲機敏，但躲避已是不及，匆忙間，只有抬起左臂，擋住頭臉要害。

那道銀光眼見已到零劍面前，斜刺裡忽然又有一物穿出，兩下相擊，火星濺到零劍面前，火辣辣的疼痛，他忽又覺左臂一陣劇痛，定睛一看，半截箭杆正釘在自己手臂上，地上卻有一截箭尖和一支沒羽箭。

原來方才那道銀光竟是一支長箭，若非中途為那支沒羽箭打落箭尖，只怕自己手臂便要被釘個對穿！但那支長箭被攔截之下尚有如此兇狠力度，究竟是什麼人射出？

零劍心念一轉，叫道：「忘歸！」

零劍話音方落，樹上、林中、石上接連現身數名弓箭手，各自頭紮黃巾，箭上雪亮光芒奪人雙目。在這些箭手身前，立著一名身著雪白長衣的年輕人，貌相俊美，氣質肅殺，正是江澄。

三人心中一凜，忘歸之名，天下傳揚，昔日玉京叛城中鳳舞將軍烈楓便是遭忘歸箭隊亂箭穿心而死，又有傳言說當年玉京第一殺手清明雨若非因緣巧合死在何琛手中，必也逃不過守在帳外那一支忘歸箭隊。

若非天下聞名的江家忘歸箭隊，又怎能快準狠一至於斯！

眼下箭手雖然不多，但雙方距離即遠，已方攻擊不便，對方卻大佔優勢，況且零劍方才身中一箭，餘威猶在，沉穩如刑刀，手心中也不免沁出汗來。

江澄微微冷笑，左手一揮，正待下令，一道青影忽自林中一掠而過，速度極快，看其身法，隱約竟與謝蘇有三分相似。

忘歸箭手彎弓欲射，只因這人速度太快，並分不清他所處方位，頃刻之間，那人已至一名箭手身前，那箭手「啊」的一聲，已被點中了穴道。

那青影並不停留，身影展動，一眾箭手均被點倒，癱軟在地。

單看這份輕功，此人實不在謝蘇之下。

點倒最後一個箭手，那道青影方才停住腳步，衆人見他十八九歲年紀，生得清秀單薄，看見刑刀等人後抬首一笑，神態中略有幾分靦腆。

零劍驚喜道：「越靈雨！」

刑刀、零劍、越靈雨、疾如星，乃是羅天堡座下四大高手，除疾如星爲半路投奔，其餘三人均爲自幼在羅天堡一同長大，但這次越靈雨同來江南，竟然連刀劍雙衛亦不知情。

越靈雨歉然道：「堡主說過，非到萬不得已時，不准我現身，我也不是有意瞞你們……。」但這次若非他行蹤隱秘，只怕刑刀等人已折在忘歸手下。

一語未了，刑刀忽喝道：「小心！」

在越靈雨身後，一柄長劍無聲無息已刺了過來，正是江澄。

這一劍奇快無比，越靈雨一驚，匆忙中一個跟斗倒翻出去，方才避開長劍鋒芒。他雙腳落地，一口氣還未喘勻，江澄追風逐影劍法如影隨形，又跟了上來，這一路劍法以快聞名，越靈雨輕功雖高，內力招式卻是平平，第二劍避得已是狼狽，他心中自知並非此人對手，雖欲憑著高妙輕功離開，江澄卻哪肯給他第二次機會，劍光暴雨一般直將他罩住。

刑刀零劍見狀不好，雙雙躍出正欲搭救之時，密林中忽又衝出一撥人馬，約十五六人，八人一組將二人圍住。

這其中只有高雅風武功高於刀劍雙衛，才躍至包圍圈外。

他一躍出，立刻便前往越靈雨方向，這些人中，唯有他與江澄交過手，深知此人非但劍術高超，而且出手狠辣無情，越靈雨與他正面對上，只怕不敵。

但高雅風方至半路，卻已被守在一旁的何琛攔住。

另一邊刀劍雙衛雖被攔下，但看攔截之人身法，武功並不算如何高明，零劍心中冷笑，並未將他們放在眼裡。孰知這些人武功雖不高，腳下踏的陣法卻是巧妙非常，四人一組將他緊緊包圍，方一出現破綻，身後的四人立即補上。零劍一個大意，已中了一刀，恰斬在起先的箭傷上，不由「啊」的一聲。

刑刀便在他身後，沉聲道：「冷靜！」他自己卻因這句話分神，左肩亦是被一槍刺中。他不欲令他人分心，不發一聲。

零劍亦是羅天堡中一流高手，受傷之後反而鎮定下來，他對奇門陣法亦有所涉，但面前八人將他圍住，他竟是看不透其中端倪，莫說突圍，竟是連反擊亦是不易。

「聽得當年定國將軍陳玉輝曾留下一門陣勢，名喚四象陣，單用數名軍士便可困住江湖高手，莫非竟是此陣？」他想到這裡，心中暗驚，收斂起方才態度，意欲先察明這陣勢破綻，再圖突圍。

但零劍方才受傷時一聲驚呼，卻已落入越靈雨耳中，他百忙中回首一望，恰又看見刑刀受傷，心中大急，羅天堡中一眾高手，數他對陣法瞭解最多，當即揚聲道：「零劍，走離位！刑刀，巽五！」

刀劍雙衛依他所言，果然稍解困厄。江澄大怒，一劍自下向上撩去，這一道劍傷由胸至腹，越靈雨衣衫劃破，鮮血點點滲出，若非他退得快，只怕便有開膛破腹之虞。

越靈雨卻也借此一劍之機縱身後退，江澄手中劍光不滅，緊緊追趕，他輕功雖不及越靈雨，卻也不可小覷，只見一道青影一道白影在林中盤旋往復，雖是優美悅目，卻是步步危機，驚險之極。

越靈雨退卻之時猶不忘刀劍雙衛，眼角餘光時時瞥向四象陣，忽又見刑刀情勢危急，急忙叫道：「刑刀，坤——」

下面一個字還未說出，他忽覺後心一涼，卻是再也說不出下面那一個字。

江澄在他身後微微冷笑，他知以自己輕功追趕不上越靈雨，又見他分心回顧，一式「九天驚虹」，竟將手中長劍飛擲出去。九天驚虹迅如驚雷，越靈雨哪裡避得過！

一招遞出，江澄足用了十二成功力，越靈雨又生得單薄，這一劍竟將他直釘在樹上。

越靈雨大睜著雙眼，死不瞑目。

這些變故說來雖長，其實不過數招之間。刀劍雙衛看一旁看得分明，但他們此刻已是無暇分身，縱有再多悲痛，也只得壓在心底。

江澄一劍得手，也不及拔下越靈雨屍身上長劍，便直奔忘歸箭手而去，此刻哪能容他解開箭手穴道，高雅風避開何琛劈來一刀，反手一劍便向江澄刺去。

這一劍正是當年月天子傳於他的生死門嫡系劍法，江澄縱然驕傲，亦不能對這一劍掉以輕心，他抽出腰間長鞭，一鞭向對方劍尖擊去。

這時何琛也趕了過來，與江澄合攻高雅風。

戰局分散開來，高雅風以一敵二，尚可保持個不勝不敗之局；刀劍雙衛對抗四象陣，雖均有受傷，也可支撐一陣。表面看來，雙方似乎打了個平手，其實局勢對高雅風三人大爲不利。

——在他們身後還有數名忘歸箭手，越靈雨內力平平，那些箭手穴道最多半個時辰便可自動解開，到時他三人當如何應對！

高雅風幾次欲衝出包圍，但何琛刀法沉穩，江澄長鞭犀利，擊敗二人實非易事；而刀劍雙衛在陣法圍攻之下，零劍又中一刀，血光四濺。

正在危急之中，一個柔美女聲忽然響起：「零劍，坤五！刑刀，離七！」

這一聲指點當真是雪中送炭，精妙之處不下於方才的越靈雨，零劍依言而行，暫脫困境之後向外望去，這一看之下卻不覺愕然。

原來指點他們的，竟是一個身姿曼妙的波斯女子，一雙碧綠的貓兒眼，眉心一點朱砂印記，相貌生得極美，見到零劍看她，嫣然一笑。

【十七】父子

那波斯女子嫣然一笑，便如異花初放，嬌豔非常。正是那曾向謝蘇求字的波斯舞伎沙羅天。場內諸人，高雅風、江澄、何琛三人從未見過沙羅天，而刀劍雙衛乃是介花弧的隨身侍衛，對也丹獻舞伎一事知之甚詳，更知當時石太師手下暗部入羅天堡行刺，殺死也丹一干人等混入羅天堡，卻惟獨未殺沙羅天。

這件事介花弧一早留意，故而刀劍雙衛對沙羅天印象頗深。但羅天堡主再有神通，沙羅天向謝蘇求字一事，卻無人知曉。

眼下無人知她是敵是友，零劍方才受她指點，卻知那一句實是精妙，心道再拖延下去，只有對己方不利，不妨冒險一試。

沙羅天卻也不是時時插口，只是見刀劍雙衛形勢略有危急，便出言指明。每一句莫不是妙到極點，江澄在一邊面色鐵青，但他與何琛聯手，也只能與高雅風打個平手，突圍卻是不能。

零劍對陣法研究雖不如越靈雨，卻也頗有根底，數語之後，他心中已然有數，驟然間身形暴起，一劍已刺入最近一個軍士肩頭，他隨即抽出長劍一抖，一串鮮紅的血珠隨著日光飛灑而出，零劍看也不看，一劍又刺入週邊包圍圈的軍士身上。

這些軍士自身本事並不高，二人受傷，包圍圈霎時散了，零劍飛身而出，解救刑刀。

原來這四象陣有一個弱點，裡面被圍之人極難衝出，但若從週邊攻打，卻頗易攻破。江澄百忙中向這邊看了一眼，心道：四象陣從前不過用於圍困江湖高手，若能克服這一弱點，這一陣法豈非可用在沙場之上？

他這邊思量，卻見何琛竟也是向四象陣看去，目光中若有所思，絕非單純擔憂刑刀脫困之色。江澄心下暗驚：「此人武功尚不及我，卻能在廝殺時分神留意到此點。看來他面上雖古板，心思卻深，亦是一名將材。」

他眼界甚高，自見到何琛時起，並未將他放在眼裡，直至這一刻，何琛在他心中印象，方自不同。

這一邊，刑刀也已突破包圍，與零劍會合，餘下那些軍士哪是二人對手，不出片刻，已被刀劍雙衛放倒。刑刀不欲多傷人命，空與何、江二人結仇，故而並未下重手。

局勢已變，江澄忽然撤回長鞭，冷冷道：「到此為止。」

高雅風比他動作還快上幾分，江澄長鞭尚未回收，衆人只見空中銀光一閃，卻是他長劍入鞘，平平淡淡道了一個「好」字，轉身便走。

何琛急道：「江統領！石太師那邊……。」

江澄已收回長鞭，道：「你又非他嫡系，爲他出手一次即可，何況以現在情形，攔得下他們嗎？」這還是他高看何琛一眼，方才對他解釋，不然以他個性，連這兩句話都不肯多說的。

何琛愕然，也只得歎口氣退下。

零劍一抬眼卻看見越靈雨屍身仍舊釘在樹上，又見江澄高傲如舊，心中十分悲痛惱怒。刑刀與他一同長大，怎不知他性子，忙拉住他，低聲道：「莫生事！輕重緩急，你不知麼？」

此刻若要殺江澄，必是一場惡戰，高雅風又未必出手相助，刀劍雙衛在此本是等候謝蘇到來，如今謝蘇不至，介花弧與謝朗在雲深不知處裡不知情形如何，正是用人之際。零劍被他一拉，登時也省得眼下處境，心中猶是不甘，猶豫之際，江澄已帶著衆人離去。

眼下並無時間掩埋越靈雨屍首，刑刀低聲道了一句，「零劍，把靈雨……化了吧！」說罷，不由流下淚來。

以藥化去屍首，原是羅天堡中通行辦法，零劍從前不知以此方法處理過多少羅天堡中人，然而越靈雨是他從小一同長大的弟兄，情分又自不同。他一面自樹上放下越靈雨屍首，一面暗自發誓：不殺江澄，誓不爲人！

零劍處理完畢越靈雨屍身，方才想到方才指點他們的沙羅天，一抬首，卻見那容色極美的波斯女子站在當地，一雙明眸定定看著一個人。他順著沙羅天目光看去，不由叫道：「謝先生！」

謝蘇面色蒼白，胸前袖上沾染了大片血漬，望之觸目驚心。但他身形依然挺直，步履中看不出任何異樣。

但刀劍雙衛深知他稟性，雙雙上前，問道：「謝先生，您受傷了？」

謝蘇搖一搖頭，道：「我無事。」

刀劍雙衛哪裡肯信，正要再加詢問之時，卻聽身後一個極柔美的女子聲音幽幽歎道：「謝先生，你怎的……這般不留意身體？」正是沙羅天。

這一聲眞情流露，在場諸人聽得皆是心中一緊。不由有人便想：這女子對謝蘇，實在是著意得緊啊！

沙羅天一聲歎息出口，卻再未說其他什麼，莊容上前，行禮道：「謝先生，謝夫人。」

諸人聽得「謝夫人」三字，這才留意到謝蘇身後掩著一個白衣女子，氣質高貴，而容顏清豔如雪中寒梅，暗道：原來這才是白綾衣的眞實面目，聞名不如見面，果然是極出色的美人！

然而此刻沙羅天站在她身邊，卻絲毫不覺有何遜色之處，一如明月，一如繁花，正是各擅勝場。

謝蘇卻有些驚訝，心道沙羅天怎知白綾衣身份？他尚未開口，沙羅天已看出他心中所想，微微一笑道：「今日上午，我也在方家觀禮。先生義舉，沙羅天欽佩之極，只是——」她話鋒一轉：「原本是沙羅天識得先生在先，且對先生傾慕已久，未想卻是有緣無份。」

這後半句說得可實是大膽之極，刀劍雙衛一旁聽了，暗想這女子中原話說得再好，畢竟骨子裡還是波斯人，這等言語也說得出口。

「騰」地一下，謝蘇連耳根也燒紅了，當時沙羅天向他求字，尙是大方磊落，哪似今日在衆目睽睽之前表露愛意！勉強答了句，「我不過是個尋常之人——」便再也說不下去。

沙羅天笑嘻嘻地看著他，倒似偏要看他臉紅一般，一旁的刑刀見謝蘇神色大窘，連忙開口道：「多謝姑娘搭救之恩，只是在下有一事不明，姑娘本是也丹手下，今日搭救我們，爲的卻是什麼？」

這句話卻也不是單純為謝蘇解圍，刀劍雙衛對她身份也極是疑惑，卻見沙羅天微微一笑，道：「你們誤會了，我並非也丹手下。今日前來，卻是為了謝先生。」

謝蘇面上紅潮方褪，聞得此言，又湧了上來。

沙羅天卻正色道：「我知謝先生為人，他雖未許羅天堡主其人，但為這一次出兵戎族，定然會走一趟江南。我指點你們，不過是為謝先生做一點力所能及之事。」說罷，向謝蘇夫婦施了一禮，竟是飄然而去。

謝蘇見她身影漸行漸遠，不覺悵然。當時沙羅天向他求字，雖是仿效溫玉故事，扇面卻是實實寫著「予侍妾沙羅天」字樣，若沙羅天以此為據，執意要留在他身邊，便是謝蘇，也無話可駁。但她卻在表露情愫之後逕自離去，實是個大方灑脫的奇女子。

其時無論官場民間，納妾之事甚是尋常，但謝蘇與眾不同，他以為夫妻乃是一生之事，納妾之舉，實不可取。

在他身後的白綾衣靜悄悄走到他身邊，從始至終，她未發一言。謝蘇轉頭看向她，想到方才沙羅天言語，擔心她有所誤會，欲要分辯兩句，又苦於不知如何措辭，只道了句「綾衣——」

白綾衣卻搖了搖頭，「謝先生，我知道你。」她神色寧靜，看向謝蘇的目光依然全是信任，

謝蘇怔了一下，一時間，心中全是憐惜之意。

這女子已將自己連同腹中孩子全然託付於他，自己需得好好待她，絕不可讓她和孩子再受半點傷害。

雲深不知處，謝朗退至寒潭一側，以大石爲掩，凝神關注著京城太師與羅天堡主這一場較量。

這些年來，見過介花弧動手的人間或有之，但見過石敬成動手的人，可眞稱得上是寥寥無幾。縱然當年石潘之爭已至白熱，生死門成朝廷心腹大患，石敬成終是沒有自己出過手。但他此時心情，謝朗卻也彷彿想像得出。

威名一世，深沉素著的石敬成，可以容許出現對手與自己挑戰，無論這對手分量是輕是重，是自不量力還是實力相當；但他卻不會容忍一個對手對己的脅迫。

敢於脅迫京城太師，那已經是對石敬成最大的蔑視。

石敬成動作並不算快，掌式如刀削斧劈，大有樸拙之感，然而大巧若拙，他一招一式渾然一體，全無破綻可尋。其氣勢則沉重不勝，謝朗相距雖遠，亦有泰山壓頂之感。

他相距猶遠尙且如此，與石敬成近身相搏的介花弧壓力更大。自來亦有武學高手以氣勢取勝，然而能如石敬成一般，無論招式氣勢皆是高明若此，卻是絕無僅有。但介花弧身承羅天堡六代武學，自是不同凡響。他以大羅天指接石敬成掌法，似也未落下風。

謝朗雖成廢人，眼力不失，凝神看了片刻不由心驚：表面看來，二人似乎難分上下，其實介花弧已是傾盡十二分本領；而石敬成之武功卻如茫茫滄海，觀之無限。

如介花弧，已是江湖上有數的高手，但其武功雖高，謝朗尙可說出此人招術高明在何處；自己與其相差如何；若要取勝，又當於何處著手云云。

然而觀石敬成，謝朗卻全然摸不出他深淺，又或石敬成武功高出介花弧有限，然而這「有限」

限在何處？他的弱點隱藏在哪裡？從他施展武功來看，全然沒有端倪。

昔年青梅竹十六歲出師，憑藉三十六路浩然劍法與千里快哉風輕功被尊爲「京城第一高手」，但謝朗此刻卻想：若青梅竹不是在二十一歲離開太師府，他今日之武學成就，定然遠遠不限於此！

謝朗能看清楚的事情，介花弧也一樣看得分明，他指法幾變，法度森嚴，內力雄渾，石敬成只以一套掌法接他諸般變化，羅天堡主卻占不了半分上風。

謝朗暗皺眉頭，這一時間，他已想出了十七八種下毒辦法，然而這些主意卻全不適用於當下情形：一來二人打鬥正劇，在一人身上下毒很難保證不傷到另一人；二來石敬成內力高深，自己並無武功，令他中毒殊爲不易。

以謝朗之心計善謀，一時竟也想不出主意。但他並不急，一手探入袖袋，觸到了一個墨綠錦囊，裡面卻裝著百藥門引發桃花瘴的秘煉藥物。

當日謝朗接近白綾衣，一面固然是因爲他素性風流，喜好美色；另一面卻正是爲了獲得這藥物。這秘煉藥物太過兇狠，在百藥門中亦屬禁忌，白綾衣身上也只得兩枚，其中一枚方才解救了謝蘇，另一枚則一早贈予了謝朗。

若介花弧大敗，借此藥物逃跑倒也來得及，謝朗心中暗想。

這時石敬成卻已似不耐多做糾纏，他招式驟變，氣勢愈強，一掌如風雷貫耳，介花弧以指力相抗，竟然招架不住，一聲悶響，這一掌竟是結結實實擊在他前胸之上！

雲深不知處週邊，謝蘇忽覺一陣心驚，想到林內不知此時已發生何等變故，暗自憂患，便道：「刀劍雙衛，煩你二人照顧她，我去林中一看。」

刀劍雙衛急忙點頭應允，原本介花弧便是吩咐他們守護林外，何況有謝蘇入林，還有什麼不放心的？

謝蘇逕自步入林內，白綾衣未加反對，留在林外。零劍卻忽然想到一事：「對了，高雅風呢？」

刑刀道：「謝先生一來，他便離去了，想必是去尋找謝朗，不必擔心。」

零劍點頭稱是。二人卻均未留意到，白綾衣在聽到「謝朗」這個名字時，面上驟然出現的驚慌之色。

石敬成一掌擊中介花弧，隱隱竟有風雷之勢，二人各退一步，各自不語。

寒潭邊的白霧聚了又散，介花弧面上忽然泛出一層青氣，片刻復又散去，如是三轉，他面色終於轉爲蒼白，全無人色。

石敬成卻是血湧上面，一時間面上全是豔紅顏色，眞如馬上滴出血來一般。直待介花弧面上青氣完全散去之時，那層恐怖之極的紅色方才退去，面上神色與介花弧相差無幾，亦是全無血色。

謝朗亦是看出其中不對，他自石後走出，近了幾步凝神再看，只見二人均是不言不動，石敬成明明應是獲勝之人，但觀其情形竟似受了重傷一般，再過片刻，一行暗紅色的鮮血，慢慢自石敬成的口角邊流了下來。

但凡有一分可能，石太師絕不會令自己如此受傷情態現於對手面前。

血越流越多，越流越快，全然不受控制。石敬成忽然低喝一聲，回手一掌擊在自己天靈之上，一掌之下，他面色更差，但總算制住了吐血一事。

這是石敬成以傷制傷之計，他自擊天靈一掌雖是克制住吐血，不使自己在介、謝二人面前失態，卻也使自己傷勢更加嚴重。

謝朗暗叫一聲：「御水神功，是御水神功！」

隨即他也覺不對，「怎會如此，按理來說，不至如此啊……。」

御水神功是羅天堡不傳秘技，傳說運此神功時，若對方擊中己身，所使招術便全然反噬到對方身上，端的是神妙無比。

但這門神功說起來雖然神奇，卻沒什麼實在用處：只因施用這門神功時，若對方內力高於己身，那御水神功全然不起作用；若對方內力與己相若，那雙方所受傷勢一般無二；若對方內力低於己身，倒是可以反噬敵手——問題是你武功已經高於對方，還費心費力地施用這御水神功做什麼？

因此羅天堡傳承百年，眞正練過這神功的也無幾人。

謝朗倒未聽說介花弧有練過這門功夫，但他練成並不稀奇，稀奇的是，石敬成內力明明高出於他，爲何看二人傷勢，竟是一般無二？

介花弧站在當地，忽然微微笑了。

「石太師，京中有傳言說太師近來屢受當今聖上斥責，乃至身體欠安，原來卻是實情啊！」

「屢受聖上斥責」或可從京中查訪而知，但石敬成「身體欠安」甚至到了內力不濟的地步，那可是極機密的事情了！

那一瞬間，謝朗終於省悟過來介花弧種種謀劃。羅天堡主一早便探知石敬成傷病在身，他與石敬成約定江南談判，以小潘相一案與謝蘇爲籌碼，若石敬成應此交換，自然最好；若不然，御水神功便是介花弧最後的武器！石敬成身受御水神功，元氣大傷，應對皇帝及其它伺機而上的官員已經焦頭爛額，攻打戎族或還可行，但取道西域並呑併羅天堡一事必再無心力進行；何況石敬成此次重傷，大半事情自己已難親身處置，而他手下處置官場中事的龍七又是個保守持重之人，呑併羅天堡一事，只怕當眞要就此作罷了。

介花弧所付代價亦是不小，御水反噬，他與石敬成所受傷勢相仿，甚至只有更重。石敬成沒有言語，他面色蒼白若紙，似在調息。

但寒潭之畔，還有一個謝朗。

謝朗可絕非什麼正人君子，他這一生，基本便是在陰謀暗殺之間打滾過來，眼見石敬成重傷，他手一揚，一陣綠色煙霧脫手而出，煙霧中夾雜了幾點黑星，更有片片金芒閃爍不已。落水綠、金錢子、黑煞蜂，謝朗一出手便是生死門中最扎手的三種毒藥，立意將石敬成斃於此地。

那陣綠色煙霧未至眼前，已有腥氣撲面而來。石敬成未曾抬眼，更未移動，直至煙霧切近，他方才吐氣揚眉，低喝一聲：「去！」一掌揮出。

這一掌內力渾厚，綠色煙霧直被逼到三丈以外，其中的七八隻黑煞蜂一陣亂舞，一頭栽到地上動也不動。

謝朗身無內力，掌風餘勁掃到他身上，他連退幾步，「哇」的一聲，吐出一口血來。他站立不穩，向後便倒，恰倒在一個人身上。那人一把扶住他，手都抖了，「主人！」

正是脫離林外之困，匆忙趕來的高雅風。

謝朗見得是他，不由得一頓足：「唉，還知道叫我主人，我可有叫你過來麼？與石敬成朝相有趣得很麼？」

高雅風一句話不敢多說，低了頭站在當地，但面上仍是倔強，並不以爲自己所做有何不對。這種神情，像極了三年前他闖入生死門總壇，將生死一線間的謝朗拼死帶出的樣子。

謝朗心中一軟，不忍再說，只道：「外面情形怎樣？」

高雅風依然低著頭，道：「江澄何琛已經離去，介花弧折了一個人，謝蘇帶著白綾衣已到了。」

謝朗聽到白綾衣名字，並無什麼觸動，只道：「石敬成在那邊，他與介花弧均已受了重傷，我卻是沒能力殺他了。」

高雅風聞言放下謝朗，眼內寒光一斂，拔出腰間暗紫色長劍便向石敬成刺去。

這一劍正是生死門絕學，他動作太快，謝朗都未想到他會這時出手，只見一道寒光閃過，高雅風在空中一個轉折又撤了回去，再看他手中長劍，竟已從中斷成兩截！

林風拂動石敬成鬚髮，他身上玄色衣衫血痕斑斑，那縱橫一世的老人雖已重傷，一種天然威嚴仍在，尋常高手仍是難以近身。

謝朗心下一緊，喝道：「雅風，退到林外！」

高雅風緊緊握住半截斷劍，謝朗又道：「謝蘇即將入林，他見過你，更不會容許他人殺石敬成。何況此時石敬成身受重傷，我們目的已經達到，還不快走！」

高雅風抬首望去，忽道：「魏紫斷了。」

魏紫便是他手中所持那柄暗紫色長劍，乃是當年謝朗尚在生死門時，自嵩山派掌門手中奪來的，是時高雅風劍術初成，謝朗隨手便把魏紫給了他。此刻謝朗聽他提起，便道：「我再尋一把劍給你，謝蘇將至，你快走！」

高雅風這才縱身離去，他剛走，一道青色人影已晃入林中，正是謝蘇。

無論是謝蘇還是石敬成，雖然均對此次入江南會見到何人有所準備，然而驟然相逢之下，皆是十分驚訝。

自從七載前他離開京城，便再也沒有回去過；而石敬成石太師，在謝蘇記憶所及範圍內，從未出過京城。

當謝蘇看到那個玄色衣衫上滿是血痕，一身威嚴猶在的老者時，他忽然明白了一件事：石太師在他心中的位置，比他自己所以爲的，還要沉重得多。

那是自幼收養他的人，他的師長、他的前輩、他的上司，他的……義父。

石敬成也看到了他，老者的眼神裡似乎閃過了一些其他的什麼東西，然而轉瞬即逝。

年老的太師沒有再看他曾經的義子，他略微帶一分步履蹣跚，走過謝蘇的身邊。

老人的玄衣上，青年的青衣上，均被血染成紅色，驟然看去，竟是如此相似。

謝蘇忽然按捺不住，在石敬成走過幾步之後，失聲喊出：「義父！」

自從他的嗓子受傷之後，聲音一直提不高，但此刻林內十分安靜，這一聲脫口而出，諸人皆聽得分明。

石敬成沒有停住腳步，那一瞬間，他面上表情似乎起了一些變化，似悲似驚，似喜似憾，但變化終究太過細微，竟叫人難以分辨得出。

父與子，師與徒，終是擦肩而過。

眼見石敬成身影慢慢消失在密林之外，白霧之中，謝蘇面向他離去方向注視良久，長跪於地，經久未起。

謝蘇並不知，石敬成先受御水神功反噬，隨即以玄功強自壓制，內傷更重，再後來謝朗、高雅風先後出手攻擊，石敬成雖是取勝，其實內傷沉重不已。他勉力支撐，若一開口，或是停步，一口眞氣洩掉，必是支持不到林外。

謝蘇與石敬成師徒相別七載方再相逢，此刻他們並不知曉，這次會面，卻也是二人之間的最後一次相見。

謝蘇心中正自感傷，忽聽身後一聲輕微呻吟，他一怔，回首卻見介花弧面色如雪，緩緩地倒了下去。

他急忙起身，扶住將倒的介花弧，羅天堡主勉強笑了一下，有血沿著口角邊流下來。

「你怎樣？」謝蘇問道。

介花弧又笑了一下，低聲說了幾句話，聲音微弱，謝蘇需得湊近才能聽清。

「謝先生，半年之內，我再不能動武，回羅天堡這一路，還……還蒙你多多照應了……。」

這一場，究竟也只得了慘勝。

【十八】輪迴

謝蘇攙扶了介花弧，謝朗走在另一邊，三人一同來到林外，其時天色將晚，這一天發生了多少事情，實是令人難以想像。

暮色中，謝蘇身上血跡殷然，介花弧面色蒼白如紙，只有謝朗還是平素模樣，他走到林外，一眼恰看到白綾衣，先不理旁人，笑道：「這位可是謝夫人？今日的事，我也聽說了。」

謝朗對女子態度自來便有三分輕佻。謝蘇微一皺眉，道：「正是。」

白綾衣見到謝朗，面色一變，好在她先前聽零劍等人提到謝朗名字，尚有準備，於是上前行了一禮，隨即退至謝蘇身邊。

謝蘇卻留意到她神色不對，心道莫非這段時間在林外，她與刀劍雙衛等人又遇到了什麼事情？正待詢問，卻見空中一個灰影盤旋幾圈，恰落在介花弧肩上，正是一隻信鴿。

介花弧拿下那信鴿足上一個小小竹管，展開內裡一張細紙，讀罷不由苦笑，隨即將紙條遞給謝蘇。

謝蘇接過那張紙條，見上面只寫了七個字，然而只這七個字，卻令素來寧定的謝蘇面色驟變。那上面寫得是：「十部輪迴已出京。」

「十部輪迴」究竟是什麼？有人說那是一群高手，有人說那是一隊死士，也有人有其他說法，但無論是哪一種說法，相同的一點便是：「十部輪迴」絕不可沾，遇者必死！

至今為止，十部輪迴一共也只出手過三次，但僅這三次，已足以成為江湖中人的噩夢。

第一次，單人獨劍闖入大內刺殺皇帝的天山第一劍客莫憑欄慘死在十部輪迴手下，看過他屍體的人甚至分辨不出那還是一個人。

第二次，留駐京城的戎族三百刀客嘩變，竟至衝入宮中，這三百刀客全部為十部輪迴所殺，無一活口。

而第三次出手，卻還與生死門有些干係，是時月天子暗下毒藥，武林中號稱外功第一的鐵血門門人大半中招，狂性大發，竟在白晝闖入金鑾殿，逢人便殺，幸而當時十部輪迴在場，而自那以後，江湖上便再沒有了鐵血一門。

有人或許會驚訝，為何十部輪迴這三次出手均是在皇城之中？只因這十部輪迴，本就是大內侍衛，極少出京。

而謝蘇對這十部輪迴更是瞭解。他知十部輪迴中人均為高手，但殺人憑藉的並非武功，而是陣勢。

「十部輪迴」既非高手之名，亦非死士之名，而是陣勢本身的名字，這陣勢原出自太師府，乃是石敬成與青梅竹一手所創，引入宮中之後，又加入了諸多變化，那卻是連謝蘇也不知情了。

謝蘇看畢，卻是先看向介花弧，「難怪介堡主著意要我下江南。」語氣中既非心灰意冷，亦非蕭索無奈，不過是單純的就事論事，卻令介花弧聽得略有羞愧。

這一次他要謝蘇下江南，一來是爲了與石敬成談判時多一樣籌碼，二來便是他已得知石敬成竟然調動了十部輪迴，而天下間若說還有可能破解這陣勢的，也只有謝蘇一人。

倘若謝蘇惱怒無奈，都是情理中事，但謝蘇從始至終均是寧定平和，縱有傷心之處，那也絕不是爲了羅天堡虧待過他。介花弧一生並無欽佩過什麼人，然而到了現在，謝蘇在他心中位置，卻也不由產生了微妙的改變。

黑雲壓城城欲催，暮色之間，忽然起了一分極細微的變化。

謝蘇放開手，將介花弧交給一邊的刑刀，道：「介堡主，你的情報似有不準，十部輪迴已經等在前面了。」

他又道：「十部輪迴陣勢中是我所創者約爲十之四五，入宮之後，其中大抵又加入了一些變化，我並不能保證定破此陣，若半個時辰內我沒有出來，你們便避入雲深不知處，或有一線之機。」

隨即他轉向白綾衣，誠誠懇懇地行了一禮，白綾衣被他驚到，忙道：「謝先生——」

「對不起……。」

對不起，成婚第一日便要你擔此風險，我若出事，還望你好好活下去。

這些話，謝蘇並沒有說出話，因爲白綾衣已斬釘截鐵截斷了他，「沒有對不住，便是成婚一日，我也是你的妻子。」

於是謝蘇不再多說，白綾衣這幾句話，果然令他放下心來。

他向陣內走去，沒有回頭。

謝朗若有所思地看向白綾衣，為他目光所視，白綾衣不由向後退了一步。

那是她深愛過的男子，卻也是令她痛苦絕望、幾乎尋死之人。

謝朗笑道：「你怕我做什麼，你放心，我雖不忌諱有夫之婦，但不會碰謝蘇的女人。」說罷，他竟也向那「十部輪迴」之中走去。

謝蘇獨自一人走在路上，前方不遠是一片稀疏樹林，尋常人看來並無異樣，謝蘇卻知：十部輪迴，正隱在這樹林之中，甚至這樹林有可能亦是虛幻。能不能破陣，他心中並無十成把握。

介花弧猜測得並不完全，謝蘇來江南雖是自願，但一而再，再而三地被人利用，謝蘇不是聖人，說一分怒氣也沒有，那是絕不可能之事。

正走著，忽聽身後有腳步聲，他回頭一看，竟是謝朗，詫異道：「你來做什麼？」

謝朗笑道：「奇門遁甲之術我也略通一二，一同去吧！」說罷，逕直向前走去。

謝朗身懷異能，謝蘇大抵也推測得出，但他並未想到謝朗竟甘願冒此風險，與他一同破陣。

看著前方身影，謝蘇面上不由帶了分笑意，疾步趕了上去。

明明是殘夏，謝蘇、謝朗二人走入樹林之時，卻聽到腳下傳來踩踏到落葉才會發出的「沙沙」聲音。

誰也沒有奇怪，此刻就算天上忽然下起鵝毛大雪，二人眼睛都不會眨一眨，在這個陣勢中，眼前出現什麼都有可能。

謝蘇一路前行，他在手中藏了十幾枚小石子，每走三步或七步，他便擲出一枚；而走到一定距離時，他間或會射出一支銀梭入林，悄然無聲。

做這些事情時，謝蘇的腳步一直沒有停下，他動作雖流暢如行雲流水，神色卻十分凝重，顯是每走一步都是經過精密計算。

謝朗走在他身後，他身無武功，卻無需謝蘇照顧。他所行路線又與謝蘇不同，進三步便要退一步，所行方向曲折離奇，毫無次序可言。

在謝蘇銀梭所向之處，謝朗也會丟一點東西，只不過他丟的東西，乃是雲陽七巧堂的小顆霹靂雷火彈。他一路行來，煙霧瀰漫，劈啪作響，煞是熱鬧。

在二人身後，樹林開始逐漸發生微妙的變化。原本的落葉流金慢慢消失，取而代之的是夏末的正常景象，連道路也逐漸發生了變化。果然先前的樹林只是幻象。

沒有人回頭，直到樹林邊緣，謝蘇方才停住腳步，謝朗在他身後上前一步，二人並立在一處。

「從這裡起，我們便要進入十部輪迴了。」謝蘇道。

原來方才二人進入的，不過是入陣之前的週邊掩護而已。

謝朗一改往日的隨意輕佻，安靜傾聽。

「當年設計十部輪迴時，我按照太極兩儀的方位設計了陣勢輪廓，然而內裡諸多細微變化卻與兩儀八卦全然無關，其中我加入的變化有東瀛鬼忍術、苗疆移山大法等十一項，多爲偏門左道，有三四種變化除他們本門弟子外，大概也只有我一人知道。」

謝蘇平淡道來，語氣並無絲毫炫耀之意。謝朗以往對這陣勢略知一二，此刻暗想，以世間最光明正大的道家法門包含世上最偏門惡毒的變化，也眞虧謝蘇想得出來。

謝蘇又道：「但餘下一十二種變化卻並非我所設，且十部輪迴入宮之後，是否會將陣勢進行修改，我就不得而知了。」

謝朗想了一想，笑道：「細微處添補些大抵會有，整體佈局卻不會變。」

「哦？」

「以我這等才華卓絕、熟知天下陣法之人尙且想不出一個比現在更好的佈局，皇宮裡那群人又怎能想得出來？」

謝蘇失笑，心道這算什麼理由，也虧他說得出。

謝朗續道：「皇宮裡能人是有的，多半也有人會知道些你也不曉得的旁門左道加入陣中，但說到全盤佈局，那卻是要有相當心胸之人才能做出。然而若是如此之人，又怎會甘願一輩子困在宮裡當個侍衛？所謂宮裡那些高手，不過是些小本領、小格局，一輩子也成不了大事。」

這話才是謝朗本色，驕傲刻薄，卻又一語中的。謝蘇搖頭一笑，凝望前方。

十部輪迴共有八門，分別爲休門、生門、傷門、杜門、景門、死門、驚門、開門。謝蘇未曾思索，逕直便向死門走去。謝朗跟在他身後，一面走一面還笑，「置之死地而後生，果然是你的作風。」

謝蘇沒有回頭，道：「走這個門，最快。」

謝朗笑道：「最快？這裡幾個變化，要多久？」

謝蘇道：「從死門走，只需經過九個變化。」他停了一下：「一炷香之內破陣。否則風生水起，再難出來。」

謝朗也不禁倒吸了一口涼氣，竟然只有一炷香時間！他算是膽大妄爲，沒想到謝蘇狠起來，簡直是連命都不顧。

死門看上去並不大像死門，稀疏幾株灌木，地上灑了些水，竟還有幾個腳印清晰可見。謝蘇上前一步，忽然身形暴起，不知從地上什麼地方抽出兩把劍來，疾如星火一般插在地上的腳印上。劍身入地三寸，再難刺入。謝蘇迅捷無比地轉動地上的兩把劍，一轉之下，地上竟出現了一個太極陰陽魚圖案，兩把劍便是魚中雙眼。謝蘇再一用力，那太極陰陽魚恰好轉動一周，而劍身處，竟汩汩地流出血來。

他再一回手，一支銀梭驟然射出，直入一塊巨石之中，那巨石看似堅硬，銀梭入內卻如插入豆腐一般，只聽轟然一聲響，巨石登時碎成數塊。

謝朗讚道：「用毒眼陣的毒劍毀去死門的門戶，一支銀梭毀了移山大法，謝蘇，好漂亮！」

死門門戶、毒眼陣、移山大法，尙不算這十部輪迴中最難的陣法，但若如謝蘇這般破得乾脆俐落，卻是不易。

謝蘇繼續向前走，舉手之間，又毀去了十部輪迴的兩個變化。

並不是謝蘇眞就膽大妄爲到了定要在一炷香內破陣，只是他身上的陰屍毒雖經謝朗醫治，並未痊癒。這一日來奔波不住，方才的攝魂大法又消耗了不少體力，現在幾已到了支撐不住的地步。

但是謝蘇不能倒下，介花弧經方才一役，半年內已不能動武；謝朗雖有本領，身無武功，莫非叫刀劍雙衛又或白綾衣維持大局不成？

他連破陣中五個變化，第六處乃是南疆傳來的血霧陣，並非他當年所設，但謝蘇對此陣亦有所涉，他自懷中抽出一柄短劍，以倒七星步法自陣中疾速穿過。

因時間所限，謝蘇每次破陣，總會選擇最爲迅速的方式，如這血霧陣，亦有更爲安全的方法解破，但謝蘇著實沒有多餘時間。他穿過週邊陣勢，手中匕首已是蓄勢待發，忽覺眼前一陣紅霧飛舞，他一驚，一個倒穿雲直躍出來，百忙中尚不忘擲出手中匕首。轟然一聲，血霧陣已破。

謝朗只見一道青影直躍出來，落地之後，竟是踉蹌了幾步。他上前一步扶住謝蘇，道：「你怎麼了？」

謝蘇一手捂住雙眼，道：「眼睛……被血霧碰到了。」

若在謝蘇平日，方才那一陣血霧雖是突然，以他的千里快哉風，也必能躲過。

他慢慢抬起頭，雙眼表面上看去雖無異樣，卻再無平素的清銳之氣，「還有三個變化，另外陣眼不能破，只能毀，時間不多了。」

謝朗一怔，謝蘇這幾句話，沒有一句說到他的眼睛。血霧奇毒，弄不好，就此失明也說不定。

他忽然想到那年寒江江畔、如天樓下的謝蘇，那一場血戰他未曾親眼得見，卻可根據左明光等四人的屍體判斷出當時場景的慘烈。

那一戰，謝蘇一樣是豁出了自己的性命。

「你自己呢，你自己被你放到哪兒去了！」這句話，謝朗並沒有喊出口。

他自袖中抽出銀針，封住穴道，以免毒血上延，又拿了一顆藥丸塞入謝蘇口中，笑道：「剩下三個陣勢交給我好了，毀陣眼也不用擔心，我還有霹靂雷火彈呢。」

謝朗笑著，灰色的衣袖一搖一擺，逕直走入了餘下的三個變化。

他雖解陣勢，卻無武功，但是在他的袖中，卻藏著百藥門中可以引發桃花瘴的秘藥。

「這秘藥是我用來保命的，眞是，本想謝蘇可以破陣呢，現在倒好……」謝朗歎著氣，一面向陣裡面走，一面又喃喃自語：「謝蘇啊謝蘇，我今日救你一次，也不是爲了救你，也不用你還，只因若不救你，我自己也要困在這陣裡了……。」

這番話聲音既小，除了謝朗自己誰都聽不見，也不知他要說給誰聽。

走著走著，他卻又釋然笑了，口中輕輕念著偈子。他與謝蘇等人對話時以波斯秘術換了聲音，此刻用了卻是他原本的聲音，清冷徹然，如銀輝灑地。

月天子才華橫溢，亦通經文，此刻他念的，乃是《生起佛力神變幻化經》中的幾句話，道是：

世燈隱沒後，沉沉暗數劫，為利諸有情，如來住此世。

猶如空中月，及與幻化相，無性亦來去，如是佛亦然。

陣外的介花弧、刀劍雙衛、白綾衣等人並沒有等太久，不到一炷香時間，陣內驚天動地一聲響，土石齊飛，煙塵滾滾中，謝朗攙扶著眼上蒙著布條的謝蘇，慢慢走了出來。

「不要急不要急，」謝朗笑著，面上亦有幾分疲憊之色，他把謝蘇交給零劍，「陣破了，你們的謝先生呢，只是眼睛受了傷，有兩個時辰就能好了。」

他轉向介花弧，笑意中的疲倦已不想再掩飾，「走吧，介堡主，我們也該回去了。」

這一邊謝蘇、謝朗二人歷盡波折，險破「十部輪迴」之陣。另一邊，青州城已然一盆沸水也似。方天誠夫婦慘死於幽冥鬼火與鬼翳針下，這兩件毒物正是當年月天子的獨門暗器。一時間御劍門內群情激憤，都道月天子這魔頭竟然再現江湖，又是這般陰狠惡毒，衆人定然要將他碎屍萬段。有那直性之人，當即便拔出兵刃，意欲去尋找月天子。

廳內正在紛亂之時，一人排衆而出，大聲道：「諸位朋友少安毋躁，先聽我一言！」

這人三十多歲年紀，一張國字臉，本來甚是端嚴，只是兩道眉毛斜斜下垂，未免損了些風度。衆人識得他是江南縱橫門的門主蔡人秋，縱橫門亦是江南一大門派，在江南頗有威信，於是也便慢慢安靜下來。

卻聽蔡人秋道：「各位，那林素作惡多端，必然難逃一死。但此人生性狡猾，武功又高，我們若沒個謀劃，貿然前往，只怕又落了他的算計。」

有那年少熱血之人聽了此言，剛道了一句「小爺決不懼他！」便被蔡人秋一口截斷，「不懼他？哼，莫非你還高得過方掌門麼？」

那開口的少年人訕訕不語，此刻君子堂葉家長老仍在堂上，便道：「蔡門主，你有何高見？」

蔡人秋連忙謙道：「葉長老客氣，蔡某不過是一點粗淺見識。只是在下以爲，我們這樣匆忙追擊，只怕被那林素各自擊破，眼下各路豪傑均在堂上，不如便成立一個『鋤奸盟』，大家一同謀劃出一個辦法，擒拿那魔頭，將其淩遲處死，以慰衆位英傑之靈。」

葉長老頷首稱善，道：「此言有理，對付那魔頭確實不可大意，需得大家齊心合力方可。」

廳內其他一衆有些地位的人物也覺此言有理，加上君子堂長老都如此說話，便紛紛表示贊同。

蔡人秋又道：「既然成立了鋤奸盟，最好能推舉出一個領袖人物，方便行事。在下以爲葉長老德高望重，君子堂執法森嚴，這盟主一位由葉長老擔當，實在是再恰當不過。」

這一番話說得十分堂皇，葉長老卻因方才敗於謝蘇手下，十分頹喪，便道：「我老了，追捕林素一事，君子堂義不容辭，但這盟主一位，還是交由他人的好。」

蔡人秋還待勸說，下面便有人叫道：「蔡門主威望素重，這主意又是他提出的，不如竟由蔡門主擔任盟主之位，最爲合適！」

與縱橫門交好的門派向來不少，那人這一叫，其他人也紛紛道：「有理，有理！」

蔡人秋道：「放著葉長老這樣前輩在這裡，我怎樣敢當？」另有一人便介面道：「葉長老已經發了話，蔡門主就不必再謙了，再說廳上這些豪傑，哪有一個不贊同的？」

這句話甫一出口，便有人冷哼一聲，道：「你說做盟主便做盟主，我便不服！」衆人循聲看去，卻見一人形容古怪，正是那中了觀音印的楚橫軍。

方家婚禮上楚橫軍一番作爲，多數人對他都有些不屑之意，有人便笑道：「似楚掌門這等相貌，走到街上都要嚇煞人，怎能擔任盟主？」

楚橫軍身中觀音印再難恢復，正是他的心病，聞言不由大怒，「嗆啷」一聲，以未中毒的右手拔出身後闊刀，喝道：「做盟主看的是武功，姓蔡的，你可有膽和我比試？」

他這舉動看似莽撞，其實亦有心機在內，今日之事，金錯刀門並未占到多大便宜。楚橫軍暗想若能奪得盟主之位，號令江南諸人，豈不是金錯刀門一個大好機會？因此他不顧毒傷，強行挑戰。

蔡人秋歎道：「大家同屬江南武林一脈，何必定要動手？」楚橫軍卻喝道：「姓蔡的，你沒膽不成！」

他這麼一說，其餘衆人也大是惱怒，蔡人秋又歎口氣，便拔出了身後長劍。

方家廳堂頗為寬敞，楚橫軍與蔡人秋二人站在正中，各亮刀劍，蔡人秋道一聲「請」，一道刀光已然劈了過來。

楚橫軍的刀法傳自乃兄，當年楚橫江憑一把大關刀開創金錯刀門，寒江以南以他刀術第一。楚橫軍雖然不才，但金錯刀門餘威猶在，這一刀虎虎生風，也大有氣勢。

縱橫門與金錯刀門同處江南，蔡人秋對楚橫軍的底細一清二楚，他暗想自己武功在楚橫軍之上，勝他不難，但這一場需贏得乾淨漂亮，方能為自己這個新任的盟主立威。思及至此，他閃身避開那一刀，隨即手中長劍在空中連劃幾個十字，一道劍氣霎時破空而出，這正是縱橫門習練的劍氣，也是他的得意本領。

楚橫軍識得厲害，不敢硬接，虛晃一個刀花閃過劍氣，又一刀斜刺裡劈了過來，他也知這一戰事關重大，同樣使出了看家本領。蔡人秋見得刀來，卻不避讓，又一個十字劃出，一道劍氣倏出，打偏了刀頭。未等楚橫軍反應過來，唰唰又是數劍，楚橫軍揮刀相抗，擋過了前面數道劍氣，最後一劍卻未曾閃過，在他面上劃出了好長一道血痕。

他面上本就中了觀音印，一個鼻子紅腫不堪，加上這一道血痕愈發醜怪，眾人無不哈哈大笑。蔡人秋又怕他受了這一劍仍不認帳，又補一劍，將他手上關刀也打落在地。隨後退後一步暗自調息，原來他爲求速勝，內息不勻，幾乎岔了眞氣。

與此同時，有人卻歎了一口氣，道：「這都是什麼功夫！」卻是從雲深不知處歸來的江澄，他與何琛一路同行，回到青州城後，得知御劍門門主慘死，便來到方家一探究竟，恰好趕上方才的比試。江澄看那二人，大是不屑，又補了一句「難道江南沒人了麼？」

何琛急忙拉他，好在此刻眾人紛紛恭賀蔡人秋，倒沒人注意到江澄言語。

這時蔡人秋已拱手向眾人道謝，道：「承蒙各位朋友抬愛，我還有一句話說，那林素身負血債無數，我們若要對付他，也不必講究什麼江湖道義。總之，以除掉他爲第一要務。」

這幾句話大合眾人心意，又有人道：「斬草除根，那白綾衣和她肚子裡的小魔頭也不能放過！」眾人又是紛紛贊同，蔡人秋道：「這個自然，我料想白門主也自會清理門戶。」

白千歲面沉似水，但眾意如此，他也無法多說。

蔡人秋又道：「我還有一句話要說，切莫讓御劍門方家少主直接對上林素，這魔頭詭計多端，陰狠之極，方家只餘下這一條血脈，絕不可斷送在他手上。」眾人聽了這話也表贊同，又讚蔡人秋思慮周詳，心存仁厚。

江澄再聽不下去，轉身便走，一邊走一邊冷笑，「這群人若能殺得了月天子，寒江水也倒流了！」

何琛急忙跟上，一著急，稱呼也忘了，「江澄，你小聲些！」

江澄冷笑一聲又道：「那姓蔡的明明是怕方玉平萬一眞殺了林素，御劍門奪了縱橫門的風頭，哼，說得倒是冠冕！」

何琛沉默不語，其實他心中想法與江澄大致相同，但以他爲人，這些話卻無論說不出口。

這時二人已走到門外，江澄看向遠方天空，終於道：「不提這個了。」

夜空澄澈，二人沉默片刻。江澄忽地沉聲道：「其實這一次對戎族出兵，原非合適時機。」

他聲音平素清亮尖銳，這一句卻甚是壓抑。

這話題改得突然，何琛卻深以爲然，他這些天也在想這件事，歎口氣道：「朝中太多事情，本來就不是你我說了作數的。打好仗就是了。」

「打好仗？」江澄猛地轉過身來，聲音又快又疾：「憑什麼？憑什麼讓我的士兵去白白送死？」

這幾句頗爲無禮，但何琛聽出裡面畢竟有顧惜士兵的意思，倒也並不氣惱，笑道：「看不大出，你這人其實也不錯。」

江澄一怔，隨即不自然移開眼神。

何琛又道：「我看你平時不大與人來往，其實也不必。從前雖然有那些事情，但正所謂知錯能改，善莫大焉……。」他說這幾句，卻是指京城中人傳言江澄氣死生父，逼走親姊等事。

他話尙未說完，忽然被一個冰冷的聲音截斷了。

「我有什麼錯？」江澄的聲音冷得一絲溫度也無，神情若冰，「我有什麼錯！」

他轉過身，看也不看何琛一眼，逕直便走了。

【十九】月落

這一晚，介花弧、謝蘇等人回到了原本投宿的客棧，那裡本就是羅天堡在青州城中作下的據點。石敬成重傷，方天誠身死，這一晚，城中十分混亂，客棧內反倒安靜下來。

眾人分別回到自己的房間，其中謝朗的房間雖與他們同在一個院落，卻與其他人隔了一段距離。在他房外，長了幾株高高大大的木蘭樹，花朵潔白，香氣濃鬱。

謝朗在房內挑了把最舒適的椅子坐下來，這一天下來，尤其是最後破「十部輪迴」，他出力不小，亦是相當疲憊。

然後他朝著打開的窗子懶洋洋地喊了一聲：「雅風，進來吧。」

一個黃影輕飄飄地從窗外飄入，隨即跪在地上。儀容出衆的年輕人此刻面上有幾分惶恐，因謝朗並未召他到此處，他卻擔心謝朗安危，私自隱藏於此。

「你把木蘭花的影子都擋住了。」謝朗歎了口氣，口氣中卻沒有多少責備的意思。

他站起身，走到窗邊，呼吸著染著花香的空氣。

高雅風也站起身，護在謝朗的身後。

謝朗轉過頭，看看他，笑道：「什麼時候個子比我還高大了，剛揀回來時還是個孩子呢。」

高雅風原是波斯人和漢人的混血，自小爲父母所棄，流落街頭。九歲時被謝朗揀了回來，一直帶在身邊。他一手好劍法，全是謝朗教授所得。

此刻他聽謝朗這般說話，也想到了當年事情，便開口道：「主人恩情——」

謝朗擺擺手止住他的話，忽道：「雅風，我收你當義子，怎麼樣？」

高雅風一下子怔住，他對謝朗十分尊崇，一直以「主人」稱之，急忙便道：「不可！」

謝朗失笑，背著手，轉過身來看著他。

高雅風從來未曾違背過謝朗命令，剛才那一聲斷然拒絕，他自己也嚇了一跳，正想補些理由，卻聽謝朗笑道：「也罷，我本來只比你大十幾歲，說是父子，也勉強了些，難怪你不願。」

高雅風想說「不是的」，又說不出口，若認了不是，豈非又是願意認做父子？自己又怎麼配？好在謝朗不再提這個話題，又道：「雅風，你可想過今後要如何？」

高雅風心道這話問得奇怪，便道：「自然是跟著主人。」

謝朗又笑，道：「你總不能跟著我一輩子。」

高雅風又一怔，他從未想過有一天會離開謝朗，道：「爲何不能？」

謝朗不理他問話，自語道：「看當今世道，這幾年戰亂必多，你功夫很過得去，如今又有機會，可從軍功起家。老一代將星沒什麼人留下。倒是我們這次下江南看到姓何和姓江的兩個小子，雖然現在職位不高，卻是有眞本事的。你現在跟著他們，將來到可建功立業……。」

他又想了想：「姓江的小子當年在生死門做過臥底，只怕不成。這樣，你去找姓何的小子，那個人也還公正……。」

他話音未了，忽見高雅風「撲通」一聲，雙膝跪倒。謝朗伸手拉他，竟是拉之不起。

「我一生不會離開主人。」他沉聲道。

這一聲斬釘截鐵，便如誓言一般。

謝朗帶他長大，什麼不知，他看著他半晌，歎了口氣，「七尺男兒，不出人頭地，做一番事業，跟在我身邊算怎麼回事。」

高雅風也不說話，眼裡的神情卻不容更改。

謝朗又歎了口氣：「也罷也罷，將軍你也不想當，將來去做大俠好了。」

這句話本是一時戲語，高雅風倒當了眞，心道主人莫非要我以後做個俠客？不覺又重複了一遍，「做大俠？」

謝朗也沒想到他居然當了眞，索性又加了一句：「對，當大俠，行俠仗義多做點好事，以後好給我祈福。」

其實謝朗這一輩子肆情使性，從未顧忌過什麼，更不受禮法拘束，哪裡有半分在意過因果報應？他萬想不到因今日這一句話，數年後北疆多了一名斷劍俠，手中執一尺二寸長的一把暗紫色斷劍，專管天下不平之事，俠名遠播，成爲了多少少年俠士心中的偶像。

在另一邊，謝蘇捧著一個包袱，回到了自己的房間。

他此刻已換下了那件滿是血污的長衫，穿的仍是一件青衣，眼睛經過謝朗醫治，已無大礙，但血霧畢竟也是極厲害的毒藥，此刻，謝蘇眼上依然繫著灰色布條。

白綾衣正坐在房中，見謝蘇入內，急忙起身，「謝先生。」

謝蘇雖不能視物，聽得卻清晰，便道：「何必多禮，坐下吧。」

白綾衣依言坐下，謝蘇也坐了下來，把手中的包袱放在桌上，道：「裡面是些衣物，時間急，大抵不算好，委屈你了。」

白綾衣忙道：「謝先生怎麼這樣客氣。」說完了又有些緊張，原來二人今日也算第一日成婚，白綾衣此刻所在正是謝蘇房間，她便想：莫非謝蘇今晚亦要留宿於此？雖然這是理所應當之事，但她對謝蘇畢竟是尊敬之心大於親近之意，不由便十分忐忑。

好在謝蘇又坐了一坐，便站起身，道：「今日你勞累了一天，早些休息吧。」又道：「我便住在這個院落裡，有事叫我即可。」說罷轉身出門。

白綾衣出了一口氣，心中卻又有些悵然若失。誰知謝蘇進來時門原是關的，方才談話時一陣風將門吹開了一半，謝蘇哪裡知道，出去時一絆差點摔倒，白綾衣急忙過來扶他，道：「謝先生，你怎樣？」

這一扶，二人肌膚相觸，氣息相聞，謝蘇雙目雖不能視物，感覺卻愈發敏銳，臉一紅：「綾衣，多謝你。」

這卻是謝蘇第一次稱呼白綾衣的名字，白綾衣聽了，心中也不由一動。

終究謝蘇還是起身離去，他走後，白綾衣打開桌上包裹，見裡面非但有女子外衣，尚有小衣、鞋襪，連髮釵、木梳等物都一應俱全。另有一個小包，打開一看，裡面卻是火石、碎銀等常用之物。

她不禁怔了一下，心道：「看謝先生面上沉默，未想卻如此細心！」心中頗為感動。這邊謝蘇走出門外，此刻天色已晚，他將自己房間讓給了白綾衣，再找人準備房間大抵來不及，正想著去謝朗又或刀劍雙衛房間裡過一晚，卻聽隔壁房門一聲響，介花弧披了件披風走出來，笑道：「謝先生，進來吧。」

謝蘇依言走入，介花弧笑道：「早知你今日不會與白綾衣同房，也罷，在我這裡住一晚吧。」

謝蘇點了點頭，「多謝。」

次日清晨，陽光普照，一掃陰霾。

昨夜，介花弧一改常態，向謝蘇坦承自己這一次下江南所有打算，又告知這一次歸去路線：眾人離開青州之後，去往他們初到江南時的明月城雲起客棧，那裡亦是羅天堡一處據點。明月城位於寒江入海之處，介花弧早已在海上備好了船隻，由海上返回羅天堡。海上這一路不必擔心，絕無人會想到介花弧會從此返程，只是由青州到明月城這一段卻說不得，謝蘇謝朗二人雖破了十部輪迴，但誰也不知前方還會有什麼埋伏等在那裡。

謝蘇默然聽過，並未多說什麼。這番話若是在介花弧啟程之時與他說明，結果又當不同，但當時二人心結遠重於今日，實難說出。

四人分乘兩輛馬車，由刀劍雙衛分別駕駛，離開了青州城。

刀劍雙衛選的乃是一條不為人知的小路，一路行來，並無人跡，只聞道路兩側飛鳥鳴叫，花香陣陣，霎是心曠神怡。

謝蘇坐在車內閉目養神，此刻他眼上的布條已然拆去，視力業已無礙。白綾衣隨他坐在同一輛車內，駕車之人乃是零劍。

正行走間，天上忽然閃過一個碩大無比的煙花，雖是白晝，但這煙花實在亮得驚人，連閉目養神的謝蘇都覺眼前有什麼東西一閃。

謝朗忽然叫道：「停下！」這一聲聲音頗為尖利，與他平時大不相同。

刑刀聞言停車，後面的零劍也停了下來。

謝朗一躍下車，他關節本受過傷，不甚靈便，這一個動作卻做得頗為迅捷，只是迅速歸迅速，落地時卻險些一頭栽倒，幸而刑刀在一旁，伸手扶住了他。

白綾衣在車窗內看到這一幕，不由一顫。

天空上隨即又燃起三朵煙花，煙花的顏色十分古怪，形狀亦是奇特，這三朵煙花亮起的時候一朵快似一朵，衆人也紛紛下了車，各自詫異。

謝朗起初有些驚惶，到最後一朵煙花燃起時，他卻已鎮定下來，應手彈出一支小小煙花，這支煙花沖天極高，散開之後，形成一輪彎月形狀，婉約可愛。

那輪彎月尚未散去，一支大小相仿的煙花同時升起，卻是金黃顏色，如旭日一般。

謝朗忽然笑了，這一笑中，竟然滿是蒼涼之意。

他轉過頭，看向謝蘇，語氣十分柔和：「謝蘇，你我相識多久了？」

這一句問得突然，謝蘇一怔，說到二人相識時間，其實並不甚長，但不知爲何，竟有相交日久之覺。

謝朗微微一笑，輕聲吟道：

「出郭尋春春已闌，東風吹面不成寒，青村幾曲到西山……。」

這是二人初見之日謝朗所吟的詞句，此刻他的聲音與平素大不相同，清亮透徹，別有一番味道。

自朱雀之後，介蘭亭年紀尚小暫且不說，謝朗是第一個不計其他對謝蘇甚好之人。

謝蘇看向謝朗，不覺續道，「並馬未須愁路遠，看花且莫放杯閑。」

謝朗一笑，爲之做結：「人生別易，會常難。」

這一句聲音悠遠，卻多了幾分傷感無奈。

他慢慢道：「人生別易會常難，這一句果然有理，比如你我當日一別，未想竟過了三載才再度相見。」

「謝蘇，你知不知道我是什麼人？」

其時他聲音一變，謝蘇已覺得有些異樣，又聽了他說了這一句話，神色不由大變。謝朗見他神態，便笑道：「雅風，你出來。」

一道輕黃色身影自樹上飛身而下，正是高雅風。他單膝跪倒，叫道：「主人。」

原來高雅風在此隱藏已久，只是他不明白，謝朗這時叫他現身做什麼？

謝朗卻不在意，笑道：「謝蘇，你和雅風交過手的，莫說你不識得他。」

除謝蘇外，在場諸人均是知謝朗身份，此刻莫不驚異，暗道：「他究竟要做什麼？」

原來按之前商議，謝朗與羅天堡諸人一同出海，羅天堡早已備下了兩條船隻，一艘載介花弧等人回西域，另一艘則送謝朗去扶桑，從此遠離中原。謝朗身份本是絕密之事，中間雖多出個白綾衣，但介花弧料定她不會說出謝朗身份，也不在意。誰曾想，如今剛離開青州城，謝朗竟然便自曝身份！

天際又有幾個煙花亮起，此起彼伏，綿綿不絕，謝朗此刻對那些煙花已全然不理，聲音如碎冰相擊，低低念道：「天命玄鳥，我違天命，朱雀居南，一火焚之。青梅竹，你難道還不記得我！」

一語既落，只聽「啪」的一聲，白綾衣手上拿的包裹已落到了地上。

謝朗不去理她，不慌不忙向謝蘇道：「我知你現在定是心緒起伏，不知當如何待我。先不要急，你先看過一樣東西。」他轉向高雅風，道：「梅鎮東去五十里，有個竹願村，村口第三家我放了東西在裡面。你現在去取，以你輕功，入夜之前當可趕回。」

高雅風聽得莫名其妙，眼見謝朗自揭身份，卻又遣走自己，不知是何用意。他再看謝蘇面色已變，卻似乎並無動手之意；又見謝朗神色安寧，心想：「大概當年之事另有說法，主人神機妙算，想必不會有錯。」

想是這樣想，他也實在擔心謝蘇對謝朗出手，謝朗卻已看透他心中所想，笑道：「你擔心什麼，這位謝先生恩怨分明，我救過他，他不會立即出手。倒是你再不把那物什取來，我可當真要死在這裡了。」

高雅風一驚，連忙起身。他剛向前走了幾步，忽聽腰間半截魏紫錚錚作響，他拔出斷劍，卻聽鏗然一聲，又有一截劍尖落在地上，原來昨日他被石敬成一掌反擊，部分餘勁到現在才散發出來，餘下的劍身不過一尺二寸左右。

高雅風心中忽地一冷，也不知是何感覺。但此刻他唯謝朗言語為第一，其他事情不及多想，於是還劍入鞘，逕直而去。

謝朗看他身影消失，淡淡一笑。

忽聽「叮」的一聲，有鋒銳劍尖已抵到了謝朗咽喉，短劍的另一端正握住謝蘇手中。

白綾衣大驚，失聲道：「謝先生！」隨即她便想到，自己能說些什麼，又有什麼資格要求謝蘇住手？

那懇求之語，她終究還是沒說出口。

另一邊，刀劍雙衛雙雙看向介花弧，但羅天堡主只是搖了搖頭，示意他們不可輕舉妄動。

謝蘇目光冷冷，劍光森寒，只是他執劍之手，卻微微顫抖。

「梅鎮東去五十里是寒江，根本沒有村落。」不相干地，謝蘇卻說出了這麼一句話。

「一點沒錯。」謝朗一笑。他並不在意抵在咽喉上的短劍，只道：「謝蘇，我知你要殺我。我救過你，也算是你的朋友。此刻我並不挾恩求報，但你可否在殺我之前給我一點時間，容我說一些事情？」

此刻高雅風已走，並無人救得了謝朗。謝蘇微一猶豫，當眞收回了短劍。

「你果真是個重情之人……」謝朗搖頭一笑，「當年我看到如天樓外左明光那幾人屍體，心道世間怎麼有人能爲朋友做到這一步，那時便想見你了。後來在梅鎮眞見了你，才知道……原來眞有你這樣的人……。」

這幾句更近於自言自語，隨即謝朗一整衣襟，端然坐了下來，道：「謝蘇，生死門中事，江湖中傳言甚多，但大半不過是以訛傳訛，如今，我便說予你聽。」

生死門中事從來神秘，介花弧與謝朗合作日久，白綾衣與謝朗更有肌膚之親，卻也從未聽過他提過，此刻均不由凝神傾聽。

「我生死門傳自波斯『山中老人』霍山一派，這一脈稱爲『阿薩辛派』，以暗殺爲手段謀求權勢，其時西方各國君主喪生自山中老人手下者，不計其數。」

謝蘇熟知史實，自然曉得，當年「山中老人」全盛之時，西方諸國聞其名字，無不心驚色變。

又聽謝朗道：「後來阿薩辛派在波斯式微，我師父原是其中元老，他輾轉來到中原，收了三個弟子：第一個弟子是生死門的門主日天子，名喚林琅；第三個弟子是後來刺殺小潘相的絕刀趙三，字允辰；排在中間的人，則是我月天子林素。」

衆人屏息靜聽，生死門橫行江湖數載，直至今日，方知幾位首腦名姓。

「我們師兄弟一同長大，其中我與林琅均爲孤兒，連姓氏亦是師傅所賜，情誼尤爲深厚。三人聯手，日天子總理大局，我掌情報暗殺，出手之人則是允辰。後來允辰雖與小潘相同歸於盡，卻也除去了一個強敵。其後生死門聲勢漸大，石敬成遂派了鐵衛朱雀來到江南，目的便是除去月天子。」

他看著謝蘇笑了一笑，「江南之事，你大抵都知道。當時我隱約探到朱雀在梅鎮有個相識之人，但並未重視。直到朱雀死後，我看到如天樓下情形，才推斷出那個人竟然是名噪一時的青梅竹。」

謝蘇神色猛然一變，好友朱雀身死一事霎時湧入腦海，他緊緊握住劍柄，指關節已被勒得發白。

卻聽謝朗又道：「朱雀死後，生死門中出現了一件極大變故。」

衆人皆知朱雀死後未久，生死門內風波忽起，日月天子自相殘殺，實力削弱大半，這才有後來三大鐵衛聯合江湖各大門派，一舉擊破生死門一事。

是時生死門勢力可謂如日中天，江湖朝中無不畏懼。又如謝朗方才所說，日月天子從小一同長大，情誼深厚，爲何竟在短短時間內反目？這件事，一直是江湖中一大謎團。聽到這裡，連刀劍雙衛都不禁看向謝朗。

一陣風吹過，路邊長草被風吹得簌簌作響。又一個煙花在空中爆開，這個煙花比先前幾個更爲碩大，顏色碧綠，詭異莫名。

但此刻衆人都凝神在謝朗身上，並無人注意那煙花。

眞正注意到的唯有謝朗，但他卻全不在意。

他依舊坐在原處，八風不動，神情如雪，續道：「石敬成是了得人物，當年我與林琅聯手，先殺小潘相，後滅他手下得力幹將朱雀，這之後與他在朔日峰上相見，我二人只覺志滿意得，天下事無可不爲，對石敬成出言相激。他卻也不惱，只對林琅說了一句話。」

說到這裡，謝朗忽地笑了，這一笑平和沖淡，將繁華十丈紅塵一同看破。

「他說，生死門名揚天下甚是可喜，然則君可見日月並行天上？」

「我並未在意，然而自朔日峰歸來，林琅的態度便已不同。當夜生死門門中大排筵宴，他安置座位，卻第一次把我排在他座位之下。」

「那一日我便知，裂痕已生，無可彌補。石太師眞是好生厲害，多少個名門大派動不得我生死門一根手指，他只一句話，便毀了日月天子創下的十年基業。」

謝朗說著說著又笑了，笑意如舊。這一番言語驚心動魄，他口氣卻彷彿在說一個不相干之人的事情。

在那之後，短短七日之內，日天子削去月天子身邊護衛，與他素來親厚的長老被調至遠方，更當衆數次斥責於他。謝朗心中已冷，他三次求見林琅，竟是一次次被拒之門外。

很好，大家二十幾年的兄弟，你既然防我坐大，除我權柄，全然不顧手足之情，我又何必客氣！

他筆直看向謝蘇：「謝蘇，日後若有人問到當年生死門內究竟發生了什麼事情，你請告訴他，當年是我月天子一人反出生死門，叛了日天子！」

生死門中手段從來陰狠，二人既然對上，並無一人容情。當年生死門中十位壇主有四位被謝朗說動，跟隨於他。但林琅下手更重，謝朗未動，他便已先下手除去了月天子手下的「血衣」、「明決」兩支衛隊。這兩支隊伍亦是生死門中精銳，誰也未曾想日天子下手竟然如此之狠。

二人既是同門，所學伎倆一般無二，對對方更是十分瞭解。到最後，月天子畢竟功虧一簣，被日天子活捉。他部下也多被處死。

「生死門中，叛變乃是第一大罪，門規規定首犯當連受門中四十九種刑罰，方才處死，我武功那時廢了，不過還是留了條命逃出來。」

這幾句輕描淡寫，其中慘烈卻實非言語所能道來。那四十九種刑罰之下，謝朗豈止武功廢掉，一身關節更被毀去，雙目亦被毒瞎。

當時高雅風年僅十七歲，在門中並無什麼地位，衆人多當他不過侍從一流，更少人知道他身懷絕技。在謝朗受刑的第十三日夜裡，高雅風終於窺得一線之機，他仗劍闖入刑室，硬是殺開一條血路，將生死一線間的謝朗救了出來。

其後數月，二人避至南疆，謝朗以銀蛛絲拔去眼中毒物，視力逐漸恢復。但受毒藥影響，他眼眸由原來的淺色變爲尋常黑色。是時江湖上傳言月天子兩大特徵：其一爲他一雙淺色眼眸，其二是因月天子擅用毒物緣故，常年帶一雙手套。如今眼眸顏色已去，他又除了手套，反倒避開了江湖中人耳目。

「雅風，今後行走江湖，不可再稱呼我原本名姓。」

「主人？」十七歲的少年疑惑詢問。

「謝朗。」灰衣男子負手笑了笑，當日狂傲神色間已然難覓，緊緊收藏在那雙黑色眼眸之間。

少年並未聽清，又問了一句，「林琅之琅？」

灰衣男子驟然收斂了面上笑意，搖了搖頭，一字一頓，「不是。」

謝朗，謝朗，謝是謝蘇之謝，朗字……卻決不會是林琅之琅。

前塵往事，如風而過。謝朗思及這些，面上神色數變，最終仍是歸於一笑。

「謝蘇，你知我為何要把這些事說於你聽？」

他並不需謝蘇回答，自己答道：「因為你懂。」

謝蘇心中一震，尚未答話，卻聽遙遙遠方，有一個人的腳步聲傳來。

這個人腳步聲音十分特別，似遠而近，竟是難以判斷方位，卻有一種霸氣隱約其中，絕非尋常人物。

謝朗一笑起身，「你來了，日天子。」

眾人眼前一花，一個身穿黃色衣衫的高大男子驟然出現。

生死門中三名首腦：絕刀趙三雖號稱武功第一，其實更擅長暗殺之術；月天子長於謀略，武功卻並非最為出色；唯有日天子內外兼修，據稱武功幾可與小潘相、羅天堡主等人並肩。

而單憑他驟然出現在眾人面前這一點，便可判斷其武功著實了得。

較之月天子，這一位生死門門主更為深居簡出，諸人皆是第一次見他。此刻只見這身著黃色衣衫的男子高大瘦削，面貌生得十分英俊，雙眉軒昂，眼眸深邃，大有一方之主氣勢。但神態卻十分憔悴，似有隱憂其中，想必是被中原武林逼至東海明光島後，鬱積所成。
謝朗笑道：「煙花示意，果然是你。」
那煙花本是生死門中聯絡工具，起初幾支煙花意爲門主便在切近，而謝朗放出那一支形若彎月的煙花是他自身標誌皓月令，待到相對應的旭日令升起，謝朗便知，日天子已到了。
林琅緩緩開口，聲音極沉，頗有些生硬：「林素，你果然未死。」
謝朗笑道：「實在對不住師兄，我這個叛徒居然尙在人世。」
他負手身後，面上笑意吟吟，仍是平素神態，哪有半分歉意？
林琅斥道：「住口，你有什麼資格再叫我師兄！」
謝朗只是笑，也不言語。
林琅又道：「你犯下生死門第一條重罪，四十九道刑罰尙有一十三道未曾執行，你雖走脫三年，終是逃不過門規懲處。此刻，你可知罪！」
這幾句話聲色俱厲，謝朗卻仍是保持方才的笑意，連口角邊的弧度都未變過。
林琅不由怒氣勃發，上前一步抓住謝朗，喝道：「林素！」
他聲音忽然變了，惱怒之中，依稀竟有了幾分惶恐：「你……你吃了什麼！」
笑意不變的謝朗，隨著林琅方才動作，慢慢滑落到地上。
林琅單膝跪地，一把接住謝朗，隨即一掌擊到他後心，意欲逼毒出來。
但謝朗可是會爲自己留下後路之人？他算好時間，早在看到旭日令時，便已咬破藏於口中的毒藥，此時已然發作，正是神仙難救。

林琅猶自不信，接連催動掌力，但屍體又怎會有反應？他一面運功，一面仍道：「你這叛徒，林素……月天子……師弟！」

最後一聲聲音顫抖，卻是他發現謝朗已死。

白綾衣在一旁看得分明，終是慘呼出聲：「公子！」

鏗然一聲，謝蘇手中短劍落地，餘聲不絕。

其時謝朗事先已知日天子到來，自己難逃一死，身邊諸人，介花弧無法動武，亦不會命自己手下出手；高雅風武功不足以抵擋林琅；謝蘇不能，他亦不願利用謝蘇出手，索性自曝身份，設計遣走高雅風，隨即自行了斷。

那個一生殺人無數、行事全無顧忌的江湖邪派門主，終究以如此驕傲的方式結束了他的傳奇一生。

月天子，原名林素，後化名謝朗。師承波斯山中老人，十九歲與日天子開創生死門；二十四歲正式涉足江湖，殺人無算；二十七歲殺小潘相；二十九歲設計殺鐵衛朱雀。同年叛出生死門。

——他逝世時，年僅三十二歲。

日天子帶走了謝朗的屍身，終其一生，他再未回過中原。

謝蘇俯身拾起掉在地上的短劍，他發現在謝朗方才所坐一旁的塵土裡，寫著幾行波斯文字，想必是他方才言語時以手指所劃，眾人並未留意。

那是「山中老人」霍山昔日好友，波斯大詩人峨默所傳詩句，波斯小兒亦會唱誦：

「生如春花絢，
逝若白羽箭。
花開終有時，
花敗無人見。」

【二十】三招

謝朗已死，白綾衣眼見日天子帶走他屍身，終於心慟難忍，暈倒在地。

雖然謝朗對她並無眞實情義可言，知她有子後更是棄之如敝屣，絲毫不曾顧忌她的生死，但無論如何，那畢竟是她深愛過的男子。

一旁的謝蘇急忙扶住她，他亦通醫術，一搭白綾衣脈搏，只覺氣血翻騰，紊亂不已，不由大驚，心知她受刺激太深，若發展下去，只怕對胎兒亦有妨礙。

但謝蘇並無多少內力，此刻並非避嫌之時，他急忙將白綾衣交給刑刀，道：「刑刀，煩你以眞氣逆衝她三十六處要穴！」

這一句語氣已經十分急促，刑刀不敢耽擱，扶過白綾衣，自己也盤膝坐下，雙掌抵住她後心，他內力更勝零劍一籌，片刻之後，白綾衣臉色已有緩和，謝蘇這才略鬆了一口氣。

他正欲過來扶白綾衣起身，卻見遠處樹林之中，若有銀光一閃。

謝蘇一驚，面上卻不動聲色，道：「刑刀，你扶她到馬車上，裡面有輔助打通穴道的傷藥。」

這句話說得十分不通，穴道已經打通，白綾衣已醒，還要傷藥做什麼？刑刀一怔，白綾衣卻馬上道：「好。刑刀，你扶我上車。」

刑刀扶白綾衣上車之時，白綾衣不由回首看了謝蘇一眼，謝蘇微一頷首，一切盡在不言中。

便在二人踏上馬車之時，謝蘇忽然縱身而起，捷如飛鳥，卻是直向路邊那一片樹叢而來。隨著他的動作，六支銀梭無聲無息，向樹叢中襲去。

樹林內幾聲慘呼傳來，謝蘇在空中輕輕一個轉折，又躍了回來，他手中所持的一把短劍，已經染滿了鮮血。

方才短短一瞬，他一把銀梭擊中六名弓箭手，左手短劍連環三招，其餘的三名弓箭手也被他一併擊倒。

然而羅天堡諸人行蹤隱秘，這些弓箭手是如何得知並埋伏在這裡的？

此刻謝蘇無暇多想，他一擊得手，隨即掉轉短劍劍柄，狠狠擊在刑刀和白綾衣所在馬車的黑馬身上。他本擅於騎術，當年與介花弧初識之時，便曾一舉馴服烈馬，令羅天堡騎士十分欽佩。這一擊，那匹馬長嘶一聲，四蹄翻飛，潑喇喇便飛馳出去。

隨即謝蘇一把抓住介花弧，羅天堡主只覺身子一輕，已被謝蘇帶到了另一輛馬車之上。謝蘇低喝一聲：「零劍，上來！」

這一切發生得極其突然，零劍距馬車較遠，但他素性機敏，急忙一躍而向馬車而去。

此刻刑刀與白綾衣所乘馬車已經脫離了包圍圈，反是謝蘇和介花弧所乘馬車因為晚了一步，被第二輪殺手圍在正中。

謝蘇未離車轅，他雖無什麼內力，但他熟知各門各派武功，每一出手均逼得各殺手不得不回手自救，數招下來，竟無人可接近馬車三尺之內。

一片混亂之中，又不知從何處飛來七八支箭尾帶火的火箭，好在最精銳的一隊弓箭手已被謝蘇解決，這些火箭聲勢雖大，卻不足為患，被謝蘇三兩下撥打出來，有些更燃著了四圍樹叢，烈烈轟轟燒得甚是熱鬧。

零劍數劍逼退兩名殺手，眼見便要登上馬車，忽聽身後風聲刺耳。他一驚，卻見一支小小響箭挾帶勁風，竟是直向謝蘇而來！

這一箭箭身雖短，勁力卻猶在先前那隊弓箭手之上，既準且狠。霎時間零劍忽地明白先前火箭用意。那些火箭聲勢熊熊，多半便是為了掩蓋這一箭之威！

眼見謝蘇已無隙分身，零劍想也未想，合身便撲了上去，為謝蘇擋了這一箭。

箭簇刺入零劍右肩，力道極猛，幾乎對穿，卻無想像中的疼痛，而是一陣痲癢，倒像是被什麼蟲子咬了一口。

那箭上，本就塗了見血封喉的奇毒。

零劍摔倒在地，在他眼中最後映入的，是謝蘇青衣揮劍的身影。

謝先生，一命換一命，救了你，我沒什麼後悔的；

主人，回羅天堡一路，你要小心，好在有謝先生在你身邊，我也不用擔心；

刑刀，對不起，靈雨的仇我沒法報了，若你能活下來，記得……記得替我殺掉江澄……。

零劍沒有時間再去思考其他，他倒在塵埃之中，已沒了呼吸。

這一邊，介花弧自知已身已無武功，出外無非是為謝蘇添事，故而一直留在馬車之中。他只聽車外聲息不絕，前來襲擊殺手顯是絕非凡響，進退有度，縱被謝蘇擊退又或有人身死，亦無較大聲息發出。

那已經不單純是一隊殺手，反倒更像是一支訓練有素的軍隊。

天下間能做到這一步的殺手，除去生死門中月天子手下的「明決」，只有太師府石敬成手下，青梅竹一手訓練出的暗部。

當年在羅天堡時，暗部曾經前來暗殺羅天堡主，謝蘇也是在那一役中了陰屍毒，至今尚未痊癒。

如今石敬成身受重傷，如何再有餘力派人前來暗殺介花弧等人？退一步說，即使石敬成尚有餘力，又如何得知自己所走路線，更找來日天子對付謝朗？

介花弧百思不得其解，忽然一支羽箭穿破謝蘇防護，箭頭插入車篷，上面血紅光芒閃爍不已。那是與天山寒水碧齊名的紅眼兒，乃是苗疆蛇毒一種，方才零劍便是死於這奇毒之下。

介花弧急忙收斂心神，專注於車外情形。

過了不知多少時間，車外的聲息才逐漸平定下來。謝蘇的聲音從車外傳來，雖是平靜，依稀卻與他平日有所不同。

「出來吧。」

介花弧依言掀開車簾，卻見謝蘇仍舊坐在車轅上，便道：「謝先生，怎麼不下車……？」

一語未了，他忽然住了口。

一支羽箭插在謝蘇背上，血色殷然。

謝蘇道：「幫我折了它。」

介花弧一怔，隨即省悟到謝蘇身上本有陰屍毒，與羽箭上的紅眼兒兩下一碰，以毒攻毒，反倒未曾即刻發作。

「為何不把箭拔出？」他問道。

「入骨了，前面若有追兵，拔出來我可能支持不住。」謝蘇又道：「我和刑刀約定在月尾河相見，零劍……」他頓了一下，「已死。」

介花弧微微一驚，卻也不曾太在意，只道：「謝先生，對不住。」

他一手握住箭杆，另一手用力一折，羽箭從中而斷，又取了鎮痛藥物敷在傷口上。簡單幾個動作，謝蘇已是冷汗涔涔。

介花弧暗自歎了口氣，扶著謝蘇下了車。

此處介花弧也分不清究竟是何地，看樣子似乎亦在郊外，四下裡綠樹蔭蔭，前方不遠處有個茶棚，雖是正午，座上卻沒什麼人，大抵是這茶棚的地點太過偏僻之故。

他扶著謝蘇向那邊走了幾步，想了一想，又將自己身上披風脫下，為謝蘇披上，以免他傷口外露，惹人注目。

茶棚裡睡著一個老闆，坐著一個和尚。

介花弧環視一圈，確定四下並無埋伏，而那茶棚老闆和僧人也絕非習武之人，心道：「此地倒還安靜，不如先把謝蘇身上毒箭處理了再說。」

恰好那茶棚老闆見得人來，走過來添送茶水。介花弧將他叫住，丟了一錠銀子在桌上，微微一笑。

這錠銀子足有十兩來重，足夠這茶棚老闆過上大半年了，那老闆不由愣住，一張口都合不上，心道今日莫非是財神爺照戶？

卻聽介花弧笑道：「這一錠銀子是你的，下面發生了什麼事，你不可大驚小怪。」

老闆這才省悟過來，忙拿了銀子，躲到一邊去。

介花弧這才轉向謝蘇，和顏悅色道：「謝先生，眼下並無追兵，不如先把你的傷口處理了。」還有一句話他並未說出：兩種毒藥相碰，雖然暫未發作，但後果只怕不堪設想。

謝蘇卻誤會了他的話，道：「你不必擔心，送你到月尾河，我還支撐得住。」

介花弧不由有些羞愧，這一路以來，尤其與石敬成見面之後，他對謝蘇也生起了幾分欽佩之心。他一生未曾欽佩過什麼人，這一動念，謝蘇在他心中位置，已是大不相同。

只可惜因這分欽佩興起的愧疚，卻被謝蘇完全曲解。

這卻也怪不得謝蘇，誰能想到介花弧這句話居然是眞意？

介花弧本來正從懷中取出藥物，聽到謝蘇這句話，動作也頓了一下。隨即他笑了笑，還是一樣把物事拿了出來。

介花弧拿出的有藥物、一把銀刀、裝烈酒的雕花銀瓶，還有一個小小木盒，盒蓋掀開，內裡整整齊齊排放著一排銀針。

謝蘇一怔，隨即想到當日謝朗為他針灸之前，特意先將介花弧趕出門去。當時二人雖是合作，但互有猜忌。原來介花弧亦是擅於針灸之術，難怪謝朗一意防他。

思及謝朗，謝蘇心中一片混亂，說不上是什麼滋味。

介花弧也覺他神色有異，只佯做不知，逕直坐到謝蘇身後，道：「謝先生，莫以內力相抗。」

謝蘇默然，心道反對又有何意味？

介花弧以烈酒清洗過銀刀，解下謝蘇身上披風，割開傷口周邊衣衫，一刀刺了進去。

銀刀入骨，其痛難當，謝蘇手一顫，緊緊扣住桌角，口中卻一聲不出。

好在介花弧動作迅速，三兩下動作之後，「啪」地一聲響，一截箭頭已被他撬出，落到桌上。

隨後他拿起銀針，分別插入周圍幾個穴道，幾起幾落間，力道恰到好處，分明是一流的醫術。

有黑血從銀針中慢慢流出來，那銀針原來是中空之物。

畢竟陰屍毒與紅眼兒都是太過霸道的毒物，兩者相碰會有何後果，誰也不得而知，故而介花弧不敢用藥物克制，而是以銀針導毒。

直至黑血流盡，介花弧這才取下銀針，敷上消毒藥物，並取出一塊潔白絹帕為謝蘇包紮傷口。

謝蘇抬起頭，冷汗已濡濕了木桌。

一旁的茶棚老闆哪曾見過這個，只看得目瞪口呆，要不是事先介花弧不准他多話，只怕他早要叫出來了。

介花弧收拾起銀針等物，謝蘇思及他方才手法，心中詫異，便問道：「你怎會百藥門醫術？」

介花弧笑了笑，「你認出來了？那還是十幾年前有人教給我的，幸而還沒有忘乾淨。」

他說這句話，依然是尋常口氣，只面上神色，全然是回憶神情。

謝蘇心知其中定有緣由，便在此時，忽聽有人在一旁笑道：「這位施主好造化，身中兩大奇毒得以不死，真是福大命大，要不要抽上一籤，測一測命數？」

介花弧微一皺眉，轉頭看去，原來是一直坐在茶棚一側的那個和尚發話。只見他四十出頭年紀，滿面紅光，方面大耳，並無一分高僧模樣。

此刻這位「高僧」正向謝蘇方向走來，手中還拿著一個籤筒，離得近了，甚至可看見那黃紙籤條上一團一團的油膩。

介花弧心道：「這是哪裡來的和尚？」但他仔細看去，這僧人確無半分武功，而他寬袍大袖，也並未隱藏暗器毒物。

思量之間，那和尚已然走近，行了個禮，笑道：「貧僧月照，兩位施主有禮了。」

介花弧何等出身，並未理他，卻聽身邊的謝蘇道：「我抽一支籤。」

介花弧一怔，心道謝蘇何時信過這些，抬眼卻見謝蘇面色蒼白，眼神中居然略有迷茫，不由一驚。

謝蘇自然不曾留意介花弧想法，他從籤筒中拿了一張籤條出來，他也不等那和尚為他解讀，便展開了黃紙。

介花弧也過來細看，只見那黃紙籤條上寫了四句話，那本是法演禪師的一首偈子：

「白雲相送出山來，滿眼紅塵撥不開。

莫謂城中無好事，一塵一剎一樓臺。」

謝蘇本是儒門子弟，少涉禪理，這首偈子卻也是初次讀到。他看了半晌，忍不住又出聲讀了一遍。

「……莫謂城中無好事，一塵一剎一樓臺……一塵一剎一樓臺。」他望了籤條，不知在想些什麼。

介花弧暗驚，他知謝蘇本性重情，這一路下江南，憶及朱雀、與石敬成會面、謝朗之死、零劍身亡，謝蘇面上雖無表示，心中卻必然波瀾起伏，此刻又見了這禪詩，只怕會向偏激一路想去。他不由分說，一把抽走謝蘇手中籤條，口中卻笑道：「謝先生，再歇息一會兒，我們便去月尾河吧，白綾衣正在等你。」

果然最後一句話頗有效用，謝蘇一怔之下反應過來，便不再想那籤條，道：「不必歇息，此刻上路吧。」

介花弧笑道：「也不急於一時……」一語未了，忽聽有人冷笑一聲：「抽籤？好得很，我也來抽一支。」

一個一身雪白長衣的俊美年輕人站在當地，神情冷峭之極，正是江澄。在他身邊還站著一個年長幾歲的青年，卻是何琛。

方才介花弧、謝蘇二人專注於療毒，江澄輕功又高，竟是無人注意到他的到來。

江澄也不理這幾人，逕直走到那和尚面前，也抽了一支籤出來。

那黃紙上也是四句話，卻與謝蘇的大不相同：

「箭簇滿天金戈寒，一將功成骨如山。

美人淺笑陰霾散，修羅血戰意闌珊。」

何琛站在江澄身邊，籤條上的字跡他看得清晰，心道這幾句話大不吉利，不由爲江澄憂心。

江澄手拿籤條，看了兩遍，卻道：「寫得很好。」

何琛一愣，卻見江澄面上一片平靜，並非信口而說。

江澄手指裡握著那張籤條，無意識地將其握在掌心，待他再張開手，那張籤條已變成片片碎屑。

西北望長安，誰許我錦繡河山？

那張俊美非常的面容上，隱然現出與他年齡不相符的冷峻狠忍之色。

這時的江澄還年輕，尚不會掩蓋自己心中所思所想。介花弧卻對朝中諸人知之甚詳，亦知江澄身世性情，此刻見他神色，心中一動，暗忖：這年輕人雖然年少，只怕將來倒是個有作爲的。

他心中思索，口中卻笑道：「江統領，何統領，兩位怎麼又蹚入這一場無名之戰了？」

何琛面上一紅，道：「我們只是路過。」

這句話並沒說錯，只是有一件事他並未說出，暗部能找到羅天堡一行人等，卻是江澄的功勞。

昨日在雲深不知處，江澄見謝蘇等人到來，己方處於劣勢，便與何琛退走。但他並非一味狂傲不顧大局之人，在臨行之前，他在自己的長鞭上下了千里獨行。

千里獨行乃是江澄之父、清遠侯江涉在世時研製出的一種香料，這種香料無色無味，卻是經千里而不散，香料主人據其氣息輕易便可找到被下藥之人，乃是用於跟蹤的良藥。

但江涉雖研製出這一藥物，卻從未使用過，而用於跟蹤的藥物爲何卻叫做「千里獨行」，更是不得而知。

江澄將千里獨行下在長鞭上，與高雅風打鬥之時又轉到魏紫長劍上，這藥物從未流傳於江湖，竟然連謝蘇和謝朗一同瞞過，故而暗部和日天子才能順利找到介花弧等人。

江澄自知這一趟混水行之不易，不如早早抽身，他將千里獨行交給玄武，便與何琛一同返回京城，誰知在路上，竟然遇見了介花弧、謝蘇二人。

介花弧無法動武一事何、江二人自然不知，但謝蘇身受重傷卻是看得分明的。江澄不由心動，心道這豈非絕好一個機會！

他野心遠在何琛之上，此刻何琛尚不知當如何處理，他卻早已定了擒下介花弧二人的主意。單憑江澄一人自然做不到，然而在他身後，還有隨行的十名忘歸。

他一揮手，十名忘歸已各自現身，箭芒冷銳如冰。

介花弧武功雖高，卻未聞他輕功如何出色，若以掌力相擊，這十人相距頗遠，並不能一舉奏效。

江澄心裡計議得當，卻見謝蘇扶著桌子，竟然站了起來。

他傷勢沉重，這一起身，背後的箭傷隨之綻裂，謝蘇只做不知，面上神色絲毫不變。

江澄見他起身，心中也自猶疑，他知謝蘇輕功絕頂，又經歷過當初越靈雨一事，心道莫非謝蘇意欲故技重演？轉念又一想，謝蘇此刻傷重，也許是欲以銀梭傷敵，於是手握劍柄，著意防備。

謝蘇起身之後，卻半晌沒有動作，江澄自是不敢輕忽，卻聽謝蘇淡淡道：「介花弧？」

介花弧向他看去，謝蘇身後披風一閃，江澄以為他要借機發出銀梭，誰知謝蘇一把抓住介花弧右腕，低聲喝道：「走！」

千里快哉風再現江湖，誰也沒想到謝蘇根本不曾向忘歸出手，他帶著介花弧其速如風，向反方向的樹林中一掠而去。

江澄反應過來時已然太晚，忘歸中有人射出幾箭，射中的卻只是謝蘇身後的披風。

謝蘇速度不敢稍停，直至入林，他方才停下來，道：「這裡是雲深不知處另一邊緣，林中瘴氣重，江澄輕易不會進來。」

介花弧看向四周，果然林木十分熟悉，他憶及謝蘇在江南住過數載，難怪對周邊地勢十分瞭解。

正想到這裡，卻覺身邊的青衣人已經緩緩倒了下去。

「謝先生，謝先生！」

謝蘇中毒後強行運功，介花弧方才雖以銀針導毒，但銀針不比解藥，尚有餘毒未清，此刻被壓制下的紅眼兒瞬息爆發，終於到了支撐不住的地步。

介花弧一把接住他，伸手探他脈搏，卻覺細微之極，呼吸更是十分微弱，這下就算是素性深沉的羅天堡主，也不由大驚失色。

他急忙從懷中取出銀針，向謝蘇周身大穴一一刺去，十幾針刺下，謝蘇卻分毫沒有反應。

若是介花弧此刻身有武功，或可以內力逼毒，可惜他現在根本無法動武。

他猶豫了一下，從懷中取出幾枚藥丸，化入酒中，撬開牙關，令謝蘇服下。

那幾枚藥丸皆是世間難得的解毒藥物，但藥性互有衝撞，若放在平常，介花弧自然要仔細斟酌一番，但此刻哪裡還顧得上這些。

藥酒服下，謝蘇依然沒有反應。這下連介花弧也沒有了辦法，

「謝蘇，謝蘇，你醒醒！」

銀針再度刺入各處大穴，如是再三，連介花弧自己都幾乎喪失希望的時候，謝蘇終於動了一動。

「冷……」他口中模糊吐出這一個字，

介花弧心中一喜，心道謝蘇有知覺就好，於是以短劍斬下樹枝聚成一堆，方要生火，卻發現自己身上沒有引火之物。

這也怪不得介花弧，他身為一方之主，出入皆有侍從跟隨，身上當然沒有火摺子這一類物事。

於是他去謝蘇身上翻找，謝蘇身上也沒有火摺子，只有兩塊火石。

火石羅天堡主從來沒用過，就連火摺子他用過的次數也不多，何況他用的火摺乃是雲陽七巧堂的貴重之物，和面前這兩塊黑黝黝的石頭大不相同。

這兩塊石頭……該怎麼生火？

介花弧試著撞了一下，有火星飛濺而出，落到半濕的樹枝上，瞬間便熄滅了。

他不知道引火還需要火絨，來回試了十來次，始終沒有把火生起來。

昏迷中的謝蘇不住發抖，介花弧幾乎想搖醒他問一句：「怎麼才能生火？」

還好他沒眞問出來，不然謝蘇就算清醒也要被他氣暈過去了。

介大堡主鍥而不捨試了幾十次，最終一點火星落到披風領口的皮毛上，皮毛乾燥，小小火苗燃起，介花弧這才出了一口氣。

謝蘇醒來的時候，看到的便是身邊熊熊燃燒的火焰。

火焰的顏色很漂亮，說不清是金紅色還是鉻黃色，似乎隨著跳躍在不斷的變換，他仔細看著那火焰，似乎想到了什麼快樂的事情，於是他微微笑了。

一笑之後，他合上眼睛，似乎又要睡去，介花弧卻知謝蘇此刻正在緊要關頭，萬不能睡，否則就此長眠不起也不是沒有可能。「謝先生，莫睡！」

謝蘇不去理他，朦朧間雙目又要合上。

介花弧心中焦急，他知這時謝蘇體力已到了極限，銀針藥物都已用過，此刻靠的無非是他個人意志，想了一想，便有意叫道：「白綾衣！」

果然謝蘇醒了過來，眼神雖還有些渙散，卻看著介花弧道：「什麼？」

介花弧笑道：「沒什麼，我想到白姑娘和刑刀現在不知怎樣，隨便說一句。」

其實隨便說一句哪需他那般大聲，但謝蘇此刻神志不清，也未留意。介花弧又怕他太過擔心此事刺激毒傷，便又笑道：「月尾河那邊有我的人，謝先生不必擔心。」

謝蘇應了一聲，又要合眼。介花弧心道好不容易把他喚醒，豈能再容他睡去，此刻需得引逗謝蘇說些在意之事，方能讓他保持清醒。

可是該說些什麼？說及當前局勢？謝蘇毒傷便是因這一次下江南而起，只怕不妥。

於是介花弧笑道：「謝先生，蘭亭最近很思念你。」

謝蘇「嗯」了一聲，面上的表情似乎柔和了一些。

介花弧又道：「謝先生果然是良師，卻不知在京城時有沒有收過學生呢？」

謝蘇沒有回答，似乎陷入了回憶之中。

介花弧其實並不在意謝蘇說不說話，只要他保持清醒就可以了，於是又笑道：「謝先生，當年你爲何要離開京師？」

他並沒有指望謝蘇回答，未曾想謝蘇想了一想，竟然開口道：「我殺了節王。」

介花弧一驚，竟不覺重複一遍：「你殺了節王！」

先皇子息稀少，除了現今即位的小皇帝，只有數位公主，這位節王亦是宗室一員，品行極差，做出許多惡事。但不知爲何，先皇竟對他十分寵愛，便是闖下天大的禍事也被一手遮下，節王之母乃是京城中有名的佳麗。多有傳言，這位節王其實本是先皇血脈。

敬德三年，節王忽然離奇身死，傳言死狀甚慘，先皇震怒，緝捕天下，卻始終未曾捉得犯人。後來今上即位，這一位小皇帝與節王素來不睦，這件事才慢慢擱下。

敬德三年，正是那一年，謝蘇離奇失蹤，從此影蹤不見，生死未卜。

「你爲何殺他？」

「小潘相設計，我對其人不齒。」

「那你爲何離開京城？」

「小潘相逼我離去。我不走，義父受損。」

「你爲何不對石敬成說明？」

「說明……又何必……」謝蘇側了一下頭，火焰便映在他面上，跳躍不止。

介花弧心頭巨震，睿智如他，此刻已拼湊出當年那一場舊案。

昔日太師石敬成與小潘相潘白華勢如水火，而青梅竹則是石敬成手下第一名大將。小潘相不知用了什麼方法，設計令青梅竹動手殺了節王，並以此要脅青梅竹離去，折損太師府羽翼。

小潘相爲人謹愼善謀，他知若當眞把此案掀起，牽扯必大，自己一派在節王案中吃虧也說不得。且他素知青梅竹性情，以此逼走這名吏部侍郎方是最爲穩妥的辦法。

「難怪你就此離去，不惜背上背叛惡名……」以小潘相行事，逼走青梅竹後，在石敬成那邊必然還有一番佈置，太師府中人對其誤會深重，亦是可想而知。

然而介花弧尙有一事不明：「既如此，後來小潘相已死，新皇即位，對節王之事再不追究，爲何你不回去？」

謝蘇轉過頭，眼中的神情卻似透過他看著另外的什麼人，「我……不想再做青梅竹……。」

青梅竹是什麼人？他十六歲中探花，名滿天下；同年連敗京城一十七名高手，得「京師第一高手」之名；十八歲任吏部侍郎，處置朝事辣手無情，乃是石太師手下第一名幹將。

石敬成太師之尊，很多事情自己不便出手，多交予青梅竹，他在京師成名六載，這六載中，直接或間接死在他手下的官員、江湖人物，不計其數。

但是謝蘇不願再做這個人，那個頂著「青梅竹」名字的冷面侍郎、無情殺手。

介花弧心中暗歎，卻聽謝蘇又道：「當年你說我們本是一樣的人，如今我所作所為，究竟是對是錯——」

介花弧不知謝蘇這句話是對何人所說，是朱雀，是謝朗，甚或是白綾衣？但無論如何，這個「你」總不會是自己。

他俯下身，聲音儘量溫和，「你沒錯，從始至終，你所作所為，對得起每一個人，你已經盡力了。」

謝蘇似乎很安慰，「你揮灑一生，從未言悔，既然你也這般說，想必……」

「想必」後面的話謝蘇沒有說出口，火焰光芒在他面上不住跳躍，他眼中神情隨之變幻，似是憶起了昔年舊事。

七年前，青梅竹孑然一身離開京師，那一晚月色正好。

節王一事不可能隱瞞太久，小潘相只給了他一晚的時間離開京城。是時城門已關，兩個守門人卻識得他是京中有名的吏部侍郎，便放了他出門。

天如水，月似鉤，這一出城門，昨日種種譬如今日死，青梅竹回首望一眼籠罩在夜色中的京城，自知自己再難歸來，而「青梅竹」這個名字，亦是再不能使用。

他想到自己方才曾問那兩個守門人姓名，一個姓謝，另一個姓蘇，於是他索性指謝為姓，以蘇爲名，就此離開了京城。

…………

來時無跡去無蹤，去與來時事一同。何須更問浮生事？只此浮生是夢中。

介花弧與謝蘇有一搭沒一搭說著話，其實還是羅天堡主所言爲多，但只要謝蘇還醒著，介花弧並不介意誰的話更多些。

隨著時間推移，火堆裡的火慢慢熄了，介花弧欲去折些柴火，又怕留謝蘇一人在此無人照顧。正猶豫間，卻聽一個柔美聲音自一旁傳來，「謝先生便由我來照顧吧。」

他一抬首，卻見一個窄服廣袖的波斯女子站在當地，神色滿是關懷憂急，正是沙羅天。

介花弧也曾從零劍口中聽過沙羅天對謝蘇所懷情愫一事，何況他閱人無數，那波斯女子眼中的關懷並瞞不過他，於是一笑道：「也好。」

待他拾了柴火回來，見沙羅天正坐在謝蘇身邊，聲音低低說著話，而謝蘇的面色甚是安詳。

羅天堡主放下柴火，笑道：「你和謝先生說些什麼？」

沙羅天也不抬首，笑道：「自然是訴說一腔傾慕之情。」

「……」縱然是介花弧，一時也被噎了一下。

沙羅天見他如此，反倒笑了，道：「反正現在和他說些什麼，他醒來也不會記得，此時不說，等到什麼時候呢？」她自身上取出一個醉紅色小瓷瓶，「這是紅眼兒的解藥，介堡主，你醫術精湛，想必能保得謝先生平安。」

介花弧接過瓷瓶，沙羅天又道：「介堡主必然疑惑我身份，我本是玉京段克陽手下，後來玉京城破，我流落江湖數載，又被石敬成納入麾下，那日你見到我在也丹處，原是我在戎族裡做臥底。」

這女子身份竟是如此複雜，昔日叛城玉京軍師段克陽亦是一代人傑，難怪沙羅天對五行陣法亦是十分精通。而當日也丹一行人等被玄武所殺，其中並無沙羅天屍首，此刻也豁然可解。

介花弧道：「既如此，你先後兩次救助謝先生，此刻還如何在太師府容身？」

沙羅天笑道：「我自有安身立命之所。」她一雙碧綠眸子不離謝蘇，又道：「待謝先生清醒，你告訴他，要殺他的人不是石太師，而是玄武。」

介花弧一怔，隨即歎道：「你把這個告訴給他，他也不見得會安慰多少。」

沙羅天想了一想，垂首不語。

沙羅天看護了謝蘇一晚，天將明時，謝蘇神志即將完全清醒，她卻翩然起身，道：「介堡主，告辭。」

介花弧笑道：「你竟不待他醒來？」

沙羅天笑道：「那又是做什麼，我又不要他念我恩情。」隨即轉身離去。

待到那波斯女子身影消失在密林之中時，謝蘇也終是全然清醒。

「好熟悉的香氣——」他喃喃自語。

那是沙羅天身上留下的龍涎香，然而謝蘇並不知曉。

他以手支地，慢慢起身，介花弧面上綻開笑意：「謝先生。」

二人一同走到林外，只見外面綠樹紅花，陽光正好。

正在這時，忽然一個身影從一旁衝了過來，謝蘇躲閃不及，介花弧身無武功，那人一下子竟撞到了謝蘇身上，二人一驚，卻聽衝過來那人叫道：「老師！」

竟是介蘭亭！

謝蘇一時又驚又喜，面上雖有笑意，口中卻道：「你怎私自來了這裡，不知此刻江南危險麼？」

介蘭亭只是笑，一時間也忘了答話。

介花弧在一邊搖搖頭，心道我怎麼倒成了外人。

正在此時，一個清銳聲音忽自一旁冷冷傳出，「介堡主。」

江澄和他手下的忘歸竟然一直守在林外，並未離去！

這下連介花弧也有幾分頭疼，隨即他見到身邊的介蘭亭，心中一動。

他上前一步，笑道：「江統領，你守在這裡無非是捉住我與謝先生，換取功名，既如此，倒不如你我以三招為限，定一個賭約。」

【二十一】結盟

江澄聞聽此言，暗自詫異，他素知介花弧深沉多謀，但自恃忘歸在手，便道：「你且說來。」

介花弧手指介蘭亭，笑道：「犬子現在這裡，讓他與江統領比試三招，若三招之內他不能取勝，我便任由江統領處置；若他在三招之內僥倖取勝，這賭約便算是我們贏了。」

江澄心頭火起，介蘭亭今年不過一十六歲，若自己竟在三招內敗給這個少年，那真是再不用在江湖上行走了。他壓抑心頭怒火，道：「若你贏了賭約，又當如何？」

介花弧笑道：「若我贏了賭約，也不必其他，只希望江統領聽我說一番話。」

這賭約未免對己身太過有利，江澄本欲發作，此時卻鎮定下來，心道這其中必有緣故。

他思索片刻，慢慢道：「好。」

介花弧笑道：「好，不過犬子武藝粗疏，需得他師長指點幾招。」說罷一指謝蘇。

江澄怒氣又起，心道介花弧你當眞視我如無物麼？若是現場教授，天分再高的人又怎能融會貫通？他冷冷道：「快去！」

介蘭亭在一旁怔住，他天分雖是甚高，但此刻武功並不及江澄，若說三招之內擊敗江澄，那更是笑話了。卻見謝蘇向他招一招手，道，「你過來。」

介花弧看向謝蘇，微微一笑。他本想向謝蘇說明，誰知謝蘇早已明白他心中所想。

此刻謝蘇雖然服用了紅眼兒的解藥，但他內傷沉重，此刻並不能動武。介蘭亭亦是看出師長身體不適，心中不由焦急。

謝蘇拂平身後披風，逕直坐了下去，道：「蘭亭，我雖是你師長，但並未教過你武功，此時情形危急，我授你三招。但今後若非緊迫之時，不可輕易使用。」

介蘭亭想到謝蘇當年曾說自己武功「失之陰毒」，心中若有所悟，於是鄭重點頭。

他也坐了下來，謝蘇也不轉身，以指劃地，爲他講解招數。聲音雖不算大，卻也未曾刻意壓低。江澄心道：以我武功，莫非還看你這三招不成？於是一併不理。

但他雖然不理，間或仍會聽到介蘭亭驚呼之聲，心道：「大驚小怪！」

過了一會兒，介蘭亭站了起來，一臉凝重之色，向江澄一拱手，道：「江統領，請指教。」

江澄點一點頭，他雖高傲，但正式對決之時，卻是從來愼重。此刻他身著一襲雪白長衣，衣帶紛飛，身形高眺，眉目俊美，望之直若神仙中人。

介蘭亭與他對面而立，他年紀比江澄小上幾歲，但身量已成，亦是著了一身白衣，修眉鳳目，自有一番氣概。

微風徐來，這二人立於林中，若除去廝殺等事，實是一幅絕妙畫卷。

謝蘇擁著披風，依舊坐在地上，介花弧也在他身邊坐了下來。

從二人此刻表情上，看不出什麼端倪，謝蘇的左手卻一直籠在袖中，未曾拿出。

江澄眼角瞥到二人，他已知謝蘇身受毒傷，又見介花弧如此，心中一動：「莫非羅天堡主在與石敬成一戰中，也受了重傷？」一念至此，心中更有了把握。

林外的木蘭開得正好，更有大片的木蘭花被風雨打落，混在泥土之中。江澄踏著那些零落成泥的白木蘭，一步步地向介蘭亭走過來。

他沒有拔劍，也沒有拿腰間的長鞭，介蘭亭並未拿兵刃，他不欲占這個比自己還小上幾歲的少年便宜。

介蘭亭沒有動，直到江澄與他距離已近，一招遞出時，他仍然沒有動。

江澄這一招並非江家世傳武功，而是衡山派的一十三路折琴手。他少年時遊歷江湖，頗受衡山一位長老青睞，雖未正式收他爲記名弟子，卻私下授了他不少衡山派的武功，這折琴手便是其中之一。

這套武功名爲「折琴」，顧名思義，大有決絕果烈之風，正合江澄的性子。此刻他一招擊向介蘭亭，卻見對方並未閃躲，直至自己招數將觸到對方要害之時，方見介蘭亭手腕一翻，右手食中二指並指如劍，直刺向江澄胸前大穴！

這一招凌厲如風，變幻莫測，其速若電，江澄竟是避無可避，若不及時收招，自己和介蘭亭便是兩敗俱傷，介家武功從來霸氣縱橫，怎料介蘭亭這一招竟是凜冽如此！他不願硬拼，驟然收招，回撤一步。

介蘭亭那一式不是指法，是劍招。謝蘇於三十六路浩然劍法中篩選出的左手三招，他化劍爲指，傳予了介蘭亭。

而這一招若是由謝蘇本人使出，必定大不相同，需知半年前，疾如星便是死在這一招之下。

江澄被介蘭亭一招逼退，心中反起了戰意，他身形不動，側肘沉肩，凝氣於腕，一道劍氣竟自他指間驟然而出，誰也未想他年紀輕輕，竟然練就了無形劍氣！這道劍氣用以應對介花弧、謝蘇等高手尚顯不足，對待介蘭亭卻已綽綽有餘了。

介蘭亭也沒想到江澄有這麼一手，電光石火之下猛一側身，他輕功本佳，這一閃避過大半劍氣，餘下小半他避之不過，衣襟已被割裂大半。

若是旁人遭此一招，多半會被就此逼退，誰知介蘭亭不退反進，以指為劍，其速如風。他身為羅天堡少主，身份何等尊貴，誰曾想竟使出這等不管不顧的打法！

這一招同是十分凌厲決絕，江澄側身躲過，誰想介蘭亭還有後招，他一指落空，反手又是一指掠過，角度之詭異，實是匪夷所思，江澄再難避開，雪白長衣上霎時多了一道裂痕。

那是浩然劍法第二式，昔日羅天堡大雨之中，介花弧險些喪命在這一劍之下。

二人各自後退一步，這一招勢均力敵，誰也未曾占了便宜去。

有風拂過，二人衣角、髮絲在風中紛飛不已，卻是誰也不敢妄動，江澄暗道謝蘇教授這三招果然了得，難怪介花弧有恃無恐，眼見前兩招殺氣深重，這第三招必定更甚。

他心意方決，介蘭亭卻已動了。

不同前兩招江澄的主動出擊，第三招卻是介蘭亭率先出手。這一式卻與前兩式全然不同，身姿清逸非常，襯著他白衣黑髮，俊秀樣貌，大有芝蘭玉樹之感。

江澄素來高傲自許，此刻也不由暗讚一句：「好個介蘭亭！」

他身形一錯，心道你要以招式取勝，不妨便來拼一拼招式，他右手輕揮，這一招「手揮五弦」卻是江家武功，非但了得，姿勢更是俊雅無雙。二人身形方一交錯，隨即停滯不動。

介蘭亭三指搭住了江澄脈門，江澄右手卻按住了介蘭亭肩頭穴道。二人誰也不敢率先出手，竟是個僵持之局。

就在這僵持之中，江澄忽見謝蘇一直籠在袖中的左手慢慢拿出，他一驚，心知謝蘇的銀梭向來出手無情，方一分神，卻被介蘭亭抓住機會，無名指與小指微屈，風儀若竹，驟然拂中江澄手腕穴道。

江澄「啊」的一聲，托住手腕，後退一步。

這是介蘭亭初學乍練，否則，這一招威力遠不限於此。

另一邊的謝蘇並沒有多餘的動作，他確是拿出了籠在袖中的左手，卻也只是拿出了左手而已。

介花弧微微一笑，「江統領，小兒勝得僥倖，然而這一場，他似乎確是勝了。」

江澄面上青紅不定，一隻手還托著受傷的手腕，就這麼佇立了片刻。隨後他忽然收斂了面上表情，垂手向前，道：「確是如此。介堡主，有事請講。」

這神情未免變得太快了點，介蘭亭在一旁看了，心中暗想：「若是換我在他位置上，能不能做到如此？」

介花弧卻想：「這年輕人能壓抑自己性情，又能忍耐，將來堪成大器。不過他此刻做法痕跡太重，將來尚需磨練。」

他心中是這般想，口中卻笑道：「江統領，我想與你做一筆交易。」

「哦？」

介花弧笑道：「此刻天下情形，江統領可曾瞭解？」

江澄素有大志，自然對天下形勢亦有一番看法，但他卻道：「請介堡主道來。」

介花弧笑道：「我只說三件事：其一，此刻朝中將星凋零，幾無大將；其二，戎族這一戰時機未到，就算沒有羅天堡，亦不能一舉成事；其三，江統領你人才家世皆是當世一流，可曾想過如何才能一飛沖天！」

江澄渾身一顫，介花弧這幾句話，恰是說中他心裡。他低啞了嗓子，道：「願聞其詳。」

「很簡單，羅天堡助你在朝中成名，你父親舊部多在北方，我便助你在北疆成事。其後你駐守北疆，與羅天堡比鄰而居，雙方合作，各有便宜，有何不好？」

江澄砰然心動，羅天堡在西域稱雄數十載，無論財力還是在朝中勢力，均有相當基礎，若得其相助，加上自己家世能力，可謂如虎添翼。何況此刻朝中第一大勢力石敬成眼見式微，正是自己出頭之時。

雖然如此，尚有一事不可不慮，他慢慢開口：「介堡主，你謀劃深重，思慮長遠，實在令人又是欽佩，又是擔憂。」

介花弧聞弦歌而知雅意，笑道：「江統領，你若成名，亦得數年時間，是時當是蘭亭接任羅天堡主之位，你可放心？」

江澄驟然抬眼，道：「介堡主，你一諾千金，卻不可反悔！」
介花弧一指謝蘇，道：「有名滿天下的青梅竹在此爲證，莫非江統領還有什麼不放心的？」
江澄長笑出聲：「好！既如此，那便來擊掌爲誓！」
他走上前來，介花弧卻道：「蘭亭，將來與江統領合作之人是你。」
介蘭亭一怔，隨即神色凝重，走了過來。
這二人在方才連過三招，彼此欽佩，於是各踏一步上前，雙掌互擊。
兩個風儀俊秀的白衣人立於風中，一個年方弱冠，一個仍是少年。
他們此刻都有雄心萬丈，亦有一樣的驕傲性情。
他們身上有太多相同的所在，卻也有太多的不同。

六年後，介花弧果然退位，介蘭亭接任羅天堡主，而江澄則以「碧血雙將」之一的稱號駐守北疆，自此西域北疆，保了數十年安寧。
這一場盟約，被後世人稱爲「雲深之盟」。

何處望神州？滿眼風光北固樓。千古興亡多少事？悠悠，不盡長江滾滾流。年少萬兜鍪，坐斷東南戰未休。天下英雄誰敵手？曹、劉。生子當如孫仲謀。

江澄慢慢走出樹林，卻見大片玉蘭花下，佇立著一個二十七八歲的青年，卻是何琛。

江澄原在前一晚便藉故將何琛遣走，此刻卻見他仍在這裡，又見他衣衫已被露水打濕，顯是在此時辰已久，心中一驚，暗道莫非方才結盟一事他已知曉？此事絕不可外傳，他手扶劍柄，心中卻已動了殺機。

何琛明明已看清他動作，卻恍若未見，只道：「你和介堡主合作，自己需得小心些。」

江澄冷冷道：「哦？何統領竟不覺此等行爲，十分的大逆不道麼？」

何琛想了一想，歎道：「我不知道。」他又道：「江統領，這一路上，你多次言道與戎族這一戰時機未到，我也思量過此事，你所言其實頗有道理，甚至於羅天堡一脈，也不見得一定要致其於死地。」

江澄倒未想過這個處處循令而行之人竟有這樣一般說話，右手雖還扶著劍柄，卻已放鬆了幾分。

卻聽何琛又道：「雖然如此，但你我份屬軍人，這樣的做法，無論如何，我也說不出一個好字。」他面色一凝，道：「江統領，今日之事，我不會說給他人。你有你的做法，我也不便多說，今後你我各行其道，也就是了。」

說完這話，何琛轉身離去，他的步伐並不快，卻沒有回頭。

江澄沉默了片刻，終未開口，他忽然抽出腰間長鞭，一式「風雲乍起」，長鞭銀影在空中劃一個圓弧，風華如盛，隨即倏然而止。

大片大片的木蘭如雪紛落，拂了一身還滿。

這二人自此分道揚鑣，何琛回到京中述職，而江澄則直接去了北疆。其後不久，朝廷與戎族一戰果然爆發，何、江二人擔任先鋒之職。這一戰打了約有三月，算起來雙方人馬損失大約相同，但朝廷一方長途跋涉而來，糧草財物足足消耗了半個國庫，算起來仍是輸了。適時石敬成已然病重，朝中借機就此退兵。

石敬成於一年後病逝，令人驚訝的是，他三朝為相，何等功勳，朝廷卻並未給他任何謚號。

而這一戰之中，何、江二人各自積下不少軍功，其後何琛回返江南大營，江澄卻一直駐守北疆。

待到這兩人再次聯手，大勝戎族，已是七年之後的事情。

另一邊，介蘭亭返回謝蘇身邊，努力控制面上得色，道：「老師，幸未辱命。」他雖也有些奇怪為何當時江澄分神，卻並未細想。

謝蘇面色卻一沉：「蘭亭，你怎麼來的？」聲音冷然。

介蘭亭沒想到謝蘇這麼快就問到此事，他對謝蘇感情不同，十分敬重親近之中，又有些怕他，忙道：「老師，江南一路，都有羅天堡的據點，我不過是想來江南看看……。」

謝蘇斥道：「現在江南是什麼情形，豈是你說來便來的！」

他神色如冰，介蘭亭本還想辯解兩句，一見謝蘇神情不對，再不敢多說。介花弧便在一邊笑道：「蘭亭方才學你三招，倒還罷了。」

介蘭亭原以爲父親也會責罵一頓，未想介花弧竟爲自己解圍，暗自慶幸。果然謝蘇見他開口，便不再多說，他靜了一會兒，只道：「去月尾河與刑刀他們會合吧。」

他們來到昨日經過的茶棚，茶棚老闆經過昨日一場驚嚇，今日也未開張，而那個奇異的月照和尙也已不在，他們所乘的馬車卻還在，馬車旁卻另有一批人，爲首是個蟹青面色的老者。

介花弧神態自若走上前去，笑道：「白門主。」

那老者正是白千歲，他受玄武所託，守在這裡等候介花弧一干人等，卻聽介花弧笑道：「白門主，殺害方門主的月天子已然伏誅，不知您守在這裡尙有何事？」

白千歲張了張口，卻沒有說出什麼。

介花弧又笑道：「前日方家一事，白門主仍有記憶否？」

白千歲又張了張口，前幾日方家婚禮上，若非介花弧一語，只怕方、白兩家便要就此身敗名裂，甚至背上與月天子勾結之名。

他終於開口，卻不是向介花弧，「她還好麼？」

謝蘇緩緩點頭：「我會盡我一生，照顧她和孩子。」

問的話沒頭沒尾，答的話毫不相干。

白千歲忽然向身後一揮手，「走吧。」

隨著百藥門門主一聲喝令，他身後的門人齊應一聲，頃刻之間，走了個乾淨。其中卻有幾人是那新成立的「鋤奸盟」中人，雖聽得月天子已死，卻不肯甘休，叫道：「林素那魔頭死了，那白綾衣呢？決不能放過！」

謝蘇眼神一凜，那幾人想到他在方家展現武功，視一衆英雄直若無物，不由便後退了幾步。

介花弧笑道，「謝先生，何必和他們一般見識。」說著向介蘭亭使了個眼色。介蘭亭心中有數，拉著謝蘇便走，經過那幾個人時，竟然無人阻攔。

坐在馬車上，介蘭亭這才有時間向謝蘇交待他這些時日來的經歷。

原來上次介花弧與謝蘇收到他信時，介蘭亭便已離開了羅天堡，他以前也曾隨介花弧遊歷過江湖，加上他武功頗有根底，一路上又有羅天堡中人照應，倒也沒出什麼事。

來到青州時，方家那一場婚禮已然過去，他無意間自一個江湖人士口中聽說，曾在雲深不知處週邊見過一個輕功極好的削瘦青衣人，心中暗想那莫非便是謝蘇？於是匆匆趕去。

那江湖人士見到的本是那一日趕到密林深處參與介花弧與石敬成一戰的謝蘇，誰知陰差陽錯，謝蘇與介花弧被暗部追趕，恰好又回到了這裡。

介花弧這時才道：「前幾日你一走，洛子寧便飛鴿傳書告知於我，你自己膽大包天不要緊，可知累了多少手下人？」

謝蘇在一旁聽了，暗想難怪方才他見介蘭亭，並不十分驚訝。又想這幾日來，倒也難爲介花弧掩飾得好，自己並未看出。

介蘭亭十分羞愧，道：「父親，下次我再不敢了。」

介花弧道：「也罷了，這次畢竟沒有白來一次。姓江那年輕人你今日見到，再過些年，天下也無非是你們幾個人相爭，你自己斟酌行事，到時墜了你老師和我的臉面，看你還如何見人。」

介蘭亭雄心頓起，心道莫非我眞不如他不成？忽又想到自己若飛揚浮躁，父親師長定然不喜，於是沉穩一笑，道：「父親，老師，你們放心。」

謝蘇閉目養神，不置可否，介花弧則微微一笑。

馬車來到月尾河，刑刀與白綾衣早已等在那裡，卻見謝蘇面色十分不好，被介花弧扶下馬車，白綾衣驚道：「謝先生！」急忙走過來扶住他。

介蘭亭這時也下了馬車，卻見一個陌生女子與謝蘇十分親密，不由詫異。他素知謝蘇爲人，心道：「這女子是什麼人？並未聽說老師有親人啊。」

介花弧在一旁開口道，「蘭亭，這一位是你的師娘。」

介蘭亭大驚，卻見謝蘇並未拒絕那女子的攙扶，反而點了點頭。

他身份尊貴，又加上少年人多有些獨佔思想，不由大是不愉，暗道：「老師不過來了一次江南，怎麼平白多了一個師娘出來？」一抬眼卻見謝蘇被那女子攙扶，表情雖無明顯變化，眼中卻全然換成了一派溫柔平和，不由一怔：「老師對這女子著意得緊啊！我若對她不敬，只怕老師心中不喜。」

一念至此，他於是向白綾衣行以大禮，叫道：「師娘。」

白綾衣大家出身，方才短短幾句話，她已大約推測出這少年身份，而介蘭亭面上神色變化她更是看得分明，忙道：「少主請起，綾衣並不敢當。」

介蘭亭見這女子十分謙遜，便多了幾分好感。

白綾衣又想了想，把當初裝桃花瘴秘藥的錦囊自身上拿出，那錦囊當年裝過秘藥，如今雖空，仍非凡品。她笑道：「匆忙之間沒什麼禮物，這個錦囊倒可驅除毒蟲。」說罷遞予介蘭亭。

那錦囊雖是女子之物，但樣式甚是大方，又十分精緻，少年用倒也沒什麼不妥。介蘭亭雙手接過，規規矩矩道：「謝過師娘。」

謝蘇在一邊看了，果然頗為欣慰。

這一行人上了馬車，自月尾河駛向明月城。

沒有「千里獨行」的跟蹤，又加上白千歲和江澄的暗中相助，這一路上再未遇上什麼大的劫難。

令人擔憂的倒是謝蘇，他雖服了紅眼兒的解藥，但這一路上仍是時昏時醒，情形十分不好。同行幾人均是頗為擔憂，這其中介花弧與白綾衣皆是醫術精湛，但幾番治療下來，似乎並無多大效果。

謝蘇自己反倒不怎樣擔憂，但見白綾衣時時神傷，心中不忍，便握了她的手溫言安慰，幾日相處下來，二人之間的距離，已然拉近了許多。

這一日，他們終於到了明月城。

物是人非，城池如舊，謝蘇自車窗向外遙望，只見江山如畫，寒江水生生不息，一時不由茫然。

白綾衣見謝蘇神色，知他心中定有感慨，忙笑道：「這明月城名稱和風土一般的雅致，倒和其他的城池不同。」

謝蘇被她一語分神，便道：「這明月城原是玉京周邊的五郡十二城之一，故而不同。」於是手指窗外，向白綾衣逐一講解明月城中景致。

清風悠然，拂動那青衣男子和白衣女子的髮絲衣角，一時間恍然如夢。

介蘭亭騎了一匹白馬，走在車外，見謝蘇神色安寧，暗想：「這女子身份如何暫且不論，老師現在覺得好，也倒罷了。」

這一晚，他們住在來時的雲起客棧，原來這裡本是羅天堡在江南的分舵之一。

謝蘇身體不適，一路行來，早已疲憊，白綾衣安頓他睡下，又在房中燃了安神的薰香。眼見謝蘇睡熟了，忽聽有人輕敲房門，她起身出外，卻見門外站了一人，錦衣玉帶，正是介花弧。

「謝夫人，借一步說話。」

白綾衣知羅天堡主定有要事，於是輕悄合上房門，隨他一同走出。

此刻天近傍晚，外面小雨淅淅瀝瀝，細雨輕打廊下梧桐，平添了幾分若有似無的寒意。

迴廊上搭了雨棚，兩旁紫藤花架纏繞，幽香陣陣，夜色朦朧之中，別有一番韻致。

介花弧行了一段，一直無語。白綾衣也不多言。

直到遠離謝蘇房間，介花弧方才放緩了腳步，道：「謝夫人，你出身百藥門，醫術高妙，此刻看謝先生毒傷，究竟是如何？」

白綾衣未想介花弧一開口便是此事，她思量了一下，謹慎答道：「若有靈藥，當有希望。」

若有靈藥，當有希望。然則若無靈藥，又當如何？介花弧苦笑道：「天下哪裡來那許多靈藥。」

白綾衣便低頭不語。介花弧負了手向前又走了幾步，慢慢道：「他當時先中陰屍毒。我身無解藥，便以朱蠶丹毒強自壓制。後來謝朗為他醫治——他的醫法倒沒錯，真按此醫上三個月，謝蘇也便無事，誰知他後來又中了紅眼兒，偏又在中毒時妄動真氣！雖然後來服了解藥，但這兩種奇毒相碰，豈是鬧著玩的！如今連你也無辦法……」他負著手又走了幾步，面沉如水。

白綾衣暗想：「看他神情，卻是真的為謝先生擔憂。」但縱使她醫術毒術均是精通，此刻亦無良策，只得道：「這兩種奇毒相碰，並無人得知會有何後果，不可用藥，只能以針灸之術，慢慢導毒。另一方面對這兩種毒藥進行分析，研製解藥，」

這已是她所能想出的最好對策，介花弧卻搖了搖頭，道：「針灸之術總會有餘毒難清，然而這兩種毒藥無論哪一種留下一分，後果均難預測。若說研製解藥，這並非一朝一夕之事，以他傷勢，還能拖上多久？」

白綾衣也知道其中缺陷，但除此之外，她實在也想不出其他辦法。介花弧見她如此，略有失望，歎道：「靈藥，靈藥，莫非只有御劍門方家可解百毒的藍田石麼……他又怎麼肯用……。」

忽然迴廊上紫藤花架一聲響，二人一驚，卻是一陣風來，紫藤架上所積的雨水嘩啦啦地落了一地。介花弧歎道：「謝夫人，既如此，且請回吧。」

白綾衣默然不語，轉身欲行之前，她忽道：「介堡主，我有一事不明。」

「哦？」

「介堡主身爲一方之主，爲何醫術竟是如此精湛？」還有一句話她並未說出：「而且醫治手法，竟與百藥門如出一轍？」

她沒想過介花弧會回答，誰知羅天堡主卻笑了一笑，「謝夫人，你有所不知。」

他望向院中雨景，幾絲冷雨飄落在他面上，「蘭亭過世的母親，當年便是出自百藥門。」

白綾衣回到謝蘇房間時，謝蘇已然醒了。他向白綾衣歉意一笑：「對不住，我怎麼一躺下就睡著了。」

冷雨擊窗，白綾衣聽了這話，又想到方才與介花弧對話，一時竟有些心酸，忙道：「原是我點了安息香，現在沒什麼事，謝先生多睡一會兒也好。」

房間昏暗，白綾衣起身點了蠟燭，又倒了一杯茶水遞予謝蘇，茶水裡面也加了藥草，入口溫熱甘甜。

謝蘇接過茶杯，喝了幾口，見窗外天色漆黑，道：「這是什麼時辰了？綾衣，奔波了一日，你也早些歇息吧。」

白綾衣笑道：「不礙事的，我和先生說說話也好。」

謝蘇歎道：「便是你不疲憊，也爲孩子想想。」

這卻是二人相處時，第一次提到白綾衣腹中的孩子。白綾衣心中一震，想到前幾日謝朗慘死，以及自己與他一段孽緣，眼圈不由便紅了。

因謝朗身份特殊，這些天她一直強自壓抑自己感情，並不敢在謝蘇面前表露。謝蘇歎了口氣，放下茶杯，握住她的手道：「你何苦在我面前掩飾，需知你我本是夫妻，何況謝朗——」提到這個名字時他不由也停頓了一下，隨即苦笑道：「無論他對別人如何，我總是欠了他情分的。」

白綾衣再也控制不住，珠淚滾滾而下。

謝蘇輕輕撫著她秀髮，道：「別哭了……唉，哭出來也好，總之，別太難過，一切總會過去的……。」

他依然不大會安慰人，白綾衣雖未放聲，淚水卻已打濕了謝蘇衣袖。

燭花輕爆了一兩聲，燭淚已乾。

一片靜謐之中，唯聞二人的輕悄呼吸，不知過了多久，有低沉聲音慢慢響起。

「綾衣，我這一生，任意妄爲之處甚多，有時做事不計後果，當日娶你之時，我本已中了陰屍毒。前幾日與介花弧突圍，我一意妄爲，又中了紅眼兒，只怕情形堪憂，你……無論如何，還請以珍重自身爲上。」

白綾衣眼中又濕，毒傷之事，她一直猶豫該如何告知謝蘇，未想反是謝蘇先自提出，而且一味責怪自身，心中更加難過。但謝蘇此言已出，自己再做悲痛，不過是徒亂心意。她悄悄擦一擦淚水，強笑道：「謝先生，你忘了我是百藥門出身，這兩種毒藥，還不在我眼裡。」

謝蘇也笑了，道：「我怎敢小看你醫術。」

白綾衣見他開顏一笑，心中稍安。她卻不知，謝蘇睡覺極其警醒，方才介花弧前來扣門之時，他已被驚醒，因怕介花弧對白綾衣不利，故而跟隨其後，紫藤花架那一陣雨響，本是他離去時的聲音。

謝蘇握著她的手，慢慢又道：「綾衣，將來這孩子生下來，若是男孩，便叫他謝衷，若是女孩子，便叫她……謝琳吧。」

【二十二】分飛

次日清晨，細雨初收，天氣晴好。

羅天堡準備的船隻尚未至明月城，謝蘇起身得早，他不欲驚醒他人，隨便披了一件青衫，走出了雲起客棧。

此時客棧中眾人均還未起，明月城中亦是十分安靜。本朝南北風俗不同，北方達官賈人多崇信道教，江南卻以佛教爲尊，寺院亦多。以明月城爲例，雖未至「南朝四百八十寺」之多，亦有「多少樓臺煙雨中」之景。

謝蘇站在被雨水潤濕的青石路上，遙望城中一片青磚紅瓦的寺院，此刻城中安靜，隱隱可聞梵唱鐘鼓之音，謝蘇一生遭遇本多，聞此不由頓生出世之感。

他攤開掌心，現出一張破爛不堪的黃紙，卻是那一日自月照和尚那裡抽來的籤條。

「莫謂城中無好事，一塵一剎一樓臺——」他低低讀了幾遍，終是將籤條又收回到袖中。

天色有一點亮了，明月城中的人慢慢多了起來。三兩成群的江南少女手中串著茉莉花串，嬉笑著自謝蘇身邊穿過。

謝蘇避開了人多的地方，漫無目的地向城外走去。

城外，便是寒江。

這裡距寒江入海之處尚有一段距離，水流尚屬平緩，但水域已經開闊了許多，長煙一空，一碧萬頃，江岸處蘆葦深深，雪白的蘆花開了大片。

江水中已有漁人搖著小舟在江中撒網捕魚，有歌聲隔了水音，遙遙地傳了過來。

「曉來風靜煙波定，徐來短艇資閑與，滿目寒江澄似鏡，明月迴，更添兩岸蘆花映。」

謝蘇立於江邊，聽得住了。

忽然有顫抖聲音自他身後傳來：「謝，謝先生……。」

這聲音十分熟悉，謝蘇一轉身，卻怔住了，「是你？」

在他身後站著的是一個憔悴不堪的年輕人，二十出頭年紀，卻是方玉平！

謝蘇前後幾次見他，這位御劍門少主皆是鮮衣怒馬，英姿勃發，那是何等出眾的一個人物！如今卻似換了一個人，面容削瘦，衣著不整，神情更是憔悴到了極點，若非謝蘇與他熟稔，此刻再認不出他。

「方玉平，你——」謝蘇一時也不知說什麼好。

方玉平扯了扯嘴角，似乎是想笑一笑，最終仍是笑不出來。

「謝先生，我一向十分尊崇於你，你怎可這樣待我……。」

謝蘇無語，方玉平對白綾衣傾慕已久，當日謝蘇在眾目睽睽之下娶白綾衣，雖是迫於形勢，但對方玉平傷害仍是不小，加上隨後他父母即爲謝朗殺害，御劍門聲威一落千丈，這位素來未經過江湖風雨的少主，又怎能經受得住？

謝蘇無法解釋，他亦是不會解釋。

方玉平也再說不出什麼，他神情恍惚的站了一會兒，搖搖晃晃地轉身離開。謝蘇見他眼神已有渙散之意，不由出聲叫住他：「方玉平，你等等！」

方玉平轉回頭笑了一下，「等，還等什麼……綾衣不會回來，我父母也不會回來，謝先生，你……你對不起我啊！」

謝蘇猛地一震，踉蹌後退一步。

「謝先生，你對不起我啊！」

方玉平不過是一時鬱積，那些話便脫口而出，並未想過會造成怎樣的後果，他轉回身，逕自離去了。謝蘇卻猶自站在當地。

「謝先生！」

「老師！」

卻是介花弧父子與白綾衣清晨不見謝蘇，便尋到了江邊。

介花弧眼見方玉平背影，心念一轉，向謝蘇處一指，低聲道：「蘭亭，西出陽關！」

這對父子此時卻是配合默契，介蘭亭雖然尚未明瞭父親何意，卻想父親總不會對老師不利。他左腕輕抬，一式「西出陽關」揮灑使出，謝蘇一來神情恍惚，二來毒傷未癒，恰爲介蘭亭擊中暈穴，不發一聲，向後便倒。

介花弧一把接住謝蘇，語速極快地向白綾衣道：「謝夫人，恕我直言一句：方玉平在此，謝蘇自己絕不會開口，能從他那裡要來藍田石的人只有你，此時錯過，日後機會難尋！」

白綾衣一驚，此刻方玉平身影已漸漸消失。她這一生，不敢面對之人，除了已死的謝朗，便是這位方家少主。她一咬牙，展開輕功便追了過去。

介花弧看向她背影，默然歎了一口氣。

「方公子，方公子！」明月城外，白綾衣終於追上了方玉平。

方玉平一路來神智昏昏，他自父母過世便一蹶不振，在青州又被鋤奸盟處處逼壓，傷心失望之下索性離開了御劍門，無奈江南處處好風景，在他眼中卻是處處傷心地。

滿懷離傷之下，忽又聽見身後有極熟悉的聲音，他暗想最近當眞是思念那人過多，連幻覺也一併出現。誰知那聲音喚了一聲，又喚了一聲。

「方公子！」

他終於忍不住回頭，卻驚見那張朝思暮想的美麗面容。一時間種種情緒湧上心頭，竟不知如何言語。

白綾衣卻根本不給他說話的機會，見他轉身，當即盈盈拜倒，「方公子，綾衣負你良多，雖不敢求方公子原諒，卻也希望方公子能明瞭這一份愧疚之情。」

方玉平一時大驚失色，他對白綾衣其實亦有怨懟之情，但白綾衣忽然這麼一跪，卻令他手足無措，要責備的言語也說不出口，伸手要扶她卻又想到她已是有夫之婦，只得道：「綾衣，你先起來，不干你的事。」

白綾衣卻不起身，一雙眼只看著方玉平，「前因後果，總歸結在綾衣一人身上，怎能說沒我的事？」

方玉平歎了口氣：「一切皆是月天子所為，綾衣，我起初也怪你，可是現在看了你，我又不知道說什麼才好。」

他又道：「綾衣，你先起來，你這樣，我……心裡難受。」

他說這幾句話時，不比方才與謝蘇相對，條理已然分明了很多。白綾衣見他神志已歸清明，知自己第一步計畫已經奏效，於是輕撣塵土，翩然起身。

明月城外景色秀麗，此刻二人正處於一個小小山谷的入口之處，流水潺潺，鳥語花香，恍如人間仙境。

白綾衣低聲道：「這裡……倒像是與方公子第一次見面的所在……。」

方玉平被她一語憶起往事，也不由道：「那時我剛到家不久，父親便給我訂了親事，我開始心中不喜，誰知在青州城外見到你，我才知道自己完全錯了……。」

那日在青州城外桃花樹下見到的白衣女子，寬裾廣袖，衣袂翩舉。方玉平雖然並未與她交談一語，已是意動神搖。

一夕見，相思起。

白綾衣又低聲道：「那日初見，我還想方公子本是江南人氏，看起來怎卻似在北方長大的一般，心裡奇怪，又不敢向父親提起。」

方玉平道：「那時我剛從西域回來，在北方足足過了一個冬天，也難怪你詫異。」

白綾衣歎道：「後來我也知道了。」她慢慢地又道：「聽聞當時在西域，方公子險遭毒手，當時救下公子的人本是謝先生吧。」

方玉平起初陷於回憶之中，本是柔情暗生，又聞白綾衣這一句話，一時也想到了謝蘇當日恩情，以及他在西域對自己種種照顧，不由長歎一聲。

白綾衣又道：「我知方公子本是個誠懇正直、胸懷寬廣之人，否則不會諒解綾衣所為。其實，我們都欠了謝先生良多，不知當如何償還。」

這前一句恭維恰到好處，後一句中的「我們」方玉平聽了更覺親近，他沉默良久，終道：「我確是欠了他一條命。」

以方玉平今日之情緒遭遇，能說出這一句話，已是殊為不易。

白綾衣有意沉吟了一會兒，方才道：「若想還他，也還容易。」她雙目凝視方玉平，緩緩道：「謝先生身中奇毒，能解救他的，唯有藍田石。據綾衣所知，那藍田石，向來是方家門主隨身攜帶。」

說到這裡，她不再多說，整理一下衣衫，再次盈盈拜倒：「方公子，謝先生生死，只在你一念之間。」

方玉平這才明白白綾衣一番言語含意，她逼出自己一句「欠他一命」，又以情義相挾。縱然藍田石是方家至寶，此刻自己也已無話可說。

微風拂過草地，發出沙沙的聲音，方玉平沉默半晌，苦澀道了一句：「你終究還是爲了別人……」他自身上拿出了一個錦囊，擲予白綾衣，轉身便走。

白綾衣接過錦囊，忽然叫道：「方公子！」

方玉平一怔停步，卻沒有轉身。

「小憐隨我多年，她很好，你莫負了她……。」

停下的腳步一滯，隨即繼續前行。

這一次，方玉平再沒有回頭。

白綾衣手拿錦囊，終是長出了一口氣。她亦知自己對不住方玉平，然而有些事情，勢必無法兩全。

她起身欲走，卻忽然發現，在她身後，不知何時多了七八個手持兵刃的江湖人，爲首一人，正是縱橫門門主蔡人秋。

「白綾衣，你與林素那魔頭勾搭成姦，今日，我鋤奸盟便要代白門主清理門戶，爲江湖除去一害！」

白綾衣識得蔡人秋，何止識得，當日向百藥門求親之人，一位是御劍門的方家少主，另一位就是面前這喪偶未久的縱橫門主。在蔡人秋身後那幾人分屬江南各大門派，遙想當年，月天子確也曾欠下他們一筆血債。

白綾衣心中暗想：若說是未結識謝蘇之時，自己把這條命賠給他們也沒什麼了不起，然而此刻卻絕對不能。

羅天堡的分舵便在明月城內，面前這幾個人雖然兇悍，但自己若能進城，便有生機。她輕輕撣了一下衣上的塵土，神色反倒安然下來，心道無論如何，就算送命我也不能送在此時此處。周圍幾人見她鎮定，也是一驚，但這一緩並沒過多長時間，那幾人各舉兵刃，衝了過來。

白綾衣先將錦囊收好，自衣袖中取出小小一把泥金絹扇，衣袖輕搖，一揮一展，動作優美猶如扇舞一般。起先圍上的數人十分詫異，心道這女子要做什麼，剛想到這裡，忽覺鼻端一陣痲癢，隨即手足酸軟，慢慢地便栽倒在地。

那絹扇原是白綾衣慣用，並非用於打鬥，而是用於施毒。她當日被金錯刀門擒拿，身上大部分什物都被搜走。這幾日閒暇時分，她又爲自己做了一把絹扇，同時配了若干藥物，以爲防身與保護謝蘇之用。

那絹扇內藏藥物無色無味，是百藥門的獨創迷藥。她身上其實亦有致命毒物，但顧慮到日後爲謝蘇引來禍端，便沒有使用。

起先幾人這一倒下，後面人等便有警惕，有人喝道：「小心，她扇子裡有毒！」有人便從後面包抄而來，又有人發出暗器，意欲打落白綾衣手中的絹扇。

白綾衣縱身躲閃，心中苦笑，這些人均出自江南名門正派，平素一個個何等顧惜身份？此刻卻來圍攻自己一個年輕女子。

她輕揮絹扇，左手卻探入腰間，她腰上束了條淡青色腰帶，粗看平常，其實上面縫有暗格，毒粉暗藏其中。指甲一彈，又一陣藥粉飛出，這股藥粉不似扇中藥物無色無味，非但有一股辛辣之氣，且呈血紅之色，觀之觸目驚心。當先衝上來的一人未及躲閃，恰迎上那毒粉，當即捂著眼睛倒在地上，哀叫不已。

這一人倒下，包圍圈頓時撕出一個缺口，白綾衣奪路便走，蔡人秋卻那容她脫逃，一劍向她手腕砍去，白綾衣急忙躲閃，但這一劍來得勢快，劍風終是掃到她手腕，「啪」的一聲，絹扇當即落地。

爲這一阻，其餘幾人又圍了上來。蔡人秋首當其衝，劍劍毫不容情，白綾衣絹扇失手，此刻相距既近，施放藥物已然不易，一個不留神，面上已被劃出縱深一道傷口，她凜聲道：「蔡掌門，你何苦逼人太甚！」

蔡人秋冷笑道：「你既與林素那魔頭勾結，便是罪該萬死！」說罷，「唰」地又一劍劈過來。白綾衣自知今日之事已難輕了，她後退一步，右手輕揮，姿勢端嚴，那正是百藥門的正宗武學：「別日何易」。

別日何易會日難。山川悠遠路漫漫。
郁陶思君未敢言。寄書浮雲往不還？
樂往哀來摧心肝。悲風清厲秋氣寒。

謝先生，我……還能不能再見到你？

介花弧父子將謝蘇送回雲起客棧，未想過了許久，白綾衣仍未歸來。介花弧心中一動，道：「蘭亭，你帶幾個人去城外看看，無論能不能拿到藍田石，方玉平總不會難為她。只怕遇上月天子仇家。」

介蘭亭聞言一驚，他也擔心白綾衣安危，匆匆便出了房門。

床上的謝蘇雖在昏迷之中，仍是極不安穩，氣息浮躁，一頭的冷汗，介花弧暗想莫非蘭亭出手不準，點穴時力道用岔了？他自己武功全失，於是打算找個人來為謝蘇解開穴道。

他方一起身，謝蘇忽然動了一下，「綾衣！」

那一聲聲音不大，卻極其清晰，聲音中絕望滿溢，介花弧驟然一驚，卻見介蘭亭推開門，面色大變：「父親，師娘出事了！」

介花弧又是一驚，暗道莫非冥冥之中竟有天意？他一手從身上拿出一個藥瓶，遞予介蘭亭，道：「瓶裡是迷藥，給你老師服下去。你看著他，千萬不可令他知道這件事！」說罷轉身出門。

終於趕回明月城的白綾衣被介蘭亭發現時，已是奄奄一息。

介花弧來到院中，見白綾衣倒在院中一張軟榻上，性命已在垂危之間，她傷勢太重，眾人已不敢移動她身體。

介花弧走到近前，一眼見到白綾衣面容，倒吸一口冷氣。但此刻並不能耽擱，他又走近了些，叫道：「謝夫人，你怎樣，藍田石拿到了麼？」

白綾衣見得是他，口唇動了幾下，似有話要講，但她氣息實在微弱，連說話亦是困難。

介花弧眼見她傷勢極重，已難救治。一狠心，自懷中拿出銀針，接連刺入她幾個大穴，果然白綾衣「啊」的一聲，精神似好了一些。

介花弧所刺入那幾個穴道，固然可保白綾衣一時清醒，卻也是加速了她的死亡。

這一邊白綾衣方恢復了幾分氣力，便掙扎著自懷中取出一只錦囊，緊緊地握在手中：「介堡主……藍田石……。」

介花弧伸手接過：「謝夫人，你且放心，有我醫治，謝先生定然無事。」

白綾衣勉強點了點頭，神態安慰，又道：「我的事……不要讓他得知。」

介花弧卻搖了搖頭，「謝夫人，你亦知他，這件事瞞不了他太久。」

白綾衣似乎歎了一口氣，「那麼，我的屍體……不要讓他見到。」

介花弧這次點了點頭。

「你……你過世夫人出身百藥門，把我……按百藥門的規矩葬了。」

「你放心，百藥門的規矩，我自曉得。」

白綾衣放下心來，眼見方才的銀針刺穴便要發作，她掙扎了一下，又道：「介堡主，你答應過我，萬不可讓謝先生見到我屍體！」這一句卻說得十分清晰連貫，如同遺言一般。

介花弧緩緩道：「我答應你。」

在他說完這一句話的同時，白綾衣也闔上了雙眼。

明月城外那一戰，白綾衣最後以一把毒藥逼退了衆人，重創了蔡人秋，自己卻也受了重傷。然而縱橫門習練劍氣，蔡人秋下手尤其狠毒，白綾衣非但身上多處受傷，一張臉更是被縱橫劍氣毀損得血肉模糊，已看不出原本模樣。

入夜，明月城外寒江側。

淒清江水如泣如訴，在月下奔流不息。白綾衣的屍身被安置在一張木筏上。木筏的前後各燃了四根素燭，燭火搖曳，映襯著江面上的水光。

百藥門起源於雲南大理，沿襲了水葬的習俗。入主江南後這一習俗又有所改變，由原先的將屍體置於木盆之中改爲木筏，並於前後燃以素燭，放入江河湖海，屍體飄向哪裡，哪裡便是死者的歸宿。

江岸處燃了一堆篝火，火焰跳躍不止，介花弧坐在岸邊，將手中的黃紙一張張地丟入火堆之中。夜風拂動，他束髮的束珠在夜色光芒幽暗。

燒過了手中的一疊黃紙，他站起身，鬆開了繫住木筏的纜繩，那木筏帶著上面的素燭，飄飄蕩蕩順水漂流而下。

這裡是寒江臨近入海之處，那木筏起初還在江水中上下起伏，速度甚緩，不一會兒便越飄越快，木筏上的素燭也被打滅了數支，遠遠望去，只能看見幾個隱約光點，燭火明滅。

十幾年前，介花弧也按同樣的儀式，爲另一名女子舉行過葬禮。

那時他還未滿二十歲，年少輕狂的時分，執意娶了一名女子，那女子爲他留下了一個孩子。

他沒有反對過謝蘇娶白綾衣，是不是因爲他想到了當年自己的遭遇？

篝火漸滅，江風漸冷，介花弧望了一會兒漆黑的江水，站起身來，轉身欲走。

——在他身後，不知何時，竟站了一個青衣削瘦男子。

江風荷荷，那男子一襲青衫被風撕扯個不住，緊緊地貼在身上。

介花弧上前一步，他聽見自己的聲音嘶啞：「你……什麼時間來的。」

那男子平淡道：「蘭亭沒敢給我吃太多迷藥。」

「你——」縱是羅天堡主，此刻也不知該說些什麼好。

「她既不願讓我看，我便不看。」男子的聲音依稀平靜，「還有紙錢麼？」

介花弧無言遞過手中的最後一疊黃紙。

青衣男子靜靜地走到將滅的篝火邊，一張一張將那些黃紙遞到火裡，他燒得很仔細，也很認眞，火光下，他的側臉寧靜得近乎死寂。

介花弧在一旁看著他的動作，忽然有種模糊的懼意，似乎面前這個人，也要隨著那些被燒成灰燼的黃紙一同消散。

最後一張黃紙已經燒完，青衣男子站起身，向江邊走去，介花弧一驚叫道：「謝先生！」

「我……看一看。」

但是那木筏已然飄入海中，江面上一片漆黑，除了冷澈江水不時泛起的漣漪在月下一閃，其餘的，什麼也看不見。

一片靜謐之中，惟有江水的奔流之聲，生生不止。

忽然一個聲音自他們身後傳來，「白雲相送出山來，滿眼紅塵撥不開。莫謂城中無好事，一塵一刹一樓臺。」

這聲音在江水之側尤顯悠遠，二人一同轉身，卻見他們前日見到那個方面大耳的月照和尙，此刻正站在江邊。

「何謂好事？塵刹樓臺。謝施主，你本是大有慧根之人，何必眷戀這繁塵俗世？若能隨我一同遁入山門，必成大善。」

謝蘇抬眼看向那僧人，他一雙眸子在夜色中十分幽暗，此刻他父子離散，好友逝去，妻子慘死，介花弧聯想到他前些時日種種行爲，一時間竟以爲他就要答應了，欲說一句「不可」，卻驚覺自己實無立場說出一字半句。

然後他聽見謝蘇的聲音，一如既往地低沉安定，「大師忘了，『滿眼紅塵撥不開』，謝蘇尙不能拋卻紅塵。」

下一句的聲音卻很低，低到只有他身邊的介花弧方能聽見，「綾衣捨命救我，絕非爲了換我半生出家避世。」

【二十三】歸・去・來

藍田石不是石，而是蠱。

那是以現在苗疆已然失傳的養蠱技法養出的蠱，一隻蠱只可使用一次，它畢生的命運便是吸取百毒。

當年御劍門不知從何處弄到了這只蠱，想必也是爲了列位門主保命之用，誰曾想，最後卻是用在了謝蘇身上。

爲了替謝蘇醫治毒傷，羅天堡一干人等又在明月城多留了幾天。

謝蘇很配合介花弧的治療，只是自那晚以後，他變了很多。

從前謝蘇的言語也不多，但是並不會像現在這樣一天一天地保持沉默。

在治療之外的時間，謝蘇不出門戶，也不與他人談話，他一遍又一遍地寫著那首詩：「白雲相送出山來，滿眼紅塵撥不開。莫謂城中無好事，一塵一剎一樓臺。」

字跡工整，那是極剛硬的隸書，力透紙背，墨跡淋漓。

一張又一張，一次又一次，不停、不住地寫。

寫到最後，謝蘇依然是沉默著，把那些散落了一桌一地的紙張整理在一起，收好。

如果謝蘇當眞屈從於那首詩，把自己後半生安置於佛門之中，也許他會好過得多。

只是，謝蘇絕不會允許自己如此。

介花弧沒有再去打擾他。那是心結，能打開它的，只有謝蘇本人。

到第三日，由洛子寧帶來的船隻，來到了明月城。

爲了避免惹人注目，這艘船外表做商船模樣，不甚引人注目，洛子寧下了船，向介花弧與謝蘇行了一禮：「堡主，謝先生。」

他又向二人身後看去，見到介蘭亭，心中又是一喜，道：「原來少主已與堡主會合。」

但是隨從之中，已少了零劍與越靈雨兩人。

恰在這時，介花弧忽然一怔，抬首向海上望去。

海上還有一艘商船，卻是開往扶桑。當日若月天子未死，本該是他與高雅風登上這艘船，而今卻不能了。

眼見這艘船馬上就要啓程，介花弧卻發現一個女子站在船頭，距離雖遠，但那女子衣著與衆不同，束腰、窄袖，一條彩帶在海風中飄揚不已，十分引人注目。

那正是波斯女子沙羅天。介花弧看見了她，她卻也看見了介花弧和他身邊的謝蘇，微微一笑。

「你兩次相助謝先生，日後還如何在太師府容身？」

「我自有安身立命之所。」

那夜在雲深不知處的談話猶在耳邊，那聰穎灑脫的波斯女子，原來一早便爲自己安排好了退路。

鐵錨拔出，那艘商船乘著風勢，終是起程。

謝蘇披著一件青緞披風站在一邊，面色蒼白，神情委頓，他並未曾注意海上情形，但見介花弧注視那邊過久，不由也抬首看了一眼。

此刻那艘商船只餘下一個小小白點，介花弧與謝蘇目光對上，一笑道：「沒什麼，謝先生，我目送一個朋友。」

謝蘇點了點頭，並未多想。

羅天堡那艘船放下了跳板，洛子寧帶路，介家父子與謝蘇走在中間，刑刀押後，幾人向船上走去。

這一邊介蘭亭剛踏上甲板，一道熾熱劍風忽然自岸邊襲來，劍極利，風極烈，相距雖遠，聲勢卻不曾稍減半分，介蘭亭大驚失色，急忙向後挪步閃身，但那道劍風來勢洶洶，匆忙間他只避過小半，熾熱氣息已逼到面前，連額前散髮統被燎焦了幾根。

危急之即，忽然一道如雪刀光自身後揮過，替他抵擋了大半，正是介蘭亭身後的刑刀。

刑刀功力尚不及那人，一刀擋過，他虎口已被震裂，他原本是站在跳板之上，這一刀硬接下來，他已站立不住，跳板上無處可退，他一個筋斗倒翻，又回到了岸上。

那道熾熱劍風猶有後勁，刑刀一躍至岸，只聞「喀嚓」一聲，跳板竟爲那道劍風一分爲二！

這種一擊不中，後招又起，令人防不勝防的武學套路，竟與謝蘇的武功隱有三分相似。

眾人向岸上望去，卻見一個氣沉淵停的玄衣武士立於岸邊，手持一把烏沉沉的重劍，正是玄武。

介花弧憶及那夜在雲深不知處沙羅天對他所言，暗道這人竟然執著至此。

他忽然想到一事，不由低下頭去。

岸上，刑刀與玄武已然交手三招。玄武劍重力沉，招數卻不似一般重兵刃簡潔，反是變化莫測，每一招使出，均有熱浪跟隨滾滾而來，刑刀先前強接他一招，已受了內傷，而後這三招接的更是勉強。他連退數步，口中已有血溢出來。

洛子寧見勢不妙，正指揮人再搭跳板，下船支持。忽見一道鮮血沖天而起，一個頭顱直飛上來，正是刑刀被天雷玄火一刀斷首！

誰也未曾想玄武出手竟然如此狠辣，他一劍揮出，隨即借那一劍之力縱身上躍，他輕功傳自石敬成，雖不及謝蘇，亦是非同凡響。這一躍並未至甲板高度，他在中途以劍尖一點船身，借力又一躍，人已站在了甲板之上。他手中天雷玄火平平一指：「青梅竹，拿命來！」

此刻的謝蘇毒雖解，傷未癒，並不能動手，洛子寧離他最近，搶上前去，施展掌法護住謝蘇。但他武功又怎是玄武對手，數招下來，已顯敗勢。

甲板上尚有其他護衛，此刻也紛紛搶上，卻皆非玄武對手，天雷玄火如炎龍飛天，竟是無人可以阻擋，甲板本來空間不大，未過片刻，他已來到謝蘇切近，一劍劈下。

洛子寧大驚失色，此刻出招已然不及，他合身撲過，欲爲謝蘇擋過這一劍。

這一劍若當眞落實，他重者送命；輕者，一條右臂也要斷送在天雷玄火之下。

熾熱劍風掠過，卻沒有感受到兵刃入骨的疼痛之感，反聽砰然一聲響，卻是重物墜地之聲，他疑惑看去，卻見天雷玄火已然掉落地上，玄武手扶右腕，再動彈不得。

在他身後，謝蘇喘息不住，卻是關鍵時刻，謝蘇使出浩然劍法第三式，制住了玄武。

玄武雖然穴道被制，卻還能言，他恨恨看向謝蘇，罵道：「青梅竹，你這個忘恩負義的叛徒！」

謝蘇聽到這句話已非第一次，但是如此這般被從小一起長大的師弟說出，感覺又自不同，他面色又慘澹了幾分，卻沒說什麼，只從懷中拿出當日謝朗所贈的抑雲丹擲了過去：「把這個帶給義父。」轉身欲走。

玄武卻根本不看那丹藥，叫道：「你還好叫老師義父！當年你勾結小潘相，叛逃出京不說，如今竟又與羅天堡合謀，出賣老師！害得他在朝中被人攻訐，又害得他身受重傷，你……你怎對得起老師二十幾年的教誨……。」

謝蘇驟然回頭，前半句指責他與小潘相勾結尚且可說，後面說他與羅天堡合謀，卻是從何而來？

洛子寧忽然撲通一聲，跪倒在地，「謝先生，是我對不起你，是我告知了他您眞實身份……。」

當日洛子寧也曾向謝蘇求過字，他本是秀才出身，善仿他人字跡。後來玄武來羅天堡，他仿照謝蘇字跡，寫了一幅扇面擲入窗內，果然引起玄武注意。

玄武認出那字跡，自然心驚，隨後洛子寧進入，告知玄武謝蘇身份，又說謝蘇已與羅天堡合作，望其轉告石太師勿妄動干戈云云。

這一番做爲自然是羅天堡主所囑，用意無非是先行警告石太師，投鼠忌器之意。誰知玄武由於當年謝蘇出走之事，一直對他怨怒在心。如今洛子寧這般一說，他更加惱怒，暗道青梅竹你出賣太師一次不夠，居然還出賣了第二次！他也未與石敬成說明，直接便派出了暗部刺殺。

在此之後，當朝皇帝因對太師不滿，石敬成接二連三在朝中被仇家攻訐，玄武少涉官場中事，卻以爲是謝蘇出賣情報；再之後，石敬成與介花弧動手，身受重傷，至今臥床不起，玄武更是把這一筆帳歸結到了謝蘇頭上。其後石太師重傷不醒，玄武主事，接連派出暗部，通知日天子，立意除去謝蘇一干人等。

然而種種前因，卻終要歸結到洛子寧身上。

洛子寧對謝蘇本是十分欽服，自從做下這件事，心中一直不安，方才又見謝蘇救他一命，愧疚之下，終是將這一件事說出。

謝蘇心中一片冰涼，只覺身邊一切，實在是荒謬到了極點。他自然知道，洛子寧不會主動做這一件事，定是受人指使，而那指使之人是誰，更是不問而知。

他看向眼神中依舊滿是恨意的玄武，轉頭卻又見依然倒落在塵埃之中的刑刀屍體，這些時日發生的許多事情一時全數兜轉到心頭，只覺腦海中一時紛擾，一時又是一片空白，心灰意冷已到了極點，一句話也說不出來，轉身便進了船艙。

洛子寧一時失言，說罷心中亦覺惶惑，卻聽介花弧並沒有責備於他，只歎了一聲：「你把玄鐵衛送下船吧。」

海水碧藍，天水一色，多少風波展眼即過，多少人命瞬息而逝。

羅天堡的船隻乘風破浪，終於離開了江南。

「篤，篤。」

洛子寧輕敲船艙上的雕花木門，幾聲之後並無人應，他猶疑一下，伸手推開了艙門。船艙內一片寂寂，洛子寧起初以爲無人在內，再仔細一看，介花弧原來正坐在窗下，神色與平時大不相同，似乎在思索著什麼，連洛子寧走入統未發現。

「堡主，」洛子寧走到切近，躬身一禮，「謝先生已經離開了。」

此刻他們所乘的商船已經到達終點，停靠在岸，介花弧點了點頭，並未作答，手指輕輕敲擊著紫檀桌案。

「堡主，」洛子寧又猶豫了一下，終是開口道：「謝先生傷勢並未痊癒，孤身一人恐有危險。」

「哦？」介花弧笑了笑，「你想去追他？」

洛子寧不語，這些時日，謝蘇並未說他什麼，但他對謝蘇的愧疚之感卻日益加深，此刻他前來見介花弧，其實已想過拼了忤逆堡主一次，也要追回謝蘇，保他平安。

介花弧卻站起身，平淡道：「你留下。」

「你護送少主回羅天堡，我去尋找謝先生。」

謝蘇初來時西域是一個人，回到西域時，仍然是一個人。

船一靠岸，他便靜悄悄離開了衆人，至於要去哪裡，要做些什麼，謝蘇自己也不得而知。

西域本來地廣人稀，他胡亂走了幾日，也不施展輕功，平素多是餐風露宿，並不與他人交談，甚至有人主動上來搭話，他也不理。

這一日謝蘇走到一處頗爲荒涼的地界，他走累了，便倒在樹下休息。一覺醒來，暮色已深。周圍卻多了許多人，更有許多篝火點燃，煞是熱鬧。

他有些奇怪，這時一位白鬚老者走過，笑道：「年青人，今日恰是我們部族裡兩個孩子的婚禮，你趕上了就是緣分，來來來。」說著不由分說便拉著謝蘇來到人群之中。

西域多遊牧部族，謝蘇被那老者拉著，沒有應允，也沒有拒絕。那老者帶他來到人群中，自己又忙著去張羅其他事情。謝蘇便找了一處安靜地方自坐下來。

篝火熊熊，歌聲陣陣，身著五彩服飾的青年男女在火堆邊翩然起舞，一時也分不出婚禮的主角是誰。

也有一些壯年男子坐在火堆邊拼酒，有人見謝蘇手邊無酒，便好心地遞給他一個皮袋。

謝蘇無可無不可地接過，也喝了一口。

這酒卻與他喝過牧人馬奶酒的酸澀不同，入口甚是芳香甘美，他不覺有些詫異。

一個聲音忽自他身邊傳來：「這個部族本以釀酒最爲有名，你所喝的酒，叫做求醉。」一道青色修長身影出現在他身前，髮上東珠在火光下閃耀不已，正是介花弧。

「謝先生，我跟了你三天。」

「我這一生，從未欽佩過什麼人，也未曾對什麼人負疚於心，謝先生，你是例外。」

「謝先生，你如今傷勢未癒，可否回到羅天堡好生休息？蘭亭也在等你。」

他這邊舌粲蓮花，謝蘇卻只簡單三個字：「知道了。」

機巧善謀如羅天堡主，此時也不知再說些什麼才好。

謝蘇繼續喝著求醉，他酒量本來不算好，此刻傷勢未癒，更減了幾分。一袋酒喝不到三分之一，他已經醉倒在羊毛氈上。

介花弧將他扶至膝上，找了一條毛毯爲他蓋上，又伸手搭謝蘇脈搏，果然不出他所料，謝蘇毒傷雖癒，內傷反倒重了幾分，這自然是他心結未解之故。

夜色深沉，星子滿天。

……………

朦朧中，謝蘇忽覺身體舒暢了許多，身邊已非篝火人群，似乎換了一處所在，豔陽高照，花香襲人，他心中疑惑，「天怎麼亮得如此之早？」於是向花香之處走去。

原來前方乃是一處江南園林，走近了，更可聞流水之聲潺潺不止，謝蘇心道：「這更奇了，西域怎會出現江南景色？」卻見這處園林修建得十分幽美，顯是大家手筆，一時好奇，便走了進去。

方經過影壁牆，迎面碧柳之下便走過一個年輕人，二十多歲年紀，一襲白衣，腰間束一枚琥珀連環，眉眼生得十分秀麗，看著他笑道：「梅侍郎，你也來了。」

這人竟是已死去多年的玉京第一殺手清明雨！謝蘇一時卻忘了他已死，便點了點頭。

這邊清明雨還要說話，碧柳下卻有人笑道：「清明，這盤棋還沒下完，你怎麼走了？」

這聲音亦是十分熟悉，謝蘇抬眼望去，卻見碧柳下一人素衣溫雅，如芝蘭玉樹，正是小潘相潘白華。

謝蘇想著：「這處園林眞是古怪，這二人本是死敵，竟然也能和平相處。」

他又向裡走，不時見到幾位故人，如江澄之父清遠侯江涉、玉京的鳳舞將軍烈楓等等，均是笑容滿面向他打著招呼。

一處涼亭內，方玉平的父親方天誠正坐在裡面，一邊還有一個半老婦人，正是他的妻子。

謝蘇對方玉平一直深感愧疚，如今見了方天誠，正要上前說話，卻見迎面又走來三個人，正是刑刀、零劍和越靈雨。零劍一見他便笑道：「謝先生，謝夫人等您好久了，怎麼還不進來？」拉著他便走。

謝蘇便想：「是啊，綾衣一直在等我，我不可在此耽擱。」於是便隨著零劍前行。

一路上，零劍幾人說說笑笑，連越靈雨平素十分靦腆的一個人，此刻也隨著零劍說笑幾句。陣陣暖風夾帶著花香拂面而來，謝蘇心中亦覺欣慰了許多。

轉過一條迴廊，面前現出一道清幽門戶，零劍帶笑一指，自和刑刀幾人退下了。

謝蘇心中溫暖，踏入門內，卻見白綾衣換了一身鮮豔衣裳，笑語嫣然。

自二人成婚以來，從未見過她如此裝扮。謝蘇見她歡悅，自己也跟著開心起來，道：「綾衣。」

白綾衣笑道：「你看，還說今天有好朋友過來吃飯，叫我早些下廚。結果人家都來了，你自己還不回來。」

謝蘇心中詫異，「哪一位好友？我不記得有這事。」正想到這裡，卻見內室的竹簾一挑，一身楓紅長衣的朱雀笑吟吟地走出來：「阿蘇，你遲到了。該罰！」

謝蘇也覺得確是自己該罰，便道：「罰我下廚去好了。」

他剛要走，卻被白綾衣拉住，笑道：「菜早就做好了，哪裡還能等你。」

雖是家常飯菜，謝蘇卻覺再無一餐有這般美味。

吃過了飯，朱雀自告奮勇地去沏茶，謝蘇依稀記得他茶藝極差，急忙攔住。朱雀罷手笑道：「也罷，我不沏，你不是說還有一位朋友下午過來，叫他沏好了。」

謝蘇心道：「還有一位朋友？那是何人。」卻見一個月白身影瀟灑走入，正是謝朗。他笑道：「來來，這沏茶的事情，交給我好了。」

按理說這幾人之間關係極其特殊，本不會如此相處，但謝蘇已忘了這些事情，只覺這般相處乃是天經地義，便欣然將茶具交過。

銚煎黃蕊，婉轉曲塵。謝蘇接過謝朗遞來的白瓷茶杯，淺淺啜飲，但覺餘香滿口，不由讚歎不已。

一邊的朱雀笑問道：「阿蘇，這便是你常說的『洗盡古今人不倦，將至醉後豈堪誇』麼？」

謝蘇頷首，微微一笑。

一巡茶過，謝蘇只覺心曠神怡之極。謝朗卻先放下茶杯，起身笑道：「好了，現在人也見了，飯也吃了，茶也喝了，謝蘇，你該走了。」

謝蘇一怔，心道這是我自己的家，爲什麼要走？卻驚見朱雀和白綾衣也一同起身，神色凝重。

「阿蘇，」

「謝先生，」

「你該走了。」

謝蘇負氣道：「爲什麼趕我走，難道我不能留下來麼？」

「可是，這不是你該來的地方啊，你忘了，我們都已是過世之人麼……。」

謝蘇驟然一驚，冷汗簌簌而下。

「你有學生尚未成人，有師長尚在人世，有下半生需度，多少事要做，莫非你現在就要留下麼？」

這句話眞如一瓢冰雪涼水自頭上直澆下來，謝蘇忽然省悟，想到自己這些時日無所作爲，頹然度日，怎對得起面前這些逝去的親友！

他深行一禮，「你們說的是，我去了。」

…………

一輪紅日當空，介花弧看看膝上依然昏睡不醒的謝蘇，搖搖頭，心道這求醉還眞是厲害。他一晚未睡，膝頭也被謝蘇壓得發麻，剛動了一下，卻覺謝蘇也動了，一雙琉璃火一般的清鬱眸子正看著他，「介堡主，我無事，蘭亭可好麼？」

這句話已盡復謝蘇往日清明，介花弧心中一喜，「謝先生。」伸手將他扶起。

天氣高爽，碧空湛藍如鏡，黃花滿地，搖曳不已。原來二人回來之時，恰趕上了這西域晚夏的最後一番風景。

回首青山横，不見居人只見城。誰似臨平山上塔，亭亭，迎客西來送客行。
歸路晚風清，一枕初寒夢不成。今夜明月斜照處，熒熒，若無情處終有情。

——全文完